明清世情
小説研究

明清世情小説研究

宋眞榮

한국학술정보㈜

어려서부터 문자로 기록된 것이라면 무엇이든지 읽었던 것 같다. 게다가 옛날이야기라면 밥 먹는 것보다 더 좋아했다. 그래서 자연스럽게 문과로 그 것도 중문학을 전공하는 것으로 진로가 정해졌다.

中國小說의 眞髓를 깨닫게 된 것은 北京大에 유학하면서 본격적으로 중국고전소설작품을 하나씩 꼼꼼히 읽어가면서부터였다. 특히, 明代 短篇 話本小說集인 『三言』과 章回小說인 『三國演義』, 『水滸傳』 등을 읽으면서 중국고전소설의 서사전통과 시대를 통관하는 삶의 의미를 깨달을 수 있었다. 소설 속의 白話語가 작품 속 인물들의 입을 통해 살아나면서 고대 중국인들의 생생한 일상생활과 그들의 인생을 엿보는 즐거움도 얻을 수 있었다. 저 멀리 명청대 사람들이 가졌던 고민과 그들이 느꼈을 기쁨과 슬픔이 시공간을 뛰어넘어 생생하게 다가왔다. 그들이 처한 역사적 환경이나 제도는 각각 달랐지만 인간사회에서 벌어지는 갈등과 그 속에서 상처 입은 사람들의 모습은 전혀 다른 것이 없었기 때문이다.

明淸代에 등장한 世情小說은 바로 그런 작품이다. 비범한 능력을 가졌거나 초현실적인 존재가 아닌, 어디서나 볼 수 있는 보통사람들이 일상생활에서 겪는 애환과 희로애락의 감정이 담겨져 있기 때문이다. 특히 남녀관계를 중심으로 연애와 혼인에 이르는 일련의 과정이 자못 흥미롭게 묘사되어 있지만, 그들이 발 딛고 살았던 시대역사적 상황과 그 속에서 부유하는 인정세태가 사실적으로 반영되어 있기에, 세정소설은 그저 그렇고 그런 연애담 그 이상의 의미를 가진다.

이 책에 수록된 논문들은 대부분 세정소설에 관한 것으로 여러 학회지에 발표했던 것이다. 예전에 써 놓았던 글들을 다시 살펴보면서 삭제하거나 고쳐 쓰고 싶은 곳을 적지 않게 발견했으나, 자구를 고치는 정도에 그쳤다. 다소 부족하더라도 발표 당시 그대로 놔두는 것이 이후 연구자의 변모하는 모습을 드러내는데 도움이 되리라 생각해서이다. 다만 몇몇 논문은 제목이 내용에 좀 더 부합하도록 수정했음을 밝혀둔다.

「明淸世情小說의 등장과 文人獨立創作」은 세정소설에 대한 개념정의와 문인독립창작이 세정소설에서 시작되었다는 소설사적인 의의를 탐구한 글이고, 「世情小說의 諷刺的 敍述」과 「世情小說에 나타난 因果應報적 敍事構造」는 『금병매』를 중심으로 세정소설의 서사특징인 풍자적 서술태도와 인과응보의 서사구조를 분석한 것이다. 「明淸 通俗文化의 두 얼굴」과 「明淸 通俗小說의 通俗性 고찰」은 세정소설이 명청대 통속문화를 대표하는 장르 중의 하나라는 시각에서 세정소설을 분석했다.

명청대는 통속문화가 보편적으로 성행했던 시기일 뿐 아니라 억눌렸던 욕망, 특히 공개적으로 담론화되기 어려웠던 性이 문학의 영역에서 대담하게 공론화된 시기이기도 하다. 연애와 혼인이 주요 모티프였던 세정소설에서 성은 피해 갈 수 없는 주제였다. 「明淸小說에 묘사된 성적 소수자에 관한 시론」에서는 남성동성애를 중심으로 세정소설을 분석했고, 「古代 동아시아의 성담론」에서는 명청대 세정소설의 대표작인 『金甁梅』와 동시대 한국과 일본에서 본격적으로 성을 담론화한 「변강쇠가」와 『好色一代男』과의 비교를 시도했다. 「才子佳人小說論」은 일부 세정소설이 성을 노골적으로 대담하게 묘사하는 것에 반발하며 남녀관계를 다소 플라토닉하게 처리했던 재자가인소설을 분석한 글이다.

이 책의 마지막에 수록된 두 편의 논문은 세정소설만을 전문적으로 분석한 것은 아니지만 명청소설과 깊은 관련이 있어서 포함시켰다. 「칼을 차고 장부의 마음을 품다 - 동아시아 악녀 형상의 기원」은 세정소설에서도 쉽게 찾아 볼 수 있는 악녀형상의 의미와 기원을 분석한 글이며, 「가보옥이 잠수정을 타다—晚淸科幻小說新論」은 컬럼비아대학 王德威교수의 글을 번역한 것으로 중국의 전통소설이 서구 과학소설의 영향을 받아 어떻게 변모하고 있는지 매우 흥미롭게 분석되어 있어서 수록했다.

　십여 년간 중국소설을 연구한다며 몸살을 앓았지만 여전히 장님이 코끼리 만지듯 변죽만 울리고 있는 느낌이다. 보다 알찬 연구의 결실을 위하여 학계 제현의 비판과 교정을 기대한다.

　지금까지 공부에만 전념할 수 있도록 도와주시고 언제나 사랑으로 힘이 되어 주시는 부모님, 학문의 길로 인도해주신 모교의 이종진 선생님, 정재서 선생님, 넓디넓은 중국소설의 들판에서 길을 잃지 않도록 자상하게 조언을 아끼지 않으셨던 故 吳組緗 선생님, 周强 선생님, 沈天祐 선생님, 周先愼 선생님과 P. Hanan 교수님께도 감사드린다.

차 례

明清代 世情小說의 등장과 文人獨立創作

1. 들어가는 말

明代『金甁梅』를 위시로 중국소설사에 등장한 일련의 소설들이 갖는 의미는 그 어느 소설보다 각별하다고 할 수 있다. 왜냐하면 이들이, 소설사를 시대 구분하는 중요한 서사적 특징들을 동반하고 있기 때문이다.[1]

이전의 講史, 英雄傳奇, 神魔小說 등에 익숙해진 독자들에게 이 소설들은 신선함을 불러일으키면서 하나의 새로운 소설유형으로 자리 잡기 시작한다. 陳大康의 통계에 의하면 萬曆 20년 전후로 시기를 나누어 비교할 때, 嘉靖 元年에서 萬曆 19년에 이르는 70여 년간 새로 나온 통속소설의 수와

---

1) 중국소설을 유파별로 분류해 기술하고 있는 齊裕焜은 『中國古代小說演變史』에서 『금병매』의 의의를 다음과 같이 정리하고 있다. 첫째, 역사를 묘사하는 데서 현실을 묘사하는 것으로 둘째, 제왕장상, 영웅호걸, 신마귀신을 묘사하는데서 현실생활중의 보통인을 묘사하는 것으로 셋째, 영웅의 성품을 묘사하는 것에서 광범위한 人性을 묘사하는 것으로 넷째, 외부생활을 묘사하는 것에서 內心세계를 묘사하는 것으로 다섯째, 集體創作에서 文人個人의 창작으로 여섯째, 남성중심에서 여성중심으로의 변화. 일곱째, 역사연의, 영웅전기 등의 소설은 봉건전제 정치제도에 대해서는 강한 비판을 하지만 봉건사회의 도덕관 문화관에 대해서는 찬양하고 긍정하는 태도를 보인다. 반면 『금병매』는 정치제도를 폭로하는 것 이외에도 봉건적 도덕관에 대담하게 도전하고, 봉건문화에 대해서도 심각한 반성을 하게 한다고 주장한 것이 그것이다. 즉 『금병매』에 이르러 작품의 주제, 창작수법, 창작주체, 현실비판의 태도 등, 소설 창작의 모든 분야에 걸쳐 근본적인 변화가 일어났다는 것이다. 보다 자세한 것은 다음을 참조. 齊裕焜, 『中國古代小說演變史』, (蘭州: 敦煌文藝出版社, 1990), 346-348쪽.

만력 20년에서 泰昌 元年에 이르는 29년간에 나온 소설의 수는 8종과 50여 종으로 큰 차이가 난다. 또한 前期의 작품 내용이 강사연의에 치중하고 있다면 後期의 그것은 講史, 神魔, 世情으로 三立되고 있다.2) 그러나 금병매가 출현한 후, 세정류 소설이 즉각 문단의 주류를 형성한 것은 아니었다. 당시에는 『금병매』가 유일했을 뿐이고, 오히려 『西遊記』의 성공에 고무되어 대동소이한 신마소설들이 출판업자들에 의해 대량으로 양산되고 있었다.3) 明末淸初에 이르러서야 이 소설유파의 하나로 분류되는, 『금병매』의 음란한 묘사경향에 크게 영향 받은 艶情小說과 才子와 佳人의 애정고사를 곡절하게 그린 才子佳人小說이 대량으로 출현하고 있다.4) 이 시기, 강사연의 역시 그전처럼 과거의 역사를 그리는 것이 아니라 명말청초라는 특정한 시기의 역사를 그리는 時事小說로 변화발전하고 있으며, 신마소설은 그 수에 있어서 점차 감소추세를 보인다.

한편, 明末淸初를 거치면서 이 유파의 소설은 보다 다양화되고 세분화되는 과정을 거친다. 그래서 혹자는 묘사하고 있는 주요대상에 따라 한 가정을 배경으로 이를 구성하는 구성원간의 복잡한 인간관계와 그 喜悲를 다루는 家庭小說, 남녀의 연애와 혼인으로 초점을 좁힌 才子佳人小說, 연애와 결혼생활이 결합된 人情小說, 才子와 娼妓의 연애를 다룬 狹邪小說, 英雄傳奇와 俠義小說의 영향을 받아 생겨난 兒女英雄小說, 『금병매』의 음란한 성묘사경향만을 계승한 猥藝小說 등으로 분류하기도 한다.5) 이들은 모두 『금병매』의 일정한 경향을 계승하고 있다는 점에서, 그리고 크게는 가정과 혼인을 배경으로 하면서 세속사회의 세태를 일정 정도 반영하고 있다는 점에서, 한 부류로 귀납시키는데 큰 무리가 없다. 『紅樓夢』은 이 부류 소설의 창작경험을 총결하고 또한 가장 完整하게 발전시킨 작품이다. 따라서 『금병매』가 출현했던 명만력

---

2) 陳大康, 『通俗小說的發展軌迹』, (長沙: 湖南出版社,1993), 79쪽.
3) 陳大康, 자세한 것은 앞의 책, 87-90쪽.
4) 『中國通俗小說提要』에 나와 있는 이 시기의 소설을 살펴보면 그 대다수가 이 유형에 속함을 알 수 있다.
5) 齊裕焜, 앞의 책, 345-346쪽.

시기에서부터 『홍루몽』이 쓰인 淸乾隆연간에 이르는 약 150년간은 이 부류의 소설이 탄생하고 끊임없이 발전해온 시기라고 할 수 있다. 또한 이 시기에 나타난 소설의 변천과정을 살펴보는 것은 이 부류의 소설이 가지는 특징을 이해하는데 큰 도움을 줄 것이다.

이러한 변화의 진행과 더불어, 중국소설사를 획기적으로 구분하는 서사적 변화들이 일어났음에 주목하지 않을 수 없다. 이를테면, 集體創作과 講唱文學의 흔적이 짙은 改編위주의 창작방법에서 문인의 독립적인 개인 창작으로의 전환이 이루어지고, 보편적 일상생활과 거리를 지닌 신이나 영웅을 묘사하는데서 평범한 인간사회 일상으로의 묘사대상의 변화, 출판업의 발달로 인한 소설의 상업적 성공과 소설의 예술성과의 모순과 충돌이 가져온 일련의 소설창작의 경험, 현실의 충실한 반영과 그 현실에 대한 곡절한 묘사 등등. 이러한 일련의 서사학적 변화로 인해서 혹자는 근대소설의 발생을 『금병매』에서 찾기도 하는 것이다.6)

본고는 바로 이러한 소설사적 변화가 강사연의나 영웅전기류, 신마소설에서가 아니라, 세태와 인정을 다루고 있는 소설에서 이루어지고 있음에 의문을 가지고 그 관계를 밝히는데 목적을 두고자 한다.

첫째, 이 부류의 소설이 왜 명중엽 이후 청에 이르기까지 그전의 소설들과 달리 집체창작에서 문인개인의 독립창작으로 발전할 수 있었는지, 둘째, 이 과정에서 현실세계의 일상생활을 제재로 하는 제재상의 변화는 소설에서

---

6) 예를 들자면, 일본의 大塚秀高는 『中國小說生成史』를 저술하면서 중국의 소설이 '物語－原小說－小說'의 단계를 거친다고 주장하고, 小說은 다음의 몇 가지 조건을 만족시켜야 한다고 주장한다. 첫째, 구어체로 쓰일 것, 둘째, 처음부터 끝까지 한 개인의 창작일 것, 셋째, 다른 사람의 엄중한 개작을 거치지 않을 것. 그리고 이를 만족시키는 최초의 중국소설은 『금병매』로서 『금병매』이후에야 비로소 소설의 단계에 접어들었다고 주장한다. 이상은 그의 제 1회 國際中國小說學會(北京, 1993年) 발표문 참조. 이러한 견해의 타당성 여부를 논외로 하더라도 『금병매』가 가지는 소설사적·서사적 의의를 역설하는 또 하나의 주장으로 볼 수 있을 것이다. 물론 그의 이러한 견해는 다분히 '근대적' 소설개념에 근거하고 있다.

어떠한 역할을 하고 있는지, 셋째, 소설 창작이 문인들에게 있어서는 과연 어떠한 의미를 가지고 있었기에 이들을 소설 창작에 종사하도록 유도할 수 있었는지 그 의미를 탐구하는 것이 바로 본 논문이 의도하는 바이다.

이를 위해 먼저 제 2장에서 이 부류 소설의 명칭과 범위에 대해서 기존의 논의를 정리하면서 본고가 세정소설이라는 명칭을 택하게 되는 경위를 밝히고, 제 3장에서는 집체창작에서 벗어나면서 등장한 세정소설을 『금병매』중심으로 논하고, 제 4장에서는 서사대상의 전이와 문인창작간의 관계를, 제 5장에서는 문인독립창작을 이룬 창작주체인 문인들에게 있어 소설 창작이 갖는 의미를 고찰하고자 한다.

2. 세정소설의 개념과 범위

앞에서도 언급했듯이 중국소설사에서 이 부류의 소설을 하나의 유파로 인식하고 명명한 것은 魯迅이었다. 그는 『中國小說史略』에서 명대소설을 講史演義, 神魔, 人情으로 삼분하면서 다음과 같이 말하고 있다.

> 당시 신괴소설이 성행하고 있을 때에 인사를 기록하는 소설이 또한 돌연 생겨났는데 그것들은 송나라의 시인소설인 "은자아"와 같은 제재를 취하였다. 대개가 이별과 만남, 슬픔과 기쁨과 신분의 갑작스런 상승과 변화 등의 일을 다루고 있었고, 그 사이에 인과보응을 끼어 넣었다. 그러나 신령스럽거나 괴이한 것을 말하지 않았고 또한 세태를 묘사함에 있어서는 그 성쇠를 그렸던 까닭에 혹자는 또한 이를 '세정서'라고 부르기도 한다.7)

魯迅은 위의 말을 이어서 『금병매』를 필두로 이 부류의 소설이 시작된다고 서술한다. 그의 짤막한 언급을 통해서도 세정소설의 중요한 특징들을 모

---

7) 魯迅, 『中國小說史略』, 『魯迅全集』9卷, (北京: 人民文學出版社, 1991), 179쪽.

두 파악할 수 있다. '이별과 만남, 슬픔과 기쁨', '신분의 갑작스런 상승과 변화', '세태의 묘사'란 바로 소설이 담고 있는 내용을 지칭하는 것이고, '因果報應'이란 주제의 처리방식을 의미한다. 그는 이와 같이 이 부류의 소설에 대해 비교적 명확한 인식을 하고 있었다. 제재면에 있어서 이전의 소설들과 구별되며, '人事를 기록'하고 있음에 주의하였고, 또한 이것이 송원화본의 제재와 유사하다고 말함으로써 명대에 나타난 이 부류의 소설이 그 연원을 가지고 있음도 언급하였다.

그러나 이와 같은 인식이 노신에 의해서 처음으로 이루어진 것은 아니다. 그 이전에 張竹坡가 이미 "인정을 다함(盡人情)"8)을 『금병매』의 특징으로 꼽았고, 이러한 유파의 작품을 '世情書'라고 호칭한 바 있었다.9) 따라서 노신이 '세정서'라고 부른 데에는 이미 연원이 있었던 것이다.

이처럼 '인정'과 '세정'은 오래전부터 함께 거론되었고, 노신도 『中國小說的歷史的 變遷』에서 '세정'을 명대소설의 兩大 主流 중의 하나로, '인정'은 청대 四大소설 중의 하나로 분류하였다. 그러나 그의 이러한 명명방식은 후학들이 이 유파의 소설을 '인정소설', '세정소설' 등으로 혼용하는10) 선례가

---

8) 張竹坡, 「批評第一奇書金瓶梅讀法」 第 62, 63條, 『皐鶴堂批評第一奇書金瓶梅』, (長春: 吉林大學出版社, 1994.)
9) 張竹坡는 「竹坡閑話」에서 "스스로 세정서 한 권을 편찬해 답답한 마음을 풀어내지 못함을 한스러워한다(恨不自撰一部世情書, 以排遣悶懷)"고 말하고 있다.
10) 지금까지 쓰인 중국소설사 혹은 소설연구서 가운데 이 유파에 관한 명명은 다음과 같다.
   A. 人情小說로 명명
   齊裕焜, 『中國古代小說演變史』, (蘭州: 敦煌文藝出版社, 1991), 第六章
   方正耀, 『明淸人情小說研究』, (上海: 華東師大出版社, 1986)
   陳大康, 『通俗小說的歷史軌迹』, (長沙: 湖南出版社, 1993)
   B. 世情小說로 명명
   北京大學中文系編, 『中國小說史』, (北京: 人民文學出版社, 1978), 第三篇
   徐君慧, 『中國小說史』, (南寧: 廣西出版社, 1991)
   徐君慧, 『從金瓶梅到紅樓夢』, (南廣: 寧西敎育出版社, 1987)
   李悔吾, 『中國小說史漫稿』, (武昌: 湖北敎育出版社, 1992)

되었다. 그러나 이러한 명칭혼용이 한편으로는 이 소설 유파가 가지는 두 가지 중요한 경향을 대변하고 있다는 점에서 주의해야할 필요가 있다. 그 하나는 『금병매』처럼 각박하게 변화하는 세태의 만상을 묘사하고 있다는 점이고, 다른 하나는 『홍루몽』에서처럼 부유하는 인정의 여러 가지 형태를 그리고 있다는 것이 바로 그것이다.

講史나 演義가 이미 宋元이래 역사를 제재로 하여 쓰인 소설을 이야기할 때 지칭되던 소설의 異名이었다면, 英雄傳奇나 神魔, 人情은 이들 작품이 담고 있는 내용이 영웅이나 신마, 혹은 일상적인 인간사회를 반영하고 있다는 차이에서 비롯되었던 것이다. 당대의 평론가인 張竹坡 역시 『금병매』가 제재면에서 전대의 소설과 서로 뚜렷이 대비되는 점 즉, 보통사람을 뛰어넘는 초능력을 가진 귀신이나 영웅이 아니라 우리 주위에 있는 평범한 사람의 일상적 이야기를 묘사하여 인정을 다하고 있음에 주목하였다. 그리고 노신도 이러한 인식의 연장선상에서 人事와 世態의 변화를 그리고 있다는 것으로 이 부류 소설의 특징을 요약해 다른 부류의 소설들과 구분하여 분류하고 있다.

蕭相愷, 『世情小說史話』, 『古代小說評介叢書』, (沈陽: 遼寧敎育出版社, 1992)
吳志達, 『明代文學史』, (武昌: 武漢大學出版社, 1991), 下篇 第四章
C. 人情世態小說로 명명
林辰, 『明末淸初小說述錄』, (沈陽: 春風文藝出版社, 1988)
方正耀는 『明淸人情小說硏究』제1장에서 인정소설에 관한 명칭에 대한 그간의 혼란상을 이렇게 분석한다.
첫째, 同一한 유파이나 命名이 다른 것으로 人情, 佳話, 言情소설이 있다. 둘째, 時代가 같지 않아서 命名이 달라진 것으로 社會소설, 言情소설이 있다. 셋째, 同一한 유파지만 몇 가지 유파로 나뉘기도 한다. 佳話를 風情소설로 귀납하고 世情으로 淫穢소설을 대체하고, 또 風情으로 才子佳人을 대체하기도 하였다. 넷째, 同一한 유파이나, 나뉘었다가 다시 합쳐지기도 하였다.
이상으로 미루어보건대 동일한 유형의 소설을 지칭하는 명칭으로, 人情, 世情, 言情, 佳話, 煙粉 등등이 있음을 알 수 있다. (비교적 지칭범위가 협소한 재자가인, 음회, 인과소설은 제외한다.) 언정소설은 폄하의 의미가 들어 있고, 가화, 연분은 지칭하는 범위가 가정내로 축소되고 폄하의 의미가 있으므로, 가장 널리 쓰이고 있는 인정과 세정만을 본문에서는 검토대상으로 삼는다.

　　물론 노신 이전에도 중국소설사에서 몇 차례의 유형화가 시도된 적이 있었다. 羅燁과 胡應麟의 분류가 그것인데, 이들은 제각기 다른 표준을 가지고 소설을 분류하였다. 그러나 라엽은 당시 유행하던 說話四家 중의 하나인 '소설'을 그 제재에 따라 "靈怪, 煙粉, 傳奇, 公案, 朴刀, 捍棒, 妖術, 神仙11)"으로 나누었기에 전체 소설의 분류로 보기에는 범위가 협소하다. 또한 명대의 胡應麟은 小說家를 志怪, 傳奇, 雜錄, 叢談, 辨訂, 箴規12)로 나누고 있는데, 이는 당시 문인잡기까지 소설에 포함시킨 지나치게 관대한 분류법이라고 하겠다. 여기서 세정류 소설과 관계있는 분류로 우리의 관심을 끄는 것은 '煙粉'과 '傳奇'이다. 연분은 지금까지도 연용되고 있지만13), 글자 그대로 여자의 사랑이야기를 지칭하여 그 범위가 남녀간의 애정관계로만 축소되고 이에 따른 폄하의 의미가 있으므로 한 유형의 소설을 지칭하는 명칭으로는 적합하지 않다.14) 또한 『鶯鶯傳』의 원래 편명에서 유래한 후 한때 애정고사를 범칭하는 범장르적인 명칭으로 쓰인 듯이 보이는 '傳奇'15)는, 점차 당대의 특정한 소설을 지칭하는 명칭으로 정착되었기 때문에 부적합하다. 다만 애정을 중심제재로 하여 하나의 부류로 유형화하는 의식이 이미 존재했었다는 사실을 통해 당시 이러한 부류의 작품들이 창작자와 독자 사이에 이미 어느 정도 비중 있는 유형으로서 자리 잡고 있었음을 추측할 수 있는 근거로 작용한다는데 그 의의가 있겠다.

　　人事와 世態의 변화를 묘사한다는 것 역시 『금병매』를 비롯한 명대의 세

---

11) 羅燁, 「醉翁談錄·舌耕叙引」
12) 胡應麟, 『少室山房筆叢』
13) 이 명칭은 후대에도 계속 이용되기 때문이다. 孫楷弟는 중국고전소설을 분류하면서 전대의 이러한 명칭들을 계승해서 宋元部, 明淸講史部, 明淸小說甲部, 明淸小說乙部로 나누었고, 네 번째 부분을 다시 煙粉, 靈怪, 說公案, 諷喩로 나누고 있다. 또한 일본학자 大塚秀高 역시 『增補中國通俗小說書目』을 편찬하면서 송대의 체제를 따라서 「小說長篇」을 煙粉, 傳奇, 靈怪, 神仙, 妖術, 朴刀, 捍棒으로 분류하고 있다.
14) 보다 자세한 논의는 다음을 참조. 方正耀, 앞의 책, 제 1장.
15) 李宗爲, 『唐人傳奇』, (北京: 中華書局, 1985), 第 1章.

정류 소설에서 처음 보이는 것은 아니다. 신화와 전설, 그리고 귀신과 기괴한 이야기를 기록한 지괴에서 당전기에 이르면 그 묘사대상이 평범한 인간세계로 확대되고, 이는 중국소설사에서 획기적인 변화로 구분된다.16) 따라서 『鶯鶯傳』, 『李娃傳』, 『霍小玉傳』등 서생과 기생 혹은 규수의 애정을 다루는 전기소설 역시 애정과 혼인을 중심으로 이야기를 전개시킨다는 점에서 명대 세정류 소설의 기원이 될 수 있을 것이다. 그리고 명대의 많은 단편화본소설 역시 인사와 세태를 기록한다는 점에서 세정소설과 제재상 공통점을 지닌다. 여기서 본 논문의 논의는 노신의 분류를 따른 것으로, 중국소설 전체를 통사적 대상으로 한 분류가 아니라, 명청대 중장편소설만을 대상으로 했음을 밝혀두고자 한다.

　한편, 명칭에 있어서는 서로 의견의 일치를 보고 있지 못하지만 작품의 범위 및 그 특징에 관해서는 학자들간에 대체로 의견이 같다. 대다수의 연구자들이 이 유파에 속하는 소설이 『금병매』에서 비롯하여 재자가인소설, 염정소설을 포함하고 『홍루몽』과 『금병매』, 『紅樓夢』續書, 『醒世姻緣傳』과 『岐路燈』등을 포함하는데 동의한다. 이러한 작품들은 모두 가정과 혼인을 제재로 하여 비교적 광범위하게 세속의 일상생활을 반영하고 있고 대다수가 중편이나 장편이다. 그러나 후기의 작품에 관해서는 여전히 정론이 없는데, 예를 들자면 청말의 『兒女英雄傳』, 『品花寶鑒』, 『花月痕』, 『靑樓夢』이 그것이다. 노신은 이들을 따로 분류하여 俠義小說과 狹邪小說로 분류하였지만 齊裕焜은 이들을 모두 인정소설 안에 귀속시킨 후 다시 세분하였다. 이 소설들은 혹자는 강인한 여협객을 묘사하기도 하고, 혹자는 동성애 혹은 기녀와 재자간의 애정을 묘사하고 있는 등, 서로 차이점을 가지고 있지만 세속의 갖가지 생활면모를 반영하고 있다는 점에서는 여전히 공통점을 지니고 있다. 이 때문에 이 유파의 소설이 『금병매』에서 시작하여 청말 『청루몽』 등 이 유파의 말류에 속하는 작품까지를 지칭한다고 할 수 있을 것이다.

---

16) 中野代美子, 『從中國小說看中國人的思惟世界』, (北京: 北京十月出版社, 1989)

그렇다면 이러한 다양한 소설들을 두루 포함할 수 있는 명칭의 필요성은 더더욱 절실하다.17) 그러나, 전인들의 서술과 노신의 언급에서도 알 수 있듯이 선택의 여지는 아무래도 '인정'과 '세정'으로 좁아든다.

대부분의 학자들은 인정소설이건 세정소설이건간에 이 부류의 소설이 전대의 역사연의, 신마소설과 제재상으로 차이점을 가지고 있다는데 동의한다. 즉, "가정과 혼인을 중심으로 인간사회의 일상생활과 세태의 변화를 묘사하고, 묘사의 대상이 평범한 인간사회(노신이 말한 바 人事를 기록하는), 다시 말해 당시 현실사회를 직접적으로 반영하다"는 점이 다른 유형의 소설과 구별되는 중요한 특징이라는 것이다. 그렇다면 여기서 우리는 가정과 혼인을

---

17) 魯迅이후 저술된 중국소설사를 보면 상당수가 노신의 분류법을 그대로 계승하고 있다. 그러나 다른 유형에 대해서는 아무 이견이 없는 반면에 유독 이 부류의 명명은 통일되어 있지 않은 실정이다.
먼저, 1978년 北京大學 중문과에서 펴낸 『中國小說史』를 보면, 유형별로 표제를 달지는 않았지만 명대소설을 개관하면서 역사소설, 신마소설, 세정소설로 구분하여 초보적인 유형분류를 시도하고 있다. 그러나 『홍루몽』을 정치역사소설로 간주하여 인정소설로 구분하지 않았다. 1990년에 나온 齊裕焜의 『中國古代小說演變史』는 6개로 유형을 분류하여 역사연의, 영웅전기, 신마, 인정, 풍자, 공안협의로 구분하였다. 인정소설에서는 『금병매』, 『홍루몽』으로 이어지는 명청대의 동일유형을 한꺼번에 다루었고, 狹邪소설과 『아녀영웅전』도 이 안에 포함시켰다는 특색을 지닌다. 1991년에 출간된 徐君慧의 『中國小說史』는 중국소설전체를 유형화한 것은 아니고, 6대 장편소설을 별도의 장으로 다루었고 기타소설만을 역사, 신마, 세정, 기타로 분류하였다. 1992년에 나온 李悔吾의 『中國小說史漫稿』에서는 『삼국연의』와 『유림외사』까지의 소설을 역사, 영웅전기, 신마, 세정, 풍자로 나누었고, 제13장에서 『홍루몽』을 따로 언급하였다. 또한 14장에서는 명중엽부터 아편전쟁까지의 수많은 장편을 내용별로 구분하여 역사, 영웅전기, 신마, 인정, 풍자, 공안으로 나누고 있다. 이로 보건대 그는 역사, 영웅전기, 신마, 인정(세정), 풍자, 공안의 6분법을 사용하고 있음을 알 수 있다. 이상을 종합해 보면 소설사 기술에서 유형화를 채택하고 있는 연구자들은 대부분 여섯 가지로 유형화하고 있다는 공통점을 지닌다. 그러나 다른 명칭에서는 모두 이견이 없음에도 불구하고 유독 인정세태소설을 명명함에 있어서는 齊裕焜은 인정으로, 北京大와 徐君慧는 세정으로, 또 李悔吾는 명대는 세정, 청대는 인정으로 기술하는 차이점을 드러내고 있다. 그러나 이들이 사용한 명칭은 서로 달라도 사실상 지칭하는 내용은 거의 같다.

중심으로 한다는 점과, 인사와 세태를 기록한다는 점을 이 부류 소설의 가장 중요한 조건으로 삼을 수 있겠다.[18]

따라서 이 유파가 포함하는 각종 세부 유형까지 고려하고, 이 유파의 소설이 혼인과 가정을 축으로 하여 광범위한 세정을 두루 반영하며, 한층 더 나아가 국가의 흥망까지 다루고 있다는 사실을 주지할 때, 이 부류 소설의 명칭을 '세정소설'이라고 정의하는 것이 가장 타당할 것 같다. 字意상으로도 인정은 '人之常情, 인간의 감정, 인심, 인심세태' 등을 뜻한다면, 세정은 '세속의 정, 세상물정, 세상형편, 시대풍기, 세태인정'[19] 등을 뜻한다. 즉, 인정은 사람과 사람사이의 인정관계에 보다 중점이 두어져 있다면, 세정은 인정을 포함하여 광범위하게 세태의 반영까지 포괄하다고 생각한다. "시속에 뜻을 기탁한다"[20]는 「金瓶梅序」를 쓴 欣欣子의 말은 이 부류소설이 세속을 반영하고 그 중의 다양한 인간관계를 묘사하는 특성을 보여준다고 하겠다.

그러므로 필자는 혼인과 가정의 정절을 중심으로 이야기를 전개시키면서 광범위하게 세태인정을 묘사하고 있는 여러 종류의 분화되어 나타나는 소설을 보다 폭넓게 포괄할 수 있는 세정소설이라는 개념을 채용하고자 한다. 필자의 이러한 생각은 세정소설이라는 명칭을 취하고 있는 최근의 학자들, 예를 들자면 蕭相愷[21], 陳翠英[22] 과도 일치한다.

---

18) 사실, 여기에 또 하나의 문제점이 존재한다. 장회소설에서 인정세태류 소설의 제재상의 변화는 새로운 것이었지만 사실, 실생활에 기반한 시정의 인사와 세태를 묘사하는 것은 화본소설에 이미 나타나 있다. 그리고 명말과 청초에 보이는 의화본소설의 대다수 역시 인사와 세태를 그리고 있다. 그러나 본문에서는 단편의 화본과 의화본소설은 논의에서 제외하기로 한다.
19) 『漢語大辭典』, (上海: 漢語大辭典出版社)
20) 欣欣子, 「金瓶梅序」: "寄意於時俗"
21) 蕭相愷, 『世情小說史話』, (沈陽: 遼寧敎育出版社, 1992)
22) 陳翠英, 「世情小說之價値論－以婚姻爲定位的考察」, (臺北: 臺灣大學 博士論文, 1995)

3. 창작방식의 전변과 세정소설의 등장

세계 도처에서 발견되는 대부분의 서사문학이 처음에는 구비전승되다가 집체창작의 방식으로 기록되고 점차 개인작가의 독립창작으로 발전해 나아감은 주지의 사실이다. 중국고전소설사도 예외는 아니었다. 早期 중국의 통속소설은 개별적인 작가에 의해서 창작된 것이 아니라 장기간의 민간구비전승과 여러 차례에 걸친 개편을 거친 연후에야 최종적으로 정착되었다. 이 시기에는 당연히 현대적 의미의 저작권이란 존재하지 않았고 매번 간행할 때마다 개편자의 의도에 따라서 증보되기도 하고 가감되기도 하였다. 예를 들어 『삼국연의』와 『수호전』같은 작품은 하나의 완정한 작품으로서 간행되기 전에, 작품과 밀접한 관련을 가지고 있는 전설이나 곡예·희곡 등의 형태로 이미 민간에 장기간 유전되고 있었다. 이러한 기초 위에서 문인의 자료수집과 가공을 거쳐 소설로써 완성되었기 때문에 이를 '世代累積型 集體創作'23) 이라고 부를 수 있을 것이다.

그러나 세정소설의 출현은 창작제재, 창작주체, 창작수법 등 여러 방면에서 전대의 세대누적형 창작과는 다른 변화를 가져왔다. 따라서 이 세정소설의 여러 조건들을 잘 만족시키는 대표작이자 그 효시작인 『금병매』를 중심으로 하여 이러한 서사상의 변화가 발생하게 된 배경과 의미를 분석하는 것은 세정소설의 서사적 성격을 이해하기 위해 효과적일 것이다.

『금병매』는 문인독립창작의 효시로 불리기는 하지만, 사실 작자는 자신의 본명을 밝히기를 꺼리고 있었기 때문에 '蘭陵笑笑生'이라고만 署名하고 있다. 그런데, 문제는 작자와 동시대 혹은 가까운 시기를 살았다고 추측되는 문인들이 남긴 짧은 몇 단락의 언급24)에 근거하여 작자를 추론하였다는데

---

23) 陳大康은 이를 앞의 책에서 '改編'이라고 부르고, 石昌渝는 장회소설의 成書 方式을 논하면서 '滾雪球'式累積'과 '聚合式累積' 양자로 세분한 바 있다. 石 昌渝, 『中國小說源流論』, (北京: 三聯書店, 1994)

24) 袁中道, 謝肇淛, 沈德符는 다음과 같은 언급을 남기고 있다.

있다. 청대에만 해도 작자로서 거론되던 인물로 王世貞, 王世貞의 門客, 李漁, 盧楠, 薛應旂, 趙南星, 某孝廉, 李贄 등25)이 있었다. 또한 현재까지 학자들의 추론이 계속되어 徐渭, 李開先26), 馮惟敏, 浙江蘭溪一帶의 '吳儂', 沈自邠, 賈三近, 屠隆 等等27)이 새로이 거론되었는데 모두 충분한 근거를 가진 것은 아니다.

한편『금병매』를 많은 학자들이 개인독립창작의 효시가 되는 작품으로 간주함에도 불구하고 이전까지의 소설들과 마찬가지로 집체창작방식으로 이루어졌다는 주장이 끊임없이 제기되었다. 예를 들자면『金甁梅』의 細部情節이 統一되어 있지 않고 文章이 너무 조악하고28) 前人들의 作品에서 많은 부분을 借用하고 있다는 점29)으로 인해서 일부 학자들은 금병매의 作者가 아마

"舊時京師, 有一西門千戶, 延一紹興老儒于家. 老儒無事, 逐日記其家淫蕩風月之事, 以西門慶影其主人, 以余影其諸姬."(袁中道,『游居柿錄』), "『金甁梅』一書, 不著作者名代. 相傳永陵中有金吾戚里, 憑怙奢汰, 淫縱無度, 而其門客病之, 採摭日逐行事, 匯以成編, 而托之西門慶也."(謝肇淛, 「金甁梅跋」,『小草齋文集』卷二十四.), "聞此爲嘉靖間大名士手筆."(沈德符,『萬曆野獲編』卷四) 이들 삼인의 언급은 작가의 신분을 증명하기에는 부족함에도 불구하고 후대의 사람들은 이 짧은 구절에서 촉발되어 청대에는 구체적인 인명을 거론하기에 이르렀다.

25) 周鈞韜, 「關于金甁梅作者的二十三說」,『江漢論壇』, 1986年12月.

26) 徐朔方은『金甁梅』가 山東方言위주로 쓰였으며, 當時의 戲曲 白話小說 流行詩詞 등을 抄襲하여 만들어진 世代累積型作品이라고 간주한다. 또한 그 최후의 改編者는 山東出身의 李開先 혹은 그를 崇拜하는 사람이라고 주장한다. 자세한 것은 다음을 참조. 徐朔方, 「『金甁梅』的寫定者是李開先」, 「『金甁梅』成書補正」, 「『金甁梅』成書新探」, 「再論『水滸傳』和『金甁梅』不是個人創作－兼及『平妖傳』『西游記』『封神演義』成書的一個側面」. 앞의 양자는『論湯顯祖及其他』, (上海: 上海古籍出版社, 1983) 에 실려 있고, 뒤의 양자는『徐朔方集』第一卷, (杭州: 浙江古籍出版社, 1994)에 실려 있다.

27) 그 중에서 徐朔方의 '李開先說', 張遠芬의 '賈三近說'과 黃霖의 '屠隆說'은 학계의 주목을 받은 바 있다. 이상의 주장에 관해서는 다음을 참조. 張遠芬,『金甁梅新證』, (濟南: 齊魯書社), 黃霖, 「『金甁梅』作者屠隆考」,『復旦學報』, 1983年第3期, 「『金甁梅』作者屠隆續考」,『復旦學報』, 1983年 第4期.

28) 傅憎享, 「『金甁梅』用字流俗: 是俚人耳錄而非文人創作」,『學習與探索』, 1988年 8月, 孫遜·陳詔, 「『金甁梅』作者非"大名士"說－從几個方面"內證"看『金甁梅』」,『上海師範大學學報』, 1985年 第3期.

도 문화수준이 比較적 낮은 書會才人이거나 혹은 藝人이었을 것이라고 주장하기도 한다.30) 이와는 반대로 美國의 A. Plaks 같은 이는 『金甁梅』를 포함하는 명대의 四大奇書의 早期版本이 모두 文人의 손을 거쳤다고 주장하며, 『金甁梅』의 早期抄本이 極少數의 上層文人 사이에서 유통된 사실을 그 반증으로 제시하기도 한다.31)

---

29) 『금병매』가 전대의 작품을 개편하는 방식으로 쓰여졌음을 밝히는 개척적인 연구성과로 P. Hanan의 논문(韓南, 「金甁梅探源」, 『金甁梅西方論文集』, (上海: 上海古籍出版社, 1987))이 있다. 그는 『금병매』가 문인개인의 작품이 아니라고 주장하지는 않았지만, 그 이후에 많은 학자들은 『금병매』의 來源을 계속해서 찾아내고 이러한 이유로 인해서 『금병매』가 문인개인의 창작작품이 아니라고 주장했다.
韓南은 「『金甁梅』新論」에서 『金甁梅』가 『水滸傳』중의 '武松打虎'의 情節과 潘金蓮, 西門慶, 武松 等의 形象을 개편하였고 七種의 白話短篇小說도 『金甁梅』의 來源이 됨을 지적하였다. 또한 『金甁梅』는 분명히 文言小說인 『如意君傳』의 性에 관한 描寫에서 영향을 받았으며, 宋詞, 戱曲, 散曲, 說唱文學 等 당시 유행했던 각종 文體를 인용하고 있다고 분석하였다. 周鈞韜와 蔡國梁도 『金甁梅』가 當時 民間에서 流行했던 詞曲, 戱曲과 白話小說의 情節 및 描寫를 채용하고 있다고 고찰하였다. 蔡國梁과 傅憎享은 이러한 사실에 근거하여 『金甁梅』를 藝人들이 抄襲한 것이라고 결론지었다.
보다 자세한 것은 다음을 참조. 周鈞韜, 「『金甁梅』抄引話本小說考察」, 『蘇州大學學報』, 1988年 第1期, 蔡國梁, 「『金甁梅』抄引他書瑣述」, 『社會科學輯刊』, 1981年 第4期, 傅憎享, 「『金甁梅』用字流俗: 是俚人耳錄而非文人創作」, 『學習與探索』, 1988年 8月, 徐朔方, 앞의 책.
30) 潘開沛는 1955年에 처음으로 『金甁梅』가 世代累積型에 속하는 작품이라고 주장했다. 그러나 논문이 발표된 후 張鴻勛 等에 의해 부정되었고, 이후 이 주장은 다시 제기되지 않았다. 그러다가 80년대 徐朔方이 世代累積型創作이라는 立場에서 文人加工說을 주장하고, 傅憎享과 周鈞韜도 『金甁梅』는 文人創作이 아니라 藝人들이 抄襲한 것이라고 주장한다.
자세한 것은 다음을 참조. 潘開沛, 「『金甁梅』的産生及其他」, 張鴻勛, 「試談『金甁梅』的作者·時代·取材」, 以上은 『論金甁梅』, (北京: 文化藝術出版社, 1984)에 실려 있다. 傅憎享, 「『金甁梅』用字流俗: 是俚人耳錄而非文人創作」, 『學習與探索』, 1988年 第8期, 「情欲描寫移植錯位-『金甁梅』非文士之作」, 周鈞韜, 「『金甁梅』抄沿話本小說考探」, 『蘇州大學學報』, 1988年 第1期.
31) 플락스의 이러한 관점은 『明代小說四大奇書』에 보인다.(浦安迪, 『明代小說四大奇書』, (北京: 和平出版社,1993)), 『金甁梅』早期抄本의 流傳에 관한 세부情況은 葉貴桐의 博士論文 第一篇과 第二章『金甁梅』抄本考를 참조. 葉貴

이러한 서로 다른 관점이 존재한다는 사실은, 역설적으로 『금병매』가 아무리 늦어도 전대의 보편적 창작방식인 세대누적형과 그 이후에 등장하는 문인독립창작형 사이에 위치함을 보여준다고 할 수 있겠다.

『금병매』는 확실히, 적지 않은 情節과 詩詞를 전대의 작품으로부터 沿用하고 있다. 그러나 그것은 단순한 改編 혹은 抄襲이 아니라 작자의 의식적인 개편, 즉 재창조로 이루어졌다고 보인다. 명대에 출현한 많은 작품들은 대부분 전대에 있었던 이야기의 기초 위에서 개편되었던 것이고 『금병매』의 작자 역시 이러한 창작방식에서 완전히 자유로울 수는 없었다. 고대문언 소설도 소재와 情節의 전개방식이라는 면에서 상호차용하고 있고[32), 백화단편 소설 역시 마찬가지이다. 이러한 창작전통은 작자로 하여금 새롭지만 생경한 고사를 채용하느니 독자들에게 익숙한 내용과 형식을 채용함으로써 販路를 확보하는 길을 선택하게 하였다. 『금병매』는 바로 이러한 문화적 배경 가운데 탄생하였다. 강사와 신마소설이 성행하는 상황 아래 평범한 인물의 일상 생활을 제재로 하였다는 것이 『금병매』가 갖춘 커다란 특징이지만 그 제재라는 것이 완전히 새로운 것이 아니라 『수호전』에 이미 출현했던, 그래서 家喩戶曉의 '武松이 호랑이를 때려잡고 반금련과 서문경이 사통하는' 이야기를 채용하고 있다는 점에 주의할 필요가 있다. 笑笑生은 다른 작품에 등장했던 반금련과 서문경을 자신의 소설 주인공으로 선택할 수 있었던 것처럼, 당연히 전대의 작품 중에서 자신의 작품에 적합하고 情節의 전개에 필요하다고 생각하는 것들을 차용할 수 있었다. 그러므로 그가 당시의 유행가곡 등을 인용하는 것을 회피할 이유는 없었을 것이다.

그러나 『금병매』의 차용과 인용은 하나의 구상아래, 즉 작자의 창작의도에

桐, 『金甁梅硏究』, (北京: 中國社科院文學硏究所 博士論文, 1994).

32) 『搜神記』의 各種故事를 其他志怪와 비교해보면 素材와 情節이라는 면에서 큰 파격은 보이지 않고 다만 일정한 類型을 형성하고 있음을 알 수 있다. 자세한 논의는 다음을 참조. 李豐楙, 「六朝道敎洞天說與游歷仙境小說」, 『小說戱曲硏究』第一卷, (臺北: 聯經出版公司, 1988) 그는 육조소설에 관한 이 논문에서 도교와 관련된 지괴소설을 몇가지 유형으로 나누고 있다.

따라 다시 새롭게 구성되었다는 점에서 전대의 개편과 차별성을 지닌다. 작자는 인물형상의 변화, 풍자적 서술을 통해 원래의 인물과 情節을 『금병매』에 적합하도록 재창조하였다. 또한 『금병매』는 『삼국연의』나 『수호전』과 같이 출간 전에 관련된 민간의 작품들이 대량으로 있었던 것이 아니다. 만약 간행되기 전에 민간에 대량의 관련 작품들이 유전되고 있었다면 우리가 지금까지 한 편도 발견하지 못할 리가 없었을 것이다.[33] 청대 子弟書에 보이는 『금병매』과 관련된 7편[34]은 사실 『금병매』가 출현한 이후에 유행했던 것으로 소설 제재의 來源이거나 『금병매』 간행 이전의 민간작품으로는 볼 수 없다.

『금병매』의 광범위한 차용과 인용은, 명대에 통행되었던 전대의 작품을 개편하는 풍조 속에서 이루어졌고 후대의 염정소설과 재자가인소설 역시 이러한 창작경향[35]에서 결코 자유롭지는 않았다. 심지어 문인독립창작의 완성품으로 간주되는 『홍루몽』에서도 전인의 그림자를 찾는 것은 어려운 일이 아니다.

또한, 작품 중에 표현된 시간처리, 인물의 일치되지 않는 연령표기를 세대누적형창작의 증거로 보기도 어렵다. 『홍루몽』등 기타 다른 장편소설에서도 이러한 현상은 쉽게 발견할 수 있기 때문이다. 사실 만력본 『금병매사화』에는 錯字가 매우 많은데 이 역시 작자가 문인이 아니라서보다는, 전후맥락으로 보았을 때 인쇄상의 착오로 보이는 것이 상당수 된다. 이와 더불어, 비속하고 조박한 대화는 작품이 하층예인의 손에서 나왔다라고 단정하기보다는 작품 중 인물의 성격을 표현하기 위해 작가가 활용해낸 수단으로 볼 수도 있을 것이다.

그렇다면 이번에는 작품의 텍스트 자체에서 보이는 개인 창작의 가능성을 찾아보도록 하겠다. 일반적으로 구전문학은 구두전승을 거쳐 점차 서면문학

---

33) 杜維沫, 「談談『金瓶梅詞話』成書及其他」, 『論金瓶梅』, (北京: 文化藝術出版社, 1984)

34) 「得鈔傲妻」(全二回), 「續鈔借銀」(全二回), 「葡萄架」(全一回), 「哭官哥」(全四回), 「遣春梅」(全四回), 「永福寺」(全四回), 「舊院池館」(全四回)은 모두 『清車王府鈔藏本子弟書』에 실려 있다. 『清車王府鈔藏本子弟書』下卷, (南京: 江蘇古籍出版社, 1993)

35) 艷情小說과 才子佳人小說은 情節, 人物性格 및 結局處理의 측면에서 모두 공식화되는 경향을 보인다.

으로 정착되는데, 이 과정에서 비교적 분명하게 '작자'라는 존재가 등장하게
된다. 즉, 한 개인이 작품을 정리하고 재창조하게 되면 자연히 그의 주관적
관점이 투입되게 되고, 그러한 관점은 전 작품을 일관한다. 『금병매』에서 우
리는 어렵지 않게 다음의 몇 가지 측면을 통해 이러한 작자의 존재를 느낄
수 있다.

『금병매』는 현실생활에서 제재를 취하고 있다. 그리고 작품이 핍진하게
市井인물들의 일상생활을 묘사하게끔 작용하고 있다. 張竹坡는 이에 대해
다음과 같이 언급한다.

> (『금병매』를) 읽어보면 마치 어떤 사람이 직접 붓을 들고 청허현 어귀
> 서문경의 집 앞에서 크고 작은, 전후의 접시 하나 공기 하나까지 일일이
> 다 기록하고 있는 듯해서 정말로 그런 일이 있었던 듯 하다.36)

『금병매』 이전 소설의 서사 대상은 대부분 전기적 색채를 띠는 역사적 인
물이거나 고사, 신화전설 중에 보이는 초현실적 영웅이었다. 『금병매』는 이
러한 비범한 세계로부터 일상의 현실세계로 하강했다. 뿐만 아니라 작가 笑
笑生은 역사연의, 영웅전기와 신마소설이 성행하던 시대에 단지 현실생활만
을 제재로 취하여도 독자들의 흥취를 불러일으킬 수 있다는 점을 인식하고
있었다. 이 점은 매우 중요하다. 이는 새로운 소설유형의 출현을 표명할 뿐
만 아니라 소설 창작에 대한 일종의 인식의 변화가 발생했음을 의미하기도
하기 때문이다.

비록 그러하더라도 『금병매』가 전인들의 창작방식에 영향 받고 있음은 앞
에서도 이야기한 바와 같다. 『수호전』의 情節과 인물을 차용하고 있고, 송대
를 배경으로 하고 있다는 점이 바로 그것이다. 이러한 재료들은 작자가 상상

---

36) "讀之, 似有一人親曾執筆, 在淸河縣前, 西門家里, 大大小小, 前前后后, 碟兒
    碗兒, 一一記之, 似眞有其事.", 張竹坡, 「批評第一奇書金瓶梅讀法」 第六十
    三條, 『皐鶴堂批評第一奇書金瓶梅』, (沈陽: 吉林大學出版社, 1994).

력을 발휘하는 기반을 제공하고 있으며, 작가가 직접 현실사회에서 제재를 선택할 때 그가 보았던 전대의 작품들이 그에게 창작의 편리함과 영감을 제공했다는 점이 흥미롭다. 곧잘 『금병매』가 다른 작품을 抄襲하였다는 증거로 사용되는 것이 바로 『금병매』 제 27회와 『如意君傳』의 성관련 묘사이다. 단편백화소설중의 情節, 희곡 『寶劍記』, 당시의 유행가요 등이 또한 이에 해당된다. 그러나 이것들은 모두 전체 고사와는 무관한 독립적인 단락들이 아니라 중심정절과 교묘하게 결합된 부차적인 情節이다.

하나의 가정을 중심으로 개인의 사생활을 묘사하고 있기 때문에 마치 작자가 등장인물의 방에 서 있으면서 자세히 규방의 일을 기록하는 것처럼 상세하다. 이러한 성질의 서술이 민간 說書의 직접적인 영향을 받았다고는 상상하기 어려울 것 같다. 왜냐하면 남녀간의 은밀한 일은 독자 개인의 독서행위에 적합하지, 대규모의 공개된 장소에서 이루어지는 구술에는 그다지 적합하다고 보이지 않기 때문이다.

『금병매』를 문인독립창작으로 보는 또 다른 하나의 이유는 **작가가 작품창작에 임하는 일관된 태도** 때문이다. 작품의 주제, 情節, 인물 등 서술에 있어 비교적 일관성을 유지하고 있다는 사실은 창작주체의 상황을 추측해 볼 수 있게 한다.

명대의 의화본소설의 작자들은 작품의 시작과 말미에 작품의 주제를 강조하였고[37], 장회소설의 작자 역시 그들과 마찬가지로 작품의 시작과 말미에 각종 형식(예를 들어 詩詞 혹은 故事와 神話)을 사용하여 자신의 창작의도를 설명하고 있는데 『금병매』의 작자 역시 예외가 아니다. 『金瓶梅詞話』는 四貪詞로 시작한다. 만약 과도하게 '酒色財氣'로 대표되는 향락생활을 탐하고 절제하지 않으면 비참한 결과를 면하지 못할 것이라고 경고하는데, 西門

---

37) 여기서 말하는 주제는 작품의 시작부분에 반영된 작자의 창작의도와 사상을 지칭하며, 독자들이 독서행위를 마친 후에 얻어낸 작품의 주제를 의미하는 것은 아니다. 모든 작품에서 작자가 표면적으로 드러내고 있는 주제와 독자가 스스로 독서를 통해 추출해낸 주제가 늘 일치하는 것은 아니다.

慶, 李甁兒, 潘金蓮, 麗春梅, 陳經濟 등의 비정상적인 최후는 모두 이 '四貪詞'에서 경고하고 있는 바와 합치한다.

작자는 작품의 전반부에서 각종 암시를 통해서 전체 情節과 인물의 운명에 대한 안배가 모두 이루어졌음을 알려준다. 『金甁梅詞話』第 29回 吳神仙來西門家看相에서는 서문경과 그 처첩들의 죽음을 예측하고 있는데 이는 고전소설에서 쉽게 찾아볼 수 있는 수법이라고 할 수 있겠다. 이를테면 도사나 중, 또는 도파 등의 인물이 등장하여 점을 보거나 관상을 보는 행위를 통해 인물의 운명을 암시하고 있는데 이는 情節의 안배라는 측면에서 보자면 전체 고사가 약 사분의 일쯤 전개된 상황에서 이루어진다. 이는 작자가 작품전체에 대한 구상을 이미 끝냈음을 보여주는 좋은 예라고 할 수 있을 것이다.

작품에 대한 전체 구상이라는 측면에서 볼 때 서문경 死後의 情節 역시 필수불가결하다. 왜냐하면 반금련에 대한 보응, 방춘매와 진경제의 간통이 가져온 불행한 결과 등은 모두 작자의 창작의도를 체현하는데 유효하게 작용하고 있기 때문이다. 그렇지 않다면 80회에서 100회까지의 긴 情節은 군더더기일 뿐이다. 서문경 사후 月娘이 독수공방하며 아들을 키우는 情節은 제 29회에서도 이미 암시된 바 있다. 때문에 혹자가 말하는 '79회 속작설'은 성립되기 어렵다.

서사구조의 측면에서 보아도 『금병매』는 이전의 작품과 다르다. 『삼국연의』, 『수호전』, 『서유기』 등 장편소설의 서사구조는 상대적으로 비교적 단순한데 이는 아마도 강창예술의 창작방식의 영향을 받고 있기 때문일 것이다. 이들은 선형서사구조를 가지고 있는데, 그 특징은 단선적으로 이야기가 전개되며 여러 개의 모순이 동시에 형성되거나 해결되지 않는다는 것이다.

『삼국연의』의 情節은 삼국이 대립 투쟁하는 史實을 따라 발전해간다. 그래서 그 모순과 情節의 전개가 시간의 제한을 받고 있으며 따라서 시간의 순서에 의해 이야기가 전개된다. 『수호전』은 각각의 등장인물과 고사가 『삼국연의』에 비해 상대적으로 독립되어 있지만, 전체고사와는 유기적인 연관성을 가진다. 주요인물은 한사람씩 등장하고 그 한사람을 중심으로 한편의 傳

을 만들어 내고 있다. 그러고 나서 다른 한 사람이 출현하여 또 다른 고사를 강술한다. 이러한 마치 한편의 독립된 영웅전기처럼 보이는 이야기는 하나의 전체 이야기에 종속된다. 형체는 비록 연결되어 있지 않지만 뜻은 서로 연결되어 있다고 할 수 있겠다. 그래서 각각이 하나의 인물 전기 고사라함직한 이야기들이 모여 일맥상통하는 유기적 구성38)을 이루고 있다고 할 수 있다. 한편 이보다 조금 늦게 등장한『서유기』는 전대의『삼국연의』와『수호전』의 영향을 받고 있어 양종의 세대누적형 선형구조의 성분을 갖고 있다. 서유기의 주요고사는 '唐僧往西域取經故事'를 취한 것이다. 그 모순의 충돌과 해결은 단선상에서 진행되고 하나의 난관을 통과해야 다시 다른 하나의 난관을 통과하게 된다. 마치 현대의 시추에이션 연속극처럼 매 편 서로 다른 배경과 엑스트라인물로 진행되는 것이다. 여전히 전체 이야기는 일관된 주제를 가지고 있으나, 매 편의 모순과 갈등은 연속성이 결핍되어 상대적으로 독립되어 있다.

　한편 세정소설은 이미 선형구조에서 벗어나 그물형 구조를 형성한다. 이 유파의 소설은 가정과 혼인을 중심으로 이야기를 전개하면서 광범위한 사회 각 계층 생활의 여러 모습들을 반영하기에 그 모순 역시 복잡하다. 예를 들어『금병매』가운데에는 서문경과 처첩간의 모순이 전체 이야기의 근간을 이루나 그 크고 작은 모순들 역시 이를 둘러싸고 전개되는 그물형구조의 추형을 보여주는데, 이는 단순히 세대누적형 창작방식에 의지해서는 출현하기 어렵다.39)

4. 서사대상의 전이와 개인독립창작

　중국 고전백화소설은 宋代 說話예술과 깊은 관련을 가지고 있다. 그 중 주의할 만한 것으로 說話四家중의 '小說'과 '講史'가 있다. 胡士瑩선생의 정

---

38) 石昌渝, 앞의 책, 331쪽.
39) 陳大康, 앞의 책, 98쪽.

리에 의거하여 양자의 특색을 귀납하여 표를 만들면 다음과 같다.40)

	小　　說	講　　史
篇　幅	짧다	길다
唱白構成	唱과 白을 겸비	說白위주
題　材	대부분 當代에서 取材, 現實生活과 비교적 밀접하게 결합	대부분 歷史에서 取材, 반드시 復雜한 歷史事件에 근거
編著方式	新聞의 編制, 頃刻간의 捏合에 능함.	'眞假相半'의 長篇敍寫
故事內容	一人一事 胭粉傳奇發迹變泰類	史書중의 興廢戰爭의 일 胭粉傳奇發迹變泰類도 가능하나 朝代의 興衰와 밀접한 關系있을 때에만 가능
藝術特徵	人物性格描寫가 비교적 세밀하고 抒情性이 비교적 强함.	精煉簡明한 敍述. 세밀한 抒情描寫는 比較적 적음.

　　소위 '話本'이라는 백화단편소설은 '小說'로부터 연변한 것이고 마찬가지로 서면화된 '講史' 는 역사연의소설을 말한다. 그러나 우리가 주목하는 것은 '章回小說'이 단지 강사에서 직접 연변하여 형성된 것이 아니라 '소설'과 '강사', 서로 다른 두 강창예술의 기초 아래 탄생했다는 점이다. 위의 표에서 보다시피 소설과 강사는 묘사하고 있는 대상과 제재 및 예술특징, 편저방식이 모두 다르다. 즉 제재가 다르면 이야기를 만들어내는 서사방식도 다를 수밖에 없다는 것이다. 역사적 사실을 제재로 취하다 보면 현실적인 제재를 취하는 것보다 작자의 상상력을 발휘할 여지가 상대적으로 적은 반면에, 현실적 제재는 이야기를 즉각적으로 꾸며내는 능력이 보다 강하고 현실사회의 연애와 혼인의 남녀관계를 묘사하는데 적합하다. 장회소설은 소설이나 강사보다는 후대에 이들의 영향아래에서 생겨났다. 서사방식에 있어서도 '설화'기

---

40) 胡士瑩, 『話本小說槪論』, (北京: 中華書局, 1980), 제 十七장의 第 一節과 第二節.

예의 영향을 받고 있는데 단편의 설화와 비교한다면 구전문학에서 보다 더 멀리 떨어져 나와 자기만의 독특한 장회체제를 형성하였던 것이다.41)

제재와 창작방식간에 밀접한 관계가 존재한다는 사실이 소설과 강사의 관계에서 나타났듯이, 장회소설의 발전에서도 이를 찾아볼 수 있다. 『삼국연의』, 『수호전』 같은 조기 장회소설이 기존의 것을 가공 개편하는 창작방식을 채용하고 있다면, 『금병매』의 출현 이후에는 장회소설이 역사의 속박에서 벗어나기 시작하여 핍진하게 일상생활의 갖가지 모습을 묘사하고 현실사회의 각종 모순과 갈등을 반영하는 창작방식에 보다 가까이 접근하였던 것이다.

따라서 이와 관련하여 『금병매』가 출현한 시기에도 주의할 필요가 있다. 간행시기에 관해서는 비록 '嘉靖說', '萬曆說'과 '天啓說'이 있지만 吳晗선생의 고증에 의하면 "아마도 만력십년에서 삼십년에 이르는 이 이십년 사이가 될 것이다. 한발 양보하여 가장 이르더라도 乾隆 2년을 넘길 수 없고 가장 늦더라도 만력 30년보다도 늦을 수는 없다"42)고 한다.

또한, 화본소설의 출판상황도 주시해야 한다. 嘉靖년간에는 『六十家小說』(즉 『靑平山堂話本』)이 출간되었고 萬曆년간에는 熊龍峰이 일련의 소설들을 간행한다. 그 후 泰昌, 天啓, 崇禎년간에 계속해서 馮夢龍과 凌濛初가 편찬한 『三言』과 『二拍』이 출현하였다. 이러한 사실들은 화본소설이 명중엽을 거쳐 천천히 번영의 단계로 접어들었음을 설명해주는데 바로 이때 장회소설에서는 역사연의, 영웅전기, 신마제재를 거쳐 세정소설이 출현하고 있다는 점이 흥미롭다. 당시 현실생활을 제재로 하는 화본소설과 세정소설이 거의 동시에 성행하였다는 사실은 세정소설의 탄생이 단지 우연에 의해 이루어진 것이 아님을 암시한다. 다시 말하자면 세정소설은 바로 이 소설과 강사의 合流, 백화단편과 장편소설의 合流43)라는 배경아래에서 가능했던 것이다. 백화단편소설의 강렬

---

41) 石昌渝, 앞의 책, 224쪽.
42) 吳晗, 「論金甁梅的著作時代及其社會背景」, 『論金甁梅』, (北京: 文化藝術出版社, 1984)
43) 胡士瑩, 앞의 책, 698-707쪽.

한 현실성은 장회소설의 창작에 영향을 미쳤고 작자에게 자기의 독특한 창작 풍격을 발휘할 수 있는 여지를 제공하였다.

중국고전소설은 단편백화소설이든지 장회소설이든지 모두 구비문학의 농후한 흔적을 가지고 있는데 『금병매』에 남겨진 이러한 흔적은 역으로 이 작품이 문인개인창작임을 설명한다. 예를 들자면 '看官', '說書的', '欲知後事如何, 且聽下回分解', '看官聽說' 등의 어투와 대량으로 채용하고 있는 운문은 모두 '설화'기예에서 기인한다. 그러나 자세히 살펴보면, 곤혹스런 현상을 하나 발견할 수 있다. 바로, 시간적으로 구비문학과 접근해 있는 작품에는 이러한 흔적이 두드러지게 나타나지 않고 오히려, 구비문학과 비교적 멀리 떨어져 있는 작품에서 더욱 더 현저하게 나타난다는 사실이 그것이다.

일례로, 화본소설의 일종 격식인 入話가 비교적 이른 시기의 『警世通言』, 『醒世恒言』에서보다 늦은 시기의 『西湖二集』과 『二拍』에서 더 현저하게 드러나는 것을 들 수 있다. 또한 陳大康의 통계표44)를 통해 후기 의화본 작가들은 입화니 得勝頭回니 笑耍頭回 등의 개념을 분리해서 의화본 구성성분 중의 하나로 삼았음을 알 수 있다. 입화는 본래 민간예인들이 설창을 할 때 필요에 따라 발전해 온 것이다. 조기의 화본에서는 의의상, 논리상 모두 正話와 별 관계가 없었는데, 후기 의화본 가운데서는 입화와 정화의 내용상의 관계가 점차 밀접해졌다. 또한 입화는 정화의 주제를 제시 또는 해석하기도 하고, 정화의 권선징악적인 효과를 강화시키기도 하면서 화본소설본문의 유기적 성분이 되었다.45)

상식적으로 말하자면 구비문학의 시대에서 멀어지면 멀어질수록 구술문학의 흔적은 응당 점차 감소해야 할 것이다. 그러나 실제로 서면화가 진행되면 될수록 일종의 구두문학의 흔적인 입화는 점차 강화되었다. 이런 현상이 나타나는 이유는 무엇일까? 필자는 그 이유를 창작상의 필요라는 측면에서 찾아보고자 한다. 작가가 화본소설을 창작할 때 '설화'문학의 색채를 강화하기

---

44) 陳大康, 앞의 책, 110쪽.
45) 石昌渝, 앞의 책, 247쪽.

위해서 혹은 설서인의 이야기 듣기에 이미 습관화된 독자들의 감상습관에 적응하기 위해서 고의로 이러한 종류의 창작방식을 선택했을 가능성이 있다고 생각한다.

동일한 상황은 장회소설에서도 발생한다. 그 대표적인 경우가 바로 『금병매』이다. 『금병매』는 한편으로는 문인독립창작의 여러 특징을 가지고 있지만 다른 한편으로는 구비문학의 흔적을 농후하게 보존하고 있는데, 특히 대표적인 구술식 서술을 하고 있다. '看官聽說'로 시작되는 작자의 평론이 그것이다. 이것은 『금병매』에서 시작된 것은 아니고 조기의 화본에서도 찾아볼 수 있다.46) 그러나 흥미로운 것은 '看官聽說'로 시작되는 작자의 직접평론이 『二拍』중에 비교적 많고 오히려, 『三言』중에는 비교적 적다는 사실이다.47) 또 다른 예로 寺村政男의 통계48)에 의하면 『수호전』100回 중에서 '看官聽說'로 시작하는 구절은 단지 네 부분뿐인데, 『금병매』에는 오히려 사십이 번이나 등장한다. 수량상 『수호전』을 초과할 뿐 아니라 운용의 형태에 있어서도 보다 다양화되어 있다. 그 원인은 과연 무엇일까?

구비문학의 특징과 창작방식간의 관계를 고려할 때 위의 현상은 단순히 구비문학의 영향이 아니라 작가가 서사방식을 선택하는 과정에서 생겨난 결과로 보인다. 중국소설사의 발전선상에서 보면 중국소설은 이 시기에 이미 서면화의 단계에 접어들었고 결코 설서인의 저본이 아니었다. 읽기 위한 열독물로서 창작된 것이었고, 사회적으로도 이미 출판상, 독자와 작가로 구성되는 출판시장과 유통구조가 형성되어 있었다.49) 이 사실은 특히 주목할 만

---

46) 『京本通俗小說』중의 「錯斬崔寧」과 『醒世恆言』중의 「十五貫戲言成巧禍」에 이러한 서술이 보인다.
47) 『喩世明言』에는 두번, 『醒世恆言』에는 여덟번, 『警世通言』에는 한번, 『初拍』에는 스물세번, 『二拍』에는 열두번이 보인다. 상세한 것은 寺村政男의 논문을 참조. 寺村政男, 「『金瓶梅詞話』中的作者介入文 − "看官聽說"考」, 『日本研究金瓶梅論文集』, (濟南: 齊魯書社, 1989)
48) 寺村政男, 앞의 논문.
49) 大木康, 『明末のはぐれ知識人 − 馮夢龍と蘇州文化』, (東京: 講談社, 1995), 183−188쪽.

하다. 플락스가 말한, 16세기 이후 소설의 정형화된 수사기교로 보는 것이
타당할 것이며, 문인작가는 이로써 미학적인 특수한 역할을 만들어 내고 있
는 것이다.50) 이러한 관점에서 보자면 『금병매』에 보이는 '看官聽說'류의 수
사기교는 단지 일종의 '說唱體'를 모방한 것일 뿐이다.

장회소설은 매회 말미에 "欲知後事如何, 且聽下回分解"의 문구로 끝맺고
있는데 이는 平話에서부터 전승되어 내려온 것으로, 중국고전소설의 작가들
은 이를 계승하고 있었다. 심지어 『홍루몽』에서도 마찬가지이다. 설서인은
당연히 청중의 주의를 계속해서 유지하고자 말했던 것이지만, 소설작자들은
독자들의 주의를 유지하려 하기 보다는 독자들에게 이미 친숙한 일종의 격
식을 만들어 계속 사용했던 것이다.

5. 문인작자와 소설창작

『금병매』에서 시작한 개인독립창작은 소설 창작의 불가피한 추세가 되었다.
그러나 『금병매』 이후에 나타난 『浪史』, 『繡榻野史』, 『濃情快史』, 『禪眞逸史』,
『禪眞后史』, 『隋煬帝艶史』 등의 작품을 보면 편찬자의 필명만이 서명되어 있
을 뿐 여전히 작자의 본명을 남기고 있지 않다.51) 이러한 현상은 아마도 소설
이 大雅之堂에 오르지 못했던 당시의 전통과 연관이 있을 것이다. 뿐만 아니
라 소설 속에 보이는 음란한 묘사들이 쉽게 비난을 불러일으킬 수 있기 때문
에 작가들은 자신이 이러한 종류의 소설 창작에 종사하고 있음을 다른 사람들
이 알게 되기를 원하지 않았을 것이다. 그럼에도 불구하고, 이러한 작품들 역

---

50) 浦安迪, 「『金瓶梅』非"集體創作"」, 『金瓶梅硏究』 第二輯, (南京: 江蘇古籍出
　　版社, 1991)
51) 그중에는 작자의 이름을 남기고 있는 것도 있다. 『繡榻野史』에 관해서 王驥
　　德이 일찍이 呂天成이 젊었을 때 지은 작품이라고 하였고, 『禪眞逸史』와 『
　　禪眞后史』는 方汝浩라고 서명되어 있는 것이 그것이다. 그러나 이는 극소수
　　의 예외일 뿐이다.

시 내용, 주제사상, 정절 등 제방면에서 『금병매』의 영향을 받고 있으며 또한 일개 작가에 의해서 편찬되고 있음을 부인할 수는 없다.

명말청초 대량으로 생산된 재자가인소설의 작가들 역시 본명을 남기고 있지 않지만 작품의 성질로 보건대 개인독립창작이라고 확정할 수 있다. 이후의 세정소설인 『醒世姻緣傳』, 『紅樓夢』, 『林蘭香』, 『歧路燈』 등등은 의심할 것도 없이 문인개인독립창작이다. 이로 보건대 세정소설이 흥성한 시기에 이르면 문인독립창작이라는 것이 이미 소설 창작의 보편추세가 되었음을 알 수 있다. 그렇다면 문인작가에게 소설 창작이 어떤 의미를 가지고 있었는지 고찰해 보자.

첫째, 소설 창작은 하층문인들에게 일종의 자아실현수단으로 작용하였다.

소설에 대한 사대부의 태도와 시가에 대한 그것은 완전히 다르다. 또한 소설가들은 정치적으로 성공한 혹은 상당한 지위를 가지고 있는 문인이 아니었고, 소설을 쓴다는 행위는 문인들의 일종의 심심풀이 행위였지 결코 정당한 일이 되지 못했다. 이러한 관념 아래서 비교적 빈한한 처지에 놓인 문인들이 소설 창작에 종사하는 경우가 많았다.

『금병매』의 작가에 관해서는 믿을만한 문헌기재가 없기 때문에 그가 어떤 신분의 사람이었는지에 대해서도 정론이 없는 형편이다. 재자가인소설의 작자에 관해서도 마찬가지로 고증하기 어렵다. 그들 역시 본명을 남기고 있지 않기 때문이다. 또한 적지 않은 연구자들이 고증을 통해 구체적인 인명을 제시하고는 있지만 확실한 근거가 부족하기는 마찬가지이다. 예를 들어 재자가인소설의 대표적 작가인 '天花藏主人'에 관해서 몇가지 설이 있는데, 청대 盛百二는 嘉興張博山이 『平山冷燕』의 작자라고 주장하였다. 다시 말하자면 張劭가 바로 天花藏主人이라는 것이다.52) 胡萬川은 天花藏主人이 張劭가 아니라 張勻이라고 주장하고53), 戴不凡은 天花藏主人과 天花主人, 天花才

---

52) 盛百二, 「柚堂續筆談」, 孫楷第의 다음 저서에서 재인용함. 孫楷弟, 『中國通俗小說書目』, (北京: 人民文學出版社, 1991), 152쪽.

53) 胡萬川, 「天花藏主人到底是誰」, 『話本與才子佳人小說之硏究』, (臺北: 大安

子, 煙水散人이 모두 동일인물인데 그가 바로 徐震이라고 주장한다.54) 또한 王靑平은 천화장주인이 馮夢龍과 관계있는 墨浪主人, 墨浪史, 墨浪仙主人이라고 간주한다.55)

또 다른 재자가인소설의 작가인 煙水散人의 경우도 이와 비슷하다. 지금까지의 연구에 의하면 단지 煙水散人이 天花藏主人과 동일한 시기에 활동했지만 동일인은 아니라는 사실이 밝혀졌을 뿐이다.56) 孫楷弟, 胡士瑩, 戴不凡, 柳存仁등은 煙水散人이 徐震이라고 주장하지만 확정할 수 없다. 본문의 목적은 이 작가들의 본명을 고증하는데 있는 것이 아니라, 작가의 신분을 통해 창작의도를 파악하는데 있다. 따라서 작자가 누구이건간에 작품 전후의 序跋을 분석하고, 거기서 언급되는 문인들의 생평과 사상을 고찰함으로써 작가의 창작의도를 밝히고자 한다. 먼저 천화장주인으로 거론되는 張勻, 張劭를 먼저 살펴보자.

다행히도 康熙年間에 嘉興人 沈季友가 편찬한 『柚李詩系』중에는 장균의 시 한수와 소전이 수록되어 있다. 이에 근거하면 장균은 "자는 宣衡이고 호는 鵲山이다. …… 나이 열둘에 소설(패사)를 지었으니 지금 전해지는 『平山冷燕』이 그것이다. 또한 전기도 지었는데 『十眉圖』, 『長生樂』 이십 종이 있다. 나라 안팎의 희곡계에서 다투어 이를 전파하였다." 그러나, 임종 때에는 "벌거벗은 채 왔다가 벌거벗은 채로 돌아간다. 입을 벌려 크게 웃고 미친 듯이 놀았다"57)고 말하고 있는데서 그가 고향에서 어느 정도 文名을 얻은 문인임에는 틀림없지만 생전의 생활이 그다지 여의치 못한 것으로 추정할

出版社, 1994)

54) 戴不凡, 「天花藏主人卽嘉興徐震」, 『小說見聞錄』, (杭州: 浙江人民出版社, 1980)

55) 王靑平, 「墨浪主人卽天花藏主人」, 『才子佳人小說述林』, (沈陽: 春風文藝出版社, 1988)

56) 胡萬川, 「再談天花藏主人和煙水散人」, 앞의 책.

57) "張秀才勻……, 勻字宣衡, 號鵲山, …… 年十二作稗史, 今所傳『平山冷燕』也. 又爲傳奇, 有『十眉圖』, 『長生樂』二十種, 海內梨園爭傳播之, 臨卒書云: 赤剝來時赤剝還, 放開笑口任顚頑", 沈季友輯, 『柚李詩系』卷二十八.

수 있다.

張劭의 상황도 이와 비슷하다. 그는 "어려서 신동으로 이름나 아홉 살 때 「도화부」를 지어 그 스승을 놀라게 하였고", 『木威詩鈔』六卷을 지었다."[58] 그러나 이 才子 역시 현실생활의 처지가 여의치 못하여 "산에 오르고 물을 내려다보며 옛날을 애도하며 슬퍼하는데, 문득 그 영락하고 불우한 기운을 발휘해서 시를 쓴다"[59]고 고백하고 있다.

재자가인소설의 작가로 거론되는 또 다른 문인으로 徐震이 있다. 그에 관해서는 역사기재 중에서는 관련된 자료를 찾을 수 없고 단지 그의 손에서 나온 것으로 여겨지는 『女才子書』의 序文 가운데서 그의 처지와 창작 당시의 심정을 엿볼 수 있다:

> "어찌 (내가) 지금 반백의 머리가 드문드문한 채, 부자유스럽게 끌채 밑에서 망아지 노릇을 하는 것과 같지 않은가?…… 당시를 회고하자니 (뜻은) 청운에까지 격동하여 오르고, 매진하려는 뜻을 품고서 봄바람 꿈 속에 있는 양 황홀하기만 하였다. 비록 그렇다고 해도 벼슬살이하는 영광이란 진실로 운명을 타고나야 하는 법, 하늘이 나를 곤궁하게 하니, 얼마나 불우한지!"[60]

여기에서도 화자가 젊은 시절 뜻을 크게 품었으나 일생동안 그 뜻을 제대로 펴지 못하고 불우하게 지내왔음을 짐작할 수 있다. 고대 문인들에게 공명을 추구하는 것이 최고의 심원이었듯이 소설가들도 마찬가지였다. 『麟兒報』의 작자는 다음과 같이 고백한다.

---

58) "少有神童之目, 九齡作『梅花賦』, 驚其師","著有『木威詩鈔』六卷", 胡昌基輯, 『續柚李詩系』卷十一.
59) "登山臨水, 吊古悲歌, 輒發其牢落坎壈之氣以爲詩", 『續柚李詩系』卷七.
60) "豈今二毛種種, 猶局促作轅下駒, ……, 回念當時, 激昂靑云, 一種邁往之志, 恍在春風一夢中耳. 雖然, 纓冕之榮, 固有命焉, 而天之窘我, 坎壈何極!", 煙水山人, 「女才子書敍」

"사람이 세상에 나와서 부귀공명을 취하고자 하는데 문장을 잘 짓는 것보다 귀하지 않은 것이 없다. 그러나 劉蕡는 낙제를 하였다. 또한 무예에 능한 것보다 귀하지 않은 것이 없지만 李廣도 분봉을 받기가 어려웠다"61)

이처럼 그들은 대부분 공명을 인생목표로 삼았고, 자신의 재주에 자부심을 갖고 있었지만 세상에서 자신의 뜻을 이룰 수 없었다. 자기의 뜻과 노력, 타고난 재주만으로는 부족했다. 그래서 많은 소설가들은 자신의 불우한 신세를 한탄할 뿐이었다. 천화장주인은 「四才子書序」중에서 자신의 회재불우를 이렇게 토로한다.

"대저 두 눈은 천지사방 사이에 노닐고 마음은 천추의 시간 위에 있다. 붓을 들면 비바람을 놀래키고 입을 열면 산천이 흔들린다. 매번 봄꽃과 가을 달을 대할 때면 감개가 넘쳐흐름을 그칠 수가 없다. 헛되이 가난하게 살면서 한 사람 지기의 연민도 받질 못했다. 불행하게도 초췌해져 죽게 되고 황천에 가서도 묻지 못할 고통을 품었으니 어찌 슬프지 아니 하겠는가!62)

그의 절망스런 한탄은 계속 이어지고 결국은 소설 창작에 종사하게 되는 이유를 고백한다.

"(임금을 위해) 헌신하여 일하고자 하나 할 수가 없고, 스스로 실망해

---

61) "人之涉世, 欲取功名富貴, 莫不貴乎能文, 然而劉蕡不第; 莫不貴乎善武, 然而李廣難封.", 天花藏主人, 「麟兒報序」
   劉蕡: 당나라 南昌사람. 文宗때 賢良對策에 응하여 환관의 화를 극론하였는데 試官이 환관을 두려워하여 그를 낙제시켰다.
   李廣: 서한의 무장. 무제 때에 북평 태수가 되었다. 흉노와 크고 작은 칠십여차례의 전투에서 승리한 바가 많아 흉노는 그를 비장군이라고 부르며 매우 두려워하였다.

62) "若夫兩眼浮六合之間, 一心在千秋之上, 落筆時驚風雨, 開口秀奪山川, 每當春花秋月之時, 不禁淋漓感慨, 此其才爲何如? 徒以貧而在下, 無一人知己之憐; 不幸憔悴以死, 抱九原埋沒之痛; 豈不悲哉!", 天花藏主人, 「四才子書序」

포기하고자 하나 또 차마 못하겠다. 갈 곳이 없다고 생각하니 부득이하게 오유선생을 빌어서 그 실현할 수 없는 황량사업을 발설하고자 하노라.63)

끊임없는 사회적 혼란, 改朝換代의 불안과 淸朝의 高壓政治, 이러한 상황은 문인들로 하여금 더 이상 갈 곳이 없다고 느끼게 하였고 부지불식간에 소설 창작에 종사하게끔 인도하였던 것이다. 『平山冷燕』에 다음과 같은 구절이 있다.

> "배에는 경륜이 가득하며 온 몸에 재주가 가득하고 오래도록 울분과 번뇌에 차 있으나 안부조차 묻는 이가 없다. 웃고자 하나 웃을 수 없고 통곡하고자 하나 할 수가 없으니 부득이 지상의 허구를 빌어 가슴 속의 호기를 쏟아 내고자 한다."64)

자신을 용납하지 않는 현실의 무정함 속에서 그저 붓대를 빌어 자신의 실현하지 못한 욕망을 풀어낼 수밖에 없는 애절함을 그들의 언급 속에서 느낄 수 있다. 이러한 작가들의 상황을 보다 잘 이해하기 위해서는 당시 문인들의 보편적 처지에 대해서 이해할 필요가 있다. 명청대 문인들이 공명을 실현하기 위해서는 과거시험을 통해 관료사회로 진출하는 길이 있었다. 먼저 자기의 고향에서 童試, 鄕試를 거쳐 生員, 擧人의 자격을 얻은 후에야 上京해서 會試에 응해 進士시험을 치를 수 있었다. 그리고 나서 다시 殿試가 있는데 이 전시의 일등을 바로 '壯元'이라고 불렀다. 일반적으로 과거고시로 관료가 된 사람을 '正道'출신이라 하는데 이 역시 상하 양층으로 구성된다.65) 그 길

---

63) "欲人致其身而旣不能, 欲自短氣而又不忍. 計無所之, 不得已而借烏有先生, 以發洩其黃粱事業.", 天花藏主人, 「四才子書序」
64) "滿腹經綸, 一腔才思, 抑鬱多時, 無人過問, 欲笑不可, 欲哭不能, 故不得已而借紙上黃粱吐胸中浩氣.", 「平山冷燕·總評」, 『平山冷燕』, (北京: 人民文學出版社, 1987)
65) 張仲禮, 『中國紳士-關于其在19世紀中國社會中作用的硏究』, (上海: 上海社會科技學院出版社, 1991)

이 얼마나 험난했는지는 몇 가지 통계를 통해 알 수 있다. 貢生, 擧人, 進士와 官員 등의 수는 太平天國 이전에 739199명이었다.66) 이 숫자는 문무양반을 포함하고 있지만 당시 인구가 4억 정도였다는 사실을 고려한다면 과거고시를 통과한 사람은 전인구의 0.815%뿐이었음을 알 수 있다. 다시, 周臘生의 통계에 의하면, 명대 276년간 88차례의 회시가 거행되었다. 즉, 회시가 평균 3.14년에 치러져 모두 24603명의 진사가 배출되었고 평균 매과에 236명이 합격한 셈이다.67) 명 만력년간의 중국인구가 약 6060만이었고 청 乾隆년간에 이르면 약 1.43억68)이 되는데 이 사실에 근거한다면 인구의 증가에 따라 과거에 응시하는 사람의 수도 응당 증가했으리라는 것은 어렵지 않게 추측할 수 있다. 그러나 상술한 숫자가 보여주듯, 명청대 인구는 2.4배 증가하고 있지만 진사의 숫자는 이에 상응하여 증가하고 있지 않다. 문제는 바로 여기에 있었다. 인구의 증가, 교육기관의 확대69)에 따라 과거고시에 자신의 일생을 걸고 공부하는 사람의 수가 크게 증가하였지만 과거를 통해 선발하는 인원은 일정했기 때문에 치열한 경쟁이 불가피했다. 그리고 이로 인한 대량의 낙방문인이 생겨났던 것이다.

이러한 격렬한 경쟁과 경제적 곤핍에 직면한 문인들은 부득이하게 여의치 못한 현실과 이상 사이에서 충돌하고 자아모순을 일으키게 된다. 비록 그들의 공명에 대한 열망은 식지 않았지만 현실사회는 그들을 용납하지 않았던 것이다. 이에 어떤 사람들은 앞길이 막힌 상황에서 공명에 대한 열망과 이상을 소설 창작에 기탁하게 되었던 것이다. 재모를 겸비한 재자와 이에 어울리는 미모의 가인이 연애를 하고 결국에는 장원급제하여 소원을 이룬다는 내용이 재자가인소설에 늘 등장한다. 또한 이 과정에서 황제나 재상의 사위가 되기도 한다. 그러나 이러한 情節은 당시의 현실에 거의 부합하지 않는다.

---

66) 이 統計數字는 張仲禮의 統計表에 근거한다. 자세한 것은 그의 책을 참조.
   張仲禮, 앞의 책, 150쪽.
67) 周臘生, 『明代狀元奇談·明代狀元譜』, (北京: 紫禁城出版社, 1993)
68) 劉長新·開極編, 『人口統計』, (北京: 中國財政經濟出版社, 1980), 36쪽.
69) 浦安迪, 앞의 책, 第一章.

고대 사회에 있어서 조혼은 보편적인 습관이었고 수년을 고생해서 공부하여 장원급제를 하였을 때, 그들의 나이 역시 이미 적지 않았다. 실제로 소설에서 묘사하고 있는 그런 소년 장원 혹은 진사는 있어도 결코 많지 않았으며 명문가의 딸과 자유로이 연애를 할 수 있는 가능성은 더 더욱 적었다. 이러한 사실로 볼 때 재자가인소설의 내용은 현실의 절실한 반영이 아니라 작자의 현실에서의 소원과 이상추구의 표현에 불과함을 알 수 있다.

이러한 懷才不遇의 문인 가운데는 비교적 부유한 환경에서 살다가 갑자기 곤궁해진 문인들이 있었다. 이 평범하지 않은 경력은 그들로 하여금 특수한 감흥을 갖게 하였고, 또한 그들이 평범하지 않은 작품을 쓰게 하는 動因으로 작용하기도 하였다. 역대 문인들이 제기한 '發憤', '不平則鳴' 등의 이론은 문인 자신의 간고한 경력과 창작간의 관계를 설명해 준다. 가장 좋은 예는 曹雪芹이다. 그는 어릴 적에 부귀영화를 누렸지만 오래지 않아 가세가 몰락하여 본인은 "그림 그려 판 돈으로 술값을 지불하(賣畫錢來付酒家)"[70]는 지경에까지 이르렀었다. 그의 불우한 환경은 脂硯齋評本 중에 감동적으로 서술되어 있다.

> 헛된 인생은 쓸데없이 분망하기만 하고
> 성대하고 화려한 연회도 결국 끝났구나.
> 슬픔도 기쁨도 갖가지나 환멸임은 마찬가지고
> 고금의 꿈들은 모두 황당하기만 하다.
> 붉은 소매에 눈물 자욱이 짙다고 말하고
> 더욱이 바보 같은 사랑에 한만 오래도록 품고 있네.
> 글자마다 모두가 피범벅이니
> 십년동안의 수고가 범상치 않구나.[71]

---

70) 敦敏, 「懋齋詩鈔·贈芹圃」
71) "浮生着甚苦奔忙, 盛席華筵終散場. 悲喜千般同幻渺, 古今一夢盡荒唐. 漫言紅袖啼痕重, 更有情癡抱恨長. 字字看來皆是血, 十年辛苦不尋常".,「凡例」, 『脂硯齋評批紅樓夢』, (濟南: 齊魯書社, 1994)

40 明淸世情小說硏究

창작이란 주체의 외부세계에 대한 반응과정을 거쳐서 일어나므로 부지불
식간에 주체의 이상과 희망이 작품 속에 투입되게 마련이다. 따라서 명청 시
기 세정소설의 작가들 상당수가 회재불우한 문인이었다는 사실은 세정소설
의 어떤 특징을 형성하는데 영향을 미쳤음에 틀림없다. 현실 사회의 여의치
못한 환경 중에서 생활한 그들이 자신의 실현되지 못한 이상, 포부, 자아실
현의 원망을 소설 속에 기탁했을 가능성은 대단히 높다.

둘째, **소설 창작은 다른 한편으로 하층문인들에게 생계수단의 구실을
제공하였다.**

당송 이래 상품경제의 발전, 시민계층의 확대와 함께 통속문화 역시 이에
맞춰 생겨났다. 명대에 이르면 인쇄술의 발전과 보급이 이루어지면서 출판업
의 활성화를 촉진하게 되고 이것이 통속소설의 성행에 매우 유리한 환경을
제공했다. 서적을 인쇄하는 데는 대량의 자금과 노동력이 투입되어야만 했기
때문에 早期의 출판 사업은 자금동원능력을 가진 사원과 관부에 의해 주로
독점되었다. 그리고 이러한 상황은 명대중후기 가정, 만력년간에야 비로소
변화가 생겨났다.72)

출판업이 발달하고 통속소설이 성행하면서 출판상은 간행할만한 가치가
있는 원고를 필요로 하였다. 그리하여 출판상은 때로는 지방의 유력인사에게
소설편찬을 부탁하였고73), 때로는 書會선생이나 하층문인에게 편찬을 의뢰
하기도 하였다. 이것이 바로 몰락한 문인들에게 새로운 생계유지의 길을 제
공했던 것이다. 실제로 당시의 書會先生 혹은 통속소설을 간행하고 편찬했
던 대다수 문인들은 과거에 실패한 후에야 비로소 이 직업에 종사했던 것이

---

72) 大木康, 앞의 책, 184 쪽－185쪽.
73) 예를 들어 凌濛初가 있다. 그는 출판상인의 요청을 받아들여 『拍案驚奇』과
　　『二刻拍案驚奇』을 편찬하였는데 당시의 상황을 이렇게 말한다. "서상들에
　　의해 (잘 팔릴 것으로) 예측되어 간행해 주도록 부탁받았다. 이에 베끼고
　　끌어 모아 한 편을 만드니 사십 종이나 되었다. ……상인이 이를 시험 삼아
　　해보고 모방하고 또 다시 하고…… (爲書賈所偵, 因以梓傳請. 遂爲鈔撮成
　　編, 得四十種.……賈人一試之而效, 謀再試之.)", 「二刻拍案驚小引」, 『二刻
　　拍案驚奇』, (南京: 江蘇古籍出版社, 1990)

다. 그들의 창작과 편찬의 동기는 당연히 경제적 이익이었다.74) 이 때문에
대량의 모방과 표절현상은 면할 수 없었던 것이기도 하다.

　명대의 유명한 출판상 겸 소설편찬자였던 余象斗는 비록 그 자신이 서로
비슷비슷한 소설을 편제해냈다는 혐의에서 자유로울 수는 없지만 이러한 유
사한 저급소설의 만연에 대해 격렬하게 비판하고 나섰다.

> "이에 많은 사람들이 영리를 목적으로 하여 간행하였는데, ……(이는)
> 전인들의 전철을 밟아 남의 뒷먼지를 쫓는 것이다. 지금 본방에 스스로
> 자립한 자가 진실로 많지만 이익만을 추구하여, 베끼는 부끄러움을 모르
> 는 자도 있으니, 이방의 무뢰한, 변방에서 유랑하는 도망간 노비와 함께
> 남이 이미 출간한 것을 번각하고자 하는 자들이다. 남이 뱉어놓은 것을
> 그대로 따르고 땀을 흘리지 않고 얻으려하니 지독하게 염치가 없기도 하
> 다!"75)

　그의 말에서 당시의 소설 창작과 출판계의 상황이 어떠했는지 어렵지 않
게 짐작할 수 있다. 하층문인과 영리를 목적으로 하는 출판상인의 결합은 당
연하게도 소설의 획일화를 조성하고 대량의 유사한 작품들을 양산했던 것이
다. 대중의 환영을 받는, 상업적으로 성공한 작품이 나타나면 이를 모방한
작품이 대량으로 출현하고 있는데, 어떤 것은 그 내용을 모방하고, 또 어떤
것은 情節을 이어서 續書를 만들고, 어떤 것은 구조와 인물만 살짝 개편하
고 있다.

　셋째, **고대문인들이 갖고 있던 계몽의식**은 소설 창작에 종사하였던 문인
들의 의식 속에 여전히 작용하고 있었다.

　중국고대사회에 있어서 문인은 전 인구 가운데 차지하는 비율이 지극히

---

74) 謝桃坊, 「從書會到書坊的市民文學」, 『古典文學知識』, 1993年 第五期.
75) "乃多爲射利者刊,…… 踐人轍迹而逐人塵后也. 今本坊亦有自立者, 固多, 而
　　亦有逐利之無恥, 與異方之浪棍, 遷徒之逃奴, 專欲翻人已出之刻者. 襲人唾
　　余, 得無垂而汗顔, 無恥之甚乎!", 余象斗, 「八仙出處東游記引」

낮았다. 그러나 그들은 사회의 우수한 엘리트로서 자부심을 갖고 있었을 뿐 아니라 사회에 대한 강렬한 책임감도 갖고 있었다. 게다가 유가문화의 공리성은 문인사대부 특유의 계몽의식을 형성하게 하였고 소설 창작에 종사한 문인들 역시 예외는 아니었다.

소설의 序跋文을 살펴보면 작가들이 '敎化爲先'의 의식을 가지고 공리성이 강한 작품을 창작하고 있음을 어렵지 않게 발견할 수 있다. 『詩經』, 『書經』, 『春秋』등과 자신의 작품을 비교하여 소설의 교화성을 강조하고 있는 예가 이에 해당한다. 작가들의 이러한 행위의 근저에는 아마도 소설의 지위를 제고하고 자신의 작품을 과찬하려고 하는 의도가 있었던 것이다. 또한 '喩世明言', '警世通言', '醒世恒言'으로 명명된 명대 의화본 소설집에서도 편찬자의 소설에 대한 일종의 견해를 볼 수 있는데, 바로 세속을 교화시키겠다는 것이다. 卽空觀主人은 백화소설을 다음과 같이 정의한 바 있다. "송원 때에 소설가가 있었는데 대부분 골목길의 신기한 이야기를 채집하여 궁정의 이야기 밑천으로 삼았다. 언어가 대부분 淺近하고 뜻은 권계하고 풍자하는 데 있다."76) 그는 여기서 이미 소설의 내용과 독자를 설정하고 있을 뿐 아니라 문체상의 특징 즉, 언어의 통속성과 문의상의 풍유성을 지적하고 있다. 명청시대 세정소설의 작지는 대부분 자신들의 창작목표가 "풍유와 교화에 주로 힘쓰는(主持風敎)"77)데 있고, "대저 패관야사의 책은 풍화에 도움이 되는 것이어서 간행하여 전파하고 그것으로서 분명히 권계를 삼을 수 있는", "선한 것은 좋아하고 악한 일은 미워하는 이야기"78)라는 인식을 가지고 있었다.

재자가인소설이 비록 통속성과 상업성이 농후하기는 하지만, 그 작가들은 여전히 소설의 교화공능을 잊지 않고 있는 듯 하다. 『快心編』의 저자 天花才子는 "세상을 권계하는 깊은 뜻을 함유하였고"79), 『春柳鶯』에 序를 쓴 吳

---

76) "宋元時, 有小說家, 多釆閭巷新事, 爲宮闈應承談資, 語多俚近, 意存勸諷", 卽空觀主人, 「拍案驚奇序」
77) 履先甫, 「禪眞逸史・凡例」
78) "大凡稗官野史之書, 有裨風化者, 方可刊播將來, 以昭鑒戒.", "多善善惡惡之談.", 西周生, 「醒世姻緣傳・凡例」

門捄飮潛夫도 "그러므로 패관야사는 더러움을 구하고 피할 수 있게 하니 이때에 흥성하였다. 일시에 시정배들이 이를 읽었지만 재주를 사랑하는 자들에게는 (이를) 권하고 색을 좋아하는 자들에게는 경계가 됨을 알지 못하고 도리어 색을 취하고 재주를 미워하고 그저 丑, 淨 역할을 할 사람이면서 生, 旦 역할을 하려고 하니 또한 어찌하란 말인가"[80]라며 소설을 악습을 교정하는 도구로 간주하였다. 이처럼 소설은 "탐욕스런 자, 색귀로 하여금 경계하는 바를 알도록 하는"[81] 공리적 목적을 가지고 있었으므로 소설이 담고 있는 내용도 자연히 현실에 근거하고 있어야만 했다.[82] 따라서 이들에게 '勸懲'의 작용을 가지고 있는 소설은 결코 '末技'가 아니라 詩文과 비견될 수 있는 文體였다.

이처럼 공리적 전통문학관은 문인 특유의 계몽의식을 배양하였고, 소설을 계몽적 도구로 인식하게 하였다. 그래서 이러한 경향은 소설가들로 하여금 창작시 권선징악, 인과보응적 성격을 농후하게 드러내게 하였고, 이는 일상생활을 배경으로 하고 있는 세정소설에서 더욱 현저하게 드러날 뿐만 아니라 인과보응적 서사구조[83]로까지 발전하고 있다.

넷째, 계몽의식과 더불어 문인들이 가지고 있던 **입언의식** 역시 그들의 소설 창작에 긍정적인 측면으로 작용하였다.

고대 지식인에게 이상적인 일생이란 마땅히 "열다섯에는 학문에 뜻을 두고 서른에는 자립하고 사십에는 미혹되지 않으며 오십에는 천명을 알고 육십에는 귀가 순해지고 칠십에는 마음이 하고자 하는 대로 해도 어긋남이 없

---

79) "亦寓勸世深衷", 天花主人, 「快心編・凡例」
80) "故稗官野史, 救汚闢穢, 于此爲盛. 一時市人讀之, 不知憐才爲勸, 好色爲戒, 反取色而惡才, 直欲丑淨而作生旦, 又烏得乎.", 吳門捄飮潛夫, 「春柳鶯序」
81) "以爲貪夫, 色鬼知所警戒之爾", 南陽子虛居士, 「繡革記全傳序」
82) 이에 관해 滄浪隱士는 이렇게 이야기한다. "반드시 세상 사람들과 세상 일들을 바탕삼고 하나하나 근거가 있어야 바야흐로 세상을 경계할 수 있다. (必次世人世事, 鑒鑒可據, 方能警世)", 滄浪隱士, 「繡革記全傳跋」
83) 자세한 것은 다음을 참조, 졸저, 「明淸世情小說的敍事特質硏究」, (北京: 北京大學 博士學位論文, 1996)

는"84) 것이다. 또한 그들이 필생의 정력을 들여 추구해야할 최고의 목표라면
"크게는 입덕이고 그 다음으로는 입공이며 그 다음으로는 입언"85)이었다. 왜
냐하면 세계만물 중에 바로 이 세 가지만이 "비록 세월이 오래 흘러도 폐하
지 않기에 이를 일러 불후하다고 말할 수 있는 것이기"86) 때문이다. 그런데
入德은 실행하기 너무 어렵고, 入功은 역사상의 특정한 조건을 필요로 한다.
상대적으로 말해서 지식인에게는 立言이 실천할 수 있는 가능성이 비교적
크다고 할 수 있다. 따라서 역대로 수많은 문인인들이 이를 위해 심혈을 아
끼지 않고 孤軍奮鬪했던 것이다.

소설은 오랫동안 大雅之堂에 오르지 못했고, 문인들이 종사하는 정통적인
문체가 아니었기 때문에 소설 창작을 입언의 문체로 삼는 경우는 결코 많지
않았다. 뿐만 아니라 전통적으로 입언은 대체로 자신의 정치적 입장이나 사
상, 정책을 논술하는 論·說 등의 형태로 이루어졌었다. 그러나 명대 이후 상
업경제의 번영은 소설에 대한 수요를 증가시켰고 또한 사상계에도 대담하게
'欲'과 '情'을 긍정하는 조류가 대두하였다. 그리고 이는 소설 창작에 유리한
조건을 제공하게 되었으며, 일련의 소설가들 중에는 소설을 입언의 문체로
인식하는 사람들도 생겨났다.

> 저서를 저술하고 입언하는 데는 그것의 크고 작음을 막론하고 반드시
> 인심과 세도에 관한 것을 귀하게 여겨야 한다.87)

말할 것도 없이, 당시 적지 않은 문인들은 사회의 하층에 속해 있었고 생
계유지를 위하여 출판상의 요구에 응하여 소설을 편제하였다. 그러나 확실히
다른 일부의 문인들은 빈곤한 현실 가운데 생활하면서도 謀生을 위해 賣文

---

84) "十有五而志于學, 三十而立, 四十而不惑, 五十而知天命, 六十而耳順, 七十而
　　從心所欲, 不逾矩.", 『論語·爲政』
85) "大上有立德, 其次有立功, 其次有立言", 『左傳·襄公二十四年』
86) "雖久不廢, 此之謂不朽.", 앞의 책.
87) "著書立言, 無論大小, 必有關于人心世道者爲貴.", 「隋煬帝艶史·凡例」

하지 않고 또 立身揚名을 위해 문장을 지은 것도 아니었다. 그들은 단지 자기의 진실한 사상정감을 소설 창작에 기탁하는 매우 진지한 창작정신을 보여 주었다.

曹雪芹은 乾隆 10年 前後로 『홍루몽』를 집필하기 시작하여 27년(혹은 28년)에 미처 다 완성하지 못한 채 죽었다. 李海觀은 『岐路燈』을 쓸 당시, 중간에 붓을 꺾은 20년을 제외하고 십년의 세월을 들였으며, 李百川은 십년의 노력으로 『綠野仙踪』을 완성했다. 夏敬渠은 언제 起筆하기 시작한지 정확하지 않지만 그가 집필을 완료했을 때는 이미 75세였다. 이들은 대부분 자신의 생전에 자신들의 작품이 출판되어 대중의 환영을 받는 것을 보지 못했다. 심지어 『기로등』은 현대에 와서야 출판된다. 만약 그들이 창작에 임하였을 때 다른 목적, 예를 들자면 출판이라든가 영리라든가 문명을 얻을 욕심 등이 있었다면 그들은 결코 그렇게 장시간 동안 언제 출판될 지, 어떤 평가를 받을 지도 모를 작품에 이와 같은 열정을 투자할 수 없었을 것이다. 이러한 점에서 보자면, 그들의 행위는 단지 창작 자체만을 위해 자신의 열정을 바치는 투철한 작자정신에서 기인했다고밖에 설명할 방법이 없다. 그리고 이러한 진지한 창작정신은 전통문인들이 갖고 있던 입언의식에서 영향 받은 바 크다고 할 수 있을 것이다.

6. 맺음말

중국소설사에 있어 세정소설의 출현은 창작제재, 창작주체, 창작수법 등 여러 방면에서 거대한 변화가 일어났음을 나타낸다. 『금병매』는 이 변화의 시작을 알리는, 한편으로는 이 부류의 소설을 대표하는 여러 특징을 지닌 작품이었다. 이전의 역사연의, 영웅전기와 신마소설은 역사제재 혹은 초현실적인 제재를 선택하여 민간구비전승을 가공개편하는 창작방식으로 이루어졌고,

이 때문에 이들 유파의 작품은 세대누적형에 속한다. 세정소설과 백화단편소설의 제재는 기본적으로 일치하며 현실생활에서 取材하고 비교적 광범위하게 세속사회의 제방면을 섭렵하고 있기 때문에 작자들로 하여금 기존의 제재를 가공 정리하는 수준에서 벗어나 자신의 상상력을 발휘해 독립 창작할 수 있는 여지를 제공하였다.

한편 세정소설은 여전히 구비문학의 흔적을 가지고는 있으나 이러한 현상은 구비문학의 영향을 직접 받아서라기보다는 작자가 서사방식을 선택하는 데 있어 생겨난 결과라고 할 수 있을 것이다. 이 시기 중국통속소설은 이미 서면화의 단계에 진입하였고 결코 설서예인들의 저본을 충당하기 위한 것이 아니라 독자들의 읽을거리를 위하여 창작되었기 때문이다. 특히, 강남지방에 이미 출판상, 독자군, 작가로 구성되는 출판시장과 유통구조[88]가 형성되어 있었음에 주의할 필요가 있다.

세정소설의 작가 상당수는 懷才不遇한 문인이었으며 그들은 냉혹한 현실과 이상 사이에서 배회하였기에 내심은 모순으로 가득했다. 그 가운데 어떤 이들은 자아실현의 원망을 소설 창작에 기탁하였으며, 과거에 실패하고 경제적인 곤핍함을 겪는 이들은 모생을 위해 붓을 들기도 했는데, 당시 번영했던 출판업은 그들에게 새로운 활로를 제공했던 것이다. 그들은 또한 어릴 적부터 유가교육을 받으면서 전통문인이 지녔던 '以敎化爲先'의 문학관을 가지고 있었기 때문에 세정소설에는 그들의 敎化意識, 啓蒙意識과 立言意識이 顯現되어 있음을 알 수 있다. (『中語中文學』 第 21集, 1997年 12月)

---

88) 大木康, 앞의 책, 187-188쪽.

世情小説의 諷刺的 敍述

－『金甁梅』를 中心으로

1. 들어가는 말

　魯迅이 『中國小說史略』에서 중국의 고전소설의 분류화를 시도한 이래로, 중국소설연구자들은 대부분 큰 의심 없이 그의 분류를 따랐다. 그는 明代 章回小說을 歷史演義, 英雄傳奇, 神魔, 人情으로 분류했고, 淸代 小說은 人情, 諷刺, 花柳, 譴責 등등으로 세분했다. 그 중 풍자소설이라는 범주는 제재로 분류된 다른 범주들과는 달리, 서술기법상에 따른 분류항이어서 자못 주목된다. 그는 淸代 章回小說 『儒林外史』를 중국 풍자소설의 모범으로 보고, 풍자의 목적과 대상 등 풍자에 관한 이론을 전개한 바 있다. 그래서 지금까지 많은 연구자들의 풍자소설에 관한 연구는 『유림외사』를 중심으로 노신이 분류한 풍자소설에만 한정되었고, 기타 다른 부류의 소설에 나타난 풍자성에는 그다지 주의를 기울이지 않은 것이 사실이다.

　그러나 문학이 현실을 그대로 반영하는 것이 아니라 작가의 현실에 대한 인식을 예술적으로 처리한 것임을 감안한다면, 풍자란 불합리한 현실에 대한 작가의 예술화된 항의라는 이완 잭슨의 정의1)는 매우 적절하다. 그리고 이

---

1) 현실에 관심을 갖고 있는 작가들은 부단히 변화하는 불합리한 세태를 보면서 자신의 주관적인 느낌과 생각을 가지게 된다. 문학창작물이라는 것이 현실에 대한 기계적 반영이나 기록물이 아니라 일종의 예술적 처리과정을 거친 것인데, 바로 이러한 예술화된 비평을 이완 잭슨은 '풍자'라고 보았던

러한 풍자는 풍자를 목적으로 하는 소설이 아닌 다른 형식의 소설에서도 다양한 방식으로 이루어지고 있음을 발견할 수 있다. 특히 장회소설 가운데서 가장 현실생활을 핍진하게 반영하며 불합리하고 변화무쌍한 인정세태를 배경으로 세태에 영합하는 다양한 인간군상을 묘사하는 世情小說에는 언제나 당대 현실의 부조리에 대한 작가들의 곱지 않은 시각과 풍자가 많게 혹은 적게 담겨져 있는 것은 당연하다고 하겠다.

특히 세정소설의 효시라고 알려진 『金甁梅』는 魯迅이 '世情書'라고도 부른 데서도 알 수 있듯이 세정소설의 풍자성이 가장 잘 드러나는 작품이기도 하다. 따라서 本考는 바로 이 『금병매』를 중심으로 세정소설에서 광범위하게 이루어지고 있는 풍자적 서술이 어떤 방식으로 이루어지고 있는지 살펴보고자 한다. 풍자 혹은 풍자성에 관해서는 이미 선행연구자들의 연구2)가 있는 관계로 제 2장에서는 세정소설과 관련된 것으로 논의의 범주를 국한시켜서 비교적 간단히 언급할 것이다. 세정소설의 어떠한 특성이 이러한 풍자적 서술을 하도록 만들었는지 검토하고, 제 3장에서는 세정소설에 보이는 풍자적 서술을 구성하는 다양한 서술기법들을 구체적으로 분석할 것이다.

2. 世情小說과 諷刺

세정소설이 다른 범주의 소설들과 구별되는 가장 큰 특징은 무엇보다도 現實的인 題材에 있다. 따라서 작품의 배경은 대개가 독자나 작가와 모두 同時代性을 공유하게 되고 당시의 사회현실의 다양한 측면을 반영하게 되는데,

---

것이다. 여기서 풍자란 현실사회와 매우 밀접한 관련을 가진 문학양식임을 알 수 있다. 자세한 것은 다음을 참조. 아서 폴라드, 『풍자란 무엇인가』, (서울: 서울대학교출판부, 1986)

2) 예를 들어 서구의 풍자론이나 노신의 풍자론 등에 자세한 논의는 다음 논문을 참조. 오순방, 「중국장편소설의 특질」, 『中國小說論叢』 제 1집, (서울: 한국소설학회, 1992)

그 중에는 자연히 현실에 대한 작가의 주관적인 판단이 개입하게 마련이다.

이러한 넓은 의미의 현실비판적 풍자는 일찍이 중국문학 속에 보인다. 가장 오래된 중국문학으로 일컬어지는 『詩經』에서도 그 전통을 찾을 수 있고,3) 풍자에 관한 서술 역시 『시경』의 해석을 둘러싸고 전개되었다. 예를 들어 「毛詩序」의 '六義說'은 시의 공능과 가치를 총괄하고 있는데 그 가운데서 '風'에 관한 해석은 자못 주의할 만하다.

> 윗사람은 아랫사람을 풍화하고 아랫사람은 윗사람을 풍자하는데 문사를 주로 하여 간하면 말하는 자도 죄가 없고 듣는 자도 족히 경계로 삼을만하다. 그래서 풍이라 한다.4)

또한 孔穎達은 「毛詩正義」에서 이를 다음과 같이 해석했다.

> 신하가 시를 짓는 것은 임금을 풍간하기 위해서이고 임금은 또한 이를 이용하여 교화한다. 그러므로 윗사람이나 아랫사람에게 말할 때 모두 이 육의의 뜻을 이용하는 것이다. 위로는 임금이 이 육의를 이용하여 감동시켜 교화하고 아래로는 신하가 이 육의를 이용하여 임금을 풍유로 풍자한다.5)

이상의 언급을 통해 볼 때, 古人들도 이미 문학의 비판적 기능과 그 표현 방법에 대해 인식하고 있었음을 알 수 있다. 이러한 전통은 자연히 시나 산문뿐 아니라 소설 창작에도 영향을 미쳐서 중국문학의 특징 중의 하나라고

---

3) 예를 들어 『詩經』에 수집된 작품 가운데에 魏風중의 「葛履」, 「伐檀」, 唐風중의 「鴇羽」, 小雅중의 「節南山」, 「何人斯」, 「巷伯」, 「四月」, 大雅중의 「民勞」 등등은 풍자시로 분류될 만큼 현실에 대한 풍자가 시에 충만하다.
4) "上以風化下, 下以諷刺上, 主文而譎諫, 言之者無罪, 聞之者足以戒, 故曰風.", 「毛詩序」
5) "臣下作詩, 所以諫君, 君又用之敎化, 故又言上下, 皆用此上六義之意. 在上人君用此六義風動敎化, 在下人臣用此六義以諷喩箴刺君上.", 孔穎達, 「毛詩正義」.

할 수 있는 문학의 전반적인 敎化中心主義적 성향을 낳았다. 또한 풍자는 개선하는 것을 목적으로6) 하기 때문에 이런 교화성이 강한 문학작품에서 풍자가 두드러지는 것은 어쩌면 당연하다고 하겠다. 魯迅은 소설에서의 풍자에 주목하여 그의 『中國小說史略』에서 다음과 같이 언급한 바 있다.

> 사회에 대한 날카로운 풍자를 소설(稗史)에 기탁하는 것은 晉唐시기에 이미 있었으나 명대에 이르러 성했는데, 특히 인정소설에서 더욱 그러하였다. 그러나 이런 류의 소설들은 대개 어느 한 사람을 설정해 놓고 그의 형편없는 모습을 자세히 묘사함으로써 상대적으로 훌륭한 선비와 대비시켜 그 재화를 드러나게 하였다. 그렇기 때문에 왕왕 현실적이지 못하고 그 용처가 조롱거리에나 비할 수 있을 따름이다. 비교적 뛰어난 작품은 묘사 역시 때로 뛰어난 점이 있고 사회에 대한 날카로운 풍자 역시 칼날보다 더 예리한 경우도 있다…… 오경재의 『유림외사』가 나오고 나서야 공정성을 견지하면서 당시의 폐단을 지적하게 되었으니, 특히 당시 사대부계층에 그 풍자의 예봉을 겨누었다. 그 문장은 또한 개탄하는 가운데 해학이 있고 완곡하면서도 풍자가 많이 담겨 있었다. 이에 소설 가운데 비로소 諷刺之書라 부를 만한 것이 나오게 되었다.7)

노신은 여기서 풍자소설의 개념을 처음으로 제기하면서 풍자의 태도와 풍자대상, 풍자의 기교에 대해서 언급했을 뿐 아니라 풍자의 두 가지 표준까지도 세웠다. 즉, "개탄하는 가운데 해학이 있고 완곡하면서도 풍자가 많다(戚而能諧, 婉而多諷)"고 한 것은 바로 풍자의 희비적 효과와 그 완곡성에 대해서 말한 것이다. 그의 이러한 인식은 서구의 풍자에 대한 인식과 크게 다

---

6) 魯迅은 풍자는 항상 풍자대상이 개선되기를 바라는 선의에서 나온다고 생각했고, 드라이든과 드포우도 풍자의 주요 목적이 '악을 교정하고', '개심'시키는데1) 있다고 보았다. 자세한 것은 다음을 참조. 魯迅, 「什麼是"諷刺"－答文學社問」, 『魯迅全集』, 第 6卷, 드라이든(Dryden), 『諷刺詩論』(Discourse Concerning Satire), 드포우(Defoe), 『진정한 영국인』(The True Born Englishman)의 序文.

7) 魯迅著, 조관희 역, 『中國小說史略』, (서울: 살림, 1998)

르지 않지만 서구에서는 풍자의 형식과 어조에 대해서는 보다 상세하게 분류한다. 클라크는 풍자에 관해서 다음과 같이 말한다.

> 풍자는 우행의 폭로와 사악의 징벌이라는 두 점을 풍자의 세계의 초점으로 하여 타원형을 그리며 왕복운동을 한다. 풍자는 경박한 것과 진지한 것 사이를, 그리고 아주 사소한 것과 몹시 교훈적인 것 사이를 왕복하며, 극히 유치하고 잔인한 것으로부터 고도로 세련되고 우아한 것에 이른다. 풍자는 독백, 대화, 서간, (연설, 서술,) 인용, 서사, 풍속묘사, 성격묘사, 우언, 환상, 곡해, 골계, 패러디 및 선택한 다른 표현수단이 단독으로 혹은 연합으로 운용되기도 한다. 또한 풍자에 속하는 어기, 예를 들면 해학, 조소, 반어, 사르카즘, 시니키즘, 욕설 등등을 빌어서 표현되는 등 그 형식은 대단히 다양하다.[8]

이상의 언급에서도 알 수 있듯이 풍자의 수법은 실로 다양하기만 하다. 노신은 풍자를 풍자소설에 한정시켜 논했지만 풍자라는 것이 현실에 대한 작가의 일종 반응이라고 볼 때 모든 문학양식에서 다양한 방식으로 이루어지는 풍자를 발견할 수 있을 것이다. 특히 작가와 현실세계 사이의 거리가 거의 동시대적인 세정소설에서 작가는 다른 어느 부류의 소설보다도 훨씬 현실의 제문제에 대해서 민감하게 반응할 수 있었다. 예를 들어 『金甁梅』는 拜金主義와 욕망의 극대화를, 『醒世姻緣傳』은 전도된 부부윤리에 대한 허위의식을 맹공격하며, 일부 재자가인소설은 불합리한 과거제도를 조소하고 풍자하다는 데서 그러하다. 그리고 이 과정에서 세정소설이 종종 상투적인 교화성을 드러내기도 하고 또는 노골적으로 교훈적인 설교를 하기도 한다.

---

8) Clark, A. M., Studies in Literary Modes, Oliver and Boyd, Edinburgh, 1946, 32쪽.

3. 『金甁梅』의 諷刺的 敍述技法

현실의 갖가지 문제에 대한 작가의 민감한 반응을 담고 있는 세정소설에
보이는 풍자적 서술은 몇 가지 방식으로 분류할 수 있는데, 다음에서는 『금
병매』를 중심으로 그 구체적인 서술기법을 검토해보고자 한다.

1) 直接暴露

작가들이 가장 많이 사용하는 풍자 방식 중의 하나가 추악하고 불합리한
현실을 그대로 독자들에게 폭로하는 것이다. 이 때 작가는 화자의 목소리로
서술하기도 하고 때로는 극중 인물의 언어9)를 빌어서 풍자대상에 대한 폭로
를 감행하며 이에 비판을 가한다. 폭로는 대개 두 가지 방식의 서술로 이루
어지는데, 작가가 어떤 현실에 대해 자신의 감정을 드러내며 직접 폭로하기
도 하며, 또는 자신의 주관적인 평가나 비판을 드러내는 대신, 어떤 상황이
나 사실의 전개를 그대로 독자들에 제시하여 보여줌으로써 독자들의 판단을
유도하기도 한다.10)

현실사회를 주로 묘사하는 세정소설이 폭로하는 중요한 대상 중의 하나는
혼인과 가정제도의 모순이다. 예를 들어 『금병매』에 보이는 비판의 초점은 西
門慶 집안에 존재하는 수많은 음란한 인륜관계에 맞추어져 있다. 이를테면
서문경과 여러 유부녀들 사이에서 끊임없이 이루어지는 간음은 당시의 혼인
제도를 조롱하는 것과 다름없다. 극중 인물들에게 혼인의 신성함은 지켜야할

---

9) 혹자는 이에 대하여 작가의 언어를 '간접언어'로, 극중인물의 언어를 '직접언
   어'로 구분한다. 邢公畹, 「紅樓夢語言風格上的幾個先決條件」, 『紅樓夢的語言
   藝術』, (北京: 語文出版社, 1985)
10) 이와 같은 서술방식을 서사이론을 빌어 정의하자면, 요약(말하기: te-
    lling)과 장면묘사(보여주기: showing), 또는 개술과 제시, 요약과 장면
    제시 등으로 정리할 수 있을 것이다. 자세한 것은 다음을 참조. Booth,
    Wayne C., The Rhetoric of Fiction, The University of Chicago
    Press, 1982, second edition, 3-20쪽.

의무가 아니라 그들의 욕망과 이익에 따라서 깨어질 수 있는 것이었다. 그래서 서문경은 자신의 욕망에 따라 배우자가 있건 없건 가리지 않고 눈에 띄는 대로, 마음에 드는 대로 여자들을 만나고, 욕망에 의해 움직이는 여인네들은 남편 몰래 남자를 만나다가 결국 潘金蓮처럼 무능한 남편을 독살하거나, 李瓶兒처럼 남편을 화병으로 죽게 만든 후 상복도 벗기 전에 시집을 간다. 심지어 결혼을 전제로 하지 않는 만남도 많다. 宋惠蓮, 王六兒 등 하층 유부녀들은 조금의 물질적 보상을 대가로 자신의 혼인관계를 중단할 수 있었다. 그들에게 혼인은 욕망과 물질에 의해서 쉽게 깨어질 수 있는 것이었기 때문이다.

또한 혼인으로 맺어지는 인륜관계 역시 신성한 것이지만 사실은 욕망에 의해서 언제든지 전도될 수 있으며 욕망에 의해 위선적인 관계로 바뀌어가고 있음을 작가는 직접 폭로한다. 서문경의 첩 반금련이 그의 사위 陳經濟와 통간하고, 서문경의 정부인 기생 李桂姐가 서문경의 정실인 月娘을 수양어머니로 삼으며, 서문경과 林夫人이 간음한 후 그 아들을 훈계하고 수양아들 삼는 대목은 모두 혼인으로 맺어진 인륜을 정면으로 부정하는 것이다. 인륜이 수세기에 걸쳐 혼인이라는 신성한 제도로 맺어진 父女, 父子라는 인륜이 간음에 의해서 순식간에 무너짐을 보여준다. 다시 말하면 신성한 유교의 도덕윤리와 인륜이라는 것도 오로지 욕망에 의해서 행동하는 이들의 욕망과 행동은 전혀 제어할 수 없음을 보여주었던 것이다.

작가는 이러한 기존의 윤리가치를 부정하는 비도덕적이고 반인륜적인 다양한 음란한 관계를 묘사함으로써 당시 사회에 존재했던 음란성과 비도덕성을 정면으로 폭로한다. 그러나 단순한 淫夫, 淫女들의 욕망과 그들의 비행을 폭로하는 것이 아니라, 욕망 앞에서 무너지는 인륜, 도덕이라는 것이 얼마나 하잘 것 없으며 위선적인지를 풍자한다. 특히 작가는 서문경 집안의 패륜현상들을 통해서 그들의 몰염치와 비도덕성을 비판하고자 했다. 이와 비교해 볼 때 같은 세정소설에 속하는 『醒世姻緣傳』에서는 한 단계 더 나아가 부부윤리를 포함한 삼강오륜이 모두 붕괴된 가정을 묘사하여 유교사상이 지배하는 가부장제 가정과 그 가족제도가 가지는 위선을 여지없이 폭로하고 있다.

『금병매』를 비롯한 세정소설 속에 자주 보이는 폭로 가운데 또 다른 하나는 바로 당시의 부패한 사회현실이다. 특히 부패한 과거제와 관료제 사회는 단골 풍자대상이다. 『성세인연전』이나 『홍루몽』에도 부잣집 자제들이 공부도 제대로 하지 않고 관직에 오르고 뇌물을 수수하는 관장의 행태가 묘사되어 있으며 재자와 가인의 혼인을 다루고 있는 才子佳人小說에는 주인공의 신분상 과거제와 관료사회에 대한 묘사가 항상 빠지지 않는다. 그리고 才貌가 뛰어난 주인공들과 대비되어, 재주도 없으면서 부친의 권세로 과거에 급제한 가짜 才子와 무능한 관료들에 대한 풍자가 등장한다.11) 『금병매』 역시 음부음녀들의 문란한 생활의 묘사가 많기는 하지만 작가는 서문경이 불합리한 방법으로 돈을 벌고 관직생활에서도 승승장구하는 현실의 폭로에 상당부분을 할애하고 있다. 서문경은 매점매석과 몇 번의 돈 많은 과부와의 결혼으로 재산을 불리고 관가에 뇌물을 상납함으로써 자신의 사업활동을 보장받는다. 동시에 자신의 부를 바탕으로 직접 관직에도 진출함으로써 부와 권력이 결

---

11) 예를 들어 『女開科傳』에서는 기생들이 남장을 하고 모의과거제를 열어 문장실력을 겨루는데 마치 진짜 같다. 이는 현실사회에서는 과거를 볼 자격조차 없는 여자, 그것도 천대받는 기녀들을 등장시킴으로써 과거제도를 풍자한다. 그녀들은 실제 과거시험을 그대로 모방한다. 방문이 나붙어지면 많은 여자 생원들이 의관을 갖춰 입고 필묵을 들고 고사장으로 들어가는데 글자가 쓰인 종이를 휴대하는 것은 허락되지 않았다. 또한 대문 밖에 수험자들이 모두 모이자 줄을 세워 이름을 확인하고 몸수색을 하는 등, 모두 진짜 과거제와 흡사하다. 심지어 여기서 급제한 여자 장원과 진사들의 의관은 현실의 것과 완전히 일치했다. 또한 그들은 급제한 후 각기 금안장이 둘러진 백마를 타고 황금빛 나는 비단양산을 펴고서 모두 연회장 앞으로 나아가는데, 극중 인물들은 장난삼아 해본 것에 불과하지만 이러한 행위 자체는 봉건사회에서 용납되지 않는 것이었기 때문이었기 때문에 작품이 의미하는 바는 심상치 않다고 할 수 있다. 즉, 여자들도 과거에 응시할 충분한 능력이 있고, 심지어 장원급제할 수도 있다는 것이다. 또한 재자가인의 작가는 매관매작행위가 성행하는 현실을 그냥 지나치지 않고 고생스럽게 공부하느니 돈벌어서 관직을 사는 것이 더 낫겠다고 비꼰다. 그리고 작가의 과거에 대한 이러한 인식은 한 발 더 나아가 신성한 과거장을 곡하는 장소로 비유해 우스갯거리로 만들어 버린다. 관직사회의 부패 또한 재자가인소설의 작가들에게 늘 풍자되는 대상이었다.

탁하여 출세하는 富商의 전형으로 그려진다. 물론 작가는 이러한 서문경의 출세를 긍정적으로 바라보지 않는다. 그래서 그가 최고의 상인으로 성공하고 대를 이을 아들의 출산과 함께 관직마저 상승하는 최절정기에 작가는 너무 좋아하지 말라며 망할 수 있음을 경계하는 것이다.

2) 喜劇的 敍述

클라크가 언급한 것처럼 풍자는 滑稽, 嘲笑, 비꼼 등의 어조로도 나타나는데, 실제 작품 중에서는 항상 희극적 서술 속에서 이루어진다. 세정소설의 뛰어난 풍자가 바로 농후한 희극적 분위기 속에서 그 강력한 위력을 발휘하는 것은 그런 연유에서이다. 이때 작가는 때때로 서술 중에서 자신의 존재를 절대 드러내지 않고 생동적인 장면을 독자에게 그대로 제시하고 있는 경우가 많다.

笑笑生의 붓 끝에서 창조된 인물들은 대개가 자아모순적인 데다 행동은 우둔해서 사람들에게 골계의 느낌을 준다. 예를 들어 常時節은 타인에게 얹혀사는 한량으로 돈이 궁해서 늘 아내에게 구박을 받는다. 하루는 西門慶한테서 돈을 빌어다가 득의양양해서 집에 돌아오는데 작가는 이 장면을 매우 희극적으로 그려내고 있다.

> 저 마누라가 씩씩거리며 걸쭉한 입으로 욕을 해댄다. "잎새 떨어진 오동나무처럼 뼈다귀만 앙상한 놈아! 하루 종일 쏘다니며 여편네를 굶겨 죽일 작정이냐? 그래도 즐거운 듯 돌아오다니, 부끄럽지도 않아!……" 그러나 상시절은 아무런 대꾸도 하지 않고 마누라의 욕이 끝나자 그제야 천천히 소매 속에 간직했던 은전을 슬며시 꺼내 탁자 위에 내려놓고 쳐다보면서 입을 열었다. "구멍 뚫린 형님, 형님! 형님은 번쩍번쩍 빛나고 철렁철렁 소리도 내는 세상의 둘도 없는 보물이군요. 그대를 보니 이 몸 전신이 찡하네요. 그대를 삼켜버릴 수 없어 유감이네요. 조금이라도 일찍 만났더라면 이 계집애에게 그렇게 여러 번 볶이지 않았을 텐데." 상시절의 마누라는 은전 꾸러미 안에 은전 열두서너 냥이 들어 있는 것을 똑똑

히 보자 기뻐서 앞으로 다가서며 남편의 손에서 은전을 휙 낚아채려 했
다. 상시절은 "당신은 평생 남편에게 바가지를 긁더니 돈을 보니 유순해
졌네. 나는 내일 이 돈으로 새 옷을 사서 멋지게 차려입고 딴 데 가서
살 테야. 다시는 너와 구질구질한 생활을 안 한다 말이야!" 마누라는 웃
음을 지으며 말한다. "여보, 이것들이 다 어디서 났어요. 이 많은 은자들
이요." 상시절은 여전히 말이 없다. 그러자 마누라가 다시 묻는다. "여보,
절 원망하고 계신 건 아니죠?……"12)

　　이 단락의 희극성은 두 사람의 태도변화에 집중되어 있다. 언제나 처자
앞에서 위축되기만 했던 상시절은 갑자기 득의양양해져 심지어 오만하게 처
자를 대하고, 남편에게 시끄럽게 떠들어대던 무지막지한 여자는 부드럽고 나
긋나긋하게 변한다. 이러한 180도의 대변신 자체는 매우 희극적인데 독자들
로 하여금 금전의 위력을 새삼 생각하게 한다. 상시절은 결국 돈다발을 눈앞
에 두고 자신의 진심을 토로하기에 이르렀는데, 그의 말은 자못 풍자적이다.
여기에서 우리는 작가가 이 단락에서 어떠한 서술방식을 채택하고 있는지
주의할 필요가 있다. 이를 위해서 극중 인물이 구사하고 있는 언어의 면모를
먼저 살펴보는 것이 필수적이다. 왜냐하면 극중인물의 속마음이나 태도의 변
화가 그의 대사 속에 담겨 있기 때문이다. 상시절의 처자는 남편을 "잎새 떨
어진 오동나무처럼 뼈다귀만 앙상한 놈"이라고 부르다가 "여보"라고 높여 부
른다. 이 단락에는 서술자의 직접적인 개입은 없지만 두 사람의 대화를 통해

---

12)　"只見那渾家鬧炒炒嚷將出來，　罵道:"梧桐葉落滿身光棍的行貨子！　出去一日，
　　　把老婆餓在家裏，　尙兀是千歡萬喜到家來，　可不害羞哩.……" 那常二只是不開
　　　口，任老婆罵的完了，　輕輕把袖裏銀子摸將出來，　放在桌兒上，　打開瞧着道:"孔
　　　方兄，孔方兄！　我瞧你光閃閃響當當的無價之寶，　滿身通麻了，　恨沒口水咽你
　　　下去. 你早些來時，　不受這涯婦幾場合氣了." 那婦人明明看見包裏十二三兩銀
　　　子一堆，喜的搶近前來，　就想要在老公手裏奪去. 常二道:"你生世要罵漢子，見
　　　了銀子就來親近哩！　我明日把銀子去買些衣服穿好，　自去別處過活，　却再不知
　　　和你鬼混了." 那婦人陪笑臉道:"我的哥，端的此是那裏來的? 這些銀子！" 常二
　　　也不做聲，婦人又問道:"我的哥，　難道你便怨了我.……"，『金瓶梅詞話』第
　　　56回，（香港: 藝苑出版社，1993）

서 돈과 돈에 한없이 약한 인간상을 풍자하는 효과를 자아낸다.

이 외에도 『금병매』 가운데 희극적 장면은 대단히 많다. 서문경이 王三官을 교훈하는 장면은 그 대표적인 한 예이다. 자기 자신이 망나니인데다 탐관오리와 결탁하고 있으면서 군자연한 어조로 왕삼관에게 한바탕 교훈을 늘어놓으니 독자들은 웃음을 금할 수 없다.

> (1) "그 집안도 운이 다 된 모양이야. 그런 불초자식이 나오다니! 조상은 뼈대가 있고 초선까지 지냈는데, 그 자식은 무학에 들어가서도 공명은 팽개치고 꽃같이 예쁜 부인을 집안에다 내동댕이쳤단 말이야. 그것도 동경 육황태위의 조카딸을. 밤낮없이 이 망나니들을 따라다니며 유곽집 출입이나 하고 계집질이나 하며 제 여편내의 장신구까지 잡혀먹은 모양이야. 금년에 아직 스물도 안 되었는데, 젊디젊은 놈이 통 말이 아니야." (2) 이에 월낭이 말했다. "당신은 강보에다 오줌 싸신 적이 없으시던가요? 자기를 한번 살펴보시지요. 어린아이, 노인 할 것 없이 모두 웃겠어요. 원래 촛대는 자기 몸을 못 비추나 봐요. 스스로 잘났다고 말씀하시지만 당신도 역시 그 우물을 마시는 것 같아요. 못하는 짓이 없으니 나은 게 무엇인가요? 그러면서 남의 버릇을 고치겠다구요?"(단을 나눈 것은 설명의 편의를 위해 필자가 임의로 나눈 것임)13)

앞 단락은 서문경이 왕삼관을 혼내준 일을 月娘에게 자랑스레 이야기하는 것이고 뒤 단락은 월낭이 서문경의 이런 위선을 보고 풍자하는 것이다. 민감한 독자들은 앞 단락에서 작가가 서문경을 조롱하고 있음을 눈치 챘을 것이다. 왕삼관은 서문경의 그림자로서 그의 방탕음란한 행위를 비춰주는 거울에

---

13) (1) "人家倒運, 偏生出這樣不肖子弟出來. 你家父祖何等根基, 又做招宣, 你又見入武學, 放着那名兒不干, 家中丟着花枝般媳婦兒, 自東京六黃太尉侄女兒. 不去理論, 白日黑夜只跟着這伙光棍在院裏嫖弄, 把他娘子頭面都拿出來使了. 今年不上二十歲, 年小小兒的, 通不成器."(2)月娘道:"你不曾溺胞尿看看自家, 乳兒老鴉笑話猪兒黑, 原來燈臺不照自. 你自道成器的, 你也吃這井裏水, 無所不爲, 清潔了些什麼兒? 還要禁的人!", 『金甁梅詞話』第 69回.

다름 아니기 때문이다. 사실 왕삼관에 대한 책망은 자기 자신에게 행해졌어야만 했다. 따라서 서문경의 이러한 자아모순적, 위선적인 언행은 비록 표면적으로는 왕삼관에 대한 것이지만 사실은 스스로를 욕하는 것임을 파악할 수 있다. 월낭을 포함한 독자들은 이미 서문경의 위인됨을 잘 알고 있기 때문이다. 그리고 작가는 바로 이러한 방식으로 자신의 생각을 직접 드러내는 대신 월낭이라는 극중인물의 입을 통해서 서문경에 대해하고 싶은 말을 남김없이 하고 있는 것이다.

희극성은 풍자의 주체가 풍자대상보다 한 단계 높은 위치에 있어야 구현될 수 있다. 유머란 일반적으로 대상이 주체보다 저열할 때 비로소 심미적 효과가 나타나기 때문이다. 서문경이 비록 부유하고 권세가 있어서 사람들이 모두 그의 앞에서 한마디 듣기 싫은 소리조차 하지 못하지만, 작가나 일반 독자들에게 그는 후안무치한 비판받아 마땅한 대상에 불과하다. 왜냐하면 우리는 그보다 도덕적으로 우위에 있기 때문이다. 그래서 일반적으로 희극성이 충만한 서술은 대개 도덕적 우위에 있는 이들에 의해서 이루어진다.

다음은 王六兒와 그녀의 시동생이 사통하다가 동네 깡패한테 발견되어 망신당하는 일대 소동을 묘사하면서 역시 한 패륜아가 도덕적으로 우위에 있는 사람에게 풍자당하는 장면이다.

> 금새 문 앞에 사람들이 새까맣게 모이고 우피가의 상점 거리로까지 이어져 거리 전체가 몹시 시끄러웠다. 혹은 들으러 오고, 혹은 보러 와서는 모두 한도국의 여편네가 시동생과 간통했다고 말한다. 그중 한 노인이 남녀 두 사람이 함께 묶여 있는 것을 보고 주위에 서 있는 사람에게 물어보았다. "이게 어찌 된 일이오?" 그러자 곁에 수다꾼이 있다가, "영감님이 모르시는 모양이네요. 시숙과 형수가 간통했대요."라고 말했다. 노인은 고개를 끄덕이며, "아이구, 맙소사. 시숙이 형수를 범하다니. 관가에 가면 수숙간의 간통은 둘 다 교수형이야." 그런데 그 수다꾼은 상대가 그 유명한 며느리를 범한 사내로, 세 번이나 며느리를 들여서 다 손댄 자 임을 알고는 "영감님은 법률에 밝으신 것 같네요. 시숙이 형수와

붙어서 교수형을 당하면, 시아버지가 며느리와 붙으면 무슨 벌을 받을까요?"라고 말참견을 하자 노인은 형세가 불리함을 알고 고개를 숙이고 한마디 말도 없이 떠나갔다.14)

이 단락에서 수다꾼이 노인을 풍자할 수 있는 것은 이 수다꾼이 그보다 도덕적으로 우위에 있었기 때문이었다. 또한 이 단락의 서술을 자세히 살펴보면 서술자는 3인칭시점을 견지하지만 다수 방관자의 입장에서 이 사건을 묘사하고 있음을 알 수 있다. 서술자는 모든 극중 인물의 생각이나 심리를 아는 것이 아니라 단지 한 사람의 심리만을 파악하고 있다. 이를 3인칭 인물시점서술15) 이라고 부를 수 있는데, 작가는 이 단락에서 먼저 한도국의 부인과 숙부를 풍자하고 이어서 며느리를 범한 시아버지를 향해 풍자의 칼

---

14) "須臾圍了一門道人, 跟到牛皮街廂鋪裏, 就烘動了那一條街巷, 這一個來問, 那一個來瞧, 都說韓道國婦人與小叔犯奸. 內中一老者見男婦二人拴做一處, 便問左右站的人:"此是爲什麼事的?" 旁邊有多口的道:"你老人家不知, 此是小叔奸嫂子的." 那老者点了点頭兒, 說道:"可傷! 原來小叔兒要嫂子的, 到官, 叔嫂通奸, 兩個都是絞罪." 那旁多口的認的他有名叫做陶扒灰, 一連娶三個媳婦, 都吃他扒了, 因此揷口說道:"你老人深通條律, 相這小叔養嫂子的便是絞罪, 若是公公養媳婦的却論什麼罪?" 那老者見不是話, 低着頭, 一聲兒沒言語走了.", 『金瓶梅詞話』第 33回.

15) 이러한 시점의 서술을 혹자는 제한적 시점서술 또는 순객관서술이라고도 한다. 중국의 초기 장회소설 대부분은 3인칭전지시점을 사용하고 있지만 소설의 서술방식이 발전하면서 극중인물의 시각을 통해서 세계를 관찰하는 인물시점을 채용하게 된다. 그러나 한 작품 속에서 이러한 시점으로 시종일관 서술되는 것은 아니다. 작품의 주된 시점은 여전히 3인칭 전지시점인데, 서술상의 필요에 따라 부분적으로 인물시점으로 바뀌어 서술되는 것이 세정소설의 일반적인 상황이다. 시점이론에 관해서는 다음을 참조. Booth, Wayne C., The Rhetoric of Fiction, The University of Chicago Press, 1982, second edition, Chapter 6, 윌리스 마틴, 『현대소설이론』, (서울: 현대소설사,1991), 제 6장. 중국소설에서의 시점에 관한 논의는 다음을 참조. 韓春萌, 「明淸諷刺小說藝術方式的轉變」, 『江西敎育學院學報』, 1993年 第2期, 郭英德, 「敍事性:古代小說與戲曲的雙向滲透」, 『文化遺産』, 1995年 第4期, 趙毅衡, 『苦惱的敍述者:中國小說的敍述形式與中國文化』, (北京: 北京十月文藝出版社, 1994), 上篇 第2章.

날을 휘두른다. 또한 이 단락은 서술자의 목소리가 아닌 극중 인물의 목소리를 통해서 풍자하고 독자들에게 마치 눈앞에서 전개되는 듯한 장면을 그대로 제시함으로써 독자들 스스로 소설 속의 풍자 의미를 깨닫게 하고 있다.

위에서 인용한 것들이 장면서술에 해당한다면 개괄적으로 서술하는 요약적 서술도 있다. 『금병매』 12회에서 기녀 이계저는 우스운 이야기를 사용해서 응백작의 기생충과 같은 생활을 풍자한다. 다음은 서술자가 개괄적 방식으로 남에게 기생해서 살아가는 사람들의 식사장면을 요약한다.

사람들마다 너도나도 입을 움직이고 고개를 쑤셔 박는다. 하늘을 가리고 해를 가리는 것이 마치 메뚜기가 날아오르는 듯하고 눈을 마주치며 어깨를 미는 광경은, 굶주린 짐승들이 마구 뛰쳐나가는 꼴이다. 이쪽은 팔꿈치를 뻗치고 어깨를 밀어대며 이런 요리는 처음 먹는 듯, 저쪽은 부지런히 젓가락을 움직이며 평소 술자리에는 참석도 해보지 않은 모양. 한 사람은 얼굴 가득히 땀을 줄줄 흘리며, 닭 뼈와 마치 일대 일로 싸우고, 다른 한사람은 입가에 기름을 잔뜩 묻히고 저 돼지껍질을 연신 핧는구나. 마시자 금세 배반이 낭자하고, 먹자 잠시 후 젓가락이 종횡무진하네. 배반이 낭자한 채 썻은 듯 빛나고 젓가락이 종횡무진하여 닦아낸 듯 깨끗하다. 이쪽은 일러 식왕원수, 저쪽은 가리며 정반장군. 술자리는 차례로 비워지고, 요리는 순식간에 입안으로 사라진다. 이것이야말로 진수백미가 금세 사라져 과연 미끄러져 들어가는 오장의 묘라네.16)

걸신들린 듯 먹어대는 사람들을 묘사하고 있는 위 서술은 객관성을 담보한 것이 아니라 완전히 서술자의 주관적 관찰에 의지하고 있다. 그래서 글자 하나

---

16) "人人動嘴, 個個低頭. 遮天映日, 猶如蝗蝻一齊來; 擠眼掇肩, 好似餓牢才打出. 這個搶風膀臂, 如經年未見酒和餚; 那個連二筷子, 成歲不逢筵與席. 一個汗流滿面, 恰似如鷄骨朵有寃仇; 一個有油抹脣邊, 把猪毛皮連唾咽. 吃片時, 杯盤狼藉; 啖良久, 箸子縱橫. 杯盤狼藉, 如水洗之光滑; 箸子縱橫, 似打磨之干淨. 這個稱爲食王元帥, 那個號作淨盤將軍. 酒壺番晒又重斟, 盤饌已無還去探. 正是: 珍羞百味片時休, 果然都送入五臟廟.", 『金甁梅詞話』 第12回.

하나, 행간과 행간 사이에 서술자의 그들에 대한 평가와 감정이 담겨져 있다. 체면이나 예의도 없이 먹을 것을 다투는 묘사는 자못 희화되어 우스꽝스럽다. 또한 서술자가 남에게 기대어 사는 그들을 은근히 비웃고 있음을 알 수 있다.

3) 아이러니 혹은 反語的 敍述

反語로도 번역되는 아이러니는 정의하기가 매우 어렵다. 클라크의 언급에 따르면 아이러니는 풍자의 한 어조지만 풍자적 아이러니가 있고 풍자에 비해 더욱 심각한 아이러니도 있다.[17] 이는 풍자라는 것이 닫힌 문학형식이 아님을 의미한다. 서구문학에서는 유구한 아이러니의 전통을 『오디세이』까지 거슬러 올라가기도 하는데, 초기 아이러니는 말하는 것과 마음속에 생각하고 있는 것이 다른 표현법으로 이해되었고, 후대에는 인생에 대한 특정한 태도를 가리키는 것으로 범칭되었다. 자신의 뜻과는 상반되는 것을 말한다든가, 말로는 이것을 이야기하고 실제로는 저것을 가리킨다든가, 비평을 위해서 칭찬하고 칭찬하기 위해 비평한다든가, 조소하고 조롱하는 것이 그것이다.[18] 간단히 말해서 아이러니란 意象과 意味가 不一致하는 현상으로 현실비판성이 비교적 강한 풍자적 소설이나 소설이론에서 어렵지 않게 찾아볼 수 있다. 그래서 일찍이 장죽파는 『금병매』의 문체를 태사공에 비유하며 '隱筆', '曲筆', '史筆'이라고 언급했고 현대의 소설연구가인 孫述宇와 A. Plaks 등도 세정소설의 아이러니 현상에 주목하고 있는 것이다.[19]

세정소설을 살펴 보다보면 어떤 인물이 작가의 조롱과 풍자를 당하는지 여부를 그 이름을 통해서도 알 수 있다. 예를 들자면 『금병매』에 나오는 吳典恩은, 사실 은혜를 조금도 모르는 배은망덕한 無点恩이고, 溫必古는 이름

---

17) 폴라드, 앞의 책.
18) Muecke, D. C., Irony and the Ironic, Methuen, second edition, 1982, 14-32쪽.
19) 자세한 것은 다음을 참조. 浦安迪, 沈亨壽譯, 『明代小說四大奇書』, (北京: 和平出版社, 1993), 孫述宇, 『金瓶梅的藝術』, (臺北: 時報文化藝術事業有限公司, 1978)

에서 풍기는 대로 문질빈빈한 사대부가 아니라 엉덩이(屁股)를 밝히는, 즉 동성애자이다. 그 외에도 卜志道는 不知道를, 郝賢은 好閑을 의미한다. 비슷한 현상은 『홍루몽』에도 등장한다. 초반부분에 이야기를 끌어내는 인물인 賈雨村과 甄士隱은 각각 그들의 이름이 '거짓된 말은 남기고(假語存)'과 '진실은 숨긴다(眞事隱)'는 아이러니한 뜻을 가짐으로써, 자신들이 하는 이야기가 사실이 아님을 암시하는 효과를 낸다. 또한 가부에 기생하던 한량 詹光, 單聘仁은 각각 '남의 덕에 살고(霑光)'과 '남을 잘 속인다(善騙人)'는 그들의 특수한 처지를 정확하게 의미한다. 재자가인소설에 등장하는 소인배들의 이름에서도 이런 예는 쉽게 찾아볼 수 있다. 재자와 가인의 결합을 방해하는, 사람 같지도 않은 인물을 작가는 卜成仁, 즉 不成人으로 본다. 이렇게 동음이의어가 존재하는 한자의 특성을 이용한 인명의 '諧音'현상은 비교적 간단하게 아이러니 효과를 형성한다. 그러나 이 역시 우연이 아닌, 어떤 인물을 풍자하고자 하는 작가의 교묘한 의도에 의해서 이루어진 것이다.

『금병매』의 작자로 알려진 蘭陵笑笑生이라는 이름도 의미하는 바가 자못 심상치 않다. 그는 자신의 본명을 감추고 단지 당시 일반적인 호명방식의 하나인, 지명과 호를 이어서 쓰고 있는데 우리는 여기서 작품의 서술문체와 비교해볼 때 재미난 연상이 일어난다. 우선 소소생이라는 이름은 작가가 세상을 어떻게 보고 있는지를 짐작케 해준다. 세상을 조소하고 환멸하고 초월하려는 의지를 읽어낼 수 있기 때문이다. 그리고 난릉은 지명이지만 역대로 술로 유명한 곳이라는 점에서 흥미롭다. 李白의 시에도 등장할 정도로 중국인들에게 난릉이라는 지명은 술고래를 연상시키기 때문이다. 이를 증명하는 문헌기재로 15세기의 傳奇「香囊集」에는 길 가던 나그네가 한 사람이 난릉인이라는 말을 듣고는 자지러지게 웃는 대목이 있다.[20] 이것으로 볼 때, 난릉은 8세기 이후 좋은 술을 빚는 고장이라는 이름을 얻은 이래로 술고래의 대명사로 쓰였을 가능성이 높다. 『금병매』의 등장은 바로 이 시기와 매우 근접

---

20) 보다 자세한 것은 다음을 참조. B.C. 馬努欣著, 楊士毅譯, 「關于長篇小說 金甁梅的作者」, 『吉林大學社會科學學報』, (長春), 1987年 3期

해 있다. 그래서 난릉소소생이라는 이름은 우리에게 세상을 비웃고 거침없이 지껄여대는 술고래를 연상시키지만 오히려 그의 머리는 맑게 깨어 있기에 그의 필명이 자못 반어적이라고 보는 것이다.

작가 이름에서 풍기는 이런 아이러니 효과는『성세인연전』에서도 나타난다.『성세인연전』의 작가는 西周生이라는 이름으로 되어 있는데, 이는 작가가 다분히 서주라는 이상세계를 지향하고 있음을 의미한다. 또한 작품의 23회에서 24회에게 걸쳐 자신이 이상으로 그리는 사회를 묘사하고 있다. 鄕紳들이 백성들을 공경하며 예로 대할 뿐 아니라 신분이 낮은 농민들조차 순박하고 예의바른 사회란 문인들 心中의 桃花園, 혹은 돌아가고픈 堯舜時代를 의미한다. 그러나 작품 속에 등장하는 사회는 이와는 정반대로서 모든 인륜과 가치관이 전도된 각박하고 부정한 사회라고 할 수 있다. 작품의 주요내용은 지아비를 구박하는 악처와 그로 인한 夫婦之間, 父子之間의 인륜과 질서가 무너지는 과정에 집중되어 있다. 따라서 작품 전반적인 내용과 작가의 이름은 반어적 효과를 자아내는 것이다. 작가는 천하의 인륜이 바로서기 위해서 夫婦之倫을 강조한 것이고, 정반대의 경우가 만들어내는 인륜의 붕괴를 과장하여 폭로함으로써 자신의 주장을 역으로 강조한 것이다.

아이러니는 이야기 구조에 있어서도 그 효과를 드러낸다. 세정소설 가운데 가장 反語的 이야기 구조는『홍루몽』에서 볼 수 있다. 작자는 작품의 첫머리에서부터 이미 진실은 감추고 거짓말(假語)로 이야기를 풀어내겠다고 선언한다. 그리고 甄士隱과 賈雨村으로부터 이야기를 시작하는데, 이 진사은은 오래지 않아 세상에서 사라지고 이야기 중에서도 사라진다. 즉, 진실은 숨어 버리는 것이다. 한편 가우촌은 세속의 부귀공명의 길로 들어서는데 이것이 바로 작가가 이야기하려는 거짓말의 시작이다. 다시 말하자면 그는 독자들에게 지금부터 이야기하려는 것은 모두 거짓이니 가볍게 그의 말을 믿지 말라고 경고하는 작용을 하는 것이다. 그런데 이는 사실 소설 창작상의 일종의 반어적 틀에 불과하다. 작가는 이러한 반어적 표현으로 진실을 이야기하고 소설의 말미에서 이를 다시 한 번 반복하여 강조한다. 空空道人으로

하여금 "과연 황당하게 부연하기도 했다. 작가만이 모르는 것이 아니라 베낀 자도 모르고 또한 읽은 자 역시 모르겠다"21)는 말을 하게 함으로써 소설의 의의를 다시 모호하게 만든다. 이러한 작가의 자기부정방식은 소설 전체를 통해 일관되게 나타나고 있는데, 실은 소설이 담고 있는 내용을 강조하는 것에 다름 아니다. 예를 들어 賈(假)寶玉과 甄(眞)寶玉의 관계가 그러하다. 출생시 옥을 가지고 나온 가보옥은 가짜이고 가보옥에 대비되는 진보옥도 사실 진짜가 아니라 부귀공명에만 관심을 가진 가짜에 불과하다. 이러한 "가짜가 진짜가 될 때 진짜 또한 가짜가 되고, 무가 유가 되는 곳에서 유 또한 무가 되는"22) 이야기구조는 심각한 아이러니를 형성한다.

『금병매』의 이야기 구조 역시 자못 아이러니하다. 극중의 주요 인물들은 모두 욕망을 추구하다가 결국 그 욕망에 의해 훼멸 당한다. 작가는 끊임없이 탐욕스런 인간군상을 제시함으로써 독자들로 하여금 욕망을 추구하도록 조장한다는 견해를 야기하기도 하지만 작품의 이야기 구조 전체를 상세히 살펴보면 이 문제는 비교적 명확해진다. 서문경은 욕망을 끝없이 추구하면서 그 최고 절정에 이르렀을 때 갑자기 맹목적으로 추구한 성욕에 의해서 죽음의 함정에 빠지고 만다. 끝없이 욕망을 추구하고 또 이를 무한히 만족시켜가는 그의 일생은 행복을 만들어 가는 것이 아니라 사실은 죽음의 문에 한 걸음씩 다가가고 있었던 것이다. 반금련 역시 과도한 음심으로 인해서 생명을 잃는다. 자신의 욕망을 달성하기 위해서 무대를 독살했던 대가로 시동생 武松에 의해 살해당한다. 陳經濟, 龐春梅 등 작품속의 음부, 음녀들은 하나같이 자신의 탐심의 대가로 인해 죽음에 이르는데, 이는 모두 작가의 욕망에 대한 태도를 반영한 것에 다름 아니다. 그리고 서문경이 남긴 유언에서 다시 이를 확인할 수 있다. 그는 죽음을 앞두고 재산을 잘 관리할 것과 남들에게 비웃음을 사지 않도록 처첩들이 흩어지지 않고 모여서 살 것을 당부했다. 그

---

21) "果然是敷衍荒唐! 不但作者不知, 抄者不知, 幷閱者也不知.", 『紅樓夢』 第 120回, (北京: 人民文學出版社, 1992).
22) "假作眞時眞亦假, 無爲有處有還無.", 『紅樓夢』 第 1回.

러나 그의 유언은 지켜지지 않았다. 妓院에서 돈을 주고 데려온 李嬌兒는 서문경 집안의 재산을 훔쳐서 기원으로 돌아갔고, 당초에 春心이 동해서 시집왔던 孟玉樓는 다시 춘심이 동해서 李御內에게 시집갔고, 간통한 후 서문경 집안에 들어온 潘金蓮은 다시 간통해서 月娘에 의해 쫓겨났다. 이러한 구조는 작가의 아이러니의도를 충분히 드러낸다고 하겠다.

4) 誇張된 敍述

세정소설의 작자는 일반적으로 비교적 첨예한 시각으로 현실생활을 관찰하기 때문에 사건과 인물에 대한 묘사가 상당히 핍진하다. 그러나 그들은 때때로 현실을 과장하여 각종 풍자적 효과를 조성하기도 한다. 과장된 서술은 작가의 주관적 감정이나 판단이 서술자의 어조를 빌어서 표현되기 때문에 주관적 색채가 비교적 농후하고 서술대상과 세계에 대한 작가의 인식을 강조하는 역할을 한다.

세정소설에 나타나는 과장된 서술은 크게 두 가지로 나눌 수 있다. 하나는 상황이나 상태에 대한 과장이고, 다른 하나는 인물이나 사물에 대한 과장이다. 다음은 『금병매』 第 33回 중의 일부분인데 상황을 강조하는 좋은 예이다.

(1) "소생이 불민하지만 여러분의 덕택으로 은인이신 서문대관 밑에서 지배인노릇하며 이익은 삼칠제로 나눈답니다. 몇 만 냥이나 되는 돈을 다루고, 대여섯 군데나 되는 가게를 관리하니, 여간 크게 돌봐 주시는 게 아닙니다. 남들과는 좀 다를 겁니다." (2) 그러자 백여황이 "내가 듣기로 그쪽 밑에서 실 가게만 하고 계신 것 같은데요."라고 말했다. (3) 한도국은 그 말을 듣고 웃으며 말했다. "잘 모르시는군요. 실 가게장사는 명목뿐입니다. 지금 그 댁의 크고 작은 장사, 자본의 출입에 이르기까지 어느 하나 소생이 셈하지 않는 것이 없지요. 이쪽 말은 모두 들어 주시고 화와 복을 함께 한답니다. 내가 없으면 당장 모든 일이 돌아가질 않아요. ……(4) 이런 식으로 집안끼리도 알고 지내며 서로 거리낌이 없지요. 백형이니까 말씀드리는데 남 몰래 그분은 집안일까지도 늘 소생과 상의하시지요. (5) 소

생은 행실이 바르고 의지가 굳어 주인을 위해 이익을 가져오고 해로운 것
은 제거하며 빠진 것은 건져내고 불타는 것은 구원해 내는 편이지요. ……
(6) 이건 자랑이 아니지만 영감은 나란 인간을 몹시 좋아한다니까요.23)

위 단락은 한도국이 다른 사람 앞에서 허풍을 떠는 상황을 과장하고 있
다. 그의 말을 몇 부분으로 나누어 분석해 보자. 한도국의 허풍은 (1)에서
시작해서 (6)까지 이어지는데 뒤로 갈수록 점점 더 과장이 심해진다. (1)은
자기의 근황을 소개하는 것인데 먼저 그가 서문경의 점포에서 일하고 있다
고 말하면서 자신이 종사하는 일의 성질과 지위를 과장한다. (2)는 허풍떠
는 한도국을 약간 각성시키는 작용을 하지만 그의 허풍과 과장은 여전히 멈
추질 않고, (3)에서 서문경과 자신의 교분을 크게 떠벌리고 (4)에 이르러서
는 서문경의 집안일을 자신이 좌우한다는 정도로까지 발전한다. 그리고 이러
한 과장은 이제 그 자신에게까지 확대되어 (5)에서는 자신의 인격을 과장한
다. (6)은 이 단락의 클라이맥스로 명백한 자화자찬임에도 불구하고 자신은
이 사실을 부인한다. 작가는 이런 한도국의 과장된 허풍을 통해 그가 사실은
믿지 못할 인격을 지녔다고 풍자한다.
　제53회에 나오는 다음의 한 단락은 서문경이 錢痰火에게 참배하는 장
면이다.

　　서문경이 말했다. "치성을 드릴 땐 눈앞에 신이 계신 듯이 여기라고
하잖아. 이렇게 가볍게 입을 놀려서 그의 수고를 비웃어야 쓰나." 전담화

---

23) (1) "學生不才, 仗賴列位余光, 在我恩主西門大官人做伙計, 三七分錢. 掌巨萬
　　之財, 督數處之鋪, 甚蒙敬重, 比他人不同." (2) 有白汝謊道:"聞老兄在他們下
　　只做線鋪生意." (3) 韓道國笑道:"二兄不知: 線鋪生意, 只是名目而已. 今他府
　　上大小賣買, 出入資本, 那些兒不是學生算帳! 言聽計從, 禍福共知, 通沒我一
　　時兒也成不得.……(4)彼此通家, 再沒無憚. 不可對兄說, 就是背地他房中話
　　兒, 也常和學生計較. (5) 學生一個行止端裝, 立心不苟, 與財主興利除害, 拯
　　溺救焚.……(6) 不是我自己誇張: 大官人正喜我這一件兒.",『金瓶梅詞話』, 第
　　33回.

가 또 경문을 읽겠다고 부르므로 서문경이 깔개 위에 올라선다. 전담화
가 참과문을 처음부터 외우기 시작하더니 조정의 예의에 성심을 다 바쳐
야 한다는 대목까지 읽었다. 가만히 보니 전담화의 입 가장자리에서 침
이 흘렀다가 다시 말려들고 또 말려 나오고 고개를 위아래로 흔드는 것
이 마치 방아벌레 같아서 여인네들은 또다시 서로 붙잡고 웃음보를 터뜨
렸다. 서문경이 어떻게 전담화가 절하는 것을 따라 잡을 수가 있겠는가.
전담화가 한 번 절을 하면 하나의 신위를 모시는 것이었다. 서문경이 한
번씩 절을 하면 전담화는 몇 번이나 절을 올리니 서문경은 더 이상 참지
못하고 마구 절을 올리는 바람에 여인들은 더욱 박장대소를 하며 어쩔
줄 몰라 했다.24)

위 단락은 서문경이 사묘에서 참묘하는 상황을 과장된 필치로 서술한다.
전담화는 도사가 아니라 기관지병을 심하게 앓는 못생긴 종이 태우는 불꾼
에 불과한데 서문경은 그를 깍듯하게 공경함으로써 그곳에 있던 수많은 부
녀자들의 웃음을 샀다. 무턱대고 절을 해대는 서문경과 우매한 가짜도사에
대한 서술자와 극중 부녀자들의 반응은 대체로 일치한다. 전담화를 대하는
서문경의 태도는 대단히 정성스럽다. 작가는 바로 하지 않아도 될 공경을 다
하는 우스운 서문경의 모습을 과장함으로써 매우 희극적인 장면을 연출해낸
것이다. 이상이 상황에 대한 과장에 해당한다면 다음의 단락은 어떤 특정한
사물에 대한 과장된 서술이다.

서문경이 태사부 앞에 이르렀다. 당은 녹야인가 구름위에 솟았고 능연
인가 하늘에 이르렀네. 널찍한 대문 앞에 마필이 열을 짓고 높다란 애문
위엔 깃발이 펄럭이네. 우거진 꽃밭 속에선 바람 따라 화미조의 우짖음

---

24) "西門慶道：'敬神如神在, 不要是這樣的寡薄嘴, 調笑的他苦.' 錢痰火又請拜懺,
西門慶走到氈單上. 錢痰火通陳起頭, 就唸入懺科文, 逐唸起'志心朝禮'來. 看
他口邊涎唾, 捲進捲出, 一個頭得上得下, 好似磕頭蟲一般, 笑得那些婦人做
了一堆. 西門慶那裏赶得他拜來： 那錢痰火拜一拜是一個神君；西門慶拜一拜,
他又拜過幾個神君了. 于是也顧不得他, 只管亂拜, 那些婦人笑得了不的.", 『
金瓶梅詞話』, 第 53回.

들려오고 금은더미에 싸였는가, 구슬나무는 햇빛에 반짝이네. 대들보와
기둥은 단향목, 섬돌 위엔 어디나 성주석. 병풍의 그림은 하나가 夷光과
紅拂이고 집안의 물건마다 모두가 周鼎이 아니면 商彝일세. 언뜻 보아도
명월주 열둘이 걸려 있으니 야밤인들 등잔을 켜리오?[25]

위 단락은 호화롭고 사치스런 蔡府의 내부에 대한 묘사인데 자못 과장되
어 있다. 왜냐하면 이는 작가의 시각으로 객관적으로 실물을 묘사한 것이 아
니라 서문경의 시각에서, 즉 서문경의 눈에 들어온 채부의 내부를 묘사한 것
으로 마치 궁전에 들어선 것 같은 서문경의 호들갑스런 심정이 반영되어 있
다. 이 단락의 서술은 먼저 서문경이 호사스럽게 꾸며진 장소에 들어서는 것
으로 시작된다. 그의 눈에 비춰진 신기하고 휘황찬란한 내부의 갖가지 배치
가 서술되는데 이는 경박하고 호들갑스런 서문경의 성품과 서로 잘 어울린
다. 이러한 특정한 사물, 혹은 환경에 대한 과장은 극중 인물의 성격을 드러
내는데 매우 효과적이어서 『금병매』에서 자주 사용되었다.

『금병매』에 자주 등장하는 음란한 장면의 묘사에도 이러한 과장수법은 자
주 이용되는데, 당사자들의 호색적인 성격을 강조하는데 효과적이다. 서문경
의 사후, 應伯爵을 비롯한 한량패들이 쓴 그를 위해 쓴 祭文은 그 대표적
예이다. 이 문장은 완전한 文字遊戱로서 서문경과 의형제를 맺고 함께 노는
데 열중했던 그들의 시각에서 한평생 욕망에 탐닉했던 서문경의 일생을 총
결하고 평가하고 있다. 단 한 줄의 애도나 찬사도 없으며 서문경이 부끄럽지
않은 삶을 살았다고 기념하고 있는데 사실 이는 서문경과 동일한 인식수준
을 가진 친구의 흠모와 유감의 뜻이 반영되어 있는 것이기도 하다. 그러나
이 과장된 어귀들에서 작가의 이들에 대한 신랄한 풍자의 의미를 읽을 수

---

25) "西門慶來到太師府前, 但見：堂開綠野, 仿佛雲霄；閣起凌煙, 依稀星斗. 門前
　　寬綽堪旋馬, 閥閱崴峨好豎旂. 錦繡叢中, 風送到畫眉聲巧；金銀堆裏, 日映
　　出琪樹花香. 旃檀香截成梁棟, 醒酒石滿砌階除. 左右玉屛風, 一個個夷光紅
　　拂；滿堂羅寶玩, 一件件周鼎商彝. 明晃晃懸掛着明珠十二, 黑夜裏何用燈
　　油.", 『金瓶梅詞話』, 第 55回.

있다. 그래서 장죽파도 이러한 작가의 의도를 알아차리고 '狡猾之極', '妙'자
를 연발했다.

5) 形象遞用

세정소설 가운데에는 동일하거나 유사한 형상이나 비슷한 이야기 구조가
중복해서 출현하는 작품이 있다. 이러한 유사한 형상과 이야기 구조는 단순
한 반복이 아니라 작품 중에서 풍자효과를 유발하기도 한다. 플락스는 이를
주목하여 '形象遞用'이라고 부른바 있다. 그는 이러한 현상은 혹자가 의심하
는 것처럼 작가가 이용할 수 있는 소재나 상상력의 한계에서 기인하는 것이
아니라 서로 대조하는 수법으로서 일종의 심각한 아이러니를 형성한다고 말
한다.26)

형상체용은 소설 중에서 두 가지 방향으로 진행된다. 하나는 인물 형상의
차원에서, 다른 하나는 이야기구조의 차원에서이다. 예를 들자면 『금병매』에
는 많은 음부들이 등장하는데 이들은 모두 제각기 다른 유형이라기보다는
일정한 유형을 이룬다. 潘金蓮과 李甁兒는 모두 이미 결혼한 신분으로 서문
경과 사통하여 그의 첩이 된다는 점에서 완전히 닮았다. 반금련은 남편을 독
살하고 시집왔고 이병아는 남편을 화나서 죽게 하고 개가하였는데, 모두 서
문경과 관계를 맺은 후에 남편을 사망에 이르게 만들었던 것이다. 또한 남편
의 복상기간도 지나지 않은 상태에서 개가하는 점에서도 그녀들의 행동은
일치한다. 이 두 닮은꼴은 서문가에서 서문경의 총애를 다투는 경쟁관계에
돌입한다. 특히 반금련은 지나칠 정도로 이병아를 질투하고 모함해서 결국에
는 이병아 母子를 죽음으로 몰아넣었다. 그러나 독자들에게 그녀들간에 존
재하는 차이란 별로 중요하지 않다. 오히려 반금련이 자신의 행위는 돌아보
지 않고 이병아를 음부라고 비방하면서 그녀를 모함하는 행동은 독자들의
조소를 일으키기 충분하다. 바로 여기에 작가가 이 서로 닮은 두 인물형상을

---

26) 浦安迪, 앞의 책, 68쪽.

설정한 의도가 있는 것이다.

또한 후에 서문경과 깊은 관계를 가지는 來旺의 처 송혜련은 처음 등장할 때부터 반금련과 비교된다. 부잣집에 팔려가서 몸을 망치고 다시 남편이 죽자 재혼하는 과정이 반금련의 일생과 유사한데다가 서문경의 총애를 받자 기세등등해지는 것이 반금련의 성격과도 비슷하다. 송혜련이 남편 몰래 서문경과 사통하는 것은 사실 반금련과 서문경의 사통과 다를 바 없다. 그러나 반금련은 이를 용납지 못함으로써 독자들의 조소를 일으키기에 충분하다. 반금련과 유사한 송혜련은 그녀를 비추는 거울로서 작용하는 것이다.

李桂姐와 鄭愛月은 모두 서문경의 총애를 다투는 기녀로서 서문경의 처첩인 月娘과 이병아를 수양어머니로 삼고 있다. 월낭과 이병아는 모두 그녀들이 남편의 정부임을 알면서도 수양딸로 받아들이고 있는데, 이러한 비상식적 관계란 그야말로 우습기 짝이 없다. 그렇다면 서문경은 자신의 딸뻘 되는 여자들과 성관계를 맺는 것이고 이는 반인륜적 행위이다. 그리고 이러한 설정은 서문경의 비도덕성을 강조하는 것에 다름 아니다. 또한 이러한 반인륜 행위는 林太太와 사통후 다시 그녀의 아들 王三官이 서문경을 양아버지로 대우하고 서문경이 그에게 도덕성을 교육하는 장면으로 다시 반복된다. 이때 부인을 놔두고 유곽에서 세월 보내는 망나니 왕삼관은 사실 서문경의 모습에 다름없기 때문에 서문경이 왕삼관을 훈육하는 것은 심각한 아이러니를 형성한다. 작품 중에서 작가는 이러한 반복되는 반인륜관계를 통해 봉건가정의 남녀관계라는 것이 얼마나 허위적인지를 또한 그 인물들이 얼마나 비도덕적인지 재삼 강조한다.

宋惠蓮, 王六兒, 如意兒, 來旺의 처 등은 하녀의 신분으로 서문경과의 간음으로 물질적 보상과 자신의 신분상승을 시도한다는 점에서 매우 유사하다. 그러나 그녀들의 욕망은 그저 배고픔과 숙식을 해결하려는데 지나지 않았다. 그래서 이러한 다수의 음부형상들은 작품 중에서 끊임없이 반복 등장하여 음부와 서문경의 음란행위를 풍자하는 동시에 그녀들의 고단한 상황에 대한 동정을 불러일으키기도 한다. 동일한 또는 유사한 인물형상, 혹은 이야기가 반복됨으로써 작품 중에서 그것이 가지는 풍자적 의미를 끊임없이 연상시키고 환기하는 작용을 하는 것이다.

6) 作家의 直接介入

20세기 초 서구소설이 중국에 유입되기 전에 중국소설에는 全知的 서사에 대한 자각의식이 없었다. 실제 창작에서 일련의 제한적 서사방식을 채용한 작품이 출현하기는 하였지만 그래도 중국 고대 백화소설의 서술은 대부분 전지전능한 說書人의 어투를 채용하고 있다.[27] 전지전능한 서술자는 작품 중에 등장하는 인물의 심리와 사상을 모두 파악하고 있을 뿐만 아니라 시간과 장소에 구애됨 없이 자신의 존재를 드러내면서 독자들에게 자신의 주관적인 감정과 생각을 피력한다. 그는 원하기만 한다면 어디서든 인물이나 사건의 서술을 중단하고 자기의 견해를 늘어놓을 수 있다. 때로는 한바탕의 비평 혹은 설교를 하기도 하고 때로는 주관적인 요약서술을 하고 때로는 이 모든 것을 기존의 詩詞로 대신하기도 한다.

이러한 서술의 어투와 어조는 비교적 격식화되어 있는데 설서인의 어투로 청중에게 동의를 구하는 방식이 그것이다. 예를 들자면 청중을 의미하는 것으로, ‘看官聽說’, ‘你聽我說’, ‘你看’, ‘看官們’, ‘你道’, ‘列位’ 등이 있고, 서술자를 가리키는 것으로, ‘小說先生’, ‘我’, ‘說書的’이 있다. 또한 詩詞로 대신하는 경우에는 ‘有詩爲證’, ‘但見’, ‘怎見得’, 한 회를 마무리할 때는 ‘且聽下回分解’, ‘且看後來怎生結束’, ‘且看下回着落’, ‘不知這事後來怎生結束, 再看後來接說’ 등이 있다.

서술자의 신분으로 작가가 직접 서사에 개입하는 이러한 직접개입을 혹자는 ‘敍述干涉’[28]이라고도 한다. 이러한 작가의 직접개입은 현실에 대한 비판적 시각이 농후한 소설과 강창 성격이 강한 소설에서 보다 자주 보이며, 극

---

27) 陳平原, 『中國小說敍事模式的轉變』, (上海: 上海人民出版社, 1988), 66-67 쪽.
28) 趙毅衡, 『苦惱的敍述者』, (北京: 北京十月出版社, 1994), 49-61쪽.

중인물이나 사건을 풍자하는데 보다 효과적으로 기능한다.

　서술자의 신분으로서 작가가 서사에 개입할 때는 크게 '설명'이 필요할 때와 '비판'이 필요할 때로 나뉘어 진다. 그 어느 장회소설보다도 강창요소가 강한 『금병매사화』에서 작가는 "독자 여러분 들어보시라(看官聽說)"라는 말로 주의를 환기시키면서 형형색색의 음부들을 향해 자신의 주관적 비판의 말들을 쏟아 놓는다.29) 예를 들어 제72회에서는 작품 전체를 통해서 가장 혐오스러움을 일으키는 장면중의 하나로 여겨지는 묘사를 마치자마자 이렇게 말하다.

　　　독자 여러분 들어보시라. 무릇 남의 첩이 되면 사내의 환심을 얻기 위해 수단방법을 가리지 않는 법이다. 그리하여 몸 굽히고 모욕을 당하더라도 수치로 생각하지도 않는다. 그러나 정실부인이라면 떳떳이 시집을 왔으니 어찌 이런 짓을 할 수 있겠는가.30)

　또한 제5회에서 남편 무대를 독살하고 장례에서조차 조금도 애도의 빛을 보이지 않고 오히려 서문경과의 밀회를 즐기는 반금련을 향해 작가는 다음과 같이 비난했다.

　　　독자여러분 들어보시라. 원래 여자의 울음에는 세 가지가 있는 법. 즉 눈물을 흘리면서 소리 내어 우는 것을 곡이라고 하고, 눈물을 흘리되 소리를 내지 않는 것을 읍이라 하며, 눈물을 흘리지 않고 소리만 내어 우는 것을 호라고 하는데 이 계집은 밤새 무턱대고 호만 하고 있었던 것입네다.31)

---

29)　'看官聽說'은 『금병매사화』에서 모두 42번 보인다. 그 형태와 내용에 관해서는 다음을 참조. 寺村政男, 「『金甁梅詞話』中的作者介入文－"看官聽說"考」, 『日本硏究金甁梅論文集』, (濟南：齊魯書社, 1989)

30)　"看官聽說：大抵妾婦之道, 蠱或其失, 無所不至, 雖屈身忍辱. 殆不爲恥. 若夫正室之妻, 光明正大, 豈肯爲此!", 『金甁梅詞話』 第72回.

31)　"看官聽說, 原來但凡世上婦人, 哭有三樣；有淚有聲謂之哭, 有淚無聲謂之泣,

작가는 때로 극중 인물의 관점을 빌어서 비판하기도 한다. 다음은 극중 인물인 월낭의 말이 끝나기가 무섭게 이어지는 화자의 말이다.

> 월낭이 말했다. "때맞춰 잘 갔다 못 갔다 말하지만 남편 상이 끝나기 전에 마음이 흔들려 다른 사람에게 시집을 간 게 어디 그 사람 하나야. 하루 종일 사내와 함께 술에 취해 자고, 술에 취해 몸을 굴리는 음부가 정조 따윌 지키겠어!" 독자 여러분 들어보시라. 월낭의 이 말은 몽둥이 하나로 두 사람을 친 격이다. 맹옥루와 반금련은 둘 다 상이 끝나기 전에 재혼했기 때문에 이 말을 듣자 부끄러워 어쩔 줄 몰라 하며 각기 방으로 들어갔다. 그야말로 '열에 여덟아홉은 생각대로 되지 않고 이야기해서 좋은 것은 두세 가지'라는 것이다.32)

월낭의 말은 사실 작가의 말이다. 작가는 먼저 극중인물의 입을 빌어서 남편의 복상기간이 끝나기도 전에 결혼해 버린 이병아를 비난하면서 동시에 그 자리에 있던 반금련과 맹옥루까지 한꺼번에 비난하고 있다. 그리고 그녀의 말이 끝나자마자 다시 화자의 입장으로 돌아와 다시 한번 독자들에게 자신의 생각을 부연 설명하는 것이다.

『금병매』는 이와 같은 음부들 외에도 심지가 부정한 중이나 도사, 비구니에 대해서, 또 은혜를 원수로 갚는 몰인정한 세태에 대해서 직접 신랄한 비판을 가한다. 第 68回에서는 심지어 비구니를 음부라고 욕하고 있다.

> 독자들이여, 이런 어중이떠중이들은 절대 가까이 할 필요가 없다. 이름만 출가인이고 외모만 삭발승이지 마음은 창기나 다름없다. 육근이 아

無涙有聲謂之號. 堂下那婦人干嚎了半夜.", 『金甁梅詞話』, 第 5回.

32) "月娘道:"如今年呈, 論的甚麼使的使不的. 漢子孝服未滿, 浪着嫁人的, 才一個兒! 汪婦成日和漢子酒裏眠酒裏臥底人, 他原守的甚麼貞節!" 看官聽說, 月娘這一句話, 一棒打着兩個人: 孟玉樓與潘金蓮都是再醮嫁人, 孝服都不曾滿. 聽了此言, 未免各人懷着慚愧歸房. 不在話下, 正是: 不如意處常八九, 可與人言無二三.", 『金甁梅詞話』, 第 18回.

직 깨끗이 씻어지지 못했고 본성이 밝아지지 않아 계행이란 뒷전이고 염
치는 없어진지 오래다. 거짓으로 자비를 베풀고 이익만 탐하고, 지옥에
가는 것도 내세의 일도 아랑곳 않고 눈앞의 쾌락만 좇는다. 전문으로 규
중의 아가씨들만 얼리고 부잣집 처실들의 심금만 들었다 놓았다, 앞문으
로 시주영감을 모셔 들이고 뒷문으로 갓난애를 내버리며 인연을 맺고 밀
회를 가진다.33)

작가는 '看看聽說'로 시작하지는 않더라도 서술 중간에 자신의 신분을 드
러내며 극중인물에 대한 평가를 내린다. 다음은 第 79回의 서두이다.

서문경은 남의 처자를 간음할 줄은 알고 있었지만 죽음이 곧 눈앞에
박두하고 있다는 것은 알지 못했다.
서문경은 탐욕하고 색을 즐길 줄만 알았지 기름등도 닳아 없어지지는
몰랐다.34)

서문경이 죽기 바로 직전에 그의 죽음을 암시하면서 탐욕이 결국 그를 파
멸시키고 있음을 풍자한다. 모든 세정소설의 작가들이 다 동일한 형식으로
서술에 개입하는 것은 아니어서 『금병매사화』의 작가가 주로 '看官聽說'과
같은 격식화된 문구를 사용해 평가를 내리고 있다면 『성세인연전』의 서술자
는 '당신(你)', '나(我)'의 인칭을 사용하여 청중에게 직접 설교하기 좋아한
다. 또한 매 일회가 끝나는 지점에서 항상 '正是' 혹은 '這是'로 시작되는 간
단한 문장으로써 한 회를 총결하고 있다. 이는 『금병매』의 서술자가 回末에
서 '시가 있어 이를 증명한다(有詩爲證)'는 격식을 사용하여 시 한수로써 총

---

33) "看官聽說: 似這樣緇流之輩, 最不該招惹他. 臉雖是尼姑臉, 心同淫婦心. 只
　　是他六根未淨, 本性欠明; 戒行全無, 廉恥已喪; 假以慈悲爲主, 一味利慾是
　　貪; 不管墮業輪廻, 一味眼下快樂; 哄了些小門閨怨女, 唸了些大戶動情妻; 前
　　門接施主檀那, 後門丟胎卵濕化: 姻緣成好事, 到此會佳期.", 『金瓶梅詞話』,
　　第 68回.
34) "西門慶自知淫人妻子, 而不知死地之將至. 西門慶自知貪淫樂色, 更不知油枯
　　燈盡, 髓竭人亡.", 『金瓶梅詞話』, 第 79回.

결하는 것에 해당한다. 그러나 『홍루몽』에 오면 이러한 격식은 매우 드물어진다. 한편 비교적 풍자성이 짙은 『女開科傳』같은 소설은 다른 재자가인 소설에 비해 서술자의 직접개입이 상당히 많아서 거의 매회 마다 마치 화본의 입화와 같은 비교적 긴 사설이 있고 매회의 말미에서 작자가 자신의 견해를 밝힌다.

작가의 또 다른 형태의 서사개입은 詩詞의 揷入이다. 이는 대개 回首, 回末, 또는 서술 중간에 자유롭게 이루어진다. 다음은 『금병매』 第 12回의 머리에 쓰인 시이다.

> 정말이지 우습구나, 벼락부자 서문경
> 돈 덕택에 인기는 있어도
> 집안은 온통 싸움질로 모두 으르렁대고
> 도의도 예의도 도통 찾아볼 길 없구나
> 놀이 상대는 날마다 모이고
> 연지와 흰 분가루가 밤마다 곁에서 자나
> 장래를 기약한 부부는 아니니
> 한바탕 지나가고 마는 봄바람 같은 것[35]

이 시는 한창 부자가 되어 지역유지로 성장하는 서문경에게 일종의 경고의 메시지를 전달하고 있다. 돈이 많아서 주위에 친구도 여자도 많지만 집안은 엉망이 되고 그런 관계는 오래 가지 않음을 경고하는 것이다. 시는 이처럼 한 회의 처음뿐 아니라 서술 중간에 끼어들기도 한다. 다음은 第 68回 중간에 나오는 시이다.

> 불교에서 중과 비구니는 한집안 식구,
> 법륜이 돌고 도니 영화만 누리네
> 자식 낳아 기르는 이러한 무리

---

35) "堪笑西門暴富, 有錢便是主顧. 一家歪斯胡纏, 那討綱常禮數. 狎客日日來往, 紅粉夜夜陪宿. 不是常久夫妻, 也算春風一度.", 『金甁梅詞話』 第 12回.

> 공연히 金刀 빌어 낙화만 베네.36)

시의 바로 앞에서는 서술자의 신분으로 직접 독자들에게 중과 비구니를
비난했는데 작가는 그 뒤에 바로 한 편의 시로 그 비난을 총괄하고 풍자의
효과를 내고 있다.

이상의 시들이 대개 화자의 목소리로 쓰인 것이라면 극중 인물의 목소리
로 쓰인 시도 있다. 예를 들어 第 29回에서는 道士가 西門家에 와서 집안
여자들의 관상을 본다. 다음은 潘金蓮의 관상이다.

> 행동거지가 경박하니 음란하고
> 눈이 옻칠한 것 같으니 인륜을 무너뜨린다
> 월하성전(月下星前)에 영원히 만족치 못하고
> 저택에 살더라도 마음이 편치 못하다.37)

이 詩의 앞뒤에서는 도사가 각 사람의 관상을 보는 행동과 그 내용을 서
술하는 과정이 계속 이어진다. 여기서 인용한 것처럼, 시는 바로 그 인물의
표면적인 관상을 서술하는 동시에 내면의 인품과 종말까지를 은근히 암시함
으로써 그를 풍자하는 역할을 하고 있다.

5. 맺음말

불합리한 현실에 대한 작가의 반응인 풍자는 예술화된 비판 혹은 항의라
고 할 수 있다. 따라서 가장 현실적인 제재를 채용하고 있는 세정소설에서

---

36) "佛會僧尼是一家, 法輪常轉度龍華. 此物只好圖生育, 枉使金刀剪落花.", 『金
    甁梅詞話』 第 68回.
37) "擧止輕浮惟好淫, 眼如點漆壞人倫. 月下星前長不足, 雖居大廈少安心.", 『金
    甁梅詞話』 第 29回.

이런 풍자적 서술이 다양하게 이루어지는 것은 당연하다고 하겠다. 세정소설의 현실성은 풍자를 통해서 현실생활의 진리와 작가의 심미를 표현하는데 도움을 준다. 작가들마다 炎凉한 世態와 急變하는 人情에 대한 반응이 다르고 각 작품마다 지니는 그 서술상의 특징이 달라서 풍자적 서술도 조금씩 다르게 나타난다.

풍자적 서술은 대개 작가가 화자의 입장에서 혹은 극중 인물의 입을 통해 직접 어떤 대상을 공격하거나 적나라하게 어떤 사건의 진상을 폭로한다. 이때 작가는 화자의 언어로 직접 자신의 생각을 드러내기도 하고 또는 그런 주관적인 평가 없이 극중인물간의 언어를 통해 어떤 상황을 그대로 독자에게 제시해서 독자로 하여금 직접 판단하게 하기도 한다.

풍자는 또한 농후한 희극적 분위기 안에서 그 강한 효과를 드러낸다. 그래서 『금병매』 안에는 희극적인 장면묘사가 제법 많다. 또한 아이러니 혹은 반어적 서술도 풍자효과를 강하게 드러낸다. 아이러니는 중국소설에서는 전통적으로 극중인물의 이름이나 작가 자신의 필명에 대한 命名이나 작품의 이야기구조 상에서 작가의 아이러니 의도가 표현된다. 과장된 서술 역시 작품 중에 여러 번 등장하는데, 대개 과장은 희극적 분위기를 조성하며 강한 풍자를 동반한다. 과장이란 작가의 주관적인 감정과 비판이 개입된 것으로 주관성이 강하지만 작가의 세계에 대한 인식의 정도를 직접 드러내는 표현기법이다. 『금병매』에 보이는 또 하나의 특징은 유사하거나 동일한 형상과 사건 혹은 이야기 구조가 반복되어 나타난다는 것이다. 이는 작가의 상상력빈곤에서 기인하는 것이 아니라 반복되는 형상이나 사건을 통해 끊임없이 무언가를 연상시켜서 어떤 대상을 풍자하려는 의도가 담겨져 있다. 『금병매』에서는 음부와 음녀, 음란한 관계가 반복되면서 이에 대한 작가의 풍자가 드러난다. 이를 형상체용이라고 부를 수 있을 것이다. 마지막으로 전통적인 중국소설에는 3인칭 전지작가시점으로 쓰이는데, 이 전지적인 화자는 서술 중에 시간과 장소를 가리지 않고 나타나 자신의 견해를 드러낸다. 이러한 방식으로 어떤 대상에 대한 풍자를 하는 것은 작가의 직접개입으로 볼 수 있다. 『금병매』에서는 독특하게도 '看官聽說'이라며 이야기를 화자가 직접 이끌어내는 구절이 많다. 물론 이런 상투어 대신에 직접 자신의 말로 풍자하기도 하며 매 회의 시작과 끝, 또는 한 회의 서술 중간에 시사를 통해서 자신의 견해를 표현하기도 한다.

소설 속에서 풍자적 서술은 이렇게 다양한 방식으로 이루어지고 있음을 『금병매』를 통해서 확인할 수 있었다. 이런 서술상의 특징들은 세정소설에 전반적으로 나타난다고 보이지만 『홍루몽』이나 『성세인연전』, 그리고 재자가인 소설에서는 이런 특징들 중에 어떤 측면이 더 강조되기도 하고 또 변형되어 나타나기도 하는 등 각 작품마다 다양한 개성을 보여준다.(『中國學報』第 40集, 1999年 12月)

世情小說에 나타난 因果應報的 敍事構造

1. 들어가는 말

한 편의 소설작품은 작가 개인의 창작물이지만 사실은 시대의 산물이기도 하다. 왜냐하면 작가라는 존재는 그가 살고 있는 당대 사회의 사상·사회의식·시대의식 등과 유리되어 무관하게 존재할 수 없으며, 그의 작품 속에는 이미 작가 개인의 사상을 넘어선 당시 사회의 이념과 사상이 다양한 형태로 반영되어 있기 때문이다. 문화사를 연구하는 학자들이 때로 소설작품을 그 연구대상으로 삼는 이유가 여기에 있다.

그런 의미에서 중국소설을 연구하는 것은 중국인의 생활면모와 사유체계의 이해에 큰 도움을 준다. 평범한 인간들의 일상을 묘사함으로써 중국사회를 핍진하게 반영하고 있는 중국백화소설을 통해서 우리는 중국인의 다양한 모습과 전통적 사유체계를 발견할 수 있다. 因果應報思想은 그 중의 하나이다. 서로 상이한 시대배경과 제재를 다루고 있음에도 불구하고, 작품 전체에 인과응보사상이 관통하고 있는 경우가 쉽게 발견되는 것은 그만큼 이 사상이 보편적이라는 반증이다. 신이나 영웅과 같은 초월적 존재를 다루는 것이 아니라 일상의 보통사람과 그들의 생활을 본격적으로 다루기 시작하는 世情小說 속에는 '勸善懲惡, 혹은 '착한 사람은 복을 받고 악한 사람은 벌을 받는다'는 인과응보의 논리가 보편적 삶의 믿음으로 드러난다. 더 나아가 세정소설의 인과응보는 작품 속에 담긴 사상에 그치지 않고 서사를 이끌어가는 중심동력으로까지 작용하고 있다.

魯迅 역시 바로 이러한 점에 주목하여『中國小說史略』에서 세정소설이 "대개는 헤어짐과 만남, 기쁨과 슬픔 및 출세와 창업의 일들을 서술하였고 그 사이에 간간이 인과응보를 끼어놓았다(大率爲離合悲歡及發迹變泰之事, 間雜因果報應)"[1]고 말했던 것이다. 필자는 명청세정소설의 특징 중의 하나가 작품 속에서 두드러지게 발견되는 인과응보임에 주목하고, 이를 바탕으로 이야기를 전개하는 서사구조가 세정소설 가운데 상당히 존재한다고 간주하여 이를 '因果應報的 敍事構造'라고 명명하고자 한다.

'因果應報'라는 중국인의 사유체계가 중국소설의 서사에 어떻게 영향을 미쳤고 어떤 형태로 형성되었는지를 탐구하는 것이 바로 본고의 목적이다. 이를 위해서 먼저 인과응보사상의 기원과 그 역사적 성립과정을 고찰하는 것이 필수적일 것이다. '報應'이나 '因果'라는 말은 엄격히 말해서 불교에서 기원한 불교용어지만, 하늘이 착한 사람에게 복을 주고 나쁜 사람에게 벌을 내린다는 소박한 형태의 報應觀은 불교가 중국에 전래되기 이전에 이미 형성되어 있었다. 따라서 중국인들의 인과응보에 관한 생각은 불교의 전래를 전후로 그 성격이 구분되므로 본고에서도 인과응보사상을 두 시기로 나누어 간략히 고찰할 것이다. 그리고 이를 바탕으로 서로 다른 주제와 형식을 가지고 있는 世情小說을 대상으로 이들 작품 속에 보이는 인과응보적 서사구조의 형태와 의미를 분석하고자 한다. 世情小說의 嚆矢作으로 불리는『金甁梅』와 최고작으로 평가받는『紅樓夢』, 그리고 이에 영향 받아 생겨난 家庭小說『醒世姻緣傳』과 艷情小說, 才子佳人小說 등이 분석의 대상으로 포함된다.

2. 因果應報思想의 起源과 內容

'因果'와 '報應'이란 말은 불교의 '緣起論'과 '因果論' 가운데에서 그 기원을

---

1) 魯迅, 趙寬熙譯注,『中國小說史略』, (서울: 살림, 1998), 428쪽.

찾을 수 있다. 불교에서는 우주만물의 생성을 '緣起論'으로 설명하는데, '緣起'에서의 '緣'은 결과가 生起할 때 의지하는 조건이라는 뜻이고 '起'는 '生起'라는 뜻이다.2) 세상의 모든 현상과 사물은 서로 관계가 있고, 서로 의존하며, 서로 조건이 되어서 존재하게 된다는 것이다. 모든 것이 인과관계를 가진다는 이 緣起論은 사실 인과관계에 관한 이론이라고 할 수 있다. 그래서 불교는 인과론으로 세계의 모든 관계를 설명한다.

因이 果를 얻기 전에는 스스로 없어지지 않으며, 거꾸로 因의 작용이 없으면 果도 얻을 수 없다.3) 따라서 사람이 살아가면서 생명을 얻게 되면 인과의 법칙에서 벗어날 수 없으며, 이는 또한 부단히 윤회하는 생명의 흐름 가운데, 다시 말해서 과거·현재·미래라는 시간의 연속선상에서 표현되는 것이다.4) 자기행위의 선악에 따라 상응하는 보답을 얻을 뿐 아니라 來生의 존재형태까지 결정되는 것이 바로 인간의 삶 속에 나타나는 '因果應報'의 구체적인 구현이다. 그리고 이 善惡의 보응인 윤회는 "그림자가 형체를 따르는 것처럼 삼대에 걸쳐 인과는 그 순환이 끊이질 않는다."5)

따라서 인간의 일생은 인과의 흐름 속에 있는 것이고, 좋은 결과를 얻기 위해서 선한 행위를 해야만 하는 이유가 여기에 존재하게 된다. 하지만 인생의 행복과 불행을 설명하며 선하게 살라고 권고하는 것은 불교 고유의 사상만은 아니었다. 일찍이 고대 중국사회에서도 유사한 생각이 널리 보편화되어 있었다.

---

2) 吳士余, 『中國小說思維的文化機制』, (上海: 華東師範大學出版社, 1990), 106쪽.
3) 『慧遠及其佛學』, 方立天著, (北京: 中國人民大學出版社,1984), 76쪽.
4) 舍爾巴茨基는 인과율을 종적인 인과와 횡적인 인과로 나누어서 인과법칙의 가장 보편적인 형식을 설명한다. 이로써 생명에서 죽음에 이르는 순환을 끊이지 않는 생명의 흐름 가운데 있는 12개의 단계로 정리해내고 있다. 자세한 것은 다음을 참조. 舍爾巴茨基著, 立人譯, 『小乘佛敎』, (北京: 中國社會科學院出版社, 1994), 第 4章.
5) "如影隨形, 三世因果, 循環不失", 『大般涅槃經·憍陳如品』, (上海: 上海古籍出版社, 1994)

1) 佛敎 전래 이전의 報應觀

불교가 중국에 전래되고 본격적으로 불경과 그 사상이 전파되기 시작한 것은 後漢末 이후의 일이지만6), 그 이전의 中原지역에는 '하늘의 도리는 선한 사람에게 복을 주고 음란한 자에게는 화를 내리는 것이고(天道福善禍淫)', '착한 일을 한 사람에게는 백가지 복이 내리고 선한 일을 하지 않은 자에게는 백가지 재앙이 내린다(作善降之百祥, 作不善降之百殃)'는 생각이 멀리 殷商時代부터 이미 퍼져 있었다.7) 예를 들어 『尙書』중의 「商書」에는 다음과 같은 기록이 있다.

> 하늘의 도리는 선한 자에게 복을 주고 악한 자에게는 화를 내리니, 하나라에게 재앙을 내려서 그 죄악을 드러내셨다.8)

「商書」는 夏나라가 죄를 지었기 때문에 하늘이 멸망시킨 것으로 설명했다. 周나라 사람들의 '天'과 '天命'에 대한 이해는 商나라 사람과는 조금 달랐지만9) 그들 역시 '天'을 意志와 知識을 가진, 기뻐하고 노하며 복과 화를

---

6) 불교가 중국에 전해진 것은 일반적으로 後漢의 明帝 永平 10년(서기 67년)경으로 인식되고 있으나 중국이 그 이전에 서역제국과 교류를 시작했기 때문에 실제로는 後漢 이전에 수입된 것으로 생각된다. 가장 이른 문헌기재에 의하면 불교는 기원전 2년에 중국에 전래되었다고 한다. 『魏略·西戎傳』에 다음의 기록이 보인다. "漢哀帝元壽元年博士弟子秦景憲從大月氏王使伊存口受『浮屠經』." 보다 자세한 것은 다음을 참조. 楊東蓴, 『中國學術史講話』, (北京: 東方出版社, 1996), 168-171쪽, 구보타 료온, 최준식 옮김, 『中國儒佛道 三敎의 만남』, (서울: 민족사, 1990), 15쪽.

7) 학술계의 商代 '天'과 '帝'에 대한 觀念은 여러 의견이 있지만, 陳來는 『古文商書』의 기록을 통해 위와 같은 결론을 내린 바 있다. 자세한 것은 다음을 참조. 陳來, 『古代宗敎與倫理――儒家思想的根源』, (北京: 三聯書店, 1996), 161-168쪽.

8) "天道福善禍淫, 降災于夏, 以彰厥罪.", 『尙書·商書·湯誥』, 『古今文尙書全譯』, (貴陽: 貴州人民出版社, 1992)

9) 학자들은 주나라 사람들이 귀신과 함께 사람도 공경했다는 점이 전대와 다른 점이라고 말한다. 주나라 사람들은 '敬德'과 아울러 '保民'을 주장하며, '자연종교'를 신앙하는데서 '윤리종교'를 신앙하는 방향으로 발전했다는 것

내릴 수 있는 主宰者로 생각했다.10) 또한 그들은 귀신과 신을 섬기고 공경하는 습관11)을 가지고 있었고 귀신과 하늘이 인류생활을 지배한다고 생각해서 귀신의 뜻을 결코 위배하려고 생각하지 않았던 것이다.

이러한 사상은 제자백가 중의 墨子에 의해서 계속 발전했는데, 그는 귀신이 선한 자에게는 상을 주고 악한 자에게는 벌을 준다고 생각했다.12) 墨子의 이러한 관념은 기본적으로는 夏殷周의 天道觀을 계승한 것이며 다분히 종교적인 색채가 짙다. 이를 종교신념에 기반을 둔 초보적인 보응관이라고 한다면 『尙書』, 『詩經』 등에서 볼 수 있는 보응관은 정치와 관련시켜 해석한 것이라고 할 수 있겠다.

윤리도덕으로써 귀신숭배신앙을 대체했던 儒家13) 역시 도덕적 신념에 있

이다. 자세한 것은 다음을 참조. 陳來, 앞의 책, 168쪽, 함은선, 「인과보응관의 변화양상」, 『중어중문학』 제 18집, 1996.

10) 이러한 경향이 『詩經』 곳곳에서 확인된다. "有命自天, 命此文王.", 「大明」; "皇矣上帝,監下有赫. 監觀四方, 求民之莫.", 「皇矣」; "敬天之怒, 無敢戲豫. 敬天之渝, 敢馳驅.", 「板」; "天降喪亂, 降此蟊賊.", 「桑柔」. 보다 자세한 것은 다음을 참조. 胡適, 『中國哲學史大綱』卷上, 『胡適學術文集』上冊, (北京: 中華書局, 1991), 43-46쪽.

11) 자연신숭배는 초기 인류에게 나타나는 보편적인 현상이었다. 선진시기의 여러 문헌에서 이러한 원시 종교신앙의 흔적이 보인다. "夏道尊命事鬼敬神.", 『禮記·表記』; "有夏服天命.", 『尙書·召誥』; "殷人尊神, 率民以事神, 先鬼而后禮.", 『禮記·表記』; "忠于民而信于神.", 『左傳桓公六年』; "周人尊禮尙施,事鬼敬神而遠之.", 『禮記·表記』.

12) "천자가 선을 행하면 하늘이 그에게 상을 내리고 천자가 포악한 짓을 하면 하늘이 그에게 벌을 준다. ……하늘과 귀신에게 제사를 지내면 하늘이 그것을 제거해 줄 수 있다. (天子爲善,天能賞之. 天子爲暴, 天能罰之.… 以祭祀天鬼, 則天能除去之.)", 『墨子』卷七「天志中」, 『墨子校注』, (北京: 中華書局, 1993)

13) 馮友蘭의 분석에 의하면 文字적으로 '天'에는 다섯가지 뜻이 있다. '物質之天', '主宰之天', '命運之天', '自然之天', '義理之天'이 그것이다. 그는 孔子가 『論語』에서 언급한 '天'을 '主宰之天'에 귀속시켰지만 많은 학자들은 이에 반대하고 '義理之天'으로 간주한다. 孔子의 天命觀이 비록 운명적인 색채를 띠기는 하지만 그의 天命觀은 人文化된 '義理之天'에 접근해 있어서 前代의 '主宰之天'과는 다소 다르다. 공자는 기본적으로 前代의 '主宰之天'의 관념을 보류하고 있었지만 命運적인 요소를 부정하고 생활에서의 복이나 화는 모두 자신의 행위에서 온다고 주장했다. 자세한 것은 다음을 참조. 馮友蘭, 『中國哲學史』上冊, (北

어서는 보응적 경향을 보인다.14) 그래서 유가정치사상의 기초 위에서 董仲舒는 '天人感應說'을 주장해 인간의 선하거나 악한 행위가 天神의 감응을 불러일으킨다고 강조했다. 漢代 많은 사람들은 선을 행하는 자는 하늘의 상을 받는다고 믿었는데, 王充의 『論衡』은 당시의 이런 풍조를 자세히 설명한다.

> 세상 사람들은 선을 행한 자에게는 복이 오고 악을 행한 자에게는 화가 이른다고 말한다. 복과 화의 보답은 모두 하늘이 하는 것이다. 사람이 선악을 행하면 하늘은 이에 응답한다. 드러나게 은혜를 베풀면 군주가 그 행위에 상을 주고 암암리에 은혜를 베풀면 천지가 그 덕에 보답한다.15)

이상으로 미루어 볼 때, 착한 일을 하면 좋은 보응을, 악한 일을 하면 나쁜 보응을 받는다는 보응관념이 당시 사람들에게 이미 보편화되어 있었다고 이해해도 무방할 것이다. 그러나 이러한 사상만으로는 당시 사람들이 생활상에서 부딪히는 모순이나 의문을 해결할 수는 없었다. 선한 행위를 했음에도 불구하고 복을 받지 못하고, 악한 행위를 저질렀어도 입신출세하며 부귀영화를 누리는 불평등현상이 당시 사회에도 존재했는데 이는 사람들을 곤혹스럽게 만들었다. 이러한 보응의 불일치에 해답을 시도했던 것은 道敎였다. 도교의 경전인 『太平經』에서는 이렇게 말한다.

京: 中華書局, 1961), 55쪽.

14) 이러한 보응의 경향은 아래 문헌에서 찾아 볼 수 있다. "하늘에 죄를 얻으면 빌 곳이 없다. (獲罪于天, 無所禱)"(『論語·八佾』) 이는 공자가 하늘을 죄를 내리거나 인간을 보호하는 존재로 간주했다는 것을 보여준다. 『易傳·文言』에도 이런 말이 있다. "선을 쌓은 집안은 넉넉한 복이 있지만 선을 쌓지 않은 집안에는 반드시 넘치는 재앙이 있으리라.(積善之家有余慶, 積不善之家必有余殃.)" 이는 보응이 후손에게까지 이어진다고 생각하고 있음을 보여준다.

15) "世論行善者福至, 以惡者禍來. 福禍之應, 皆天也. 人爲之, 天應之. 陽恩, 人君賞其行;陰惠, 天地報德.", 王充,「福虛篇」, 『論衡注釋』, (北京: 中華書局, 1979)

천지가 개벽한 이래로 흉기가 끊이질 않고 끊어졌다가는 다시 일어나니 어째서인가? ……대저 사람이 행위를 하매, 어떤 이는 선을 행하고도 오히려 늘 악한 보답을 받고, 어떤 이는 악을 행했어도 오히려 좋은 보답을 받는다. ……선을 행하고도 악한 보답을 얻은 자는 선인들의 과오로 인해서 재해가 쌓여서 이 사람에게 피해가 온 것이다. 악을 행하고도 선한 보응을 받는 것은 선인들이 큰 공을 쌓아서 이 사람에게 미친 것이다. 큰 공을 행해서 만 배로 더할 수 있으면 선인에게 비록 넘치는 재앙이 있어도 이 사람에게 미칠 수 없을 것이다.16)

도교는 現世의 불행을 모두 선대의 과오로 돌렸는데 이것이 바로 '承負'의 작용이다. 한 사람의 遭遇는 그 조상들 행위의 영향을 받을 뿐 아니라 그의 행위 역시 후대에 영향을 미칠 수 있다고 생각했다. 그래서 자연히 하나의 결론이 도출된다. 내가 선한 일을 하면 내 후대가 복을 받는다는 것이다. 여기에는 당연히 분명한 인과응보의 논리가 있다. 그러나 당시 도교는 인간이 죽은 후 重生할 수 있다고는 생각하지 않았고 사람은 한 번만 살 수 있다고 여겼기17) 때문에 불교에서 말하는 윤회의 인과응보와는 다르다. 承負說은 보응을 받는 대상이 선을 행한 주체의 자손일 수도 있다고 함으로써 그 영향을 鄕里와 국가로까지 확대시키고, 사회의 여러 가지 불평등현상에 대한 설명을 시도했다. 사회에 존재하는 빈부와 요절, 각종 불평등을 모두 '승부'의 작용으로 설명한 것이 그것이다. 그러나 선한 행위를 하는 주체와 그 복을 받는 대상이 불일치했기 때문에 사람들로 하여금 보다 적극적으로 선을 행하도록 인도하지는 못했다. 이 문제를 해결한 것은 불교였다.

---

16) "天地開闢以來, 凶氣不絶, 絶者而后復起,何也?……凡人之行, 或有力行善, 反常得惡, 或有力行惡, 反得善,…… 力行善反得惡者, 是承負先人之過, 流災前后積來害此人也. 其行惡反得善者, 是先人深有積蓄大功, 來流及此人也. 能行大功萬萬倍之, 先人雖有余殃, 不能及此人也.",『太平經・解承負訣』, 王明 編,『太平經合校』, (北京: 中華書局,1992)

17) 湯用彤,『漢魏兩晉南北朝佛教史』上冊, (北京: 中華書局, 1955), 107-108 쪽, 湯一介,「道教的 "承負"說與佛教的 "輪回"說」,『佛教與文化』, (北京: 宗教文化出版社, 1999)

2) 佛敎 전래 이후의 因果應報思想

불교가 중국에 전래된 이후로 불교사상은 '天道福善禍淫', '上天賞罰善惡', '承負說' 등 중국고유의 보응에 관한 관념에 이론적 기초를 제공했다. 따라서 불교의 전래는 인과응보사상을 한층 더 구체화·체계화시킨 것으로 볼 수 있다. 불교의 인과와 윤회에 관한 설명은 현실생활 중에 존재하는 여러 가지 불평등현상에 대한 해답을 제시했을 뿐 아니라 現世에서 선한 행위를 해야만 하는 필요성도 적극적으로 지적해냈다.

중국 역사상 報應觀을 확립한 것은 東晉의 高僧 慧遠이었다. 그는 보응의 도리를 밝힌 「明報應論」에서 이렇게 말한다.

> 그런즉 죄와 복의 보응은 오로지 그 감응한 바에 따라 감응하여 그렇게 된다. 그러므로 이를 자연이라고 하는 것이다. 자연이라는 것은 내가 영향 미칠 뿐이니 대저 주재자에게 다시 무슨 공이 있겠는가?18)

慧遠은 여기서 보응의 주재자를 '天'에서 業을 짓는 주체인 사람의 '心'으로 옮겨왔다. 보업을 받는 주체 역시 업을 짓는 자신으로 한계를 지었다. 업을 짓는 것(作業)과 보응을 받는 것(報應)은 모두 행위의 주체인 자신이 담당해야 한다는 것이다. 즉 후세인이나 자손을 위해서가 아니라 자기 자신을 위해서, 來生의 선한 보응을 받기 위해서 現世에서 선을 행하고 積善해야 한다고 주장했던 것이다. 이로써 承負說이 가졌던 업을 지은 행위자와 보응을 받는 자가 불일치하는 문제가 해결되고 보응관의 勸善기능을 한 단계 강화할 수 있었다. 그는 당시 사회의 대표적 불평등 현상인 九品制와 '착한 사람이 화를 당하고 악인이 영화를 누리는' 현상에 대해서도 전생의 행위에 따른 보응이라고 설명했다.19) 그러나 그의 설명은 現世의 불평등원인을 설명

---

18) "然則罪福之應, 唯其所感, 感之而然, 故謂之自然. 自然者, 卽我之影響耳, 于夫主宰, 復何功哉?", 慧遠, 「明報應論」, 『弘明集』卷5, 『弘明集·廣弘明集』, (上海: 上海古籍出版社, 1994)

하고 現世에서 선을 행할 적극적 동기를 부여하기는 했지만, 現世의 상황을 바꾸기보다는 순응하게 만든다. 하지만 곤혹스런 처지에 놓인 사람들에게 현재의 불행을 묵묵히 감수하고 행복한 미래를 꿈꾸게 하는 데는 매우 유효했다. 바로 여기에 因果應報觀이 가지는 종교적 성격이 있다.

불교는 중국에 전래된 후 중국고유의 문화와 접촉하는 과정에서 부단히 충돌하며 한편으로는 조화를 이루어 나갔다. 出世主義를 선양하는 불교와 入世를 지향하는 유교사상은 첨예하게 대립하기도 했는데, 불교에 회의적이고 반대의 태도를 취했던 유학자들은 불교의 인과응보설에 반대하기도 했다.20) 그러나 불교도 대부분은 실상 어릴 적부터 중국전통의 유가문화 속에서 성장했던 사람들이었기에 자연스럽게 유가사상이나 유가문화와 밀접한 관계를 갖고 있었다. 慧遠 역시 결국 유가의 기본적 윤리 관념을 받아들였다. 예를 들어 그는 유가의 중요한 명제인 '敬親'과 '敬君'을 보응의 순환율 안으로 끌어들였다.21) 또한 불교는 중국사회와 문화 전반에 걸쳐 영향을 미쳤는데, 이는 魏晉代 玄學, 宋代 程朱理學, 道敎의 이론체계화에 절대적으로 기여했다는 사실에서도 확인된다.

중국고유의 소박한 報應觀念은 佛敎의 因果論을 수용하며 점차 三世輪回

---

19) "대저 선악이 일어나는 것은 그 점진적인 것에 말미암는데, 점진적인 것이 극에 달하면 구품의 의론이 생긴다. 대개 구품에는 現世의 보응에 의해 유지되는 것이 아니다.(夫善惡之興, 由其所漸, 漸以之極, 則有九品之論. 凡在九品, 非其現報之所攝.)", 慧遠, 「三報論」, 앞의 책.

20) 불교는 외래 종교였기 때문에 기존의 중국의 전통적인 사고와는 여러 가지 면에서 충돌을 일으켰다. 예를 들어 영혼의 존재나, 효도와 출가의 문제, 승려가 왕에게 경배할 것인가를 놓고 치열한 논쟁이 벌어졌다. 晉의 戴安公과 周道祖 사이에 불교의 인과응보를 둘러싼 논쟁이 벌어진 바 있다. 자세한 것은 다음을 참조. 方立天, 앞의 책, 96쪽, 구보타 료온, 앞의 책, 69-72쪽.

21) 예를 들어 그는 '愛親'와 '敬君'을 '자연의 은혜(自然之恩)'와 '자연의 고마움(自然之重)'으로 간주했다. '자연의 은혜'라는 것은 生育해 준 은혜를 말하며 '자연의 고마움'이라는 것은 化育해 주는 고마움을 말한다. 여기에 왕을 공경해야 하는 자연의 도가 있다고 설명했다. 자세한 내용은 다음을 참조. 慧遠, 「沙門不敬王者論」, 『弘明集·廣弘明集』, 앞의 책, 구보타 료온, 앞의 책, 제 6장 「사문불경왕자론」

의 논리를 구비하며 체계화되었고, 대중들에게 널리 환영받으며 수용된다.
그리고 다른 한편으로는 唐代이후 儒佛道 三家思想의 交流와 合流과정이
본격화되면서 인과응보사상은 三敎에서 모두 수용되어 일반대중을 계도하는
보편적 믿음으로 신앙되었다. 北宋이후 중국사회에 광범위하게 유행한 勸善
書와 功過格은 바로 이러한 사회배경 아래 탄생한 것이다. 明淸代는 儒佛道
三家사상의 합류가 가장 활발히 진행되었던 시기로서 발행된 勸善書의 수만
해도 상당하다.22) 그중 가장 유명한 것이 『太上感應篇』인데, 원래는 北宋
말년에 발행된 道敎방면의 저작으로 분류되지만23) 농후한 善惡報應, 즉 因
果應報 사상을 담고 있다. 또한 勸善書는 황실과 권문귀족들에게 중시되어
그들의 찬조 아래 널리 간행되었다. 이 과정에서 勸善書는 수많은 유학자들
의 지지를 얻었고 불교 역시 勸善書의 유통을 배척하지 않았다. 세정소설이
탄생하고 유행했던 시기가 바로 이 시기였다. 그래서 이러한 사회적 경향이 문
학작품의 창작에 영향을 미쳐서 일정한 서사양식으로까지 나타나게 된 것은 지
극히 자연스러운 일이라고 하겠다. 심지어 『續金甁梅』의 작자인 丁耀亢은 공공
연히 작품을 쓰게 된 본의가 佛法을 선양하는데 있다고 밝히고 있다. 이야기를
윤회보응의 인과율에 부합하도록 만들었으며, 인과응보사상을 보다 효과적으로
드러나기 위해 『太上感應篇』에 각주를 다는 형식을 채용했다는 것이다.24)

---

22) 당시 간행된 권선서 중에서 가장 오래되고 영향력이 큰 것이 『太上感應篇』와
　　『文昌帝君陰騭文』이고, 그 외에도 『太微仙君功過格』, 『關帝覺世眞經』, 『呂祖功
　　過格』, 『文帝孝經』, 『玉定金科』 등이 있다.
23) 다음 사실이 이를 증명할 수 있다. 첫째, 北宋 末年 徽宗에 의해 虛靜先生의
　　이름을 하사받은 正乙道 第三代 天師인 張繼先이 『太上感應篇』에 頌을 지은
　　적이 있으며 이 문장은 『道藏』에 수록되었다. 둘째, 『太上感應篇』은 北宋 末
　　年에 이미 『政和萬壽道藏』중에 수록되었다. 셋째, 南宋 初年부터 널리 전파되
　　기 시작해서 당시 관방이나 사가의 목록은 모두 이 책을 수록하고 있다. 보다
　　자세한 상황은 다음을 참조. 『「太上感應篇」導讀』, 『太上感應篇』, (北京: 北京
　　燕山出版社, 1995), 袁嘯波編, 『民間勸善書』, (上海: 上海古籍出版社, 1995)
24) 그는 第 42회 중에서 이렇게 말한다. "『금병매』는 '色'자를 말하고 있지만, 『
　　속금병매』는 '空'자를 말한다. 색에서 공으로 돌아가고 공은 색이니 인과의
　　보응이 佛法으로 들어간다. 이것이 이 책을 쓰는 본의이다. (一部『金甁梅』說

유학자들이 勸善書를 긍정한 이유는 아마도 勸善書가 가지는 강한 교화성 때문에 유가의 윤리관을 강조할 수 있다고 생각했기 때문일 것이다.25) 실제로 勸善書는 儒家의 倫理道德을 善으로 여기고 이를 위반하는 것을 惡으로 삼고 있다. 따라서 儒敎와 道敎의 '積善銷惡'과 불교의 '因果報應'은 서로 권계하여 악은 행하지 않고 선을 받들어 행하도록 격려하며 선을 행한 자는 복을 받고 악을 행한 자는 화를 당한다고 경계한다는 점에서 모두 공통점을 가지고 있었다. 이렇게 내재된 교화적 성분 때문에 勸善書는 유학자들과 대신들의 칭찬을 받았고 많은 유명한 관료와 유학자들이 序를 지었던 것이다. 그리고 그들은 勸善書를 이용해 선악보응의 관념과 일상윤리규범을 기층민중 속으로 전파시킬 수 있었다.26) 그러므로 이러한 사실을 통해서도 인과응보사상이 중국에서 보편적으로 수용되어 중국인 고유의 전통적 사유방식이 되었음을 알 수 있다.

3. 世情小說의 因果應報敍事構造

儒佛道의 부단한 교류와 相互採用過程에서 因果應報는 유구한 역사 속에서 전파되었다. 또한 집단표상의식을 포함하는 思惟방식이 되어 문학창작에 있어서도 반복되어 출현하는 일종의 서사구조로 표현되었다. '作業-惡報 혹은 行善-善報'가 바로 그것이다.27) 魏晉에서 隋唐시기에 창작된 志怪와 '釋氏輔敎

了个"色"字, 一部『續金瓶梅』說了个"空"字. 從色還空, 卽空是色, 乃因果報轉入佛法, 是做書的本意..)", 丁耀亢, 『續金瓶梅』, 『金瓶梅續書三種』上卷, (齊南: 齊魯書社, 1988), 412쪽.

25) 예를 들어 淸人 兪樾은 "이 글은 비록 도교의 책이지만 실로 유가의 뜻에 어긋나지 않는다. (此篇雖道敎之書, 實悖儒家之意..)"고 말하고 있다. 『太上感應篇』, 앞의 책에서 재인용.

26) 卿希泰主編, 『中國道敎史』第三卷, (成都: 四川人民出版社, 1993), 534-535쪽.

27) 嚴云受, 『論「醒世姻緣傳」的因果報應與思想意義』, 『安徽師大報』 1993年 第一期.

之書'를 보면 은혜를 베풀면 선한 보응을 받고 악을 행하여 원한을 사면 악한 보응을 받는 서사구조가 반복해서 출현하는 것을 발견할 수 있다. 또한 현실생활을 제재로 삼고 있는 후대의 세정소설은 그 내용상 비교적 강한 교화성을 띠고 있기 때문에 서사구조에 있어서도 인과응보적 형태가 두드러진다.

세정소설에 나타나는 인과응보적 서사구조는 그 표현 형태에 따라 크게 두 가지로 구분할 수 있다. 하나는 작품 중의 인물의 보응이 前生과 現世 양대에 걸쳐 진행되는 것이고, 다른 하나는 現世에서만 그 보응이 일어나는 것을 말한다. 불교의 논리에 따른다면, 전자는 과거·현재·미래라는 시공간을 두고 윤회에 입각하여 이야기가 전개되는 것이고, 후자는 윤회가 아닌 現世로만 국한시켜 인과응보가 일어나는 것이다. 따라서 전자는 兩代應報構造로, 후자는 現世應報構造라고 이름 지을 수 있겠다.28)

1) 兩代報應構造

兩代報應構造에 속하는 대표적 작품으로 『醒世姻緣傳』과 『紅樓夢』을 들 수 있다. 그러나 동일한 서사구조를 가진 두 작품은 이를 형상화하는 방식에서 확연히 구별된다.

먼저 『醒世姻緣傳』을 살펴보면, 작가는 본문을 시작하기에 앞서 「弁語」와 「引起」에서 "인간세상에 부부보다 더 좋은 것이 없고 세상에서 부부보다 더 지독한 원수도 없다"29)며 부부관계를 과감히 인륜의 중심에 위치시키고 있다. 그는 '두 惡緣'이 일으키는 고통과 전도된 인륜을 통해서 부부인륜의 중요성을 강조한다. 『醒世姻緣傳』이라는 작품의 제목 자체가 바로 그의 이러한 창작의

---

28) 필자가 구분한 兩代報應構造와 現世報應構造는 윤회를 다루고 있는 서사구조와 그렇지 않은 것으로 다시 구분할 수 있을 것이다. 대개 소설의 서술 시점이 현재라는 특성상 작품에서 다루는 윤회란 현재를 중심으로 과거에서 현재로 이어진다. 그래서 비록 2대 이상의 윤회가 일어난다 하더라도 前生과 現世라는 관점에서 兩代報應構造에 포함할 수 있다고 생각한다.

29) "人世間和好的莫過于夫婦, 又人世讎恨的也莫過于夫婦", 「因緣傳引起」, 『醒世姻緣傳』, (北京: 人民中國出版社, 1993)

도를 분명히 드러낸다. 明 後期 이래로 李贄 등은 부부관계를 중시하여 이를 인륜의 근본으로 삼았는데 작가의 사상은 그들에 매우 접근해 있다.30)

『醒世姻緣傳』은 晁家, 狄家 두 집안의 前生과 現世를 통해 이야기가 진행되는데, 前生에 지은 업으로 인해 現世에 이에 상응하는 보응을 받는다는 것이 주내용이다. 작품 중의 惡業은 晁源이 여우를 살해하고, 첩 珍哥와 함께 정실부인 計氏를 죽음으로 몰아넣으면서 시작된다. 第 1回부터 第 22回까지는 晁家의 이야기이고 第 25回이후부터는 晁源이 狄希陳으로 다시 태어나면서 시작되는데, 晁源·여우·計氏·珍哥 네 인물의 악연이 前生과 現世를 통해 전개된다. 이에 대한 작가의 해석은 분명하다.

> 이런 인연이 어떻게 생겨난 것인가? 이 모두가 前生의 일이 다한 것이고 저승에서 암암리 만들어져서 조금의 착오도 없다.31)

소설 속 극중인물의 결과는 모두 前生의 악업에 의한 것이라고 밝히고 있

---

30) 李贄는 이렇게 말한다. "夫婦는 인류의 시작이다. 부부가 있은 다음에 父子가 있고 부자가 있은 다음에 형제가 있고, 형제가 있은 다음에 상하관계가 있는 것이다. 부부관계가 바로 서야 만사가 바름에서 나지 않은 것이 없게 된다. (夫婦, 人之始也.有夫婦然后有父子, 有父子然后有兄弟,有兄弟然后有上下. 夫婦正, 然后萬事無不出于正.)"(『焚書』卷三). 馮夢龍도 이렇게 말한다."정이란 남녀에게서 생겨나……군신, 부자, 형제, 친구사이로 흘러간다.(情始于男女,……流注君臣、父子、兄弟、朋友之間.)"(『情史·情史敍』). 吳雨若은 이렇게 말한다. "세계는 원래 情字에서 생겨났으니 부부가 있고 나서 부자가 있고 부자가 있고 나서 형제가 있고, 형제가 있고 나서 친구가 있고 친구가 있고 나서 군신이 있는 것이다.(世界原從情字生出, 有夫婦然后父子,有父子然后有兄弟, 有兄弟然后朋友, 有朋友然后有君臣.)"(張潮『幽夢影』卷下). 이들은 모두 인륜관계를 "夫婦-父子-兄弟-朋友-君臣"순으로 배치했는데, 이는 기존의 "君臣-父子-兄弟-夫婦-朋友"로 이어지는 군신위주의 상하관계를 근본적으로 부정한 것이었다. 당시의 문학풍토에 관한 보다 자세한 것은 다음을 참조. 夏咸淳, 『晚明士風與文學』, (北京: 中國社會科學出版社, 1994)

31) "這段因果却是怎地生成? 這都盡是前生前世的事, 冥冥中暗暗造就, 定盤星半点不差.", 「姻緣傳引起」, 『醒世姻緣傳』, 앞의 책.

다. 그래서 작가는 이 소설의 별칭을 『惡緣傳』이라고 하는 것이다.[32]

　주인공 狄希陳은 前生의 죄업으로 인해 평생 처첩에게 큰 고통을 당하게 되는데, 그에게 고통을 주는 사람은 다름 아닌 前生에 그로 인해 시련을 겪은 여우와 計氏이다. 그들은 狄希陳의 정실부인 薛素姐와 첩 童寄姐로 환생한다. 狄希陳은 前生에 晁源이었는데, 그는 珍哥를 총애하고 조강지처인 計氏를 버린다. 그리고 珍哥의 말만 믿고는 計氏가 도사·스님과 사통했다고 고발해서 결국 計氏를 자진하게 만든다. 이 때문에 計氏 집안과 晁源은 소송을 벌인다. 晁源은 수감되었다가 뇌물로 관리를 매수해서 결국 무죄석방되고, 오래지 않아 유부녀와 사통했다가 그녀의 남편에게 발각되어 죽음을 당한다. 이 사건은 그의 악업에 따른 일종의 보응이라고 볼 수 있다. 하지만 보응은 여기서 그치지 않는다. 오히려 진정한 보응은 다음 세대에서 시작된다. 불교의 윤회에 따르면(작품의 제 30회에서도 밝힌 바 있는 환생에 대한 규율) 前生에 죄를 지은 사람은 환생할 수 없지만, 晁源과 珍哥의 환생은 악업에 대한 응징을 받는 것으로 설정되어서 가능했다.

　狄希陳은 現世에서 두 여인에게서 고통당한다. 어릴 적 정혼한 정실 薛素姐와 나중에 얻은 첩 童寄姐가 그들이다. 봉건시대에는 남성의 지위가 여자보다 높았고 남자의 의사만으로도 이혼을 청구할 수 있었지만 狄希陳은 이를 실행할 생각도 하지 못한다. 저항은커녕 그 자리에서 피할 생각도 못하는 소심한 청년이다. 그러나 狄希陳은 前生의 晁源과 마찬가지로 안하무인의 부잣집 아들로서 부모 공경할 줄 모르고 예의를 차릴 줄도 모르는 패륜아의 성격을 그대로 가지고 있다. 가장 중요한 인륜인 부부간의 인륜을 제대로 지킬 줄 몰랐기 때문에 다른 인륜이 모두 망가져 버린 것이다. 그러나 작품의 결말 부분에서 그가 前生의 업보로 인한 보응을 다 받았다고 생각할 무렵, 작가는 이 고통스런 보응에서 해탈할 기회를 제공한다. 그것은 전지전능한 스님을 만나 前生의 일을 듣고 前生과 現世로 이어지는 인과응보의 도리를

---

32) 「醒世姻緣傳·凡例」, 앞의 책.

깨닫게 하는 것이다. 그는 작품 속의 인과응보의 서사구조 가운데 두 가지 서로 다른 역할을 수행한다. 前生에서 그는 남에게 피해를 입힌 가해자이지만 現世에서는 철저한 피해자로 나타나 독자들의 동정을 받는다. 이 같은 역할전도는 그뿐 아니라 이 작품에서 윤회·환생한 다른 인물들에게서도 나타난다. 前生에서 晁源에게 구박을 받은 여인들은 現世에서 그를 철저히 괴롭히는 역할을 담당한다. 제 1회에서 晁源에게 죽음을 당한 여우는 現世에서 가장 오랫동안 그를 괴롭히는 정실 素姐로 환생한다. 그녀는 자신의 前生을 몰랐지만, 남편만 보면 화가 난다. 그녀는 자신의 감정을 통제하지 못하고 그저 다음과 같이 생각할 뿐이었다.

> 재삼 화를 내는 것을 고치려 해도 그를 보기만 하면 예전처럼 다시 화가 난다. 아마도 前生에 그와 무슨 원수가 졌나보다.[33]

이런 마음에도 불구하고 그녀는 분노를 자제하지 못해서 늘 남편을 구타한다. 작가는 그녀의 행위에 정당한 이유를 대지 못하고 그저 前生의 악업으로 인해서 그렇게 되었다고만 설명한다. 이처럼 인과응보 서사구조 아래에서는 인물의 행위가 인물의 성격과 합리적으로 부합되지 못하는, 즉 현실주의 원리에 어긋나는 경우가 있다. 薛素姐는 現世의 이야기에서 狄希陳이 前生에 행한 악을 응징하는 핵심인물이지만 동시에 그녀도 現世에서의 악업으로 인해 보응을 받는다. 인과응보는 공평하게 적용되기 때문이다. 그래서 그녀 역시 끊임없이 사람들에게서 구타당하거나 욕을 먹고[34] 심지어 원숭이한테 얼굴을 손상당하고 애꾸눈에 코도 반쪽 밖에 없는 추녀가 된다. 나중에는 狄希陳이 염불에 전념할 때 병이 나서 죽는다. 그녀의 악연도 이로써 끝이나는 것이다.

---

33) "再三發恨要改, 及到見了, 依舊又還如此. 我想起必定前世里與他家有甚冤仇.", 『醒世姻緣傳』, 第五十九回, 앞의 책, 639쪽.
34) 素姐가 폭행당하거나 욕설을 듣는 장면이 『醒世姻緣傳』, 第六十回、 六十三回、 七十三回、 七十六回、 八十九回에 보인다.

計氏가 환생한 童寄姐의 형상은 薛素姐에 비하면 상당히 간단하다. 비록 素姐보다 조금 순하기는 하지만 그녀 역시 남편을 구타하고 욕하는 悍婦이다. 童寄姐 역시 작품 중의 몇몇 대표적 장면을 통해 볼 때 남편을 학대하는데 있어 결코 薛素姐에 뒤지지 않는다. 前生에서는 정실이었지만 남편의 사랑을 첩에게 빼앗기고 모함 받아 억울하게 죽었었다. 그러나 現世에서는 거꾸로 남편의 사랑을 받는 첩이 된다. 狄希陳은 구타를 일삼는 薛素姐에게서 도망나와 따스한 사랑을 찾아 童寄姐를 첩으로 삼게 된다. 그러나 시간이 흐르면서 그녀도 점차 前生에서의 관계를 각성하고 狄希陳에게 보복하기 시작한다. 물론 작품 중에서 寄姐 자신의 각성은 잠재적 각성이며 작품 속 因果應報의 논리에 의한 것이다. 그녀의 잔혹한 보복은 狄希陳의 사랑을 받은 小珍珠에게로 옮겨간다. 이 역시 前生의 악연에 의한 것으로 現世에서는 정당한 이유가 없다.

> 이 일은 정말 기괴하다. 내가 그를 보기만 하면 사실 그가 뭘 잘못한 게 없는데도 어떻게 된 일인지 화가 나니 아마 몇 겹에 걸쳐 원수를 진 모양이다. 내 생각에 반드시 前生에 그와 무슨 원수 진 일이 있을 거야.35)

그녀의 말은 薛素姐의 것과 완전히 동일하다. 그러나 그녀에게는 素姐의 최후와 같은 現世의 악행에 대한 보응은 보이지 않는데, 이는 작가가 작품의 뒷부분에서 많은 편폭을 할애해 素姐의 최후를 그리면서 童寄姐를 소홀히 처리한 데서 기인한 것 같다.

現世에서의 童氏 집안 하녀인 小珍珠는 前生에서 晁源의 총애를 받으며 정실부인을 기만한 애첩 珍哥이다. 現世에서 그녀의 삶은 부귀를 누렸던 前生과는 달리 입을 옷조차 변변히 없는 지경에 이르렀고 狄希陳이 이를 애처

---

35) “這事眞也古怪. 我那一日見了他, 其實他又沒有甚么不是, 我不知怎么見了他, 我那氣不知從那里來, 通象合我有几世的冤仇一般.……我想來必定前世里合他有甚么仇隙.”, 『醒世姻緣傳』, 第八十回, 860쪽.

롭게 여겨 옷을 주었다가 이를 안 寄姐에 의해 한바탕의 소동이 일어난다. 그리고 결국 이 사건으로 인해 小珍珠는 죽는다. 그녀의 짧은 생은 사실 前生에서 그녀로 인해 죽은 計氏의 죽음에 대한 대가였고, 前生의 악업에 대한 보응이었던 것이다.

『醒世姻緣傳』의 인과응보는 前生과 現世가 맞물리며 철저한 보응으로 이루어져 있다. 前生과 現世에서의 역할전도는 물론이고, 작가는 심지어 인물 간의 비중까지 고려한 흔적이 보인다. 보응의 핵심 축인 晁源(狄希陳)을 제외한 세 인물이 이야기 전체에서 차지하는 비중이 前生과 現世가 완전히 상반된다. 제 1회에서 죽어서 前生에서의 비중이 가장 작았다고 할 수 있는 여우가 現世에서는 가장 중요한 인물인 素姐로 변한다. 그녀는 狄希陳을 가장 철저하고 잔혹하게 대우하며 작품에서 차지하는 분량이 가장 많다. 반대로 前生에서 가장 비중이 컸던 애첩 珍哥는 現世에서 가장 작은 역할인 小珍珠로 분해서 뒤늦게 등장한다. 그리고 오래지 않아 죽어서 무대에서 가장 일찍 퇴장한다. 인물에 대한 이러한 처리 역시 인과응보에 입각한 작가의 세심한 배려에서 나온 것이라고 볼 수 있을 것이다.

보응은 선한 보응과 악한 보응으로 나눠지는데, 지금까지 언급한 주요인물들의 보응은 모두 악한 보응에 해당된다. 이와 대비되는 또 다른 한 축인 선한 보응은 晁夫人과 梁生의 후생인 晁梁이 있다. 前生에 晁夫人의 은혜를 입은 梁生이 자원해서 그녀의 아들로 태어나 그녀를 봉양한다. 이 두 사람은 작가 심중의 이상적 인물을 대표하는 동시에 작품 내에서 보응구조의 한 기둥인 선한 보응을 담당함으로써 작품의 균형을 잡아주고 있다. 또한 이들의 존재는 악연으로 얼룩진 현실 속에서 미래의 행복한 삶에 대한 희망을 암시하는 역할을 한다. 작품이 비록 악한 보응에 치우쳐 있지만 작가는 적지 않은 편폭을 할애하여 晁夫人의 형상을 묘사한다. 이는 불심이 두텁고 주위 사람들에게 온정을 베풀고 구제하는 그녀의 행위를 통해서 선한 사람은 윤회의 고해에서 표류하는 고통을 겪을 필요가 없음을 설명한 것이다.

『紅樓夢』역시 兩代報應構造를 취하고 있다. 하지만 그 표현방식은 『醒世

姻緣傳』과 자못 다르다. 『醒世姻緣傳』이 노골적으로 인과응보사상을 드러내고 있다면 『紅樓夢』의 인과응보구조는 상징적 방식으로 『紅樓夢』의 또 다른 서사구조인 신화구조 안에 숨겨져 있다. 前生의 業이 원인이 되어 現世의 인연을 이룬다는 점에서 역시 인과응보구조에 속한다고 볼 수 있다.

『紅樓夢』의 인과응보는 다른 소설에 비해 특이하다. 정식으로 이야기가 시작되기 전인 第1回에 두 개의 신화 혹은 신화적 이야기를 함으로써 뒤에 전개되는 이야기와의 인과적 관계를 맺고 있다. 하나는 女媧補天에서 탈락했던 돌이 억겁을 거쳐 사람이 되어 세상에 나온다는 이야기이고, 다른 하나는 神瑛侍者와 降珠仙草의 이야기이다. 이 두 이야기는 『紅樓夢』속의 서로 다른 두 세계를 상징하기도 한다. '太虛幻境' 혹은 '眞界'로 상징되는 신화세계와 '實境' 혹은 '假界'로 분류되는 현실세계가 그것이다. 그리고 이는 다시 前生과 現世의 역할을 하면서 인과의 윤회구조를 형성한다.

특히 이 신화적 이야기들은 모두 『紅樓夢』의 주인공들을 암시함으로써 작품의 구조가 어떻게 전개될 지에 관한 정보를 내포하고 있다는 점에서 중요하다. 전자는 돌이 인간으로 변하여 부귀영화를 누리는 것으로 설정되어 있는데, 그 돌이란 다름 아닌, 태어날 때 옥을 입에 물었다는 賈寶玉을 암시한다. 그래서 보옥은 現世에서 늘 그 옥을 자신의 분신처럼 몸에 지니고 다녔으며 가족들은 그 옥을 보옥의 생명줄로 간주했다. 옥을 잃었을 때 보옥이 정신을 잃고 앓아누웠다는 설정에서도 양자가 한몸임을, 즉 보옥이 前生의 그 석두의 현현임을 알 수 있다. 그리고 작품의 말미에서 보옥이 세속의 영화를 버리고 홀연히 도사를 따라 사라지는 것은 그가 원래 위치했던 태초의 시간으로 돌아가는 것을 의미한다. 이러한 이야기는 '石-玉-石'의 순환구조를 구현하는데, 이것은 다시 말해 '石頭-세속으로 하강-부귀를 누림-回歸'의 구조에 다름 아니다. 석두가 인간으로 환생하기 때문에 입에 옥을 물고 나올 수밖에 없었던 것인데, 이 玉이란 바로 욕망(欲)을 의미한다. 석두가 도사와 스님이 나누는 인간세상의 부귀영화에 대한 이야기를 듣고 이를 갈망하는 욕망이 생겨서 인간세상에 가고 싶었던 것이고 결국 가짜(假) 보옥(賈

寶玉)이 되었던 것이다. 그리고 세상에서 부귀를 누리다가 그것이 헛됨을 깨닫고 결국 출가한다. 왜냐하면 그의 환속은 돌아가는 것을 전제로 했던 것이기 때문이다. 그래서 이 '石-玉(寶玉)-石'의 구조는 '石-欲-石'에 다름 아니고 現世에서의 가보옥(賈寶玉)이 가짜보옥(假寶玉)일 수밖에 없는 것이다.

『紅樓夢』을 지탱하는 또 하나의 보응구조는 神瑛侍者와 降珠仙草가 맺은 前生에서의 인연에서 비롯한다. 이에 대한 상세한 분석을 위해서는 이들의 신화적 이야기, 즉 前生을 면밀히 살펴볼 필요가 있다.

> 서방의 영하라는 강기슭에 삼생석이란 바위가 있고 그 옆에 강주초가 한 포기 자라고 있었는데 마침 적하궁에 있던 神瑛侍者가 날마다 이 풀에 이슬을 뿌려 길렀습니다. 강주초는 이에 비로소 영원한 생명을 얻게 되었지요. 이미 천지의 정기를 받은 데다가 맑은 이슬의 양분을 얻어서 마침내 초목의 허울을 벗고서 사람의 모양으로 변했답니다. 그것도 여자로 변해서 하루 종일 <u>이한천</u> 밖에 나가 노닐면서 배고프면 밀청과를 반찬삼아 먹고 목이 마르면 <u>관수해</u>의 물을 국으로 삼아 마셨다지요. <u>그러나 이슬로 길러 준 神瑛侍者의 은혜를 미처 갚지 못하고 있었기 때문에 가슴 속에 풀리지 않은 시름이 맺혀져 있었습니다.</u> 마침 근래에 이 神瑛侍者가 범심이 동해서 이 태평성세에 인간세상에 내려가 허황한 인연을 이루어 보고자 이미 경환선녀에게 말해 놓고 있었습니다. 경환선녀도 일찍이 이슬로 길러준 정을 갚지 못하고 있는 사정을 아는 터라 이 기회에 이 문제를 해결하려 했는데 마침 강주선녀가 찾아와서 애원하였답니다. '그는 감로로 저를 길러 주신 은인인데 저는 갚을 물이 없습니다. 그가 이미 하계 하여 인간이 되었으니 저도 내려가 인간이 되겠습니다. <u>제 일생 동안 흘릴 수 있는 눈물을 모두 그에게 돌려 드린다면</u> 그의 은혜를 갚을 수 있을 겁니다.'[36]

---

36) "只因西方靈河岸上三生石畔, 有絳珠草一株, 時有赤瑕宮神瑛侍者, 日以甘露灌溉, 這絳珠草始得久延歲月. 后來旣受天地精華, 復得雨露滋養, 遂得脫却草胎木質, 得換人形, 僅修成个女體, 終日游于離恨天外, 飢則食蜜靑果爲膳, 渴則飮灌愁海水爲湯. 只因尙未酬報灌漑之德, 故其五內便郁結着一段纏綿不盡之意. 恰近日這神瑛侍者凡心偶熾, 乘此昌明太平朝世, 意欲下凡造歷幻緣, 已在

이 짤막한 이야기에 등장하는 神瑛侍者가 寶玉을 의미하고, 강조선초가 黛玉을 의미하는 것을 알아차리기는 어렵지 않다. 인용문 가운데 특히 밑줄 친 부분은 降珠仙草의 심리와 의지를 표현하고 있다. 그녀는 자신에게 물을 준 '灌漑之德'을 잊지 못하고 보답의 뜻을 마음속에 간직하고 있었다. 그리고 그녀가 사람의 모습을 하고 인간 세상에 와서도 神瑛侍者를 잊지 못하고 눈물을 흘리는 방식으로서라도 보답하고자 한다. 여기서 눈물은 神瑛侍者가 준 물을 돌려주는 것을 의미한다. 바로 이것이 『紅樓夢』을 관통하는 하나의 인과응보의 원리인 還淚報恩이다. 神瑛侍者와 강조선초의 이야기는 바로 가보옥과 임대옥의 前生을 의미하고, 前生에 이미 인연이 있었기 때문에 現世에서 그들이 처음 만났어도 어디선가 본 것 같다는 느낌을 가질 수밖에 없었다.[37]

눈물이 매개가 된 '灌漑의 업−세속으로 하강−눈물을 돌려줌−회귀'의 구조는 대옥을 중심으로 이루어지고, 눈물이 상징하는 것처럼 비극적일 수 밖에 없다. 보옥과 대옥은 現世에서 서로 사랑하는 사이지만 그들의 인연은 現世에 없다. 다만 神瑛侍者와 降珠仙草라는 前生의 인연을 가지고 있을 뿐이다. 이점이 보채와의 인연과 다른 점이다. 즉, 보옥과 대옥의 前生의 인연이 現世에서도 이어지는 운명적인 사랑이라면, 보옥과 보채는 前生의 인연에 기초하지 않은 현실세계가 강요하는 인연이다. 그래서 前生의 인연은 현실의 인연을 이겨내지 못하고 마는데, 이 역시 대옥의 운명이다. 왜냐하면 그는 前生에서 보옥에게 입은 은혜를 갚고자 現世에 환생한 것이기 때문이

警幻仙子案前掛了號. 警幻亦曾問及, 灌漑之情未償, 趁此倒可了結的. 那絳珠仙子道: '他是甘露之惠, 我幷無此水可還. 他旣下世爲人, 我也去下世爲人, 但把我一生所有的眼淚還他, 也償還得過他了.', 『紅樓夢』第一回, (北京: 人民文學出版社, 1992), 8쪽.

37) 제 3회에서 임대옥이 가보옥을 처음 만났을 때 작가는 대옥의 심리를 이렇게 묘사한다. "크게 놀라며 마음속으로 생각했다. '정말 이상하기도 하지…… (便吃一大驚, 心下想道: '好生奇怪, 倒象在那里見過一般, 何等眼熟到如此!')", 보옥의 심리는 이렇게 묘사한다. "보옥의 느낌도 마찬가지여서 그는 대옥을 보자마자 "이 누이동생은 본적이 있어요. (寶玉的感想也一樣, 他一見黛玉就說出 "這个妹妹我曾見過的".)"라고 말했다"

다. 그래서 대옥은 자신이 입은 은혜를 눈물의 형태로 돌려준다. 실제로 대옥은 작품 속에서 늘 울고 있다. 자신에게 부모가 계시지 않는 게 슬퍼서 울고38), 바깥의 경물을 보고 울고39), 보옥과 다투고 울고40), 그 외에도 여러 가지 이유로 운다.41) 심지어 보옥이 자신을 칭찬하는 말을 듣고 기뻐서도 운다. 그런 그녀를 보옥은 마치 "번뇌를 찾아내 한참 울고 나서야 하루 일을 다 했다는 듯 하다(自尋煩惱, 哭一會子, 才算完了一天的事.)"42)고 말한다. 그녀는 자신의 처지가 비극적이라 울기도 했지만 눈물을 흘리도록 운명 지워졌기 때문에 울 수밖에 없었던 것이다. 그래서 그녀가 임종을 앞두고 있을 때는 "(더 흘릴) 눈물이 조금도 남아 있지 않았다(一点淚也沒有了)"43). 그녀의 울음은 이유가 있었던 것이다. 이렇게 두 번째 신화구조 역시 前生의 업이 그 원인이 되어 現世의 결과를 규정하고 있는 인과응보의 또 다른 형태였다.

　이상의 분석에서 알 수 있듯이 前生과 現世의 兩代에 걸친 보응구조는 보응이 얼마나 철저한지를 나타내는데 적합하다. 윤회의 연속성 안에서 前生과 現世의 인과관계를 재현하기 때문에 교화성도 비교적 크다. 위의 두 작품은 兩代에 걸쳐 보응이 이루어지고 있지만 각기 다른 점을 가지고 있다.『醒世姻緣傳』은 인과응보양식이 매우 선명하고 작자의 교화의식이 비교적 농후하고 노골적이라면,『紅樓夢』의 그것은 신화적 서사구조 안에 숨겨져 있어서 서로 분리하여 존재하지 않는다는 데서 그러하다.

---

38) 『紅樓夢』第三回、　四十九回、　六十七回、　八十三回에서 대옥은 부모님이 계시지 않음을 슬퍼하며 운다.
39) 대옥이 봄날의 풍경, 비오는 풍경을 보고 상심해 우는 장면이 『紅樓夢』第二十八回、四十五回에 보인다.
40) 보옥과 다투고 우는 장면이 『紅樓夢』第二十回、　二十六回、　二十九回、　三十回、　三十四回에 보인다.
41) 대옥의 눈물은 이상의 장면 외에도 『紅樓夢』第三十二回、　五十七回、　八十一回、　八十二回、　八十三回、　八十六回、　八十七回、　八十九回、　九十七回 등에서 보인다.
42) 『紅樓夢』第四十九回.
43) 『紅樓夢』, 第九十七回.

2) 現世報應構造

兩代에 걸쳐 보응이 일어난 兩代報應構造와는 다르게 現世報應構造는 現世 중에 '業'과 '報'가 '一代'에 모두 나타난다. 작품 속에 등장하는 인물들 중에 악을 행한 자는 죽기 전에 그 악업으로 인해 불행해지거나 비참한 죽음을 맞이하며, 선을 행한 자들은 결국 소원을 이루고 행복해지거나 善終하는 것으로 설정되어 있다. 明淸小說 가운데 이 유형에 해당되는 작품은 비교적 많아서, 『金瓶梅』, 艷情小說과 才子佳人小說 일부가 여기에 포함된다.

『金瓶梅』는 비록 서문경이 나중에 '孝哥'로 환생하는 것을 언급하고 있기는 하지만 서사의 대부분이 現世에서 진행된다. 작품의 마지막 부분, 즉 100회에 가서 스님이 등장해 서문경의 악업과 孝哥출생의 의미를 각성시키며 現世에서의 업보를 총결하고 있다. 이것으로 보아 『金瓶梅』는 現世보응 양식에 해당된다고 보는 것이 합당하다는 생각이다.

『金瓶梅』는 악업을 짓고 그 업보를 받는 구조로 구성되어 있다. 방종했기 때문에 사망에 이르는 이 구조의 중심에는 西門慶이 있고, 악한 보응을 받는 인물로 潘金蓮, 李瓶兒, 龐春梅, 陳經濟가 있다. 그들은 모두 남을 속이거나 심지어 죽이면서 자신들의 탐욕과 쾌락을 추구한 인물들이고 결국 하나같이 비참한 최후를 맞는다. 이와 대비되는 선한 보응에는 吳月娘과 孟玉樓가 있다. 작자는 마지막 회에서 "玉樓와 月娘은 선량해서 천수를 누렸다(樓月善良終有壽)"[44]는 결론을 짓고 있다. 작가가 비교적 수더분하게 분수를 지키며 婦道를 실천한 두 여자를 이상적인 인물로 꼽고 있음을 알 수 있다.

---

44) 작가는 작품의 마지막에서 다음과 같이 주인공들의 삶을 총평하고 있다. "한가로이 이 책을 읽고 나니 생각이 망연하구나. 누가 천도가 순환함을 알았으리요. 서문경은 문란하여 자손이 끊어지고 진경제는 날뛰다가 살해당하고, 옥루와 월낭은 선량하여 천수를 누렸으나, 병아와 춘매는 음란하여 젊어서 황천길로 갔다네. 이상하기도 하지. 반금련은 악한 보응을 만나 천년 악취를 내며 이야깃거리로 전하네. (閑閱遺書思惘然, 誰知天道有循環: 西門豪橫難存嗣, 經濟顚狂定被殲; 樓月(玉樓和月娘)善良終有壽, 瓶梅(瓶兒和春梅)淫佚早歸泉; 可怪金蓮遭惡報, 遺臭千年作話傳.)", 『金瓶梅詞話』第一百回, 1522쪽.

西門慶은 작가가 작품의 도입부에서부터 경계해마지 않던 '四貪(財權色酒)'의 화신이었다. 그의 일생은 욕망의 끝없는 추구며 매진이었다. 그러나 욕망이란 그 자체로 자가발전의 논리를 가져서 마치 바닥이 없는 항아리처럼 만족되는 법이 없다. 이를 알지 못하고 탐욕에 빠진 인간은 끝없는 욕망의 도로에서 자신이 가는 길이 죽음을 향한 길임을 알지 못한 채 스스로를 소모한다. 西門慶의 삶이 가장 전형적인 예이다. 그는 財物欲을 어느 정도 만족시키자 다시 權力欲, 色欲, 酒欲이 생겨났다. 청허현의 조그만 약재상에서 시작한 일개 暴發戶에 불과했던 西門慶은 갖은 수단을 발휘하여 수많은 상점을 거느리고 화류계에서 관계에 이르기까지 마음대로 주무르는 지방의 유지로 성장한다. 재력으로 조그만 관직을 사고, 그 권력이 다시 부화를 창출하는 이른바 재력과 권력의 결합은 끊임없이 서로를 推動해 자가발전했던 것이다. 임종 직전 그의 이러한 성장은 최고의 절정에 도달해 있었지만 갑작스런 그의 죽음으로 인해 급격히 몰락한다. 그에게 아첨하고 기대었던 사람들은 그의 죽음과 함께 그의 재산을 빼돌리기도 하고 또는 속이며 등을 돌린다. 비정하고, 영리에 離合集散하는 인간세태의 반영이기도 하지만 부도덕하고 비정상적인 수단을 동원해서 부귀를 얻었던 그의 업보이기도 했다.

그의 욕망은 색욕의 추구에서 가장 극단적으로 나타났다. 그는 一妻四妾을 娶했는데 그중에 둘이 유부녀였다. 이는 그가 부당한 방법으로, 즉 남의 가정을 파괴하고 그녀들을 娶했음을 보여준다. 西門慶은 潘金蓮과 함께 그녀의 남편을 독살했고, 친구의 부인인 李瓶兒와 사통해 그를 화병이 나 죽게 만들었다. 그의 음란행위는 끝없이 이어졌는데 대상은 대갓집 마나님이나 기루의 여인, 집안의 하녀 등 가리는 것이 없었다. 그러나 그의 방탕한 일생 뒤에는 그에 대한 보응이 기다리고 있을 뿐이었다. 작가는 결국 그의 파멸이 그의 악업으로 인한 것이었음을 밝히고 이렇게 총결한다.

서문경은 명리를 다투고 제멋대로 사치하고 음란할 줄만 알았지 천도에 악이 차면 귀신이 좇아오고 죽음이 임박함을 알지 못했다.45)

> 서문경은 음란함을 탐하고 색을 좋아할 줄 알았지 기름이 마르면 등불
> 이 꺼지고 골수가 마르면 사람이 죽는 것은 몰랐다.46)

더구나 西門慶이 남의 부인을 유혹하는 악업은 자신의 첩인 潘金蓮이 다른
남자와 사통하는 것으로 반복 재현되어 나타난다. 欣欣子는 이렇게 말한다.

> 다른 사람의 부인을 간음하게 되면 부인은 다른 사람과 간음하니 화는
> 악으로 인해 쌓이고 복은 선으로 인해 말미암아서 모든 일은 순환의 틀
> 에서 벗어나지 않는다.47)

남의 부인을 얻어 남의 집안을 망하게 하면 결국 자기 집안도 패가망신한
다는 논리는 일종의 循環論인데, '이에는 이, 눈에는 눈' 식의 償還式 보응
구조에 해당한다. 이러한 논리는 염정소설에 그대로 이어져서 남편이 다른
사람의 부인과 바람피우면, 부인이 다른 사람과 바람피운다는 설정이 자주
등장하게 된다.

『金瓶梅』의 주요인물들은 욕망을 과도하게 추구한 것에 대한 보응으로 비
정상적인 죽음을 맞게 된다. 西門慶은 춘약의 남용으로 요절했고, 여러 방면
에서 西門慶의 그림자격인 반금련은 남편을 독살하고 사위와 사통하는 등의
亂倫행위에 대한 보응으로 결국 전남편의 시동생에게 살해당한다. 남편을 배
신하고 西門慶의 후첩이 된 이병아는 아들의 죽음 후 전남편에 대한 죄의식에
시달리다 병이 나서 죽는다.48) 작가는 수시로 작품 중의 인물들과 독자들에

---

45) "西門慶但知爭名奪利, 縱意奢淫, 殊不知天道惡盈, 鬼錄來追, 死限臨頭.",
　　『金瓶梅詞話』, 第七十八回, 1218쪽.
46) "西門慶自知貪淫樂色, 更不知油枯燈盡, 髓竭人亡.", 『金瓶梅詞話』第七十九
　　回, 1230쪽.
47) "至於淫人妻子, 妻子淫人, 禍因惡積, 福緣善慶, 種種皆不出循環之機.", 欣欣
　　子, 「金瓶梅詞話序」, 『金瓶梅詞話』
48) 李瓶兒는 제 61회, 62회에서 죽은 花子虛를 꿈에 보고 괴로워하는데 이는
　　그녀의 잠재의식의 한 층면이 드러난 것이라고 볼 수 있다.

게 행위에 따른 보응이 있을 것임을 경고하고 선하게 살 것을 권계한다.

> 잘하고 못하는 건 스스로 알 터이나 화복의 근원은 누구에게 물으랴.
> 선악은 끝에 언제나 보응이 있으니 다만 일찍 오고 늦게 오는 것이 다를
> 뿐. 한가할 때는 일생의 일을 점검하고, 조용할 때는 해놓은 일을 돌이
> 켜 보라. 언제나 바른 길로 행한다면 하늘도 자연히 알아주리라.49)

그러나 작품 속의 어느 인물에게도 작가의 권고는 받아들여지지 않는다. 龐春梅는 西門慶사후 그의 집에서 나와 周守備의 하녀로 팔려갔다가 총애를 받아 정실부인이 되지만 자신의 옛 습성을 버리지 못하고 음란함을 만족시키다가 음욕의 과다로 인해 비정상적으로 병사한다. 潘金蓮, 龐春梅 등과 사통해온 西門慶의 사위 陳經濟 역시 살해당한다. 이러한 배치는 모두 과도한 음욕을 악업으로 규정하고 이에 대한 보응으로 천수를 누리지 못하게 한 것이라고 볼 수 있다.

『金瓶梅』의 영향을 받은 염정소설에서는 종종 상환식의 인과응보 서사구조를 노골적으로 채택하기도 하는데, 『繡榻野史』과 『肉蒲團』는 그 대표적 작품이라고 할 수 있다. 『繡榻野史』중의 문란한 兩性관계는 秀才 姚同心이 젊은 수재 趙大里를 마음에 두면서 시작된다. 그들 둘 사이에 부도덕한 관계가 성립한 후 조대리가 요동심의 아내 金氏, 婢女와 사통한다. 그러자 요동심은 이에 보복하기 위해 조대리의 모친 麻氏를 유혹한다. 이런 종류의 交叉 혹은 償還式 亂倫행위는 두 남자뿐 아니라 金氏, 麻氏에게도 상응하는 보응을 가져온다. 그들 대부분은 모두 과도한 淫心으로 인해 병을 얻어 죽고 조대리 역시 과거보러 가는 길에 병사한다. 하지만 艶情小說의 작가는 주인공에게 現世의 냉혹한 보응에서 벗어날 수 있는 길을 준비해 놓고 있다.

---

49) "行藏虛實自家知, 禍福因由更問誰. 善惡到頭終有報, 只爭來早與來遲. 閑中
点檢平生事, 靜里思量日所爲: 常把一心行正道, 自然天理不相虧.", 『金瓶梅
詞話』第六十二回, 867쪽.

바로 인과응보의 도리를 大悟覺醒하여 입산하는 것이 그것이다. 요동심은 어느 날 꿈속에서 趙大里의 모친이 돼지로, 자신의 아내와 趙大里가 노새로 변해서 보응의 이치를 설명하는 것을 듣고는 각성하여 出家하는 것으로 결말을 맺는다. 이러한 처리는 現世報應의 구조에 부합한다고 볼 수 있다. 등장인물들의 인과응보가 兩代因果應報樣式의 소설과는 달리 前生의 인연 없이 현세에서 지은 악업에 따라 그 보응이 결정된다. 다만 꿈속에서 악업을 지은 자는 來生에 축생으로 태어나 그 악업에 대한 대가를 치를 것이라고 암시하고 있을 뿐이다.

동일한 양식은 『肉蒲團』에서 반복해서 재현되고 있다. 주인공 未央生이 權老實의 처를 범하자 권로실은 이름을 바꾸고 未央生의 장인집에 진입해 未央生의 처 玉香을 유혹해서 함께 도망 나온 후, 그녀를 妓樓에 팔아버린다. 그리고 그녀는 기루에서 未央生이 간음한 여자들의 남편을 차례로 맞는데, 이는 남의 부인과 바람피우면 내 부인은 다른 남자와 바람피운다는 償還式 보응에 해당한다. 未央生은 유명해진 기생 옥향을 찾아오고, 옥향은 자신을 찾은 손님이 남편임을 알자 부끄러워 자살해버린다. 이 사건을 통해 未央生은 깨달음이 있어 出家하는 것으로 소설은 끝이 난다. 『肉蒲團』의 惡報 역시 現世에서 지은 악업으로 인한 것이므로 현세보응양식에 해당된다고 볼 수 있겠다.

그러나 많은 염정소설의 작가들은 작품 중에서 인과응보의 이치를 설명하고 혹은 그것이 작품의 주제라고 주장하기도 하지만 작자의 말을 그대로 받아들이기는 어렵다. 왜냐하면 이들 작품은 독자들의 觀淫心理를 충족시키려는 상업적 목적이 보이고 일부 주인공들은 그들의 방종한 성생활에도 불구하고 인과를 깨닫고 신선이 되거나 출가하는 등50), 보응의 불철저함으로 인

---

50) 『浪史』의 주인공 梅素先은 7명의 미인과 방종한 생활을 보내다가 최후에는 西湖에 숨어 신선 같은 생활을 하고, 『桃花影』의 주인공 魏瑢은 여색을 탐하다가 여러 妻妾을 데리고 太湖에서 신선이 된다. 또한 『空空幻』의 주인공은 심지어 契丹公主와 혼인한 후, 다시 미녀를 취하기 위해 부인을 독살한다. 『醉春風』에서 淫夫는 급제해서 승승장구 출세하지만 독수공방하던 부인은 타인과 사통했다가 비참하게 죽는다. 이렇듯 상당수의 염정소설에

해서 작가가 음란한 이야기를 전개하기 위해서 형식적인 틀로써 인과응보구조를 채용했다고 보이기 때문이다.

才子佳人小說의 서사구조는 비교적 단순하다. 우연한 기회에 재자와 가인이 서로 알게 되고 愛慕의 정을 키우는데 중간에 소인배들의 훼방을 받았다가 결국에는 행복하게 결합한다는 것이다. 재자가인소설은 의도적으로 염정소설의 음란한 묘사를 피하고 있지만 그 서사는 才子와 佳人의 애정과 혼인을 벗어나지 못한다. 이 부류 작품이 가지는 또 하나의 특색 중의 하나는 재자와 가인의 '才'와 '情'에 대한 편애이다.

> 재자가인이 한 차례의 고난도 겪지 않고서야 어찌 그 재주가 뛰어나고 사랑이 죽어도 변치 않는 것임을 알 수 있겠는가.……비록 백천 번의 고난을 겪더라도 그 재주는 더욱 뛰어나고 그 사랑은 깊어지니 비로소 「飛花詠」이 만들어지고 불려져서 오래도록 전해지는 佳話가 된 것이다.[51]

작가의 '才'와 '情'에 대한 편애는 재자가인소설의 주제사상을 형성했을 뿐 아니라 고정된 서사구조로까지 영향을 끼쳤다. '재자가인이 서로 알게 되다─소인의 방해로 헤어지다─大團圓'의 서사구조에도 인과응보의 논리가 있다. 그러나 『金瓶梅』나 기타 염정소설과 달리 재자가인소설의 보응은 소인배들에게 집중된다는 점이 특징이다. 또한 윤회의 보응은 보이지 않고 단지 現世에서의 보응만이 나타난다. 善과 惡에 대한 태도 역시 다른 소설과는 다르다.

서 남자주인공에게는 인과의 도리를 깨닫기만 하면 죽음의 보응에서 벗어날 길을 마련해 주나, 음란함에 동참했던 다수 여자들은 淫婦의 굴레에서 벗어나지 못한 채 인과의 도리를 들을 기회조차 박탈당하고 죽음의 보응을 맞이하는 경우가 많다. 따라서 염정소설의 인과응보의식은 표면적으로는 여전히 인과응보적인 구조를 차용하고 있으나 실제로는 인과응보사상의 의미는 약화되었다고 볼 수 있겠다.

51) "才子佳人, 不經一番磨折, 何以知其才之愈出愈奇, 而情之至死不變耶.……雖至百折千磨, 而其才更勝, 其情轉深, 方成飛花詠之爲秋千佳話也.", 天花藏主人, 「飛花詠序」

種柳主人의 해석을 보자.

> 사람이 누가 정이 없겠는가. 그러나 다름이 있다. 정이 있는 군자는 본
> 디 中和하니 정을 드러내도 모두 절조에 맞는다. 그러므로 군자의 정은 공
> 정해서 情이 理가 된다. 소인 역시 정에 기탁하나 시기하고 탐하는 마음이
> 있고 남을 이기려는 마음이 있으니 애증이 모두 자신을 지배한다. 그러므
> 로 소인의 정은 사사롭고 사악하니 정이 아니라 욕심인 것이다.[52]

재자와 가인은 뛰어난 재주와 진실한 마음을 지니고 있었기 때문에 행복
해질 수 있는 것이고 이들의 사랑을 방해하는 소인배는 재주도 없고 진실한
마음도 없으면서 시기와 질투로 타인을 모함하기 때문에 악한 보응을 받게
되었던 것이다. 善과 惡의 개념에 才와 情이 결합되어 있음을 알 수 있다.
진정한 재주를 지닌 것만이 선이기 때문에 재자와 가인은 선한 보응을 받아
결혼에 성공한다. 하지만, 재주도 없고 덕도 없으면서 분수도 모르고 가인과
의 결혼을 추구하며 재자를 해치는 소인배들은 자신이 추구하는 바를 얻지
못하고 망신당하거나 심한 경우는 죽게 된다. 이점이 바로 재자가인소설의
인과응보가 다른 세정소설의 보응과 다른 점이라고 할 수 있겠다.

4. 맺음말

因果와 應報는 엄격히 말해서 불교적 개념이지만, 하늘은 착한 사람에게

---

52) "人孰無情, 然有別焉. 有情者君子, 本中而和, 發皆應節. 故君子之情, 公而
正. 情也, 卽理也. 小人亦托于情: 二有忌心, 有貪心, 有好勝心, 愛憎皆徇于
己. 故小人之情, 私而邪, 非情也, 欲也.", 種柳主人, 『玉蟾記序』, 『中國古代
珍稀本小說』七卷, (沈陽: 春風文藝出版社, 1995). 실제로 이 소설은 재자
가인소설로 분류하기 어렵지만 그의 이와 같은 주장은 재자가인소설의 영향
을 받은 것임이 분명하다. 孫楷第는 이 작품을 卷七 明清小說部乙·諷諭第四
에 귀속시켰다. 孫楷第, 『中國通俗小說書目』, (北京: 人民文學出版社, 1991)

복을 주고 악한 사람에게는 벌을 내린다는 소박한 報應觀念은 불교가 중국에 전래되기 이전에도 이미 존재했다. 불교 전래 이전 시기의 문헌인 『尙書』와 『墨子』 등에 이미 이러한 사상이 보이는데서 중국인들의 사유 속에 오래 전부터 보응적 경향이 존재하고 있었음을 알 수 있다. 다만 불교의 도입과 전파에 따라 이 원시적 보응관념이 점차 三世輪回의 논리를 구비하며 체계화되었고, 대중들에게 수용되면서 민간에 널리 전파되어 갔다. 그리고 唐代이후 儒佛道三家思想의 交流와 合流과정을 거치면서 인과응보사상은 중국사회에서 오랫동안 유전되었다. 특히 명청대는 儒佛道 三家의 합류가 가장 활발히 진행되었던 시기로서 민간에서는 인과응보사상이 보편적인 신앙으로까지 발전했다. 명대 크게 유행했던 勸善書는 바로 이를 증명하는 대표적인 예라고 할 수 있다. 따라서 이러한 사회적 경향이 문학작품의 창작에도 영향을 미쳐서 일정한 서사양식으로까지 나타나게 되는 것은 지극히 자연스러운 일이라고 하겠다.

이러한 경향은 지식인, 지배층의 전유물이었던 詩文보다는 상대적으로 서민층의 정서와 사상을 보다 많이 수용하고 있는 소설에 농후하게 반영된다. 文言小說의 경우에도 魏晉에서 隋唐에 이르는 志怪 중에는 다른 사람에게 은혜를 베풀었다가 나중에 선한 보답을 받고, 악한 일을 해서 남의 원한을 샀다가 악한 보답을 받는 서사양식이 중복해서 출현한다. 또한 현실생활을 제재로 삼는 話本과 章回小說에서는 소설의 敎化性이 강조되면서 내용과 서사구조에 있어서 인과응보적 경향이 두드러지게 나타난다. 특히 그 중에서도 가장 현실적인 題材를 삼고 있는 세정소설에 이르면 이러한 인과응보의 논리는 민간의 신념을 넘어서서 소설의 敍事를 주도하기에 이르렀다.

明代는 앞서 언급한 것처럼 儒佛道 三家思想의 合流와 流行에 따라 인과응보사상이 극성했었고, 무엇보다도 명 중엽이후 급격히 출판업이 발달하면서 소설의 간행과 판매가 자유로워졌다. 그리고 무엇보다도 대중에게 인기있는 소설의 출간은 상업적 성공까지 가능함을 경험하게 되었다. 즉, 소설 창작으로 상업적 이윤의 추구가 가능해졌던 것이다. 이러한 경험은 출판자와 작가로 하여금 소설의 교화성과 상업성을 새롭게 인식하게 만들었다. 소설은 중국사회에서 정통문학이 되지 못하는 지식인의 소일거리에 불과했지만 소설작가들은 유교사상의 영향아래 詩文이 가지는 敎化性을 소설 창작시에도 포기하지 않았기에53) 인과응보의 논리는 소설의 敎化性을 강화하는 중요한 動因으로 작용했다. 그래서 이상에서 살펴본 바와 같이 많은 작품 속에서 작가들은 인과응보의 논리를 통해 자신의 교화적 입장을 직접 혹은 간접적으로 독자들에게 전달하고 있는 것이다.

특히, 前生과 現世로 이어지는 兩代報應構造는 因果應報의 철저함을 나타내는데 효과적이었다. 『醒世姻緣傳』처럼 노골적으로 윤회를 통해 인과응보의 교훈을 드러내기도 하고 『紅樓夢』과 같이 숨겨진 상징으로 이루어진 인과구조 속에 이야기가 전개되기도 한다. 또한 現世를 중심으로 인물의 선악행위에 대한 보응이 일어나는 現世報應構造의 작품으로는 일부 艶情小說과 才子佳人小說이 있다. 염정소설은 다분히 상업적 이윤추구를 목적으로 형식적인 인과응보적 구조를 채용했을 뿐 외설적인 묘사에 치중하고 있다는 혐의가 짙지만 보응이 償還式으로 이루어진다는 특징이 있고, 재자가인소설은 작가의 '才'와 '情'에 대한 편애가 보응의 논리에 결합되어 있다는 특징이 있다.

이상의 연구를 통해서 中國白話小說에는 因果應報思想에 기초한 서사구조가 보편화되어 있음을 초보적으로 확인할 수 있었다. 비록 각 작품마다 표현되고 있는 구체적인 내용과 형태는 서로 달랐지만 前生이나 現世의 業에 따라서 선한 혹은 악한 결말을 맺는 것은 공통된 현상이었다. 그리고 세정소설은 魯迅의 언급처럼 "대개는 헤어짐과 만남, 기쁨과 슬픔 및 출세와 창업의 일들을 서술하였고 그 사이에 간간이 인과응보를 끼어놓았다"는 특징이 잘 구비되어 있음을 알 수 있었다. (『中國學報』第 42集, 2000年 12月)

---

53) 명청대 교육의 기회가 확대되고, 문화의 대중화가 보편적으로 이루어지면서 명대 지식인들이 소설 창작에 대거 참여하게 된 배경으로는 다음의 몇 가지를 고려해 볼 수 있을 것이다. 소설 창작이 지식인들에게 일종의 자아실현수단이 되었고, 출판업의 발달로 인해 한편으로는 생계수단으로 기능할 수 있었으며, 사회에 대한 일종의 계몽의식, 혹은 교화의식을 가지고 소설 창작에 임했다.

明清 通俗文化의 두 얼굴:
通俗小說과 勸善書

1. 들어가는 말

　明清時代는 많은 중국문학 연구자들이 주목하고 있는 바와 같이 통속문화가 크게 발달했다. 귀족중심, 유교중심의 중국문화가 서민층으로까지 널리 보급되고, 서민층을 위한 문화가 발달하는 등 보편적인 문화의 대중화가 이루어진 시대이기도 하다. 특히 명 중엽이후 理學에 반발한 心學이 등장하면서 자유로운 개성의 발휘와 人欲의 추구를 부분적으로 긍정하였고, 서민들을 주요 독자층으로 하는 통속문학은 食欲과 財物欲은 물론 性欲까지도 인간의 필수적 본능으로 보고 대담하게 이를 긍정하기에 이르렀다. 또한 사회가 극도의 혼란상태에 이르렀던 명말에는 단순한 욕망의 긍정을 넘어서 放縱의 경향까지 나타났다. 이렇게 새로운 시대 환경 아래에서 성장한 통속문학 속에는 인간이 가진 욕망을 인정하고 욕망의 추구를 어느 정도 긍정적으로 바라보았던 당대의 현실이 잘 반영되어 있다고 할 수 있다.1)

---

1) 물론 明清代 이전에 등장한 詞나 戲曲 역시 시민층의 욕망과 관련 있다고 말할 수 있다. 宋代 등장한 詞는 도시의 번영이라는 환경 아래에서 상류사회와 시민사회의 문화적 수요를 충족시킬 수 있었고 당시 사람들이 생활 속에서 욕망을 추구하는 풍조를 표현했다. 예를 들어 柳永의 詞 대부분은 기녀의 생활과 자신의 기루에서의 삶을 묘사하며 世俗의 縱欲에 대한 미련

그러나 사회의 다른 한편에서는 程朱理學의 禁欲主義에 의해 끊임없이 人性이 말살되고 있었다. 명청대 더욱 극심해진 여성의 정절숭배와 여성 자살율의 급증2)이 바로 그 증거이다. 사회 전반에 걸쳐 음란 풍조가 범람하는데 다른 한편에서는 극단적인 禁欲主義가 강요되고 있는 상황이 벌어지고 있었던 것이다. 본고는 이렇게 극단적으로 상반된, 그래서 모순적으로까지 보이는 명청대 사회에 대한 의문에서 출발한다. 그리고 이렇게 이중적인 현상이 동시대에 존재했다는 사실은 양자가 서로 밀접한 관계를 가지고 있을 수도 있음을 의미한다는 가정하에서 이 의문을 규명해보고자 한다.

縱欲과 禁欲3)으로 규정되는 명청대의 이러한 양극의 사회풍조는 당시의 통속문화에 어김없이 반영되어 있었다. 명청시대의 가장 통속적인 읽을거리로서 민간에서 널리 유통되었던 통속소설과 민간의 勸善書4)에서 당시 사람

을 적나라하게 드러내고 있다. 元代 戲曲은 지식인 계층이 희곡창작에 대거 참여하면서 한편으로는 시민 특유의 정신을 흡수했을 뿐 아니라 전통도덕과 세속문화를 결합시켰다. 蘇桂寧, 「論中國古代文學審美的欲與理」, 廣西大學學報(哲學社科版), 1994年 第一期.

2) 明淸代는 前代에 비해 정절을 위해 죽는 열녀의 수가 급격히 증가하고 있는데, 이에 관한 자세한 상황은 다음을 참조. 田汝康, 이재정 옮김, 『공자의 이름으로 죽은 여인들』, (서울: 예문서원, 1999), 로이드 E 이스트만, 이승희 옮김, 『중국사회의 지속과 변화』, (서울: 돌베개, 2001), 제 2장.

3) 吳存存은 명청 사회의 특징이 특히 성풍조에서 많은 변화를 보이고 있다고 간주하고, 이 시기의 사회풍조를 縱欲과 禁欲으로 규정한다. 吳存存, 『明淸社會性愛風氣』, (北京: 人民文學出版社, 2000)

4) 주로 勸善의 이야기를 다루고 있다고 해서 '勸善書'라는 명칭으로 더 잘 알려진 '善書'는 明淸代 民間에서 널리 유통된 世俗倫理書이다. 권선서의 내용은 가정윤리, 정치윤리, 사회윤리와 종교윤리 등 다양한 민간의 윤리도덕이며 儒佛道 思想이 혼재되어 있다. 또한 권선서는 그 표현형식에 따라서 說理類, 紀事類, 功過格과 寶卷 등으로 분류된다. 권선서의 편찬자는 주로 鄕紳, 士人이었지만 서민층을 대상으로 편찬되었고, 그들의 일상생활에 가장 접근해 있었던 문자 문화였다는 점에서 소홀히 여길 수 없는 통속문화로서의 가치를 지니고 있다.
일본과 구미, 중국 대륙에서 이루어진 선행 연구는 대개 道敎 勸善書의 시각에서 明淸善書를 종합적으로 고찰하고 있으며 우리나라에서는 윤리서의 입장에서 논의한 연구논문이 몇 편 나와 있다. 권선서는 일반적으로 황제나 지

들의 욕망에 대한 서로 다른 인식이 발견되는 것이 대표적인 예이다. 通俗
小說과 勸善書는 모두 통속적 읽을거리에 속한다고 하더라도 그 창작 목적
이나 유통과정 및 주제의식이 같지 않았다. 통속소설이 영리를 목적으로 간
행된 것이 많고 오락성을 강조하고 있다면, 철저한 勸善의 목적 아래 비영
리적인 목적으로 간행되었던 권선서는 설교와 계몽의 성격이 강하기 때문이
다. 이러한 점에 주의해서 명청대의 통속소설과 권선서를 고찰하는 것은 명
청대 사회의 특수성뿐 아니라 명청대 성행한 통속문화가 가지는 시대적 특
성을 규명하는 것에도 도움이 되리라 기대해 본다.

2. 명청대 통속문화 성행의 배경

　역사학자나 문학사가들이 명청대를 설명하는 가장 중요한 특징 중의 하나
는 通俗文化의 보급이 활발하게 이루어졌다는 점일 것이다. 특히 문학방면

역의 유지들의 기부금으로 간행되어 무료로 배포되었고 지금도 대만의 도교
사원에서는 善書가 비치되어 있는 것을 볼 수 있다. 권선서에 관한 대표적인
연구자로는 臺灣의 蔡懋堂과 日本의 酒井忠夫가 있다. 蔡敎授는 대만에서
유통되는 선서의 수집과 정리, 선서의 종교적 성격 등을 논하였고, 酒井先生
은 명청대 관료사회와 관련하여 선서에 관한 종합적인 연구를 시도한 바 있
다. 대륙의 학계는 권선서에 대해서는 그다지 주의를 기울이지 않은 편이었
다가 최근 관련서들이 잇달아 출간되고 있다. 1995년 袁嘯波에 의해 전통적
인 주요 선서를 정리해 편찬한 『民間勸善書』가 간행되었고, 도교권선서를
다룬 박사논문인 陳霞의 『道敎勸善書硏究』가 단행본으로 출간되었다. 구미
권에서는 Cynthia J. Brokaw가 권선서의 일종인 功過格에 대해 연구했
다. 자세한 내용은 다음을 참조. 酒井忠夫, 『中國善書硏究』, (東京: 弘文堂,
1960), Cynthia J. Brokaw(包筠雅), 袁嘯波編, 『民間勸善書』, (上海: 上
海古籍出版社, 1995), 杜正貞·張林譯, 趙世瑜校, 『功過格』, (杭州: 浙江人
民出版社, 1999), 陳霞, 『道敎勸善書硏究』, (成都: 巴蜀書社, 1999), 유덕
준·최혜영, 「善書의 효사상에 대한 소고」, 『삼척산업대학 논문집』 Vol. 31
No. 3, 1988, 유덕준·최혜영, 「조선후기 신종교와 善書」, 『삼척산업대학
논문집』 Vol. 31 No. 3, 1988.

에서는 詩文 中心의 正統文學보다 白話를 문학언어로 사용하고 있는 小說, 戱曲, 民歌 등 통속적인 문학이 크게 발달하였다. 이러한 통속문학의 주요 독자층은 상인을 비롯한 서민층이었으며 이들이 문화의 주요 수요계층으로 등장할 수 있었던 것은 무엇보다도 상업경제의 발달에 기인한 바 크다.

宋代 이후 발달하기 시작한 상업경제5)는 明代 중엽 이후 중국의 사회 전 방면에 걸쳐 중요한 변화를 가져왔다. 급격히 성장한 상인계층은 무시할 수 없는 부를 소유함으로써 사회의 중요한 일원으로 등장했다. 이에 따른 사회적 지위의 향상도 이루어지면서 이 시기에는 기존의 士農工商의 순으로 신분을 규정한 四民制에 변동이 생겨난다. 16세기 이후 상업의 발전과 '治生', '人欲', '私'에 대한 유학자들의 이해가 달라졌고 상인의 지위에 대해서도 새롭게 평가하지 않으면 안 되게 되면서 新四民論이 등장한 것이다. 王陽明은 「節菴方公墓表」에서 선비가 유가의 이념을 가지고 상인이 되는 예를 제시하고 "옛날에 四民이 직업을 달리하였으나 길(道)은 같이 하였다(古者四民異業而同道, 其盡心焉, 一也.)"며 상인의 사회가치를 긍정하였다.6) 또한 "선비와 농부, 상인은 늘 뒤섞였다(士與農商常相混)"7)는 말이 나올 정도로 儒人과 商人을 겸하는 사람들이 다수 생겨나다 보니 이제 상인은 함부로 천대받는 계층이 아니었다.

그리하여 문화 영역에서도 그들을 위한 문화가 탄생할 수 있었고 평이한 언어와 일상생활을 배경으로 한 통속소설과 희곡은 이들 계층이 가장 쉽게 접근할 수 있었던 장르가 되었다. 그리고 그들은 문학창작에 직접 참여하지

---

5) 하오옌핑(郝延平)은 중국은 현재에 이르기까지 세 번의 상업혁명을 치렀다고 주장한다. 첫 번째는 宋代, 두 번째는 晩淸(19세기), 세 번째는 현재이다. 자세한 것은 다음을 참조. 하오옌핑, 이화승 옮김, 『중국의 상업 혁명: 19세기 중·서 상업 자본주의의 전개』, (서울: 소나무, 2001)

6) 16세기 이전부터 선비가 상업에 종사하고 상인들이 관료가 되었다는 기록이 있고, 明淸代에는 四民制가 흔들림으로써 商人과 儒人을 정확히 구분하기 어려운 실정이었다. 余英時, 鄭仁在譯, 『中國近世宗敎倫理와 商人精神』, (서울: 대한교과서주식회사, 1993), 下篇

7) 歸有光, 「白菴程翁八十壽序」, 『震川先生集』 第13卷.

는 않는다 하더라도 주요한 독자층으로서 창작에 영향을 미쳐서 문학에 새
로운 제재를 만들어 내었다.8) 소설과 희곡 속에는 기존의 문학 작품에서는
묘사되지 않았던 상인층이 본격적인 주인공으로 등장하게 되었고 그들의 현
실과 욕망이 작품 속에 직접 반영되기에 이른 것이다.

세속의 욕망을 다루는 통속적인 문화가 발달했다고 해도 明은 개국초 朱
元璋이 금욕적 경향의 송대 이학을 집권사상으로 채택한 유교사회였다. 그
럼에도 불구하고 禁欲的 理學에 위반되는 세속문화가 성행할 수 있었던 것
은 명 중엽이후 등장한 자유와 개성을 강조하는 心學에 힘입은 바 크다. 특
히 자유로운 개성의 발휘와 욕망의 추구를 긍정하는 泰州學左派는 통속문학
에 孔孟의 경전과 동일한 가치를 부여함으로써 소설과 희곡이 크게 성행할
수 있는 사상적 기반을 제공했다. 王陽明에서 泰州學左派로 이어지면서 점
차 人欲의 존재를 인정하는데서 더 나아가 적극적으로 옹호하고 긍정하게
되었고 통속문학의 창작자들은 이러한 사상계의 지지발언에 힘입어 자신들
의 소설 창작에 일종의 자부심 혹은 사명감을 표명하기에 이르렀던 것이다.

헌신하여 일하고자 하나 할 수가 없고 스스로 실망해 포기하고자 하나
또 차마 못하겠다. 갈 곳이 없다고 생각하니 부득이하게 烏有先生을 빌
어서 그 실현할 수 없는 황량사업을 발설하고자 하노라.9)

---

8) 前野直彬, 김양수·최순미 옮김, 『중국문학서설』, (서울: 토마토, 1999), 189쪽.
 물론 그들이 문학의 창작에 전혀 참여하지 않았다고 말하기는 어렵지만 詩
 文創作은 문인의 몫이었다. 南宋 臨安의 서점주인인 陳起가 펴낸 『江湖小
 集』이라는 시집에는 몇 명의 상인출신 시인의 작품이 포함되어 있을 것으
 로 추측하지만 문학적으로 언급할만한 가치를 지니고 있지는 않다. 宋代
 話本과 元代 雜劇에서부터 상인형상이 작품 속에 서서히 등장하기 시작했
 고, 明代의 작품 속에서 상인형상이 주인공으로 등장하는 예를 찾는 것은
 어려운 일이 아니다. 『金甁梅』는 상인층의 생활과 가치관을 반영한 가장
 대표적인 작품이다.
9) "欲人致其身而其不能, 欲自短氣而又不忍. 計無所之, 不得已而差烏有先生, 以
 發洩其黃粱事業.", 天花藏主人, 「四才子書序」

위의 언급에서 소설 창작이 필생의 첫 번째 사업은 아니었지만 부득이한 상황에서 사대부가 취할 수 있는 차선책으로 당당히 거론되고 있는데, 소설에 상당한 가치를 부여하고 있음을 알 수 있다.

이러한 경제적, 사상적 시대 변화 외에도 명중엽 이후 만연한 상당히 자유로운 사회풍조 또한 통속문화에 영향을 미쳤다. 특히 사회 일각에 만연한 음란하다고 말할 수 있을 정도의 성적 방종은 그 영향이 직접적이다. 明 成化 연간에 方士 李孜・僧 繼曉가 房中術을 바쳐서 갑자기 고귀한 자리에 올랐고 嘉靖 연간에는 陶仲文이 紅鉛을 바쳐 세종의 총애를 입었고 진사 출신에 불과했던 盛端明과 顧可學은 최음제를 바쳐서 대관이 되었다는 기록10)이 있다. 그리고 이러한 연유로 사회에서는 황실에서부터 민간에 이르기까지 다투어 房述을 말하는 것을 부끄러워하지 않고 이를 흠모하는 풍조가 형성되었다는 것이다. 이러한 사회 분위기는 당연히 일상생활을 배경으로 하는 당시의 통속소설에 반영이 되었는데 『金甁梅』가 묘사하고 있는 것이 바로 이러한 세속의 풍조였다.

한편 명말 급격한 도시화의 결과로 여성을 자신들의 봉쇄된 처소에 묶어 두는 엄격한 전통을 강요하기가 점차 어려워졌다. 중류층 여성들은 사원이나 사당에 가서 향을 피울 수 있었으며 전례 없이 그곳에서 며칠 동안을 머물 수 있는 자유도 누렸다. 江蘇省의 일반 여성들 사이에서는 남녀가 서로 섞여 茶館에서 차를 마시는 일도 유행하는 오락이었다.11) 실제로 明代 小品文을 비롯한 문헌에는 여색을 밝히고 사랑을 중시하고 미식을 추구하는 江南人들의 자유분방한 생활이 기록되어 있다.12)

---

10) 沈德符,『萬曆野獲篇』21卷에 보이는 언급인데, 여기서는 魯迅의 『小說史略』에서 재인용. 노신, 조관희 역주,『中國小說史略』, (서울: 살림출판사, 1998), 428쪽.
11) 田汝康, 앞의 책, 173쪽.
12) 예를 들어 張岱의 『陶庵夢憶』, 謝肇制의 『五雜俎』, 李漁의 『閑情偶寄』등에서 이에 관한 기록을 찾아볼 수 있다. 명말의 자유스런 사회풍조에 관해서는 다음을 참조. 夏咸淳,『晩明士風與文學』, (北京: 中國社會科學出版社, 1994), 第二篇.

명청대 통속문화의 번영은 宋代 이래 지속적으로 이루어진 문화의 大衆化, 혹은 世俗化의 산물이기도 하다. 송대 이후 상업의 발달, 특히 인쇄술의 발달에 힘입어 문화의 세속화가 추진되었는데 그 가운데 황제의 말씀 혹은 勅命을 뜻하는 聖諭13)의 간행과 보급에 주목할 필요가 있다. 명청대에는 성유가 특히 통속적인 형식으로 끊임없이 간행되었다. 현재 四庫全書에서도 적지 않은 수의 聖諭를 찾아볼 수 있고14), 지금도 시골 향촌에서는 '善壇'이니 '鸞壇' 혹은 '聖諭壇'이라고 하여 善書나 聖諭를 읽어주었다는 기록이 전해 온다.15) 이는 명청대 문화전파과정에서 보이는 특징 중의 하나인, 문자 기록이 구어형식으로 전환되어 대중들에게 보급된 좋은 예이다. 구어체에 가까운 서면어인 白話가 소설, 희곡 및 민가의 기록 등에 사용된 것은 물론이고 글을 모르는 대중들을 위해서 서적이 구어형식으로 바뀌어 전파되기도 했던 것이다. 官吏와 說書人이 聖諭를 해설한다든가 羅敎16)와 弘陽派17)의

---

13) 聖諭에 관한 연구는 매우 드문 편인데, 가장 대표적인 것으로 Victor Mair의 논문이 있다. Victor Mair, language and Ideology in the Written Popularizations of the *Sacred Edict*, edited by David Johnson, Andrew J. Nathan, Evelyn S. Rawski, Popular Culture in Late Imperial China, University of California Press, 1987.

14) 四庫全書에는 宋代이후 聖諭가 빈번하게 보이기 시작해 明代에 접어들면 그 수가 급증한다.

15) 王卡、汪桂平,「從『關聖大帝返性圖』「看關帝信仰與道敎之關係」, (中國善書網 사이트의 「學術硏究」란에 게재 http://www.sharebook.xueshu/ congguansheng. htm) 여러 古蹟地에 위치한 정자나 누대를 소개하는 글에서도 종종 聖諭에 관한 언급이 발견된다. 다음은 聖諭를 읽어 주었다는 언급이 보이는 몇 가지 예이다. "三穗堂是豫圓的主要建筑之一, 取名三穗,寓有吉祥之意. 在淸代曾是上海地區政治經濟的活動中心; 是官府慶典和'宣講聖諭'之處."(上海 豫圓에 위치한 三穗堂의 소개문 http://www. shyuyuangarden.com) "彰癉亭是宣講聖諭、鄕規民約, 彰善癉惡之所.", "申明亭, 建于明代. '申明'陳述說明之意. 明初, 申明亭是張貼衙門中官員劣迹的地方."(山西 平遙 縣衙 안 御門 동서쪽에 위치한 申明亭과 彰癉亭에 대한 소개문, http://www.pingyao.com.cn/turo/xianya/wenhua/)

16) 宏陽敎, 混元敎 또는 原沌敎라고도 불린다. 명대 후기 민간 종교 중의 하나로 1594년 高陽에 의해서 창립되었다. 北京지역을 중심으로 활동하였으며 道敎의 성지인 武當山과 관련 있다. 자세한 것은 다음을 참조. 任繼愈主

신도들이 농부들에게 경전을 암송해준다든가, 시골의 점쟁이나 지관이 고객
이나 친구들에게 그들의 메모장과 백과전서의 자료를 설명해주는 것은 모두
이러한 예이다. 문자의 난이도를 더욱 낮추기 위해서 그림이 곁들여진 일종
의 성유해설서가 간행되기도 했는데, 『聖諭圖解』는 바로 이러한 목적으로
만들어진 것 같다.18)

명중엽 이후 민간에서 발달한 인쇄출판업 역시 명대 통속문화의 보급에
중요한 역할을 했다. 명대 인쇄술의 발달은 독자층을 과거의 사대부계층에서
평민백성으로까지 확대시켰고 하층민들의 독서에 대한 요구를 만족시키기
위해서 일부 출판인쇄소에서는 대량의 통속적 읽을거리를 편찬해 냈다. 대량
의 삽화가 끼어있는 平話, 小說이 농민과 시민들에게 환영받았고 이는 서적
의 발행량을 증가시켰다. 儒家의 경전, 역사저작들이 종종 통속적인 형식으
로 출판인쇄 되었고 『三字經』, 『百家姓』, 『千字文』등과 같은 계몽적인 읽을
거리가 많은 가정에 보급되기도 했다.19)

南宋 末 민간의 출판업인 坊刻이 가능해진 이후, 중국의 인쇄업은 상업화
의 길로 접어들었다. 宋代에는 아직 官方이나 家刻 위주의 精緻한 인쇄가
주를 이루었지만 明 중엽이후에는 민간에서 비교적 활발하게 상업적인 출판
물들이 인쇄되었고20) 그 대부분은 통속적인 내용의 소설과 희곡, 그리고 春

    編, 『宗敎詞典』, (上海: 上海辭書出版社, 1985)

17) 無爲敎, 悟空敎, 羅道敎라고도 불린다. 明淸 양대에 걸친 민간 종교 중의
    하나로 명대 正德 연간(1506-21)에 羅淸에 의해서 창립되었는데 불교 禪
    宗南派에 가깝다. '不立文字'를 주장하고 불상이나 절을 부정하며 절대적이
    고 영원한 眞空을 우주의 근본으로 간주한다. 자세한 것은 다음을 참조.
    任繼愈主編, 앞의 책.
18) 姜士彬(David Johnson), 「明淸俗文化的傳播」, 『明史硏究』 第1集, (合肥:
    黃山書社, 1991), 217-218쪽. 이해하기 쉽도록 그림을 덧붙인 성유해설
    서로는 1587년 鍾化民에 의해 간행된 『聖諭圖解』와 1681년 간행된 『聖諭
    像解』가 대표적이다. 『聖諭像解』는 1670년 康熙帝가 반포한 16항목으로
    된 勸善詔書에다가 安徽 繁昌知縣이었던 梁延年이 삽화와 함께 설명을 달
    았다. 자세한 것은 다음을 참조. Victor Mair, 앞의 논문.
19) 羅樹寶 編著, 『中國古代印刷史』, (北京: 印刷工業出版社, 1993), 300쪽.

畫였다. 민간출판업자들은 상업적 이윤추구를 목적으로 했기 때문에 음란함을 조장하는 원고라도 과감하게 출판을 단행했고 대량으로 유통시켰던 것이다. 그런데 이러한 인쇄업의 발달과 함께 민간의 권선서도 동시에 등장하고 있는 점은 매우 흥미로운 일이다. 최초의 본격적인 권선서라고 평가받는 『太上感應篇』은 北宋 末年 편찬되어 南宋初부터는 민간에서 광범위하게 전해지고 있었고, 간행과 전파에 황실의 적극적인 개입이 있었다.[21] 또한 민간출판인쇄업이 각 지방에서 성행하는 명대이후에는 지방의 유지들에 의해 勸善書가 끊임없이 발행되고 배포되었다는 사실은 출판업의 발달과 권선서의 출현 사이에 밀접한 관계가 있었음을 시사한다.

3. 명청 통속문화의 두 얼굴

1) 욕망의 해방과 추구 - 通俗小說

명청시대 생산력의 증가와 상품경제의 발전은 사회 각계층의 생활방식에 직접적으로 영향을 미쳤다. 세속생활에 대한 추구 또한 이러한 연장선에서 검토할 수 있는데, 송대 이후 통속 문예물이 나타난 욕망의 분출과 갈망이

---

20) 前野直彬, 앞의 책, 216-218쪽.
21) 『太上感應篇』의 간행에 대한 최초의 기재는 『宋史·藝文志』에 보인다. "李昌齡『感應篇』一卷"라는 구절에 따라 많은 사람들은 『感應篇』이 宋人 이창령에 의해 편찬되었다고 생각했으나, 고증에 의하면 『宋史』에 傳이 남아있는 북송과 남송의 이창령 2인 모두 감응편을 편찬했다고 간주하기 어렵다. 다만 북송말 宋 徽宗이 虛靜先生에게 賜號를 수여하고 『천상감응편』에 頌을 짓게 했다는 史實에 주목할 필요가 있다. 이 頌文이 「虛靜天師頌」이라는 제목으로 『道藏』에 수록되어 전한다. 이러한 사실로 보건대 이미 북송 말기에 感應篇이 광범위하게 민간에서 전해지고 있었던 것은 확실하다. 작자에 관해서는 지금까지 일치된 견해가 없으며 송대 四川의 道士일 가능성이 높은 것으로 추정된다. 자세한 것은 다음을 참조. 陳霞, 앞의 책, 32-34쪽, 『太上感應篇』, (北京: 北京燕山出版社, 1995), 3-6쪽.

대표적이다.

白話小說, 戱曲, 民歌 등 명청대 통속문학의 내용을 살펴보면 人欲의 자각과 추구, 자주적인 혼인에 대한 갈망, 개성의 자유 등이 중요하게 다루어지고 있다. 특히 일상의 현실을 배경으로 보통사람들의 삶을 그리는 장편의 世情小說에서 욕망은 여느 장르보다도 빈번하게 다루어질 수밖에 없었다. 인간의 본질적 욕망을 정면으로 폭로하고 있는 『金甁梅』는 말할 것도 없고 심지어 중국소설사에서 가장 詩적인 소설로 꼽히는 『紅樓夢』에서조차 욕망은 피해 갈 수 없는 화두였다.22)

『금병매』의 성공으로 명청대 통속소설계에는 성을 노골적으로 다루는 이른바 艶情小說 혹은 淫穢小說로 불리는, 노골적으로 성애를 다루는 작품이 급증한다. 이는 출판사의 상업적 의도가 개입되어 있음이 분명하지만 다른 한편으로는 당시의 지배이데올로기였던 宋明理學의 禮敎禁欲主義에 대한 반발에서 비롯했다고 볼 수 있다. 금욕주의는 인간의 욕망을 억압해서 禮敎의 테두리 안에서 유가적 윤리질서를 지키도록 지도하는 목적을 가지고 있었지만 실제로는 오히려 방종을 낳는 결과를 가져왔다. 何滿子는 금욕이 가장 엄격하게 요구되는 경우, 남녀가 추구하는 것은 애정이 아니라 다만 이성으로부터 육체적 만족만을 갈구하게 된다고 주장한다. 그래서 금욕주의는 애정을 말살하는 것일뿐 아니라 실질적으로는 사람을 격하해 동물로 환원시킨다는 것이다.23) 따라서 중, 도사, 여도사 등 이성과의 접촉이 금지되었던 사람들이 모여 있는 절과 사원에서 끊임없이 추문이 흘러나오고 그들의 음란행위를 묘사

---

22) 『紅樓夢』 제 1회에 설정된 신화적 모티프에 따르면 주인공 寶玉은 女媧補天에서 탈락한 쓸모없는 石頭가 홍진세계에 대한 욕심이 동해서 하계 한 인물이다. 그래서 石頭에서 玉으로 변신한 것이고, 이 '玉'이란 사실 '欲'을 상징하는 것이다. 한편 陳益源은 『홍루몽』을 비롯한 많은 世情小說과 話本小說에서 食慾과 色慾이 결합되어 묘사되었다고 주장한다. 자세한 것은 다음을 참조. 陳益源, 「食慾與色慾—明淸艶情小說裏的飮食男女」, 『古典小說與情色文學』, (臺北: 里仁書局, 2001)
23) 何滿子, 『中國愛情與兩性關係』, (臺北: 臺灣商務印書館, 1997), 126-127쪽.

하는 淫穢小說이 등장하는 것은 현실적으로 근거 없는 이야기가 아니었다.

이러한 명청대의 통속소설 가운데 인간의 본능을 가장 적나라하게 표현했던 작품은 『금병매』이다.24) 작가 笑笑生은 주인공 西門慶과 潘金蓮을 비롯한 다양한 淫夫, 淫女를 작품의 주요인물로 설정하고 재물욕, 권력욕, 식욕, 성욕 등 다방면에 걸친 인간의 욕망을 追隨하고 그 이익에 따라 離合集散하는 부유하는 세태를 적나라하게 폭로하고 비판했다. 이는 당시의 금욕적 가치관에 정면으로 도전한 것에 다름 아니다.

욕망을 부추긴다는 세속의 비난에도 불구하고 『금병매』는 財色酒氣를 경계하는 四貪詩로 시작한다. 그리고 작자가 작품 중간중간 끊임없이 경계했음에도 불구하고 탐욕의 길에 빠져들었던 淫夫와 淫女들은 대부분 죽음으로 그 대가를 치른다. 그런 의미에서 『금병매』는 철저히 인과응보적인 권선서25)라는 주장도 전혀 일리가 없는 것은 아니다. 그러나 『금병매』는 그렇게 한마디로 평가할 수 없는 복잡한 층면을 지니고 있다. 작품의 서두와 결말이 인과응보의 구조를 이루고 있다고 하더라도 세부적인 서술에 있어서 독자의 관음증이나 성적 흥분을 고려한 흔적이 보이고, 때로는 작가조차 이를 즐기고 있는 것으로 느껴지기 때문이다. 이는 인과응보나 권선적인 내용의 구조와는 대조되는 서술상의 모순적 태도로 학계에서는 관련된 논쟁이 끊임없이 이어져 왔다.26)

---

24) 물론 『金甁梅』 이후 『금병매』보다 더 적나라한 인간의 욕정을 다루고 있는 작품도 많다. 하지만 이들 작품들은 단순히 독자들의 성적 욕망을 자극하려는 목적으로 쓰인 것이 대부분이다. 『금병매』 이전에도 상인들의 모습이 宋元話本 속에 보이지만 대부분 상인의 모습이 긍정적이라기보다는 비극적 결과를 가져오는 원인으로 작용하고 있다. 따라서 이야기의 갈등구조가 비교적 복잡한 장편장회소설에서 상인형상이 본격적으로 등장하는 것은 『금병매』가 처음이었다. 그리고 주인공 서문경은 인간이 가질 수 있는 다양한 욕망이 하나의 인물성격 안에 복잡하고 입체적으로 체현된 상인형상의 좋은 예이다.

25) 魏子雲, 「魏子雲『金甁梅』二論」, 陳益源, 앞의 책.

26) 『금병매』를 淫書로 볼 것인지 아닌지, 서술상의 불일치가 일인 작가의 양면적 태도 때문인지, 前人의 작품을 차용했기 때문인지 등 다양한 논쟁이 있었다.

주인공 西門慶은 『금병매』의 작가가 경계해마지 않던 四貪 중 특히 재물욕, 권력욕 및 성욕에 대한 탐닉이 삼위일체로 형상화된 인물이다. 또한 명 중엽 발달한 상인층을 대표할 정도로 전형적인 치부의 과정을 보여주고 있다. 상인집안 출신의 파락호가 동네 약방을 시작으로 사업수단을 발휘하여 재물을 모으고 점포를 확장해가고, 돈 있는 과부와의 결혼으로 재산을 증식하고, 또 지역관료와의 결탁으로 지역의 상권을 독점하고, 이를 바탕으로 중앙의 관료에게 뇌물을 상납해 전국적인 소금독점권을 획득하여 전국을 상대로 하는 大客商이 되는 과정은 명대 상업경제의 성장을 그대로 반영하고 있는 것이기도 하다. 그리고 이러한 과정에서 利를 추구하는 것을 小人이라고 폄하했던 유교의 가르침은 더 이상 설 자리가 없어진다.

사실 西門慶은 色 혹은 性에 대한 욕망이 재물에 대한 그것보다도 더 강렬했던 것으로 보인다. 6명의 처첩은 물론이고 하녀, 기녀 등 그와 관계를 맺고 있는 여성은 드러난 경우만 20인이 넘는다. 男色도 언급이 되고 있는 것으로 보아 서문경의 성에 대한 편력은 남녀를 불문하고 다양했던 것으로 보인다. 또한 그는 재산이 증가하고 권력층에 가까워질수록 성에 대한 맹목적 집착도 강해졌다. 결국 이들 세 요소는 서로 상승작용을 일으키면서 죽음을 향해 무한경쟁을 했던 것이다.

한편 淫夫의 형상과 함께 등장한 여성형상, 이를테면 淫女 혹은 妖婦형상에 주목할 필요가 있다. 과거 소설에서는 보기 힘든, 여성의 성적 자각과정이 긍정적으로 묘사되기도 하고27) 潘金蓮을 비롯한 『금병매』의 요부들이 자신의 성을 상당히 주도적으로 인식하고 있다는 점에서는 일견 진보적으로 보인다. 그러나 그녀들의 성적 주도성은 淫女나 妖婦로 낙인찍히는 주요인이 되었고 결국 죽음이라는 탐욕의 대가를 치러야만 했다. 이는 淫穢소설의 남자주인공들이 대개 탐욕의 막바지에 이르러 인과응보의 도리를 깨닫고 출가하거나 입산하는 것과는 크게 대조된다. 이는 과감한 공개적 성표현과 욕망의 추구가

---

27) 『肉蒲團』에는 조숙한 숙녀였던 玉香이 성에 눈을 뜨고 쾌락을 찾아가는 과정이 묘사된다.

가능해지기는 했지만 사실상 그 자유를 누릴 수 있었던 것은 남성들뿐이라는 근본적인 한계를 지니고 있었음을 보여준다. 남성들에게는 성억압에서 탈피한 진보적, 개방적 시대가 될 수 있지만 여성에게는 여전히 금욕하며 정절을 지켜야 하는 시대였던 것이다. 오히려 범람했던 요부형상은 욕망에 눈뜬 당시 남성독자들을 고려해서 만들어졌을 가능성이 높다.[28]

한편 명대에 이르면 정절을 목숨보다도 소중히 여기고 자살을 감행하는 여인의 수가 급격히 증가하고 이들을 숭배하는 현상이 두드러지게 나타났다. 田汝康의 연구[29]에 의하면 바로 이러한 명청대 극심해진 여성 자살 인구의 급증과 열녀를 기념하는 패방의 급격한 증가는 사후세계에 대한 믿음을 가진 여성들의 자발성에 의해서이기도 하지만 전통적인 사대부 사회가 직면했던 위기의식과 어느 정도 관련이 있었다. 명대에 이르면 교육의 보급과 인구의 증가로 인해서 과거응시자의 수가 급격히 증가했다. 그러나 최종 합격자의 수는 그만큼 증가하지 않았기 때문에 일종의 관료대기자인 生員과 擧人의 증가는 사실 경쟁에서 낙오한 지식인의 급증을 의미하는 것이었다. 또한 공교롭게도 여성의 자살이 심각하게 발생했던 지역에서 擧人이 다수 배출되었다. 결국 좌절한 지식인이 많이 거주하던 지역에서 치열한 경쟁과 출셋길에서 낙오된 남성들의 스트레스를 분출하는 희생양으로써 정절녀를 기록하고 찬양하는 현상이 생겨났고, 그것이 결국 여성들이 경쟁적으로 자살을 감행하는 기형적 현상으로 왜곡되어 나타났던 것이라고 말할 수 있는 것이다.

이러한 사실은 다시 한번 명청사회에 放縱과 禁欲으로 상징되는 극단적인 사회풍조가 존재했음을 알려준다. 동시에 남성의 방종 혹은 욕망의 자유로운

---

28) 자세한 것은 다음을 참조. 졸고, 「얼폐전을 통해 본 악녀 이미지 연구」, 『중국어문학지』 제9집, 2001.6, 532-534쪽.

29) 그의 연구서 『Male Anxiety and Female Chastity』는 명청대 福建과 安徽 등 열녀를 다수 배출한 지역과 사대부 관료 집단과의 상관성을 연구한 것인데, 각종 지방지에 기재된 사건의 통계작업에 기초하고 있다. 국내에서는 『공자의 이름으로 죽은 여인들』이라는 제목으로 번역되었다. 田汝康, 앞의 책.

추구라는 것이 사실은 여성의 금욕을 기반으로 한 불완전한 것이었음을 시
사하고 있기도 하다.30)

2) 금욕의 윤리세계 - 民間勸善書

『금병매』를 비롯한 통속적인 많은 소설에서 욕망의 해방과 과감한 추구를 드러
냈다면 명청대 민간에서 널리 유행한 권선서는 이러한 縱欲적이고 음란한 사회환
경을 비판하며 윤리적 세계로의 귀환을 호소하는 보수적 통속문화를 대표한다.

권선서의 사상내용은 비교적 복잡하다. 유교의 仁, 孝, 忠의 사상은 물론
이고 道敎와 佛敎의 생활방식과 종교윤리가 모두 종합되어 있다. 예를 들어
가장 대표적인 권선서인『太上感應篇』31)은 사실 도교계열의 권선서로써 '太
上'의 입을 빌어서 行善去惡이 長生、成仙과 깊은 관련이 있다고 설교한다.
求道者는 부단히 선을 행하면 반드시 天神의 保祐를 입어서 원하는 목표를
이룰 수 있다는 것이다.

> 天仙이 되고 싶은 자는 마땅히 일천삼백가지의 선을 행해야 하고, 地
> 仙이 되고 싶은 자는 삼백 가지의 선을 행해야 한다.32)

이와 같이 도교적 색채가 농후함에도 불구하고 역대 황제나 황후가 이 책
의 간행과 보급에 간여했고33) 민간에서도 개인의 종교적 신앙에 구애 없이

---

30) 吳存存, 앞의 책, 5-7쪽.

31) 『太上感應篇』은 북송대 편찬되었기는 하지만 송대는 물론이고 명청대까지도
　　가장 인기 있는 권선서였기 때문에 명청대 권선서의 현황을 설명할 때, 이
　　를 제외하기 어렵다. 그러므로 본고의 논의에 포함시켰다.

32) "欲求天仙者, 當立一千三百善; 欲求地仙者, 當立三百善.",『太上感應篇』, (北
　　京: 北京燕山出版社, 1995)

33) 권선서의 간행에 참여한 대표적인 중국의 역대 황제나 황후로는 宋 徽宗,
　　明 成祖의 仁孝皇后와 淸 世祖가 있다. 宋 徽宗은『太上感應篇』의 간행과
　　관계가 있고 仁孝皇后는 친히『勸善書』를 저술해 永樂 5년(1407) 간행했
　　다. 淸 世祖는 順治 12년『勸善要言』을 편찬한 바 있다. 그 외에도 수많은
　　황제들이 친필로 題詞한다든가 序를 쓰는 등 권선서의 간행을 중시했었다.

폭넓게 전해진다. 이는 服食이나 符籙과 같은 기존의 求道法을 강조한 것이
아니라 忠孝友悌는 물론 고아와 과부를 긍휼히 여길 것, 노인을 공경하고
어린아이를 사랑할 것, 만물과 昆蟲樹木을 아끼고 사랑할 것 등 빈부귀천이
나 사농공상의 차별 없이 생활 속에서 모든 사람이 지켜야 하는 평범한 생
활의 원칙을 강조했기 때문이었다. 이것이 바로『感應篇』이 말하는 善行이
고 다른 권선서 역시 다르지 않다. 또한 모든 禍福의 근원이 자기 자신이
어떻게 행동하느냐에 따라 결정된다는 인간의 주동성을 역설하고 있는 점
역시 사람들에게 권선의 필요성을 강조함으로써 사회질서를 유지하는데 실
질적인 도움을 주었다.

> 화와 복은 정해진 것이 아니라 오로지 사람 스스로 불러들이는 것이
> 다.(자기 자신에게 달려있다) 선과 악의 보응은 그림자가 형체를 따라
> 다니는 것과 같다.[34]

『感應篇』은 위와 같은 구절로 시작하는데 全篇의 핵심이 담겨 있다. 선한
행위를 한 자는 복을 받고 악한 일을 한 자는 상응하는 벌을 받는다는 생각
은 굳이 佛敎의 因果應報의 설명을 빌지 않더라도 殷나라이후 중국에서 광
범위하게 받아들여진 믿음이었고[35] 道敎에서는 이러한 보응의 논리가 乘負
說로 발전하기도 했다. 권선서는 이렇게 유불도에서 보편적으로 통용될 수
있는 윤리규율을 도교의 교리와 함께 통속적인 형식으로 보급한 것이고, 도
교권선서의 유행은 도교의 세속화 노력이 어느 정도 성공했음을 의미하는
것이기도 하다.

자세한 것은 다음을 참조.「評价」,『太上感應篇』, 앞의 책.

34) "禍福無門, 惟人自召; 善惡之報, 如影隨形.",『太上感應篇』, 앞의 책.

35) 윤회의 불교사상이 중국에 전래되기 이전부터 중국에는 이미 고유의 보응
사상이 있었음은 많은 학자들의 연구에 의해 알려진 바이다. 중국의 초기
보응사상에 관한 것은 다음을 참조. 胡適,『中國哲學史大綱』卷上, 陳來,『
古代宗敎與倫理－儒家思想的根源』, (北京: 三聯出版社, 1996)

　　권선서의 내용이 유교의 도리와 크게 다르지 않았고 일반 민중의 교화와 계몽 등 사회질서 유지에 도움이 된다고 생각했기 때문에 많은 유학자들이 이를 거부감 없이 받아들였다. 淸人 兪樾은 "이 감응편은 비록 도교의 책이나 실로 유가의 가르침에 어긋나지 않는다(此篇雖道家之書, 實不悖乎儒家之旨.)"고 말한 바 있다. 이러한 이유로 권선서의 간행에는 위로는 황제나 황후로부터, 아래로는 고위 관리와 시골의 무명선비에 이르기까지 다양한 계층이 참여할 수 있었던 것이다. 또한 권선서를 직접 간행했거나 거액의 기부를 한 자들은 善人으로 불리며 지역사회의 존경을 받았기 때문에 儒人들이 권선서를 배척할 이유는 없었다.

　　이는 통속소설의 출판과 유통에 직접 관여했던 사람들이 대부분 중하층 문인들이었고, 고급관료나 문인은 배제되었던 사실과는 분명히 구별된다. 사실 간행이나 수용의 주체가 누구냐는 문제는 통속소설과 권선서, 두 통속문화의 성격을 구별 짓게 해주는 중요한 요소이다. 통속소설은 주로 상인층의 성장에 따른 서민층의 확대로 그들의 문화적 욕구를 만족시켜주면서 그들을 주요 독자층으로 삼아 발전해 왔으며 지배층의 문학장르였던 詩文 위주의 정통문학과 대칭적인 위치에 있었다. 반면 권선서는 지배층의 통치윤리가 통속적인 형태로 사회 서민층으로까지 확대된 것이라고 볼 수 있다. 원래는 도교나 불교계열의 권선서였다고 하더라도 통치자들은 이를 자신들의 통치나 민중교화라는 입장에서 적극적으로 이용했기 때문이다. 예를 들어 명대를 거치며 활발히 전개된 勸善書와 聖諭의 보급은 명대 통치계급 교화책의 영향을 직접적으로 받고 있다.36) 통치계급에 대해 유리한 가치관과 신앙을 대중의 의식에 보급하려는 것 역시 명청문화의 특징37) 중의 하나였기 때문이다.

　　그렇다고 해서 권선서가 상인이나 농민과 같은 피지배계층만을 대상으로 한 일방적인 설교인 것은 아니다. 현재까지 전해지는 권선서들의 내용을 구체적으로 분류해보면 크게 가정윤리, 사회윤리, 직업윤리(상인, 관리, 의사 등)

---

36) 자세한 것은 다음을 참조. 酒井忠夫, 앞의 책, 제1장.
37) 姜士彬, 앞의 논문.

와 종교윤리 등으로 나뉜다. 이러한 내용으로 보건대, 권선서의 독자층으로
사회의 전구성원을 상정하고 있음을 알 수 있다. 또한 지배층에 의해 간행되
었다고 하더라도 서민층에게서 크게 유행했다는 것은 그들에 의해 어느 정도
자발적으로 수용되었음을 의미한다. 이는 바로 피지배층의 자발적인 문화학습
을 의미하며 '이데올로기적 헤게모니'[38)를 장악하려던 당시 통치계급의 의도
가 숨어있음을 의미하는 것이기도 하다. 따라서 권선서는 통치계급에 의해서
전파된 문화라는 성격을 가지게 됨으로써 통속적인 문화지만 보수적인 성향을
띤다. 명청대 음란과 방종의 사회풍조가 유행하자 이에 대응해 금욕을 강조하
는 권선서가 대거 간행되고 있음에서도 이를 확인할 수 있다.[39) 「防淫篇」, 「
遠色賦」, 「戒溺女文」, 「勸戒鴉片文」, 「戒嗜酒文」, 「戒賭文」, 「戒淫錄」 등은
모두 음란, 여색에 빠지는 것, 아편, 도박, 술 등을 엄격히 경계하고 금지하는
태도를 보이고 있다. 특히 당시 사회에 널리 유행하던 통속소설이나 희곡, 춘
화등을 음란한 사회풍조의 주범으로 특별히 지목하여 매우 강렬한 어조로 비
판한다. 「戒淫書淫畵說」, 「勸毀淫書說」은 그 대표적인 예이다.

　　淫詞소설은 더러운 일을 묘사하는데 날이 갈수록 기이함이 심해지고 읽
　는 이의 혼백을 흔들어대니, 그 해악이 실로 심각하다. 더욱 우려할만한
　것은 사내아이의 혈기가 아직 안정되지도 않았는데 숨어서 몰래 읽다가 무
　지몽매하게 몸과 생명이 아까운지도 모르는 지경에 이른다는 것이다. 작게
　는 병이 나고 크게는 생명을 잃기도 하니 그 해악이 매우 심각하다. 父兄
　되는 자는 마땅히 때때로 세심하게 살펴야 한다. 또 서점에 비치되어 있는

---

38) 그람시의 헤게모니론에 의하면 지배계급은 총과 칼의 무력으로만이 아니라
　　피지배계급에게 자신들의 도덕, 문화, 가치관을 강요하고 동의를 구하는
　　방식으로 그들의 지배를 정당화하려고 시도한다.
39) 명말 외에도 청대 후기 내우외환으로 인심이 위태로워지자 善書가 다시 발흥
　　했는데, 『太上感應篇』, 『文昌帝君陰騭文』, 『關聖帝覺世眞經』을 해설하는 책
　　들이 특히 많았다. 民國 이후에는 군벌의 혼전으로 백성들이 살기 어렵고 사
　　회풍기가 천박해지자 선서가 대량으로 인쇄되었다. 그러나 이때는 새로이
　　편찬되는 것은 지극히 적었다. 袁嘯波, 앞의 책.

희곡대본에는 충효절의를 말하는 것은 열에 두셋도 없는데 간음, 도적질, 사기, 거짓을 말하는 것은 열에 여덟아홉이나 된다. 부녀자들이 이것을 보고듣기를 무척 좋아하니 그 해악이 적지 않다.……본디 春宮 畵冊은 글을 아는 자나 모르는 자 모두 그 해를 입으니 해악이 끊임없이 퍼지게 마련이다. 대개 이를 사는 자는 비록 깊이 숨겨둔다고 할지라도 방안에 숨겨 놓은데 불과하니 처자가 보지 않을 것이라고 어떻게 보장할 수 있단 말인가?……진실로 (이것들을) 엄격하게 근절시킬 수 있어야 人心과 風俗의 일단을 바로잡을 수 있을 것이다.40)

위의 인용문은 권선서가 당시 통속소설, 희곡, 춘화 등을 어떻게 인식하고 있는지 잘 보여준다. 권선서는 처음부터 철저히 욕망의 존재를 인정하지 않고, 욕망이라는 것을 인간이 본질적으로 가지고는 있지만 마음속에서 자리잡게 해서는 안 된다고 주장한다. 음란한 소설과 희곡, 춘화는 젊은이의 양기를 해쳐서 심하게는 죽음에 이를 수 있다는 것이다. 이러한 명청대의 금욕적 권선서는 사실 명청 사회의 변화와 결합하여 새롭게 탄생한 통속문화 중의 하나였고, 당시의 음란한 사회 풍조에 대처하기 위해 만들어진 사회의 또 다른 얼굴이었던 것이다.

4. 나가는 말

이상으로 명청 사회에 통속문화가 크게 발달할 수 있었던 배경과 서민층

---

40) "淫詞小說, 描寫穢事愈出愈奇, 使閱者魂撓魂動, 其爲害固已深矣. 更有可慮者, 童男血氣未定, 暗地偸看, 必至鑿開混沌, 不惜身命, 小則病侵, 大則喪命, 其害尤烈, 爲父兄者當時時細加查察也. 又稅書店中唱本, 言忠孝節義者, 十無二三, 言奸盜詐僞者, 十居八九, 婦女酷好觀聽, 爲害亦不小.……自有春宮畵冊, 而識字不識字咸受其害, 流毒無窮. 盖購此者, 雖深自秘藏, 不過藏于房中, 能保妻子不一見乎?……苟能嚴爲禁絶, 亦正人心風俗之一端也.", 「戒淫書淫畵說」, 『增訂敬信錄』, 袁嘯波, 앞의 책.

에게 친숙하게 받아들여졌던 대표적인 읽을거리였던 통속소설과 민간권선서를 중심으로 당시의 통속문화를 一瞥해 보았다.

상업경제의 발달, 心學의 등장, 음란풍조의 유행과 인쇄술의 발달, 그리고 문화의 보급이나 세속화 추세는 명청대 통속문화가 발달할 수 있는 제반적인 여건을 제공했다. 그리고 이러한 공통적인 배경 아래에서 발생한 두 통속문화 속에는 대표적인 당시의 사회풍조인 縱欲과 禁欲의 경향이 어김없이 반영되어 있었다. 통속소설은 당시 人欲을 긍정하고 과감하게 이를 추수하는 현실사회의 음란풍조를 반영하고 있었고, 당시의 지배이데올로기였던 금욕주의에 대한 반발적 성향을 띠고 있었다. 이에 반해 권선서는 철저하게 음란한 현실에 대응하여 금욕적 윤리세계로의 귀환을 호소하고 있었다. 일견 서로 모순적으로 보이는 이 상반된 경향은 사실 인과적 관계마저 가지고 있었던 것이다.

그리고 통속소설과 민간권선서는 모두 통속적인 문자기록이었다고 해도 창작주체나 간행과 보급에 참여한 계층, 그 편찬의 목적 등이 모두 같지 않기 때문에 서로 다른 내용을 반영할 수밖에 없는 필연성을 가지고 있었다. 통속소설이 영리를 목적으로 간행된 것이 많고 오락적인 성향의 문화였다면, 철저한 勸善의 목적 아래 비영리적인 목적으로 간행되었던 권선서는 설교와 계몽의 성격이 강하기 때문이다. 그럼에도 불구하고 양자가 모두 통속문화로서 크게 유행했었다는 사실은 한 시대와 사회의 문화라는 것이 얼마나 다양한 스펙트럼을 담을 수 있는지를 여실히 보여준다. (『中國語文學誌』 第 13 集, 2003年 6月)

明清 通俗小說의 通俗性 考察

－世情小說을 中心으로

1. 들어가는 말

　주지하다시피 明淸代는 서민중심의 통속문화가 전에 없이 발전했던 시대였다. 그리고 그 중심에는 宋代이래 끊임없이 발전해 온 白話小說이 있었다. 명청시대에 특히 유행했던 이 소설들은 통속소설이라는 이름으로 불리는데 여기에 대해서는 지금까지 학계에서 별다른 이의가 제기되지 않았다. 명청백화소설이 통속적이라는 것은 당연하게 간주되어왔기 때문에 이에 대한 논의는 오히려 무의미하다고 여겨질 정도였다. 그러나 모두가 당연하다고 생각해서 의문을 제기하지 않는 지점에 한번쯤 규정하고 넘어가야 할 본질적인 그 무엇인가가 숨겨져 있는 것은 아닐까? 이런 의문이 바로 본고의 출발점이다.

　현대 중국어에서 "通俗이란 세속에서 통행하는 것, 대중들이 잘 알고 있어서 대중들 사이에서 유행한다는 뜻이고, 통속소설이란 내용이 쉬워서 쉽게 이해되어 대중들에게서 유행하는 소설"1)이라는 뜻에서 사용된다. 이러한 관점에서 보자면 통속소설이란 사람들이 쉽게 이해할 수 있도록 쉬운 언어와

---

1) "通俗，就是通行於俗，就是人民大衆通曉，流行於人民大衆之中的意思。 通俗小說，就是內容淺顯易懂，流行於人民大衆之中的小說.", 劉炳澤・王春桂, 『中國通俗小說槪論』, (台北: 志一出版社, 1997), 13쪽.

문자를 사용한 것이 되므로 고대 소설 중에서 白話文을 사용한 話本小說과 章回小說을 이 부류에 포함시키는 것은 큰 무리가 없어 보인다. 그러나 일견 문제가 없어 보이는 이러한 정의는 통속소설은 모두 백화체소설이라는 식으로 문제를 단순화시킬 우려가 있다.[2]

따라서 필자는 명청대 통속소설로 지칭되는 소설의 본질적 성격이라고 할 수 있는 통속성에 대하여 고찰하고자 한다. 이를 위하여 먼저, '통속'이라는 개념과 '통속소설'이라는 명칭이 어떤 과정을 통해서 그 의미를 형성했는지 분석하고, 통속문화의 보급이라는 명청대 문화의 시대적 흐름 속에서 통속소설이 갖는 문화적 의미를 분석할 것이다. 마지막으로 이러한 분석의 기초 위에서 통속소설에 드러나는 구체적인 통속성의 양상을 明淸世情小說을 중심으로 살펴보고자 한다. 世情小說은 당시 유행했던 다양한 장르의 통속소설 중에서 상업적으로 가장 성공한 소설이었으며 백화소설이 갖는 다양한 통속성을 전형적으로 보여주고 있기도 하기 때문이다.

2. '通俗' 혹은 '通俗小說'의 기원

통속성에 대한 기존의 학술적 논의는 그다지 많지 않을 뿐만 아니라 다소 모호하기까지 하다. 그리고 통속문학이란 일반적으로 대개 문학의 엄숙성이나 진지성에 대한 상대적 개념으로 사용되어, 雅文學의 대칭에 있는 俗文學을 지칭하는 경우가 많다. 왜냐하면 우리의 의식 속에는 통속성이라고 지칭할 때 이미 어떤 가치의식을 포함하고 있기 때문이다. 또한 저속한 취미에 영합하는 것, 진지함과 엄격함을 결여한 향락적 성격의 상품문학, 저급한 쾌락주의, 소모적인 것이라는 폄하의 의미가 담겨져 있기도 하다.[3]

---

2) 왜냐하면 통속소설로 분류되는 소설 중에는 소수이기는 하지만 백화체가 아닌 것도 있다. 이를테면 청말 대중적 인기를 얻었던 소설 중에는 문언으로 쓰인 무협소설도 있다.

중국문학사에서 '통속'에 대한 논의 또한 예외는 아니어서 『中國俗文學史』를 쓴 鄭振鐸은 속문학에 대해 다음과 같이 정의했다.

> 속문학이란 통속적인 문학이며 민간의 문학이자 또한 대중의 문학이다. 바꾸어 말하자면 이른바 속문학이라는 것은 대아지당에 오르지 못한 것으로서 선비들이나 사대부들에게 중시되지 못하고 민간에 유행되면서 대중들이 좋아하고 즐기던 문학이다.4)

大雅之堂에 오르지 못한 채 민간에 유행되면서 대중들에게 애호되는 문학이 통속문학이라는 그의 언급은 사대부의 문학을 雅正하다고 보고, 서민들의 투박하고 세련되지 못한 특성을 賤俗하다는 인식에서 비롯된 것이다. 이는 지금까지 중문학계의 일반적 경향이기도 하다.

그런데 최근 국문학계를 중심으로 창작자중심에서 벗어나 수용자중심의 비평을 전개하면서 문학의 대중성에 주목하는 논의가 활발히 이루어지고 있다.5) 통속성을 또 다른 각도에서 고찰하여 질적 개념의 고하를 떠나 특정한

---

3) 예술을 교육계층에 따라 분류한 하우저는 통속예술은 얼치기교육을 받거나 교육을 받지 못한 평범한 사람들을 위한 것으로 설명하였다. 아놀드 하우저, 최성만·이병진譯, 『예술사회학』, (서울: 한길사, 1983), 234-257쪽.

4) "『俗文學』就是通俗的文學, 就是民間的文學, 也就是大衆的文學. 換一句話, 所謂俗文學就是不登大雅之堂, 不爲學士大夫所重視, 而流行於民間, 成爲大衆所嗜好, 所喜悅的東西.", 鄭振鐸, 『中國俗文學史』上冊, (上海: 上海書店, 1987), 1쪽.

5) 물론 통속성이 서민의식, 민중성, 대중성의 용어와 중첩되기도 하고 심지어 구분없이 쓰여 혼란을 가중시키는 측면이 있기는 하지만 논의과정에서 얻어진 성과는 주목할만하다. 특히 박성봉은 통속성을 구성하는 특징적 하위요소로 해학성, 성의 관능성, 폭력의 선정성, 몽상의 환상성, 눈물의 감상성을 지적하였고, 박종홍은 이를 다소 수정하여 통속성은 도식성과 자극성의 역동적 상호작용이라고 보고 그러한 도식성과 자극성의 특징적 하위요소로 관능성, 선정성, 감상성, 환상성, 신기성, 경이성을 제시했다. 자세한 것은 다음을 참조. 박성봉, 『대중예술의 미학』, (서울, 동인, 1995), 박종홍, 「김말봉『밀림』의 통속성 고찰」, 『어문학』 제 76집, 2002.

상황에서 작품을 구성하는 전략의 하나로 보는 견해도 제기되었다.6) 이는 통속성이 문학사에 드러나는 장르의 생성과 발전과정, 특히 하나의 장르가 탄생하여 전파되고 보급되는 과정에서 일종의 전략적 선택으로 나타나는 경우가 많았기 때문이다. 唐代 元稹과 白居易가 新樂府運動을 전개하며 詩語의 통속성을 제기한 것은 좋은 예가 될 것이다.7)

그렇다면 중국문학에서 '通俗'이라는 말은 과연 어떻게 시작되었는지 그 기원을 간략하게나마 살펴볼 필요성이 제기된다. 이 작업은 통속소설의 특성 혹은 통속성 개념의 형성과정과 본질에 대한 논의에 매우 유용한 관점을 제공해 줄 것이다.

통속이라는 말의 뜻을 설명하기 위해서는 그 뜻이 파생된 '俗'이라는 글자부터 살펴보아야 한다. '俗'은 西周時代에 출현했는데 처음에는 '風俗' 즉 일상을 지칭하는 의미로 사용되었다. 戰國時代에 이르면 諸子百家를 비롯한 문헌에 비교적 빈번하게 등장하였고 어떤 민족이나 지역에서 습관적으로 형성된 특정한 생활방식을 가리키는 '風俗' 또는 '民俗'의 의미로 사용되었다. 여기서 '風俗'이 지니는 또 다른 층위의 함의인 '世俗'이라는 의미가 파생되어 나오게 된다. 또한 이 시기에는 俗과 雅의 대립현상이 나타났다. 당시 '雅'는 諸夏의 夏 즉 주왕실이 다스리던 지역이라는 뜻으로 사용되었는데 예를 들자면 『詩經』의 大雅가 바로 그것이다. 사람들은 周왕실이 다스리던 지역의 풍습과 그 주변 지역의 풍습이 다르다는 것을 인식하게 되었고 여기에서 雅와 俗의 관계가 형성되었다는 것이다.

원래는 이렇게 중성적인 혹은 존중의 뜻까지 담고 있던 風俗이 世俗의 뜻

---

6) 조선후기 시조의 통속화과정과 그 의미에 관해서는 다음을 참조. 박애경, 「조선후기 시조와 통속성」, 『연세어문학』 제 30-31집, 1999.

7) 元稹과 白居易의 新樂府運動은 시가창작에서 修辭美 보다는 漢代 樂府에서 발견되는 형식의 통속성과 내용의 평이함 및 진실성을 강조했다. 글을 잘 모르는 서민층도 이해할 수 있는 시를 창작하고자 했던 그들의 주장은 시가 문인사대부만의 전유물을 넘어서서 서민층으로까지의 확대를 고려했던 것이라고 해석할 수 있을 것이다.

으로 분화되고 부지불식간에 지식인들이 자신과 대중을 구분하게 되면서 雅
와 俗이 대립하기 시작했다8)는 사실은 이후 '통속'의 의미형성에 중요한 작
용을 하게 된다.

　다시 말하면, '속'의 관념이 '통속'의 관념으로 발전하면서 두 가지 함의 즉
'風俗에 通達하다'는 의미와 '世俗과 疏通한다'는 의미가 형성된 것이다. 그
러나 현재 중국어의 관례상 전자를 지칭할 때는 통속이라고 말하지 않고 풍
속을 안다(知風俗)고 말하며, 후자의 의미인 경우에만 통속이라고 말한다.
하지만 풍속을 잘 알지 못하면 세속과 소통하는 것이 불가능하기 때문에 양
자는 결국 밀접한 관련을 맺고 있다고 할 수 있겠다.9)

　이러한 관념의 확립을 보여주는 것이 東漢시대에 등장한 服虔의 『通俗
文』10)이다. 그리고 『통속문』의 등장이후 문헌에서 '통속'은 대개 언어나 체
제의 평이성을 지칭하는 의미로 사용되었다. 이러한 용례는 문헌상에서 어렵
지 않게 찾아 볼 수 있는데, 예를 들어 四庫全書를 검색해보면 통속은 주로
通俗體例, 通俗之語, 通俗文, 通俗詞句의 형태로 쓰이고 있다. 어려운 체제
나 언어, 문자를 쉽게 이해할 수 있는 체제나 문자로 바꾸는 것이 통속의 뜻
으로 사용되었던 것이다.11) 물론 통속의 또 다른 의미인 '世俗'의 뜻으로도
여전히 사용되었다.12)

　그렇다면 '통속소설'이란 용어는 어떻게 사용되기 시작했을까? 최초의 용

---

8) 자세한 것은 다음을 참조. 孔慶東, 「通俗小說的槪念誤區」, 『涪陵師專學報』,
　　2001年 第3期.
9) 이상의 논의는 기본적으로 張贛生와 孔慶東의 연구를 정리한 것이다. 따라
　　서 '通俗'의 기원에 관한 보다 상세한 논의와 예증은 다음을 참조. 張贛生,
　　『民國通俗小說論稿』, (重慶: 重慶出版社, 1991), 3쪽-5쪽, 孔慶東, 앞의
　　논문.
10) 『通俗文』은 東漢 服虔이 編纂한 책으로 『隋唐書經籍志』에 보인다.
11) 예를 들어 황제의 가르침을 "통속적이고 쉽게 이해되는 말로 만들어 출간해
　　책을 만든(成通俗易曉之語刊刻成書俟)"것이 聖諭이다. 「世宗憲皇帝硃批諭旨」
　　卷29上.
12) '世俗'의 뜻으로 사용된 '通俗儒', '通俗訓'은 『周易集解』卷3, 『淮南子·通俗
　　訓』편에 보인다.

례는 馮夢龍의 「古今小說序」와 『京本通俗小說』이라는 서명에서 찾아 볼 수 있지만 '통속'이 소설의 제목과 관련되어 쓰이기 시작한 것은 이보다 조금 앞서 『三國志通俗演義』에서부터이다. 이 書名은 어려운 正史를 쉽게 풀었다는 의미로 '演義'라는 이름을 붙이고 거기다가 통속이라는 말까지 첨언해서 이를 한번 더 강조하고 있다. 여기서의 통속은 바로 『通俗文』의 의미에 해당한다. 陳大康은 바로 이 점을 중시하며 『三國演義』와 『水滸傳』을 통속소설의 기원으로 보고, 이 두 작품을 중심으로 문언소설과 구별되는 중국통속소설의 특징을 분석한 바 있다.13)

張贛生 역시 『三國志通俗演義』에서 '通俗'과 '演義'가 함께 쓰임으로써 통속과 소설이 결합되는 전례가 되었다고 주장한다. 소설은 經典이나 다른 장르와 달리 문체가 평이하고 세속을 소재로 다루고 있었기 때문에 발생 초기부터 두 가지 '통속'의 의미를 이미 가지고 있는 것이 된다. 그리고 연의라는 말 자체에도 쉽게 풀어낸다는 의미를 가지고 있기 때문에 『삼국지통속연의』라는 명칭에서 통속이라는 글자는 굳이 첨가하지 않아도 되는 것이었다. 그러나 정사가 통속적이지 않기 때문에 정사와 구별하기 위하여 '통속연의'라고 호칭한 것이다.14)

그러나 이후 『三言』을 펴낸 馮夢龍은 「古今小說序」에서 소설의 기원을 周나라 말기로 잡으며 韓非子나 列子가 소설의 鼻祖라고 정의한 후 명대에 이르기까지의 소설의 발전흐름을 설명한다.

무릇 당나라 사람들이 가려 뽑은 말은 공부하는 선비들에게나 받아들여졌고, 송나라 사람들의 세속에 통하는 말은 일반 백성들에게 잘 이해되어졌다. 천하의 글을 읽을 줄 아는 선비는 적고 세속에 통하는 말에 의지하는 사람은 많다. 시험삼아 설화인에게 즉석에서 묘사하게 하여 이야기판을 벌이게 하면 듣는 사람들이 기뻐하거나 놀라고 슬퍼하거나 눈

---

13) 陳大康, 『明代小說史』, (上海: 上海文藝出版社, 2000), 第 1編.
14) 張贛生, 앞의 책, 7쪽.

물을 흘리며 신이 나서 노래하고 춤추게 할 수 있다……비록 어려서부터
『효경』이나 『논어』를 암송한다고 해도 반드시 사람을 감동시킴이 이처럼
빠르고 깊을 수는 없을 것이다. 아 세속에 통하지 않고 그것이 어찌 가
능한 일이겠는가? 隴西의 茂苑 野史氏는 집에 소장한 고금의 통속소설이
아주 많은데 장사꾼들이 청하는 까닭에 그 중 속인의 귀에 유익한 것을
뽑으니 40권이 되어 책으로 묶었다.15)

그는 송대 이후 소설을 唐傳奇와 분명히 구별하고 있는데 이 소설의 가장
큰 특징이 세속과 통하고 일반백성들도 잘 이해할 수 있는 평이한 언어를
사용하고 있는 것임을 이미 인식하고 있었다. 그러나 송대 이후의 소설 중에
서 역사를 제재로 삼았던 연의에 대해서는 자세한 언급을 생략했고, 「古今
小說題辭」에서 『삼언』중 첫 번째 책인 『고금소설』의 간행경과를 언급하면서
小說을 演義라고 혼용하기에 이른다.16) 그는 正史를 풀어쓴 演義와 세속의
풍속을 이야기하던 小說을 구분하지 않고 다만 唐傳奇와 구별해서 통속소설
이라고 부른 것이다. 이러한 명칭은 중국에서 소설이 발생한 초기부터 통속
적이었다는 점을 간과한 것이라고 할 수 있다.17)

通俗과 小說을 함께 호칭하는 것이 과연 옳으냐에 관한 논의는 여기서 논
외로 하더라도 당시 소설가들이 통속소설이라는 명칭을 새로이 만들어낸 데

---

15) "大抵唐人選言，入於文心，宋人通俗諧語里耳. 天下之文心少而里耳多，則小
　　 說之資於選言者少，而資於通俗者多. 試令說話人當場描寫，可喜可愕，可悲
　　 可涕，可歌可舞，……雖小誦『孝經』·『論語』，其感人未必如是之捷且深也. 噫，
　　 不通俗而能之乎? 茂苑野史氏，家藏古今通俗小說甚富. 因賈人之請，抽其可
　　 以嘉惠里耳者，凡四十種，畀爲一刻.", 黃霖·韓同文選注, 『中國歷代小說論
　　 著選』, (南昌, 江西人民出版社, 1982), 217쪽. 우리말 번역은 다음에 근
　　 거함. 최봉원外譯, 『중국역대소설서발역주』, (서울: 을유문화사, 1998),
　　 133쪽.
16) 「古今小說題辭」에는 다음과 같은 언급이 있다. "본 서재(서점)에서는 고금의
　　 명인들이 쓴 연의 일백이십종을 구입했는데 먼저 삼분의 일을 초각본으로낸
　　 다(本齋購得古今名人演義一白二十種，先以三之一爲初刻云.)", 黃霖·韓同文選
　　 注, 앞의 책, 228쪽.
17) 張贛生, 앞의 책, 8쪽.

에는 나름의 필요성이 있었다고 생각한다. 왜냐하면 그들은 송대 이후 새로이 등장한 이 통속적인 소설이 문인층을 중심으로 창작되고 전파되었던 기존의 문언소설과는 확실히 달랐고, 또 문인소설 보다 이해하기 쉬웠기 때문에 양자를 구별할 필요가 있었던 것이다. 따라서 문언문을 사용하는 시문중심의 정통문학에 비해 보다 淺近하고 세속적인 표현이 많은 백화를 사용하는 소설양식을 통속소설이라고 부르게 된 것은 다분히 문언소설을 의식한 명명이었다고 보인다.

특히 당시의 일상생활을 묘사하고 있는 송대 說話四家 중의 하나인 소설에서 발전한 화본소설이 통속소설로 불리게 된 것에 주목할 필요가 있다. 작품의 편찬연대에 대한 논란이 있기는 하지만 『京本通俗小說』에서는 바로 소설이 지니는 통속성에 대하여 다음과 같이 말하고 있다.

> 말은 모름지기 통속적이어야 비로소 멀리 전해지고, 언어는 반드시 풍속과 관련이 있어야 모름지기 사람을 감동시킬 수 있다.[18]

위 언급은 비록 매우 짧기는 하지만 통속소설이 갖는 두 가지 특성을 함축적으로 잘 보여준다. 통속적인 평이한 언어와 풍속과 관련된 내용이라는 정의는 백화로 쓰인 대부분의 통속소설이 평이한 백화체 언어를 사용해서 세속의 일상생활을 반영하고 있는 현실을 잘 설명해 주고 있는 것이다.

그런데 여기서 통속소설이 지니는 또 다른 층위의 특성에 주목할 필요가 있다. 문체의 평이함, 내용적으로는 일상성 혹은 시사성에 기반한 통속소설이 대중의 일상과 세속의 풍속을 반영하는 것은 결국 대중들에게 쉽게 접근하기 위해서였다는 점이다. 일반 대중들에게 쉽게 이해될 수 있는 문체와 내용으로 독자들에게 환영받았다는 사실은 소설의 간행을 통해서 이윤을 창출할 수 있음을 의미한다. 다시 말하자면 통속소설에 상업성, 이른바 상품으로서의 가치가 부여되기 시작했다는 것이다. 따라서 통속성의 또 다른 층위는

---

18) "話須通俗方傳遠, 語必關風始動人.", 『京本通俗小說·馮玉梅團圓』

바로 대중들과의 접근성 곧 상품성을 의미한다. 명청대 통속소설의 대유행이 바로 이 시기 인쇄술의 비약적 발전과 이로 인한 출판업의 대중화를 배경으로 이루어졌다는 사실이 이를 증명한다고 하겠다.

18세기 영국 독서계의 성장과 소설의 출현과정을 추적하여 중산층 서민의 등장, 특히 근대적 의미의 소설의 발생이 관련 있음을 주장한 이완 와트 역시 이 과정에서 소설의 상업성이 중요한 역할을 하고 있다고 강조한 바 있다. 중국의 명청대와 당시 영국의 시대적 상황 및 소설계의 발전양상은 상이하지만 그 과정이 놀랍도록 겹쳐 보이는 것은 매우 흥미로운 현상이다.19)

3. 通俗文化의 보급과 상품으로서의 通俗小說

1) 다양한 통속문화 장르의 탄생과 보급

송대 도시의 번영상을 기록하고 있는 『東京夢華錄』, 『武林舊事』, 『都城紀

---

19) 이완 와트에 의하면, 당시 사회에 대거 등장한 중산층 서민들은 자신들의 지적, 도덕적 수준에 맞는 새로운 문학양식이 필요했다. 산업혁명과 함께 발생한 사회의 급격한 변화, 새로운 철학사상체계는 독서계에도 커다란 영향을 미치게 된다. 사회의 변화하는 현실을 반영하고 경제적 개인주의를 숭배하는 주인공이 등장한 것은 모두 당시 사회의 풍속을 반영한 것에 다름 아니다. 통속문화를 필요로 하는 서민층이 증가하고, 교육의 확대에 의해 문자해독층이 전반적으로 확대되었으며 출판인쇄술이 발달하면서 대중들의 독서에 대한 관심이 급증한다. 그리고 경제적으로 서민층이 여유를 갖게 되어 너무 비싸지도 저렴하지도 않았던 소설을 구매할 능력을 갖추게 되었고 급증한 인쇄소와 서적상은 출판에도 간여하며 소설 창작에 큰 영향을 미친다. 자세한 것은 다음을 참조. 이완 와트, 전철민譯, 『소설의 발생』, (서울: 열림, 1988) 제2장 독서계와 소설의 발생 49쪽-78쪽 참조. 陳平原은 이완 와트가 주목한 교육, 출판의 발전과 소설의 흥기 사이의 대응관계를 晩淸에서 5.4시기에 이르는 소설서사양식의 변천에 적용하는 것은 부적당하지만 16-8세기 중국사회의 장회소설의 흥기와 관련시키는 것은 가능하다고 언급한 바 있다. 자세한 것은 다음을 참조. 진평원, 이종민譯, 『중국소설서사학』, (서울: 도서출판 살림, 1994), 379쪽.

勝』, 『夢粱錄』 등에 따르면 송대 이후 도시 서민층을 중심으로 발전하기 시작했던 각종 다양한 민간기예 양식은 무려 100여종이 넘는다.[20] 그 가운데 강창, 피영희, 씨름, 잡기 등은 지금까지도 민간에서 전승되고 있을 뿐 아니라 일부는 희곡과 소설(說話四家에서 분화된 소설, 즉 화본소설) 등 문자기록에 기반하는 새로운 장르로 분화 발전했다. 희곡과 소설이라는 이 새로운 장르의 탄생과 발전과정에 백화어가 사용되고 있다는 점은 매우 중요하다. 구어에 기반한 서면어인 백화는 소설과 희곡을 기록하는 문자로 사용되면서 일상생활의 영역을 넘어서 기록의 영역으로 이동하여 문학담당어의 기능을 담당하게 된 것이다. 이로써 소설, 희곡 및 민가 등 통속문학을 기록하는 것은 백화, 그 외 공적인 영역과 정통문학은 문언으로 기록한다는 관습이 형성되었다.[21]

이외에도 명청대에는 사회 전반에 걸쳐 진행된 문화의 통속화현상이 두드러진다. 지배층의 문화가 서민층으로 보급되는 일종의 문화대중화현상[22]이라고 말할 수 있는데, 이는 지배층의 이데올로기와 문화 특히 문자기록이 통속적인 형식을 통해 서민층으로 확대 보급되는 것을 의미한다. 예를 들어 송대에 탄생하여 명청대에 성행한 각종 勸善書와 聖諭의 간행은 그 대표적인 사례 중의 하나이다. 권선서는 비록 간행 이후 현대에 이르는 과정에서 그 가치를 인정받지 못하고 상당수 유실되었지만 명청대 당시에는 지방의 유지나 관리 등 지배층에 의해서 일반 대중을 교화·계몽하려는 목적으로 끊임없이 간행되고 무료로 배포되었다. 또한 황제의 말씀을 기록한 성유는 명청대에 지속적으로 간행되어 일반 대중에게까지 전파되었다. 글을 모르는 사람들을 위해 관리나 說書人들이 聖諭를 해설한다든가, 문자의 난이도를 낮추기 위해 그림이 곁들여진 해설서의 형태로도 간행된 것이 대표적이다.[23] 또

---

20) 문헌상에 나타나는 공연의 성격을 지닌 다양한 장르에 대해서는 다음을 참조. 김학주 등, 『중국속문학개론』, (서울: 방송통신대학출판부, 1996), 68-69쪽.
21) 그래서 소설가들은 소설의 내용 본문을 기록할 때는 백화어를 사용하지만 소설집의 서문에서는 다시 문언을 사용하곤 했다.
22) 姜士彬(David Johnson), 「明淸俗文化的傳播」, 『明史硏究』 第 1輯, 1991.
23) 이해하기 쉽게 그림을 덧붙인 성유해설서로는 1587년 鍾化民에 의해 간행

한 당시 민간을 중심으로 전파된 종교단체의 신도들이 글을 모르는 농부들에게 경전을 암송해주거나24) 시골의 점쟁이나 지관이 고객에게 그들의 메모장과 백과전서의 자료를 설명해주는 행위도 빈번히 행해지고 있었는데 모두 당시 문화의 대중전파과정을 설명해주는 좋은 예라고 할 것이다.

명청대에 이와 같이 다양한 통속문화가 발전할 수 있었던 것은 무엇보다도 상업경제의 발달에 힘입은바 크다. 명초부터 진행된 대토지 소유제에 의해 농민들은 경작지를 잃고 고향을 떠나 도시로 유입되면서 강남의 도시상공업과 수공업에 노동력을 제공하게 되었다. 또한 점차 보편화되는 은본위체제의 경제아래에서 세금을 은으로 납부하게 되자, 중과세지역의 농민들은 면화나 뽕나무와 같은 상품성 높은 작물을 재배하게 되었다. 이는 면직과 견직을 중심으로 상품경제의 발전을 촉진하고 도시수공업과 장거리유통을 확대시켜 생산물의 전국유통이 가능해지면서 수많은 중소도시를 발전시키게 된다.25) 그래서 명대 중후기부터 도시를 중심으로 상업경제와 장거리 유통이 크게 발달하면서 상인들의 활동이 두드러지게 된 것이다.

상업경제의 발전은 상인층에게 부와 함께 사회적 지위의 향상도 가져다주었다. 상인을 최하층으로 규정했던 四民制는 명대 상업의 발달과 함께 '治

된 『聖諭圖解』와 1681년 간행된 『聖諭像解』가 대표적이다. 『聖諭像解』는 1670년 康熙帝가 반포한 16항목으로 된 勸善詔書에다가 安徽 繁昌知縣이었던 梁延年이 삽화와 함께 설명을 달았다. 자세한 것은 다음을 참조. 姜士彬, 앞의 논문, 217-218쪽, Victor Mair, language and Ideology in the Written Popularizations of the Sacred Edict, edited by David Johnson, Andrew J. Nathan, Evelyn S. Rawski, Popular Culture in Late Imperial China, University of California Press, 1987.

24) 명청대의 민간 종교인 羅敎나 弘陽派는 주로 글을 모르는 농민들을 포교대상으로 삼았다.

25) 명청대 상업경제의 발달에 대해서는 다음을 참조. 오금성 등, 『명말청초사회의 조명』, (서울: 도서출판 한울, 1994), 125-164쪽, 오상준, 「금병매 연구－서문경 상인형상의 소설사적 의의를 중심으로」, 연세대학교 석사학위논문, 1999, 박병석, 『중국상인문화』, (서울: 교문사, 2001)

生', '人欲', '私'에 대한 이해가 달라지면서 상인의 지위에 대해서도 새롭게 인식하지 않으면 안 되게 되었다. 王陽明은 「節菴方公墓表」에서 선비가 유가의 이념을 가지고 상인이 되는 예를 제시하고 「옛날에 사민이 직업을 달리 했으나 길은 같았다(古者四民異業而同道)」[26]며 상인의 사회가치를 긍정하기에 이른다. 당시 많은 전적에서 儒人이 商人이 되고, 상인이 관료가 되는 예를 기록하고 있다. 이는 엄격히 신분을 규제했던 사민제가 흔들리고 상인의 지위향상이 꾸준히 이루어졌음을 알 수 있게 해주는 대목이다. 통속문화는 바로 이들 상인계층에 의해 적극적으로 수용되었다. 특히 통속소설은 상인계층을 정면으로 다루기 시작했다는 점에서도 의의가 있다. 그전까지 문학의 묘사대상이나 향유자가 되지 못했던 상인층은 통속소설 속에서 본격적으로 묘사되며 문학 속에 등장하게 된다.[27]

한편, 물질경제의 풍요로움은 세속적인 욕망을 좇는 사회풍조[28]를 낳았다. 심지어 문인사대부조차 생활에서 세속화, 통속화 경향을 보이기 시작했는데 급기야는 다음과 같은 탄식이 나오기까지 하였다.

> 사대부들의 고질적 병폐는 다만 속되다는데 있다. 세상에 조금이라도 탈속한 사람이 있으면 모두 고지식하고 세련되지 못하고 썩었다고 말한다. 그러다가 벼슬길에 나아가면 서로 스승삼고 모방하며 세속적인데 빠져버린다. 마치 광란의 샘물을 마시려고 서로 다투는 것 같으니 어찌 슬프지 않겠는가![29]

---

26) 자세한 것은 다음을 참조. 余英時, 鄭仁在譯, 『中國近世宗敎倫理와 商人精神』, (서울: 대한교과서주식회사, 1993), 下篇.

27) 예를 들어, 宋代 話本과 元代 雜劇에서부터 상인형상이 작품 속에 서서히 등장하기 시작했고, 明代의 작품 속에서 상인형상이 주인공으로 등장하는 예를 찾는 것은 어려운 일이 아니다. 『金甁梅』는 명대 상인층의 생활과 가치관을 반영한 가장 대표적인 작품이다.

28) 명대 사대부들의 세속화 경향에 대한 것은 다음을 참조. 양충렬, 「명 후기 평민의식의 형성과 문학의 대중화」, 『중어중문학』 제19집, 1996.12, 337-339쪽.

29) "士大夫膏盲之病, 只是一俗, 世有稍自脫者, 卽共命爲迂爲疏爲腐. 于是一入仕途, 則相師相仿, 以求入乎俗而耳, 如相率飮狂泉, 亦可悲矣.", 陶奭齡 『小

사회의 세속화, 통속화 경향은 음란한 풍조로도 이어졌다. 유교이학이 가르치는 금욕적 윤리관에 얽매이기보다는 인간의 내부에 존재하는 물질에 대한 욕망이나 성욕 등을 공개적으로 추구하는 풍조가 나타난 것이다. 명중엽 황실에서부터 민간에 이르기까지 방중술을 흠모하는 풍조가 만연해 있었고, 특히 명말의 급격한 도시화는 여성들마저 규방 깊숙한 곳에서 나와 자유로운 바깥 세상에 출입하게 만들었다. 중류층 여성들은 사원이나 사당에 가서 향을 피울 수 있었고 특히 강소성의 일반 여성들 사이에서는 남녀가 함께 차관에서 차를 마시는 일도 오락으로 유행했다.30) 여색을 밝히고 사랑을 중시하고 美食을 즐기는 강남인들의 자유분방한 생활은 張岱의『陶庵夢憶』, 謝肇制의『五雜俎』, 李漁의『閑情偶寄』등에서 어렵지 않게 찾아볼 수 있는데 당시 사회의 자유로움이 점차 문란한 정도까지 이르고 있음을 보여 준다.31)

이 시기에 개성이 발휘되고, 욕망에 대한 긍정이나 추구 등 사회적 변화가 일어났던 것은 무엇보다도 유교적 금욕주의에 반대한 陽明學과 관련이 깊다. 양명학이 중국의 북방보다는 남방에서, 또 당시 상업경제의 발전과 함께 급격히 사회적 영향력이 커지고 있던 상인계층의 후원을 받은 것은 주지의 사실이다. 양명학은 금욕주의적인 程朱理學과 달리, 인간의 내적 욕망추구를 긍정하는 것은 물론 이를 대담히 묘사하고 있는 통속적 문학양식에 대해서도 강한 긍정을 보이고 있다.

> 태사공은「說難」·「孤憤」이 성현이 분한 마음을 발휘하여 지은 것이라고 하였다. 이로써 보건대 옛 성현들은 감정의 격발을 받지 않으면 글을 짓지 않았다.……『水滸傳』은 분한 마음이 격발되어 지은 것이다.32)

紫桑喃喃錄』

30) 丁日昌,「禁婦女上茶館」,『撫吳公牘』卷5

31) 자세한 것은 다음을 참조. 夏咸淳,『晩明士風與文學』, (北京: 中國社會科學出版社, 1994), 第二篇.

32) "太史公曰,『說難』『孤憤』, 聖賢發憤之所作也. 由此觀之, 古人賢聖, 不憤則不作矣.……『水滸傳』者, 發憤之作也.", 李贄「忠義水滸傳敍」, 黃霖·韓同文選

통속소설을 司馬遷의 發憤之說에 비교하며 그 가치를 크게 인정하는 이런 대담한 발언은 소설작가들에게 높은 자부심을 주기에 충분했다. 懷才不遇의 문인 중에는 이제 소설쓰기를 자아실현을 위한 출구로서 선택하는 이까지 생겨났다.

> 배에는 경륜이 가득하며 온 몸에 재주가 가득하고 오래도록 울분과 번뇌에 차 있으나 안부조차 묻는 사람이 없다. 웃고자 하나 웃을 수가 없고 통곡하고자 하나 할 수가 없으니 부득이 지상의 허구를 빌어 가슴 속의 호기를 쏟아 내고자 한다.[33]

그러나 소설쓰기는 여전히, 과거에 합격해서 관직에 나아갈 수 있는 상층문인들의 일이 아니었다. 대부분 과거에 합격하지 못한 하층문인[34]들이 소설쓰기를 선택했는데 명청대에 많은 소설작가들이 배출될 수 있었던 것은 명대이후 인구가 전대보다 크게 증가하고 지방에 학교가 널리 보급되면서 문자를 해독할 수 있는 지식인의 수가 증가한 사실과 깊은 관련이 있다. 즉 지식인의 증가는 자연히 과거응시자수의 증가현상을 낳았고 이는 치열한 과거경쟁이 시작되었음을 의미하는 것이었다. 명청대 인구는 그 이전보다 2.4배나 증가했으나 진사의 수는 증가하고 있지 않았다.[35] 응시자수 증가에 따른 과

注, 앞의 책, 142쪽.

33) "滿腹經綸, 一腔才思, 抑鬱多時, 無人過問, 欲笑不可, 欲哭不能, 故不得已而借紙上黃粱吐胸中浩氣.",「平山冷燕總評」,『平山冷燕』, (北京: 人民文學出版社, 1987)

34) 張仲禮는 사대부계층 혹은 독서인을 紳士로 정의하고 향시 합격여부에 따라 상층신사와 하층신사로 구분하였다. 향시에 합격해 擧人의 신분을 획득하어 관리가 될 수 있었던 상층신사는 규모는 작지만 권력을 가지고 있었고 하층신사는 상층신사에 비해 집단의 규모는 컸지만 관리가 될 수는 없었다. 다만 향시에 응시할 자격은 갖고 있었다. 중국문학사에서 일반적으로 하층문인이라고 지칭하는 계층은 장중례가 정의한 하층신사에 해당한다. 자세한 것은 다음을 참조. 張仲禮, 김한식·정성일·김종진共譯,『중국의 신사』, (서울: 신서원, 1993), 15-67쪽.

35) 명청대 과거제 응시인원에 대한 상세한 통계와 고찰은 다음을 참조. 張仲

거합격자의 수가 증가하지 않자 치열한 경쟁에서 도태되는 사람들이 늘어났고 생산노동에 참여해 본적이 없었던 그들이 선택할 수 있는 길은 많지 않았다. 명대 중엽이후 생계유지와 자아실현의 일환으로 소설쓰기에 참여하는 문인이 늘어난 것은, 교육의 확대로 지식인의 수가 증가하고 이에 따라 소설쓰기가 가능한 잠재적 작가군이 광범위하게 형성된 것과 깊은 연관이 있다고 하겠다.

2) 상품으로서의 통속소설

명청대 통속문화의 광범위한 보급이 이루지는 과정에서 그 중심에 있었던 것은 바로 통속소설이었다. 당시 소설이 얼마나 성행했는지에 대해서는 새로운 종교가 탄생했다는 말이 잘 설명해 준다.

> 옛날에 유불도 삼교가 있었는데 명대이후 또 하나 종교가 늘었으니 곧 소설이다. 소설연의와 같은 책들을 사대부, 농민, 수공업자, 상인들이 익히고 읽지 않는 이가 없었다. 어린아이나 부녀자 등 문자를 모르는 자들까지 모두 이에 관해 들었으니 보는 것과 마찬가지였다. 그 교세가 유불도와 비교해서 더 넓다.[36]

사실 위의 인용문은 淸代 錢大昕이 소설의 내용이 간음, 도적질, 음란 등으로 되어 있어 매우 유익하지 않음을 탄식하면서 한 말이지만, 당시 사람들에게 소설이 얼마나 인기가 있었는지를 짐작하게 해주는 데는 부족함이 없다. 특히 명청대 四大奇書의 인기는 식을 줄 몰랐다. 4대 장회소설의 출간과 성공은 歷史, 英雄, 神魔와 世情이라는 서로 다른 제재의 소설 창작의 전통이 확립되었다는 점에서도 중요하지만, 소설의 출간이 상업적 이윤을 창출하기 시작했음을 보여준다는 점에서도 매우 중요하다. 즉 상품으로서의 기

禮, 앞의 책, 周臘生, 『明代狀元奇談・明代狀元譜』, (北京: 紫禁城出版社, 1993)
36) "古有儒、釋、道三敎, 自明以來又多一敎曰小說. 小說演義之書, 士大夫、農工、賈无不習聞之, 以至兒童婦女不識字者亦皆聞而如見之. 是其敎較之儒、釋、道而更廣也.", 黃汝成 『日知錄集釋』 卷13 「厚重」.

능을 담당하기 시작하면서 통속소설은 다른 문학장르와는 다른 질적 차별성을 담보하기 시작하는 것이다. 통속소설연구에 있어서 작품이 작가에 의해 완성되어 세상에 나타난 그 순간보다 작품이 정식으로 출판되어 세상에 유통되는 시점이 중요한 이유가 여기에 있다. 중국소설사에서 하나의 작품이 크게 성공하면 그 뒤를 이어 속서와 아류현상이 등장하는 것은 대개 이윤을 노리는 출판업자의 기획에 의한 것이었다. 통속소설의 성행을 촉발한 요인으로 출판업자의 역할을 강조하는 陳大康의 연구는 소설연구자들에게 시사하는 바가 크다. 또한 최근 국내외에서도 명청대 출판업과 소설의 발달을 연관시킨 논의가 활발해지고 있는 것 역시 주목할 만하다.37)

명청대 인쇄술의 발달과 민간출판업의 활성화 속에서 등장한 통속소설은 농후한 상업성을 갖고 있음이 틀림없지만 기획된 상업성이 작품의 완성도마저 보장하는 것은 아니었다. 이윤추구를 목적으로 교묘하게 기획된 작품의 상당수는 작품의 완성도가 높지 않았다. 상업적 목적에 의한 출판이 지나치게 횡행하다보니 작품의 질이 담보되지 못한 소설이 지나치게 많이 출판된 것이다. 이는 결국 중국소설의 질적 편차가 심하게 벌어지게 만든 요인이 되기도 하였다. 오히려 상업성과 무관하게 오랜 습작기간을 거친 작가의 작품 중 생전에는 출판할 수 없었지만 사후 출간되어 높은 작품성과 상업적 성공을 획득한 『금병매』와 『홍루몽』같은 작품이 돋보인다.

그렇지만 소설 창작에 있어서 상품성은 긍정적 혹은 부정적 방향으로 영향력을 미치며 그 발전을 견인한 것이 분명하다. 예를 들어 『금병매』가 가져다 준 공전의 상업적 성공에 고무된 출판업자들이 성묘사에 노골적으로 치중하는 소설을 기획하게 되었지만, 또 다른 한편에서는 반대로 이를 피하는

---

37) 陳大康의 연구 이외에 이 방면에 관해서 주목해야 할 것으로 일본 학자 大木康이 있다. 최근 국내에서 발표된 연구성과로는 다음 몇가지를 들 수 있다. 진세정, 「명말 소주문인과 출판문화」, 이화여대 석사학위논문, 2000, 홍상훈, 「전통시기 강남지역에서 독서시장의 형성과 변천－소설작품의 생산과 유통을 중심으로」, 『중국문학』 제 41집, 2004.5, 문성재, 「명말 희곡의 출판과 유통」, 『중국문학』 제 41집, 2004.5.

작품이 등장하게 되었던 것이다. 명말청초에 대거 등장하는 艶情小說과 才子佳人小說은 서로 다른 두 유형의 창작경향을 대표한다.

　당시 음란한 소설이 얼마나 유행했었는지에 관해서는 당시의 時尙을 개탄하며 풍속을 바르게 교정할 것을 권면하는 勸善書 가운데 음란한 희곡이나 소설보기를 경계하는 專論이 있을 정도였다.

　　　淫詞소설은 더러운 일을 묘사하는데 날이 갈수록 기이함이 심해지고 읽는 이의 혼백을 흔들어대니, 그 해악이 실로 심각하다. 더욱 우려할만한 것은 사내아이의 혈기가 아직 안정되지도 않았는데 숨어서 몰래 읽다가는 무지몽매해져서 몸과 생명을 아까워하지 않는데 있다. 작게는 병이 나고 크게는 생명을 잃기도 하니 그 해악이 매우 심각하다. 父兄되는 자는 마땅히 때때로 세심하게 살펴야 할 것이다.[38]

　그런데, 소설이 과연 통속적인 읽을거리였는지에 관해서는 현재 학계에 상반된 견해가 존재한다. 중국소설연구자들은 일반적으로 통속소설의 작가층은 대부분 과거에 실패한 하층문인이며 주독자층은 상인층을 비롯한 서민계층과 일부 문인을 포함한다고 간주한다. 그러나 일부 서구학자들과 일본학자를 중심으로 이에 근본적인 의문이 제기되고 있다.[39] 예를 들어 플락스는 독자들의 문자해독능력, 당시 서민층에서는 감당하기 힘든 서적의 비싼 가격

---

38) "淫詞小說, 描寫穢事愈出愈奇, 使閱者魂撓魂動, 其爲害固已深矣. 更有可慮者, 童男血氣未定, 暗地偸看, 必至鑿開混沌, 不惜身命, 小則病侵, 大則喪命, 其害尤烈, 爲父兄者當時時細加查察也." 「戒淫書淫畵說」, 『增訂敬信錄』, 袁嘯波 『民間勸善書』, (上海: 上海古籍出版社, 1995)

39) 백화소설이 문인작자에 의해 창작되어 문인과 富商들 사이에서 유통되었다고 주장하는 연구로는 다음을 참조. 磯部彰, 『「西游記」受容史研究』, 日本富山大學人文學部, 1998, 井上進, 「書肆·書賈·文人」, 荒井健主編, 『中華文人生活』, 1994, 大木康, 「明末江南出版文化的研究」, 『广島大學文學部紀要』 50卷 特輯号一, Anne E.Mclaren, Chinese Popular Curture and Ming Chantefables: Leiden:Brill 1998, Robert E.Hegel, The Novel in Seventeenth-Century China, Columbia University Press.

을 근거로 4대기서는 문인계층이 주요 독자층인 문인소설이라고 주장하고
있다.40) 여기에 대한 중국측 연구자의 반박은 우선 책값의 증거로 제시된
자료가 극히 제한적이고 사례가 적어서 충분한 증거가 되지 못하며 당시 노
동자의 임금을 고려한다면 일년에 소설책 한 두 권 정도는 살 수 있다는 것
이다. 또한 소설책 한 권의 가격은 송원대 간행된 원전류보다는 훨씬 저렴하
고 일반 잡서류보다는 다소 비싼 정도의 중간가격을 형성하고 있었다고 한
다. 그리고 통속소설의 독자층은 문자기록을 읽는 직접독자층과 간접적인 방
식, 직접 읽지는 않더라도 소설의 내용을 설서나 희곡을 통해 듣거나 보았던
간접독자층까지 포함해야 한다고 주장한다.41)

　사실 명청대 서민층의 문자해독 수준이나 통속소설의 정확한 독자층을 규
명하기는 매우 어렵다. 하지만 통속소설이 서민층의 문화로서 탄생되었음을
고려할 때, 또 중국문학사에서 대부분의 장르가 민간에서 발생되어 문인작가
층의 창작을 거쳐 고급화되는 과정을 거쳤음을 고려한다면, 소설 역시 서민
계층을 위한 문학이었다가 점차 문인계층으로 독자층이 확대되었을 것이라
고 추정할 수 있다. 또한 소설의 제재가 다양하게 확대되고, 작가층도 확대되
면서 점점 서면화경향이 농후해지고 아울러 세련되어졌으며 창작자지향적 소
설, 수용자지향적 소설, 또는 상업적 이윤추구를 목적으로 한 소설 등 다양한
부류의 소설이 창작되었던 것으로 해석할 수 있겠다. 그러나 어찌되었든 통속
소설은 여전히 상대적으로는 덜 고급스런 즉 서민층에 가까운 장르였다.

　따라서 명청대 통속소설의 출현은 일부 계층의 소유물로 여겨지던 문학적
활동이 대중화된 것을 의미한다고 하겠다. 또한 서적의 대중화, 문자기록의

---

40) 浦安迪, 沈亨壽譯, 『明代小說四大奇書』, (北京: 和平出版社, 1993)

41) 명대 소설의 가격에 대한 논란은 가격이 씌여진 현존하는 소설이 2종뿐인
　　데서 시작한다. 하나는 萬曆末 天啓年間에 발간된 『封神演義』이고 다른 하
　　나는 동시대에 간행된 『陳眉公先生批評春秋列國傳』인데, 각각 紋銀 2兩,
　　紋銀 1兩이라고 쓰여 있다. 위의 일본, 미국학자들의 주장에 대한 반론으
　　로는 다음의 논문을 참고할만하다. 李舜華, 「從經濟因素看明中葉小說的接
　　受層」, 『社會科學』, 2001年 第9期, 潘建國, 「明淸時期通俗小說的讀者與傳
　　播方式」, 『復旦學報』 社科版, 2001年 第1期.

보급에도 크게 기여했지만 지나치게 상업성에 경도되어 저급하고 조악한 작품을 양산하기도 했으며 질적 하락을 야기했다는 한계를 지닌다.

4. 明淸世情小說에 보이는 通俗性의 양상

　명대 초기의 통속소설은 역사연의가 대부분이었다면, 명대 중엽이후에는 신마소설과 세정소설이 점차 증가하고, 명말청초에 이르면 재자가인소설이 대량으로 출현하면서 세정소설이 통속소설의 주류를 형성하게 된다. 가정과 혼인을 중심으로 인간사회의 일상생활과 세태의 변화를 묘사하는 세정소설은 광범위한 인간사회의 인정관계와 세태를 반영하고 있다는 점에서 '통속'의 첫 번째 의미인 풍속의 뜻을 잘 반영하고 있다. 문체상으로도 일상어에 기반한 구어체가 많이 포함되어 있어서 서민들에게도 보다 쉽게 이해될 수 있었다. 여기서는 『금병매』에서 비롯하여 『홍루몽』에 이르러 완성된 세정소설을 중심으로 명청대 통속소설에 보이는 통속성의 몇 가지 양상을 살펴보겠다.

　첫째, 명청대 세정소설을 비롯한 통속소설은 대개 평이한 백화체 언어를 사용하고 있다. 명 중엽 민간의 출판사들이 다양한 제재의 통속소설을 출간하면서 통속소설의 주류는 명초의 역사연의 위주에서 명 후기에는 講史, 神魔, 世情 3종 소설이 鼎立하는 형세로 변화한다.42) 역사문헌에서 내용의 상당부분을 인용할 수밖에 없었던 『삼국연의』와 같은 역사연의가 半文半白의 언어를 사용했다면, 등장인물이 사회 저층의 구성원이었던 『수호전』이후 통속소설이 史實의 기술보다는 인물을 중심으로 한 영웅에 대한 묘사가 중시되면서 당연히 인물간의 대화, 즉 구어체에 기반한 백화체의 사용이 많아지게 되었던 것이다.

　그러나 통속소설로 분류되는 작품들마다 사용하고 있는 백화어가 모두 동

---

42) 陳大康 『通俗小說的歷史軌迹』(長沙, 湖南出版社, 1991), 79쪽.

일하다고는 말하기 힘들다. 대개 官話를 기본으로 하지만 작가의 출신에 따라 작품에 사용되고 있는 언어에 지역색이 드러나고 있다. 예를 들어 蘇州 출신인 馮夢龍이 편찬한 『三言』에는 소주어가 쓰였고 『금병매』에는 비록 작가가 누군지 알려져 있지 않지만 山東방언이 다수 포함되어 있다. 또한 작품 속 주인공의 신분이나 환경에 따라 등장인물들이 사용하고 있는 언어도 달랐다. 예를 들어 통속소설이라고 해도 주로 교양 있는 양가집 규수와 재주가 뛰어난 문인의 애정을 다루는 재자가인소설은 다른 어느 통속소설에서보다도 '之', '乎', '而' 등 서면어적인 표현이 많이 사용되고 있다.43)

뿐만 아니라 통속소설의 문체가 백화체였다고 해서 일상에서 사용된 구어와 일치하는 것도 아니었다. 대부분 구어와는 다소 거리가 있는 서면어였는데 인물간의 대화부분은 구어체에 가까운 반면 서술부분은 서면어 성분이 비교적 농후하다. 예를 들어 다음은 『금병매』 중의 일부이다.

> 순식간에 문 앞에 사람들이 새까맣게 모이고 우피가의 상점 거리로까지 이어져 거리 전체가 몹시 시끄러워졌다. 혹은 들으러 오고 혹은 보러 와서는 모두 한도독의 여편네가 시동생과 간통했다고 말한다. 그중 한 노인이 남녀 두 사람이 함께 묶여 있는 것을 보고 주위에 서 있는 사람에게 물어보았다. "이게 어찌 된 일이오?" 그러자 곁에 수다꾼이 있다가 "영감님이 모르시는 모양인데요. 시숙과 형수가 간통했대요."라고 말했다. 노인은 고개를 끄덕이며 "아이쿠, 맙소사! 시숙이 형수를 범하다니. 관가에 가면 수숙간의 간통은 둘 다 교수형이야." 그런데 그 수다꾼은 상대가 그 유명한 며느리를 범한 사내로 세 번이나 며느리를 들이고 모두 건드린 자임을 알고는 "영감님은 법률에 밝으신 것 같으시네요. 시숙이 형수와 붙어서 교수형을 당하면 시아버지가 며느리랑 붙은 죄는 무슨 벌을 받나요?"라고 말참견을 했다. 노인은 형세가 불리함을 알고 고개를 숙이고는 한마디 말도 못하고 떠나갔다.44)

---

43) 才子佳人小說의 대표작이라고 할 수 있는 『平山冷燕』의 서술은 기본적으로 백화어이지만 여주인공 山黛가 入宮하여 문무백관이나 황제를 만나는 장면 등에서는 서면어적인 성분이 매우 농후한 언어가 사용되고 있다.

위의 인용문은 일상의 구어와 평이한 서면어로 쓰여 있다. 인물의 대화는 생동적이고 희극적인 백화어이고 사회 하층민의 말투와 강창자의 어조가 살아 있으며 현대 백화어와의 차이도 크게 나지 않는다. 잘 알려진 것처럼 명청대 통속소설에 사용된 백화어가 『紅樓夢』, 『兒女英雄傳』을 거치며 한층 성숙해져서 현대 중국어의 기원이 되었다.45) 이는 文才가 뛰어난 문인들이 소설 창작에 참여하면서 화본소설이나 장회소설의 문체는 점차 세련되게 수식되고 가공되었기 때문일 것이다.

둘째, 명청대 통속소설이 당시 서민층에게 공감을 살 수 있었던 것은 소설이 다루고 있는 내용이 당시 그들의 생활에 기반한 핍진한 일상성을 추구하고 있었기 때문이었다. 그래서 한 부유한 상인의 생활이 핍진하게 묘사된 『金瓶梅』에 대해 張竹坡는 이렇게 말한 바 있다.

> 이를 읽으면 마치 한 사람이 청하현의 서문경 집에서 집안의 크고 작은 일과 앞 뒤 이야기 접시와 밥그릇까지 일일이 직접 기록한 듯 하다. 마치 실제로 이런 일이 있었던 것처럼 느껴져 감히 붓으로 종이 위에 되는대로 쓴 것이라고 말하지 못하겠다.46)

---

44) "須臾圍了一門道人, 跟到牛皮街廂鋪裏, 就烘動了那一條街巷, 這一個來問, 那一個來瞧, 都說韓道國婦人與小叔犯奸. 內中一老者見男婦二人拴做一處, 便問左右站的人: "此是爲什麽事的?" 旁邊有多口的道:"你老人家不知, 此是小叔奸嫂子的." 那老者点了点頭兒, 說道:"可傷! 原來小叔兒要嫂子的, 到官, 叔嫂通奸, 兩個都是絞罪." 那旁多口的認的他有名叫做陶扒灰, 一連娶三個媳婦, 都吃他扒了, 因此揷口說道: "你老人深通條律, 相這小叔養嫂子的便是絞罪, 若是公公養媳婦的却論什麽罪?" 那老者見不是話, 低着頭, 一聲兒沒言語走了.", 『金瓶梅詞話』第 33回, (香港: 藝苑出版社, 1993).

45) 王力의 『中國語法』은 예문 대부분을 『홍루몽』에서 찾았으며 『홍루몽』에 적절한 예문이 없는 경우에 한하여 『兒女英雄傳』등에서 인용했다. 그리고 5.4백화운동이후 고대백화소설이 본격적으로 출간되었다는 사실은 명청대 통속소설에 쓰인 백화어와 현대백화어의 관련성을 설명한다.

46) "讀之似有一人親曾執筆, 在淸河縣前西門家裡, 大大小小、前前後後、碟兒碗兒一記之, 似眞有其事, 不敢謂爲操筆伸紙做出來的.", 張竹坡, 「批評第一奇

또한 세정소설이 주로 현실 속의 남녀, 즉 신화적 색채나 초현실적 힘을 가진 주인공이 아니라 보통의 일상생활에서 쉽게 부딪힐 수 있는 인물을 주인공으로 채택하고 그들의 애정과 혼인을 다룬 것은 바로 이 소재나 주제가 누구나 공감할 수 있는 것이었기 때문이다.

> 지혜로운 자가 읽으면 이야깃거리로 삼을 수 있고, 우둔한 자는 읽고서 더러운 마음을 씻어낼 수 있고 어리석은 자는 읽고서 세상일에 대해서 알 수 있고, 건장한 자는 읽고서 세상의 변화하는 세태에 대해 알게 해준다.[47]

남녀간의 애정을 다루고 있는 이야기는 위의 언급처럼 지혜가 있는 자나 지혜가 없는 자, 누구에게나 이해되기 쉬운 주제였기에 독자들에게 매우 인기가 있었다. 『금병매』이후 특히 명말청초에는 남녀의 정을 다루는 세정소설이 크게 증가하고 세정류가 아닌 작품에서도 남녀의 사랑을 묘사하는 것이 많았던 것은 우연의 일치가 아니었다.[48]

뿐만 아니라 통속소설의 주인공 역시 일반 독자들에게 쉽게 받아들여질 수 있는 인물들이었다. 세정소설의 효시가 되는 금병매의 주인공 西門慶과 潘金蓮은 비록 도덕적으로는 비난의 대상이 될 수 있지만 서민대중들과 유리된 접근 불가한 신성함이나 금욕주의를 표방하지 않았다는 점에서 대중에게 친숙한 인물들이다. 그들은 책 속에만 존재하는 인물이 아니라 독자의 주위에서 쉽게 볼 수 있는 그런 보통사람이었다. 그래서 N. 프라이가 말한 바, 오히려 독자보다 한 단계 낮은 도덕적 수위의 인물로서 아이러니 양식

書金甁梅讀法」, 黃霖·韓同文選注, 앞의 책.

47) "使慧者讀之, 可資談柄. 愚者讀之, 可滌腐腸. 稚者讀之, 可知世情. 壯者讀之, 可知變態.", 『歡喜冤家·歡喜冤家序』, (沈陽: 春風文藝出版社, 1989)

48) 張次第의 조사에 의하면, 명대 후기 간행된 통속소설 중 상당수가 言情소설로 분류할 수 있는 것이고, 단편화본소설집에 수록된 단편 중에도 言情小說이 30%전후일 정도로 남녀의 애정을 다루고 있는 작품의 비중이 높다. 자세한 것은 다음을 참조. 張次第, 「論明代後期通俗小說刊刻的思想特点」, 『鄭州大學學報』, 2001年 第4期.

(ironic mode)49)에 속하는 인물로도 볼 수 있을 것이다.

세정소설은 독자의 삶에서 유리되지 않고 가까이서 사실주의적인 묘사를 감행하고 소설의 핍진성을 담보해냄으로써 독자들의 열렬한 지지와 환영을 받을 수 있었던 것이다. 따라서 도시서민의 일상생활에 기반한 명청대 세정소설은 중국소설이 신화나 영웅담의 비현실세계에서 현실생활로, 대서사에서 일상의 소서사로, 귀족생활에서 서민의 시민생활을 다루는 것으로 전환되었음을 알려주는 표지가 되기도 한다.

셋째, 명청대 세정소설은 대개 因果應報의 주제의식과 이에 기반한 大團圓結末의 형식을 취하고 있다. 주제와 갈등전개의 구조가 중국인 일반대중에게 가장 익숙한 인과응보사상에 기반하고 있다는 점은 작가나 출판인들의 잠재의식 속에도 인과응보사상이 영향을 미치고 있었음과 동시에 독자들의 취향을 고려해 의도적으로 취한 전략이었음을 알려준다. 중국인 고유의 報應觀과 佛敎의 輪回에 기반한 因果論이 결합되어 형성된 인과응보사상은 儒佛道 三家思想의 合流 현상이 가장 활발하게 진행되었던 명청시기에 더욱 성행하였다. 또한 민간에서는 인과응보사상에 기반한 勸善書나 민간신앙이 크게 유행하기도 했다. 따라서 인과응보는 중국인들에게 가장 자연스럽고 친근한 가치체계였고 이러한 사회적 경향은 갈등의 해결이 인과응보에 입각해서 진행되는 일정한 서사양식을 형성하기에 이른 것이다. 지배층의 전유물이었던 詩文보다 서민층의 정서와 사상을 농후하게 반영하고 있는 話本과 章回小說에 인과응보적인 서사경향이 많이 보이는 것은 바로 이러한 배경에서

---

49) N. 프라이는 주인공의 신분과 행동능력에 따라 서사양식을 신화, 로맨스, 상위모방 양식, 하위모방 양식, 아이러니 양식으로 분류했다. 주인공이 다른 사람보다, 또한 자신의 환경보다 뛰어나지 못한 경우는 하위모방 양식에 속하는데, 대부분 희극이나 리얼리즘 소설 속에 등장하는 주인공이다. 힘에 있어서나 지성에 있어서도 우리보다 뛰어나지 못한 까닭에 경멸에 찬 눈초리로 내려다보고 있는 느낌을 주인공의 행위를 통해 받게 되는 경우에는 아이러니 양식으로 판단했다. 자세한 것은 다음을 참조. N. 프라이, 임철규 역『비평의 해부』, (서울: 한길사, 1991), 49-51쪽.

연유한다. 청초의 대표적인 세정소설인 『醒世姻緣傳』은 아예 제목에서부터
이 작품이 인과응보에 의거하고 있음을 노골적으로 밝히고 있다.

> 원래 이 책의 본래 제목은 『악인연』인데, 사람이 이미 전생에 악업을
> 쌓아서 후세에 반드시 응보가 있음을 말하는 것이다.……그러한 연유로
> 범례를 써서 나중에 군자들이 책을 펼쳐 보며 깨닫기를 권하노라. 아예
> 책이름을 『성세인연전』이라고 지었다.50)

사실 인과응보는 소설의 공리성이나 교화성을 강화하고 싶었던 작가들에
게는 매우 효과적인 장치였다. 그래서 많은 작가들은 소설의 序跋文을 통해
서 작품의 主旨가 인과응보에 있음을 밝히곤 했다.

> 눈을 즐겁게 할 수 있고 마음을 각성시킬 수 있으며 인과응보의 이치
> 가 깜짝 놀라고 현혹되는 것에 숨겨져 있고, 독자를 성현의 영역에 빠져
> 들게 하면서도 느끼지 못하게 하니 인심과 풍속에 도움이 없지 않다. 그
> 러므로 급히 판각하여 세상에 내놓으니 세상의 군자들이 稗史라 여겨서
> 소홀히 하지 않기를 바란다.51)

그리고 이러한 인과응보식 서사구조는 남녀의 음란행위를 노골적으로 묘
사하는 艷情小說의 작가들에게도 차용되었다. 『繡榻野史』나 『肉蒲團』과 같
은 작품의 남녀주인공들은 하나같이 음란한 행위에 대한 보응을 치러야 했
다.52) 이는 표면적으로는 작품의 주제를 드러내는 작용을 하고 있지만 사실

---

50) "原書本名"惡姻緣", 盖謂人前世旣已造業, 後世必有果報……因書凡例之後, 勸
　　將來君子開卷便醒, 乃名之曰『醒世姻緣傳』.", 『醒世姻緣傳・醒世姻緣傳凡例』,
　　(北京: 人民中國出版社, 1996)
51) "旣可娛目, 卽以醒心, 而因果報應之理, 隱寓于驚魂眩魄之內, 殺閱漸入于聖
　　賢之域而不自知, 于人心風俗, 不無有補焉. 余故急爲梓之以問世, 世之君子
　　幸勿以稗史而忽之也.", 黃霖・韓同文選注, 앞의 책, 517쪽.
52) 예를 들어 『繡榻野史』와 『肉蒲團』에서는 남의 부인과의 간통이 있은후, 이
　　에 대한 보복으로 또 다른 간통이 인과적으로 계속 발생하고 있다. 이에

은 작품의 선정성이나 관능성에 대한 비난을 피해가기 위해서 차용된 형식적 틀에 불과하다.

넷째, 명청대 세정소설은 대개 성의 담론화를 통해 상업성을 추구하였다. 명대 중엽이후 중국사회는 위로는 황제에서 아래로는 일반서민들에게까지 음란풍조가 팽배했다. 황제는 새로운 방중술을 헌납하는 방사들에게 높은 벼슬을 하사하며 대우했고[53] 민간에서는 여인들이 밤마다 거리를 활보하는 등, 남녀가 서로 분방하게 어울리며 즐기는 풍조가 만연해 있었다. 명대 소품문 등에는 특히 강남의 음란한 사회풍기를 기록한 것이 적지 않다. 『金甁梅』의 경우, 작가 본인은 상업적인 목적에서 창작에 임한 것이 아니지만 이러한 사회풍조 아래에서 탄생한 작품임에는 틀림없으며 『금병매』를 출판한 업자는 전에 없는 큰 이윤을 얻었다. 또한 『金甁梅』가 크게 유행하자 노골적인 성묘사를 강조하는 작품들이 연이어 출간된 것은 이미 이 시기에 통속소설이 상품으로서의 기능을 충분히 수행하고 있음을 증명한다고 하겠다.

통속소설 가운데 성의 담론화라는 측면에서 『금병매』는 이후의 소설출판 업자 및 작가들에게 커다란 영향을 미쳤는데, 특히 이 소설은 독자들의 관음심리를 자극함으로써 소설의 상업성을 강화하고 있음을 알 수 있다. 작품 속의 남녀의 성관계는 대부분 또 다른 극중 인물에 의해 은밀히 관찰되고 있는데[54] 이는 독자들이 관찰하고 있음을 상정하고 그들의 관음욕구를 충족시키기 위한

작가는 결말에서 그들의 음란한 행위의 결과로 병사하거나 축생으로의 변신 등으로 처리하며 모든 것이 인과응보임을 설교한다. 자세한 것은 다음을 참조. 졸저, 「明淸世情小說的敍事特質硏究」, (北京: 北京大學博士論文, 1996), 第4章.

53) 자세한 것은 다음을 참조. 魯迅, 조관희譯注, 『中國小說史略』, (서울: 살림, 1998), 428쪽.

54) 예를 들어, 『金甁梅』 제8회에서 潘金蓮과 西門慶의 정사가 法事를 위해 집에 온 중들에 의해 목격되고, 제13회에서는 하녀 迎春이 이병아와 서문경의 정사를 엿본다. 이와 같이 남녀가 관계하는 장면을 누군가가 엿보는 설정은 『金甁梅』 전체에서 쉽게 찾아 볼 수 있다.

것이었다고 해석할 수 있다. 게다가 독자들의 이해를 돕는다는 명목으로 끼워 넣은 삽화가 묘사하고 있는 것은 대부분 남녀가 관계하는 장면이었다.

그러나 모든 세정소설이 성의 노골적인 담론화라는 전략으로 상품성을 극대화한 것은 아니었다. 명말청초의 재자가인소설은 오히려 『금병매』를 반면교사로 삼아서 성에 대한 묘사를 최대한 지양하는 이상적 도덕주의를 강조하고 있다. 젊은 남녀가 한 방에 앉아 육체적 접촉 없이 대화만 하며 밤을 지새우는 장면 등은 일찍이 괴테의 감탄을 자아내기도 했지만55) 한편으로는 작품의 리얼리티를 손상시키는 것도 사실이다. 『홍루몽』역시 남녀관계를 다루며 성에 관련한 묘사가 적지 않지만 『금병매』처럼 노골적으로 폭로하거나 사실적으로 묘사하지 않고 은밀한 암시나 상징의 방법을 사용해 성을 다룬다. 예를 들어 요절한 秦可卿과 시아버지 賈珍의 불미스런 관계를 암시하는 장치는 조심스럽게 작품 초반부 곳곳에 배치되어 있다.

> 내가 사당에 가서 조상님께 눈물로 호소할 테야. 조상님들은 어디서 이런 축생 같은 것들이 나올 줄 생각이나 하셨겠어. 매일같이 지저분한 일만 저지르지. 시아버지랑 며느리가 붙질 않나, 시숙이랑 붙질 않나. 내가 모를 줄 알구?56)

위 인용문은 賈府 하인 焦大의 욕설 속에 보이는 가씨 집안의 부도덕함에 대한 비난으로 秦可卿과 시아버지 賈珍의 관계를 암시하는 중요한 역할을 수행하고 있다. 『홍루몽』의 작가는 『금병매』처럼 사실의 직접적인 묘사를 통한 폭로보다는 위와 같은 간접적인 방식을 선호하는 경향을 보인다. 그래서 작가는 위의 장면에 앞서서 寶玉이 진가경의 방을 방문하는 장면에서 이미 그녀에 대해 일종의 암시를 했다. 그녀의 방안에는 역사 속 유명한 여자들이

---

55) 에커만, 지명렬譯, 『괴테와의 대화』, (서울: 삼중당, 1982), 201-202쪽.
56) "我要往祠堂裏哭太爺去. 那裏承望到如今生下這些畜牲來! 每日偷狗戲鷄, 爬灰的爬灰, 養叔子的養叔子, 我什么不知道?", 『紅樓夢』上卷 第 7回, (北京: 人民文學出版社, 1992), 119쪽.

사용했다는 침실장식물을 배치하고 있는데 이는 그녀의 음란함을 상징하기 위한 것이라고 볼 수 있다.57) 이와 같이 상징과 은유를 통해 성에 대해 묘사하는 것은 표면적으로는 『금병매』와 그 아류작들의 직접폭로식 묘사가 풍기는 저속함 혹은 재가가인소설의 천편일률적인 묘사가 가져온 구태의연함을 피하기 위한 것이었지만 궁극적으로는 『홍루몽』만의 독특한 성담론을 형성하는데 기여했다고 볼 수 있겠다.

5. 나가는 말

명청대 통속소설은 문화의 대중화, 통속화라는 시대적 흐름 속에서 성장한 명청대 문화의 대표적 산물이자 명청대를 대표하는 문학장르 중의 하나라고 할 수 있다.

통속소설이란 통속성을 갖춘 소설을 말하는데, 통속의 관념은 고대 '俗'의 관념에서 발전해 나온 것으로 風俗에 通達하다는 의미와 世俗과 疏通한다는 의미를 형성하였다. 따라서 통속소설은 대중들이 쉽게 이해할 수 있는 평이한 언어를 사용해 세속의 풍속을 반영한 소설이라고 볼 수 있겠다. 그래서 통속소설은 대중들에게 쉽게 이해되기 위하여 언어는 구어에 기반한 백화어가 사용되는 경우가 대부분이었고 내용상으로는 세속의 일상생활이 묘사되었다.

명청대 통속소설이 발전하게 된 배경을 살펴보면 가장 먼저 상업경제의 발달을 꼽을 수 있다. 이는 도시서민층의 확대와 사회풍조의 세속화, 통속화 경향을 낳았고 교육의 확대로 인해 문자해독층이 늘어난 것도 통속소설의 창작과 유통에 긍정적 영향을 미쳤다. 또한 개성의 발휘와 욕망의 추구를 긍정하는 양명학은 통속소설의 존재가치를 제고시켜 주었으며 인쇄술의 발전과 민간출판업의 등장으로 간행된 통속소설은 하나의 상품문화로서 기능하기 시작했다.

---

57) 『紅樓夢』上卷 第 5回, 앞의 책.

명청대 상품성을 갖춘 통속문화의 하나로서 대중들에게 가장 널리 환영받았던 통속소설인 세정소설이 통속적인 장르가 될 수 있었던 것은 다음의 특성을 갖고 있기 때문이었다. 첫째, 언어는 평이한 백화체를 사용했다. 둘째 작품의 제재나 내용은 당시 현실생활의 일상에 기반하고 있었다. 셋째 세정소설의 주제의식과 갈등해결은 모두 당시 사람들에게 익숙한 인과응보사상에 기초하고 있어서 쉽게 공감을 불러일으킬 수 있었다. 넷째 세정소설은 남녀노소가 모두 좋아하는 남녀관계를 다루며 다른 장르와는 달리 성을 대담하게 다룸으로써 상업성을 노골적으로 추구하기도 했다.

이상으로 명청대 성행한 통속소설의 기원과 세정소설의 통속성에 대하여 살펴보았지만 여전히 미진한 부분이 많이 남아 있다. 이를테면 명청대 통속소설의 독자층 문제, 즉 통속소설의 독자로 문자를 직접 읽을 수 있었던 계층만을 포함시킬 것인지 간접적인 방식으로 접했던 계층도 포함시킬 것인지, 또 백화어가 아닌 문언으로 쓰인 통속소설을 어떻게 해석할 것인지에 관해서는 보다 진일보한 논의가 필요할 것이다. (『中國文學硏究』第 29集, 2004年 12月)

明清小説에 묘사된 성적
소수자에 관한 試論

－男性同性愛를 중심으로

1. 들어가는 말

지금까지 중국문학연구영역에서 소수자 혹은 소수자의 문학에 대한 비중은 그다지 높지 않았다. 특히 성적 소수자에 대한 관심은 거의 보이지 않는 것이 사실이다. 이 때, 성적 소수자란 異性愛 위주의 주류문화 속에서 남성 대 남성 혹은 여성 대 여성의 관계를 추구하는 동성애자를 의미한다.

동성애는 인종이나 민족을 막론하고 이성애만큼이나 오랜 역사를 통해 존재해 왔으며 이는 중국에서도 예외가 아니다. 서구사회에서 동성애는 범죄행위로서 금지시되었지만1) 중국고대사회에서는 중립적이거나 관용적인 편이었다. 그렇다고는 해도 동성애는 여전히 비주류문화 혹은 주변문화였다. 중국의 고대 각종 역사서에서 동성애에 관한 기록을 찾는 것은 어려운 일이 아

---

1) 서구사회에서 동성애는 일반적으로 신성한 질서, 즉 자연 자체에 반한 범죄행위로 간주되었다. 동성간 성행위는 모반이나 반란뿐 아니라 롯의 도시(소돔)를 멸망시킨 자연 재앙과 같은 신의 징벌을 야기한다고 여겨졌다. 소돔의 일부 주민이 행한 동성애에서 파생된 '소돔사람(sodomite)'이라는 말이 의학분야에서 파생된 '동성애자(homosexual)'이라는 용어로 대체된 것은 1850년 이후의 일이다. 조지 모스, 서강여성문학연구회 옮김, 『내셔널리즘과 섹슈얼리티』, (서울: 소명출판, 2004), 46-47쪽.

니며 고대 문학작품 중에는 동성애 혹은 동성애적인 감정을 표현한 것도 적
지 않지만 축적된 연구 자료는 그다지 많지 않다. 이는 동성애가 고대 중국
문학이 다루어 온 주제 중의 하나이기는 하지만 연구영역 밖으로 소외되어
왔음을 의미한다. 그 가장 큰 이유는 아마도 우리 사회가 갖고 있는 동성애
에 대한 부정적 인식 때문일 것이다.

　동성애에 대해 엄격한 중국 대륙이나 우리나라 학계에서는 관련 연구가
적은 것과 달리, 사회적 논란을 거치면서 동성애를 공론화해 온 최근 서구학
계의 경우 동성애 관련 연구경험이 상당히 축적되어 있다. 이러한 서구 학계
의 연구업적들은 중국문학 또는 중국문화 연구영역에 영향을 미쳐서 중국고
대 동성애전통에 관한 인식이나 중국고대문학과 동성애를 관련시킨 연구성
과를 적지 않게 배출하고 있다. 성의학 전공의사의 시각에서 고찰한 논문에
서부터 역사학자, 중국문학자의 논문에 이르기까지 다양한 입장에서 고대 중
국사회의 동성애와 동성애문학을 고찰한 저술이 발표된 바 있다.2)

　이러한 연구논문에서 분석텍스트로 주목하고 있는 문학장르가 바로 명청대
소설이다. 성적 소수자로서 갖는 정체성이 문학작품 속에서 비교적 분명하게
드러나기 시작한 것이 바로 명대이후의 소설장르이기 때문이다. 물론『詩經』

---

2)　서구에서 중국의 동성애전통과 동성애문학에 관한 선구적 연구 작업은
　　Hinsch와 Vitiello에 의해 이루어졌다. 그들의 다음 논문은 동성애문제에
　　대해 학계에 공식적인 문제제기와 함께 개념정리를 시도했다는 측면에서 의
　　의가 있다. *Hinsch, Bret, The Passion of the Cut Sleeve*, Berkely:
　　University of California Press, 1990, Vitiello,Giovanni, *The
　　dragon's whim: Ming and Qing homoerotic tales from The Cut
　　Sleeve, T'ung Pao*,77, 1992 이들보다 먼저 중국문학 속의 동성애전통에 관
　　해 주목한 이는 의사였고, 또한 청대 남성동성애관련 범죄와 법률에 관한 연구
　　서도 있다. 자세한 것은 다음을 참조. Fang-fu Ruan, MD and Yung-mei
　　Tsai Ph D, *Male Homosexuality in Traditional Chinese Literature,
　　Journal of Homosexuality*, Vol. 14(3/4), 1987. Sommer, Matthew
　　H., *The Problem of Penetrated Male: Qing Sodomy Legislation
　　and the Fixing of Male Gender, Sex, Law and Society in Late
　　Imperial China*, Stanford University Press, 2000.

을 비롯한 역대 시인들의 작품 중에는 동성애 혹은 다분히 동성애적인 감정이 표출되어 있는 것이 상당수 존재하지만 이러한 감정들은 대부분 상징이나 은유로 표현되어 있다. 따라서 동성애가 구체적으로 묘사되고 있는 명청대 소설작품은 고대 중국사회의 동성애에 대한 인식이 어떠했는지 가늠할 수 있는 중요한 텍스트가 된다.

명 중엽이후 봇물처럼 쏟아져 나온 성을 묘사한 소설에 보이는 동성애관련 묘사는 그 분량과 서술의 대담성이 우리의 일반적 상상을 뛰어 넘는다. 이처럼 동성애 관련 묘사가 증가한 것은 理學의 속박에서 벗어나 사상적으로 비교적 자유로웠던 당시의 시대환경과 성의 해방을 뛰어 넘어 성적 방종이라고도 칭할만했던 사회풍조에 힘입은 바 크다.

본 논문은 바로 이 명청시대의 소설작품 속에 표현된 성적 소수자, 특히 남성 동성애에 대해 고찰해 보고자 한다. 동성애에 관한 우리나라 중국문학 연구자들의 기존연구가 거의 없는 상태에서 이 방면에 관한 연구의 첫 시도이니만큼 기존의 시각을 一瞥하고 문제제기를 하는 작업부터 시작하지 않을 수 없다. 따라서 논문의 내용은 작품 하나하나에 관한 세부적이고 구체적인 논의 보다는, 본격적인 논의를 위한 기본 개념과 자료를 소개하고 문제의식을 제기하는데 집중될 것이다.

2. 男性同性愛를 지칭하는 주요 명칭과 유형

고대중국사에서 동성애는 그 기원을 黃帝에게서 찾을 정도로 오랜 역사를 가지며3) 동성애에 관한 기록은 중국의 고대 역사저작 속에서 어렵지 않게 찾아 볼 수 있다. 무엇보다도 흥미로운 것은 그 기록 대부분이 동성애를 적극 비판하기 위한 입장에서 쓰인 것이 아니라 상당히 중립적이라는 점이다.

---

3) 『閱微草堂筆記』 卷十二에 인용된 "孌童始於黃帝"라는 『雜說』의 언급에 근거한다.

이러한 고대 중국사회의 동성애에 대한 인식을 張在舟는 중립적 반대태도라고 설명하기도 한다. 그는 동성애에 대해 반대하는 태도는 주로 법률적 제재나 도덕적 책망의 형태로 드러나기는 했지만 극단적으로 엄격하지는 않았기 때문에 비교적 관용적이었다고 말한다.4) 비판적 입장을 드러내더라도 약간의 비판적 입장, 특히 동성애 자체에 대한 불만이라기보다는 제왕의 동성애 관계로 인해서 형성되는 권력의 집중과 그로 인한 폐해에 대한 비판인 경우가 많다.

동성애에 대해 상대적으로 관대했던 고대중국인의 이러한 인식은 동성애를 지칭하는 명칭 속에서도 그 일면을 살펴볼 수 있다. 역대 문헌에서 발견되는 동성애에 대한 명칭 가운데 男色, 男寵, 男妓, 男娼, 男淫, 男風, 變童 등이 문자상 직접적으로 남성동성애를 지칭하고 있다면, 外寵, 左風 등은 이성애와의 대비를 통해 다소 은유적인 표현방식을 취한 것이다. 이상에서 언급한 명칭들은 모두 다소 차이는 있지만 문자상으로 동성애에 대한 정보를 직·간접적으로 나타내고 있는데, 이와는 달리 동성애를 문학적으로 아름답고 운치 있게 지칭하는 것도 있다. 가장 유명한 명칭이 바로 '分桃', '斷袖', '龍陽' 이다. 고대 동성애를 지칭했던 이 대표적인 3종의 명칭은 모두 감동적인 기원고사를 가지고 있어서 흥미롭다. 그리고 이들 기원고사는 고대 중국인들의 동성애에 대한 시각을 일별할 수 있다는 점에서 주목할 만한 가치가 있기에 명칭과 관련된 부분을 간단히 소개한다.

2-1. 동성애와 관련한 주요 명칭

1) 分桃 혹은 餘桃

『韓非子·說難篇』에서 유래한 동성애를 지칭하는 가장 대표적인 명칭 중의 하나이다. 「說難篇」은 이렇게 시작한다.

---

4) 張在舟, 『曖昧的歷程—中國古代同性戀史』, (鄭州: 中州古籍出版社, 2003), 19-22
  쪽.

옛날에 彌子瑕는 위령군의 총애를 받았다. 위나라에는 군주의 마차를 몰래 타는 자는 刖刑에 처한다는 법이 있었다. 미자하의 어머니가 병이 들자 어떤 사람이 밤에 와서 미자하에게 이를 일러주니 마자하가 군주의 명령이라며 속여서 군주의 마차를 타고 나갔다. 군주가 이를 듣고는 현명하다며 이렇게 말하였다. "효성스럽구나. 어머니를 위해서 어떤 형벌을 받는지도 잊었구나." 다른 날 위령군과 함께 과수원에서 노닐다가 복숭아를 먹었는데 매우 달아서 다 먹지 않고 절반을 군주에게 먹으라고 주었다. 군주가 이를 보고 말하였다. "나를 사랑하는구나. 그 맛있는 것을 다 먹지 않고 남겨서 과인에게 주었으니."5)

彌子瑕가 먹다 남은 복숭아를 衛靈公에게 주었다는 고사에서 유래한 '分桃', 혹은 '餘桃'는 이후 동성애와 관련한 다양한 표현들을 파생시켰다. '分桃'나 '餘桃'는 '동성애'를, '彌子'는 '동성애자'를, '복숭아를 나누는 버릇(分桃之癖)'은 '동성애 취향'을, '복숭아를 나누는 즐거움(分桃之歡 또는 分桃之好)'은 '동성애의 즐거움'을 지칭하는 것으로 쓰이게 된 것이다.

사실 韓非子가 이 이야기를 인용한 목적은 동성애 자체를 언급하기 위해서는 아니었다. 이 이야기의 뒤에는 그토록 미자하를 사랑했던 위령군이 그를 향한 애정이 식은 후 동일한 미자하의 행동을 두고 군주의 총애를 빙자해 거짓 명령으로 군주의 마차를 타고, 자신이 먹다 남은 복숭아를 주었다는 비난이 이어지고 있다. 한비자는 이 이야기를 통해서 사람이란 누군가를 사랑할 때와 그 사랑이 식었을 때의 행동이 다르기 마련이라며 군주에게 무언가 의견을 제시하거나 비평의 뜻을 전하려면 자신에 대한 군주의 애증이 어떠한지를 먼저 살피라고 주장하고 있다. 그러나 우리는 한비자의 의도와는 상관없이 이 이야기를 통해서 선진시기에는 아직 동성애에 대한 반감이 형

---

5) "昔者彌子瑕有寵于衛君. 衛國之法: "竊駕君車者罪刖. 彌子瑕母病, 人間往夜告彌子, 彌子矯駕君車以出. 君聞而賢之, 曰: "孝哉! 爲母之故, 忘其刖罪." 異日, 與君遊于果園, 食桃而甘, 不盡, 以其半啖君. 君曰: "愛我哉! 忘其口味以啖寡人.", 『韓非子』第四卷, 說難 第十二.

성되지 않았음을 알 수 있다.

2) 龍陽

戰國策 魏策4에 실린 魏王과 龍陽君의 이야기에서 유래한다.

魏王이 龍陽君과 함께 배를 타고 낚시를 하고 있었다. 용양군이 십여 마리 물고기를 잡았는데 눈물을 흘리는 것이었다. 왕이 물었다. "마음에 불안함이 있는가? 그렇다면 어찌하여 내게 말하지 않는가?" 용양군이 대답하여 아뢰었다. "제가 감히 불안함이 있겠습니까?" 왕이 말하였다. "그렇다면 어찌하여 눈물을 보이는가?" 용양군이 "저는 제가 잡은 물고기 때문에 운 것입니다."라고 대답하였다. 왕이 물었다. "무슨 말인가?" 대답하기를 "제가 처음에 물고기를 잡았을 때는 매우 기뻤습니다. 그런데 나중에 더 큰 것을 잡자 지금 저는 제가 아까 잡았던 것들을 버리려고 하였습니다. 지금 제가 추악한 용모이기는 하나 대왕의 총애를 받아 침식을 모시고 있습니다. 저의 작위가 지금 君에 이르렀기는 하나 사람들은 조정에서 저를 보면 빨리 지나가고 길에서 저를 보면 피해 갑니다. 천하에 아름다운 여인은 수도 없이 많습니다. 제가 다행히 대왕의 총애를 받고는 있으나 반드시 그들이 치마를 들고 대왕께 달려 올 것입니다. 저는 전에 제가 잡았던 물고기와 다를 바가 없습니다. 저를 장차 버리실 테니 제가 어찌하여 눈물을 흘리지 않을 수 있겠습니까?" 위왕이 이를 듣고 말하였다. "그렇지 않도다! 이런 마음이 있었다면 어찌하면 내게 일러주지 않았느냐?" 이에 천하에 명령을 반포하여 말하였다. "감히 미인을 거론하는 자는 멸족하겠도다."6)

---

6) "魏王與龍陽君共船而釣, 龍陽君得十餘魚而涕下. 王曰:"有所不安乎? 如是, 何不相告也?" 對曰:"臣無敢不安也." 王曰:"然則何爲涕出?" 曰:"臣爲臣之所得魚也." 王曰:"何謂也?" 對曰:"臣之始得魚也, 臣甚喜, 後得又益大, 今臣直欲棄臣前之所得矣. 今以臣凶惡, 而得爲王拂枕席. 今臣爵至人君, 走人于庭, 辟人于道, 四海之內, 美人亦甚多矣, 聞臣之幸于王也, 必褰裳而趨王? 臣亦猶曩臣之前所得魚也, 臣亦將棄矣, 臣安能無涕出乎?" 魏王曰:"誤! 有是心也, 何不相告也?" 于是布令于四境之內曰:"有敢言美人者族.", 『戰國策·魏策四』

위의 이야기 속에 등장하는 위왕과 용양군의 사랑은 여느 남녀의 사랑 못
지않게 감동적이다. 또한 이 장면은 후대 많은 고대애정소설 속에 반복해서
등장하는 한 장면을 연상시킨다. 예를 들어 鶯鶯은 張生과 꿈같은 첫날밤을
지낸 후 언젠가 남자의 사랑이 식고 자신을 떠나갈 까봐 조바심 내며 눈물
짓는다. 용양군의 눈물은 앵앵의 눈물을 연상시킨다. 용양군의 눈물은 위왕
을 감동시켰고 후대 독자들을 감동시켰기에 그들의 관계는 지금까지 회자되
고 있는 것이다. 이 이야기로부터 '龍陽'은 '동성애'를, '龍陽君'은 '동성애자'
를 지칭하는 관례가 생겨났다. 동성애가 주제인 청대소설 『龍陽逸事』는 바
로 이러한 용례로 사용된 것이다. 이 고사에서는 제왕의 이성애나 동성애가
동등하게 언급되고 있는데 이를 통해서 고대 동성애자는 대개 양성애자였음
을 알 수 있다.

3) 斷袖

漢書 佞幸傳에는 7人의 傳이 실려 있는데 그 가운데 董賢은 哀帝의 총애
를 받았던 사람이다. 傳의 앞부분에는 哀帝가 董賢을 알게 된 경위와 그의
성품 등을 자세히 기록하고 있지만, 여기서는 '소매를 자르다'라는 뜻이 어떻
게 동성애를 의미하게 됐는지 설명하는 부분만을 인용한다.

> 동현에 대한 애제의 총애는 나날이 깊어져서 관직이 부마도위시중에
> 이르렀다. 궁을 나가면 陪乘하는 이가 있고 들어오면 좌우에서 시중을
> 들었다. 보름이나 한달이 멀다하고 수많은 상을 내려서 부귀함이 조정을
> 흔들었고, 항상 임금과 함께 자고 일어났다. 한번은 낮에 잠자리에 들었
> 는데 한쪽으로 임금의 소매를 깔고 잤다. 임금이 일어나려다 동현이 아
> 직 깨지 않은 것을 보고 동현을 깨우지 않으려고 소매를 자르고 일어났
> 다. 임금의 동현에 대한 사랑이 이와 같았다.[7]

---

7) "賢寵愛日甚, 爲駙馬都尉侍中, 出則參乘, 入御左右, 旬月間賞賜累鉅萬, 貴震
  朝廷. 常與上臥起. 嘗晝寢, 偏藉上袖, 上欲起, 賢未覺, 不欲動賢, 乃斷袖而
  起. 其恩愛至此.", 『漢書』 卷93, 佞幸傳 卷63.

사랑하는 사람을 깨우지 않기 위해서 자신의 옷소매를 잘랐다는 이야기에서 유래한 이 명칭은 후대 동성애를 의미하는 가장 대표적인 문학적 명칭으로 발전했고 斷袖篇이라는 제목은 동성애 관련 이야기를 의미하게 되었다.8)

이상 선진시대의 3종 이야기에서 발견되는 공통점은 상대방에 대한 지극한 배려와 애정이다. 또한 기록자가 남성동성애 자체를 기록하는데 있어서 동성애에 대한 비판적 의견을 드러내지 않고 있다는 점도 주목할만하다. 이는 이 시기 사람들이 동성애에 대해 적어도 중립적인 입장을 취하고 있었다는 사실을 말해 주기 때문이다.

2-2. 문헌 속에 나타난 동성애의 유형

문헌자료에 기록된 자료와 기존의 연구를 토대로 문헌 속에 등장하는 고대 중국의 동성애는 다음 몇 가지 유형으로 간단히 분류할 수 있다.9)

1) 帝王型

선진시기의 문헌에서부터 청대의 사료에 이르기까지 가장 보편적으로 등장하는 유형이 바로 제왕의 동성애이다. 앞 장에서 인용했던 세 개의 이야기를 통해서도 알 수 있듯이 先秦과 漢代의 동성애는 주로 왕실의 제왕과 군주를 중심으로 이루어졌다. 『史記』와 『漢書』는 제왕의 총애를 입은 자들에 관한 전문적인 傳인 「佞幸傳」을 따로 기술하기 시작한다. 이후 二十四史에

---

8) 淸代 편찬된 『香艶叢書』에 수록된 「斷袖篇」은 역대 유명한 동성애자들에 관한 이야기를 모아 놓은 것이다.

9) 필자의 분류는 史書에 보이는 각종 형태의 동성애를 최소한으로 범주화한 것이다. 최근 동성애문학사를 출간한 張在舟는 중국 역사상 존재했던 동성애에 대한 범주화는 시도하지 않고 시대별 전개상황을 서술하는 체제를 취해서 각 시대의 특징에 근거해 君主男風, 臣民男風, 佞幸, 帝王男風, 名人男風 등의 명칭으로 설명했다. 또한 특수한 형태의 동성애로 優伶同性戀, 敎徒同性戀, 福建同性戀, 女性同性戀으로 분류하여 專述한 바 있다. 자세한 것은 다음을 참조. 張在舟, 앞의 책.

서 佞幸傳이 빠지지 않고 기술되고 있는데서, 제왕의 동성애가 시대를 막론하고 보편적으로 존재했음을 알 수 있다.

『漢書·佞幸傳』에는 李延年과 董賢을 비롯한 황제가 총애했던 7명의 전기가 수록되어 있고, 후대 이 이야기들은 명청대 동성애에 관한 이야기를 모아놓은 각종 모음집인 「斷袖篇」이나 『艶異篇·男寵篇』등에 재수록 된다. 西漢의 제왕 중 10명의 황제가 1명 이상의 동성애 애인이 있었거나 동성애 성향을 보였다. 高祖와 籍孺, 文帝와 鄧通, 武帝와 韓嫣, 李延年, 成帝와 張放, 哀帝와 董賢의 관계는 비교적 잘 알려진 편이다. 그런데 황제와 동성애 관계를 맺고 있던 이들은 자연스럽게 황제의 최측근이 되면서 정치적으로나 경제적으로 막대한 권력과 이익을 얻게 된다. 그리고 이는 궁중 내 복잡한 권력구조를 형성하게 되면서 이들에 대한 반대나 비판여론이 형성되기도 했다. 그러나 선진에서 한대로 이어지는 시기에는 동성애가 범죄나 부도덕한 행위로 인식되지는 않았으며 오히려 당시에는 귀족들이나 할 수 있는 일이라고 여겨졌던 것으로 보인다.10)

제왕을 중심으로 한 동성애는 漢代이후 南北朝, 隋唐代, 明清代에 이르기까지 꾸준히 이어진다. 魏의 太祖와 明帝, 陳文帝, 北齊文宣帝, 北魏汝南王, 隋煬帝, 唐의 僖宗과 玄宗, 明의 武宗, 神宗, 熹宗, 淸의 乾隆, 咸豊, 同治, 宣統 등은 모두 동성애관련 기록이 전하는 제왕들이다.

2) 文人型

西晉, 東晋과 南北朝時代를 거치면서 남성동성애는 보다 넓은 계층에서 수용되었다. 동성애가 皇帝, 王公, 大臣, 卿相, 將軍등 당시 유명인사 사이에서 유행했을 뿐 아니라 재야의 유명인사나 은거하던 문인, 하층의 관리와 평민들에게까지 유행하게 되었다.11)

특히 竹林七賢은 단순한 교우관계 이상으로 결합되어 있었다고 여겨진다.

---

10) Fang-fu Ruan and Yung-mei Tsai, 앞의 논문, 24쪽.
11) 毛鋒, 『同性戀文學史』, (臺北: 漢忠文化事業股份有限公司), 52쪽.

劉義慶의『世說新語』에는 嵇康과 阮籍의 사귐에 대한 대목이 있다.

> 山公(山濤)는 嵇康, 阮籍과 한번 만나고 나서 金蘭과 같은 우정을 맺었다. 산공의 부인 韓氏가 산공과 두 사람의 관계가 보통교제와 다르다는 사실을 알아차리고 산공에게 물었더니 산공이 말하길: "내가 당세에 벗으로 삼을 만한 사람은 오직 이 두 사람뿐이오!"라고 하자 부인이 말하길: "옛날 희부기의 처도 호언과 조최를 직접 관찰했으니 나도 그들을 살펴보고 싶은데 괜찮겠어요?"라고 했다. 다른 날 두 사람이 찾아오자 부인은 산공에게 권하여 그들을 유숙하게 한 뒤 술과 고기를 차려 놓고는 밤에 벽을 뚫어서 살펴보았는데 아침이 될 때까지 돌아가는 것을 잊어버렸다.[12]

유의경은 그들의 교제를 일반적인 동성간의 친구사이와 달랐다고 완곡하게 표현했지만 그 행간의 의미는 심상치 않아 보인다.

또한 남조시기 齊梁體 시인으로 유명한 庾信은 동성애자로 잘 알려져 있다.『南史』는 梁宗室의 일원이었던 蕭韶에 대해 다음과 같이 기록하고 있다.

> 蕭韶는 젊었을 적에 미소년이었는데 庾信이 그를 사랑해서 동성애관계를 맺었고 옷이며 먹을 것을 모두 유신이 대주었다. 손님이 오면 蕭韶는 그를 위하여 술을 내왔다.[13]

제왕의 동성애나 유명문인인사들의 동성애관계에서 피동적 역할을 담당한 것은 대개 용모가 아름다운 젊은 남자였다. 특히 피부가 옥같이 희고 아름다

---

12) "山公與嵇·阮一面, 契若金蘭. 山妻韓氏, 覺公與二人異於常交, 問公. 公曰: "我當年可以爲友者, 唯此二生耳!" 妻曰: "負羈之妻, 亦親觀狐·趙. 意欲窺之, 可乎?" 他日, 二人來, 妻勸公止之宿, 具酒肉, 夜穿墉以視之, 達旦忘反.". 유의경, 김장환역,『世說新語·賢媛』,『世說新語』하, (서울: 살림출판사, 2000), 114-115쪽.

13) "韶昔爲幼童, 庾信愛之, 有斷袖之歡, 衣食所資, 皆信所給. 遇客, 韶亦爲信傳酒.",『南史』卷51.

운 미소년에 대한 흠모는, 동성애가 성행했던 당시의 시대풍조를 반영하고 있
는, 많은 명청대 소설에서 쉽게 찾아 볼 수 있는 내용이다. 동성애의 유행과
함께 지식인들 사이에 동성애가 도덕적으로 옳은지 또는 건강에 좋은지에 관
한 쟁론이 벌어진 적은 있으나 미소년에 대한 심미관에 대해서는 서로 다른
의견이 존재하지 않았다.14) 또한 미소년이 이성애에서의 여성의 역할을 담당
한다는 점에서 동성애는 이성애의 또 다른 모습이었다고 할 수 있을 것이다.

한편 명대 동성애로 가장 명성을 남긴 인사는 嘉靖년간의 권력자였던 嚴
嵩의 아들 嚴世蕃로 추정된다. 왜냐하면 그의 행적이 王世貞이 엄씨 부자의
악행을 기록한 「鳴鳳記」와 李漁의 『十二樓』중 「翠雅樓」에 자세히 기록되어
있기 때문이다. 소설과 희곡 등 통속문학이 성행한 명청대에 이처럼 당시 유
명인사들의 동성애가 문학작품에 적극적으로 반영되었다는 점은 매우 흥미
롭다. 馮夢龍과 李漁 같은 저명한 소설가, 희곡가의 작품 중에도 동성애를
다루고 있는 작품이 적지 않은데, 관련 연구에 따르면 그들이 동성애자였다
는 확실한 증거는 없으나 동성애자였을 가능성이 높다고 한다. 적어도 동성
애에 상당히 호의적이었기에 그들의 작품에는 동성애에 대한 긍정적 시각이
보인다는 것이다.15)

3) 俳優型

배우의 동성애에 관한 언급은 선진시대에서 송원대에 이르기까지 여러 문
헌에서 찾아볼 수 있지만 구체적인 사실을 기록하고 있는 것은 비교적 많지
않다. 그러나 명청대에 이르면 배우를 중심으로 한 동성애가 전례 없이 성행
하고 이러한 사회현상을 구체적으로 반영한 문헌이나 문학작품의 수가 크게
증가하고 있다. 이는 아마도 관리의 狎妓宿娼을 금지하는 법의 시행과 男旦
제도의 확립 등으로 남성배우의 수가 증가하고 문인과의 접촉이 빈번해진

---

14) Wu Cuncun, *Homoerotic Sensibilities in Late Imperial China*,
　　 Routledge Curzon, Oxen, 2004, 2쪽.
15) 張在舟, 앞의 책, 216-218쪽.

것과 무관하지 않을 것이다.

주로 짤막한 文詞의 노래를 부르던 男性小唱의 공연이 관원들의 환영을 받게 되면서 小唱의 주거지가 북경에 집중되기 시작했다. 이들 소창 가운데 男旦이 여성역할을 하면서 그들 특유의 別趣에 매혹된 사람들이 생겨났는데, 이러한 요소들이 남성동성애를 촉진하는 작용을 했다고 보인다. 문인과 남성배우의 동성애현상은 청말까지 계속 이어졌는데, 청대에는 小唱이라는 명칭이 점차 사라지고, 男旦을 지칭하는 相公이란 명칭이 보편화되었다.16) 그리고 이들의 집단거주지였던 相公堂, 南院을 중심으로 동성애가 성행했다.

고대 동성애에도 이성애와 마찬가지로 동성애자 쌍방간에 주동/피동의 관계가 형성된다. 그런데 이러한 주종관계가 배우형 동성애에서는 보다 쉽게 형성되었다. 이는 선진 이래 배우가 직업적인 예인으로 그 지위가 낮았던 사실과 관련이 있다. 배우들의 공연을 관람하는데 필요한 경비를 부담하는 관객은 아무래도 배우보다는 한 단계 높은 지위에 처하기 마련인데, 송원대 이후에는 귀족뿐 아니라 일반평민들을 위한 공연이 많아지면서 배우는 평민과의 접촉에서도 피동적 위치에 처하게 되었다.

청대에는 희곡배우와의 동성애가 사회적 문제가 될 정도로 두드러지게 성행했다. 특히 문인들의 희곡애호풍조와 함께 문인과 남성배우와의 동성애가 유행했는데, 문인 袁枚와 배우 桂官, 華官, 曹玉田과의 일화는 자못 유명하다. 『紅樓夢』에도 문인과 배우의 관계가 빠지지 않고 묘사되어 있는데, 賈寶玉이 애틋하게 연모한 미모의 젊은이, 蔣玉涵과 柳湘蓮은 모두 배우출신이었다.17)

4) 기타-契兄弟型

위에서 언급한 몇 가지 주요한 유형 외에도 주인과 하인간에 이루어지는

---

16) 吳存存, 『明淸社會性愛風氣』, (北京: 人民文學出版社, 2000), 179-180쪽.
17) 청대 배우와 문인의 동성애관계에 대한 상세한 분석은 다음 논문을 참조. Volpp, Sophie Ann Justine, *The Male Queen: Boy Actors and Literati Libertines*, Ph. D. dissertation, Harvard University, 1995.

主僕型 동성애와 불교나 도교 등 주로 동성 종교인들만으로 이루어진 조직 내에서의 信徒型 동성애가 있다. 『금병매』에는 서문경과 하인간의 變童, 사찰 안에서 이루어지는 동성애가 비교적 상세하게 묘사되고 있다.

그러나 이와는 달리 특정지방에서 이루어진 매우 독특한 동성애의 유형도 존재한다. 명청대의 동성애는 주로 北京과 江浙, 閩南에서 성행했는데 유독 閩南지방에서 유행한 동성애는 기타 여느 지방의 동성애와는 구별되는 특징을 보였다. 沈德符는 『敝帚齋餘談』에서 閩南의 동성애에 대해서 이렇게 기록하고 있다.

> 복건사람들은 男色을 대단히 중시해서 貴賤과 美醜를 구분하지 않고 제각각 그 기호에 따라 결합하였다. 나이가 많은 자는 契兄이라고 하고 나이가 어린 자는 契弟라고 한다. 그 형이 아우의 집에 들어가면 아우의 부모가 그를 사위처럼 사랑해 주었다. 아우의 이후 생계며 처를 들이는 모든 제반비용은 계형이 부담하였다. 그들 가운데 어떤 사람들은 서로 사랑하여 나이 서른이 넘어서까지 침실에서 여전히 부부처럼 생활하였다.[18]

위의 언급을 통해서 복건의 동성애는 마치 그 지역의 관습이나 풍습과 같은 성격을 지니고 있음을 알 수 있다. 北京과 江浙의 동성애가 주로 성을 즐기는 측면, 즉 쾌락적이거나 오락적 측면이 강했다면 복건의 동성애는 쾌락이 아닌 생활에 기반하고 있었던 것이다. 가족을 중시하는 유가사상의 영향을 받아서 상대방을 형제로 지칭했으며 이들의 관계는 이성애, 즉 남녀의 혼인관계과 다름이 없었다.

이상과 같이 동성애에 대한 몇 가지 명칭과 유형으로 보건대 고대 중국에서 동성애는 선진 이래 오랜 기원을 가지고 있었고 비주류, 주변문화이기는

---

18) "閩人酷重男色, 無論貴賤妍媸, 各以其類相結. 長者爲契兄, 少者爲契弟. 其兄入弟家弟之父母撫愛之如婿. 弟後日生計及娶妻諸費俱取辦于契兄. 其相愛者年過而入尙寢處如伉儷.", 沈德符, 『敝帚齋餘談』, 『香艶叢書』 三集 卷一.

했지만 뚜렷한 반감이나 적대감은 형성되지 않았음을 알 수 있다. 오히려 명대 중기이후 청말에 이르기까지 사회적 방종풍조와 함께 전사회에 동성애현상이 풍미하면서 어느 정도 사회적 공인을 획득한 것으로도 보인다. 또한 고대에서 명청대에 이르는 동성애현상의 변화과정을 보면 초기에는 동성애가 황실을 중심으로 성행했으나 점차 문인계층 내부로, 이후에는 서민층으로까지 확대되어 갔음을 알 수 있었다.

고대 중국사회는 동성애에 대해 비교적 관대했고, 이성애와 동성애를 동시에 즐기는 양성애문화였다. 다만 남녀의 성관계와 마찬가지로 남성간의 동성애도 남녀의 역할 즉 주동적 혹은 피동적 역할을 취하는 관계가 형성되는데, 대개 주동적 역할을 담당하는 사람은 사회에서도 지배적 권력을 가지는 상대적으로 높은 신분을 가진 사람인 경우가 많았다. 동등한 문인 사이거나 혹은 남녀역할을 교대로 하는 경우도 있었지만 이는 비교적 드물고, 양자간에 지배와 피지배의 권력관계가 형성되고 있었다. 또한 각 시대의 성문화발전과 함께 남성동성애는 여러 계층으로 확대되었고 그 유형도 다양하게 나타났다.

3. 男性同性愛를 다룬 주요 소설작품

명청 이전의 작품 가운데 동성애 감정을 다룬 것으로 『詩經』의 詩, 魏晉時代의 詩, 宋元 戲曲 등이 있다. 그러나 본고는 동성애 자체에 대한 인식이 뚜렷해진 명청대 白話通俗小說에 한정하여 남성동성애를 고찰해보려 한다. 명청대 소설장르의 발전은 歷史, 公案, 英雄, 神魔, 世情 등 다양한 제재의 작품으로 나타났다. 그 가운데 주로 남녀의 애정과 일상생활을 다룬 世情小說은 당시 사회의 자유방임에 가까웠던 성풍조의 영향을 받으며 성을 보다 대담하게 다루기 시작한다. 남성동성애 역시 晩明시기의 縱欲풍조를 형성한 중요한 요인이었고19), 이 시기 탄생한 소설에 많게 혹은 적게 반영되었다. 남성동성애를 다룬 명청대 소설은 크게 동성애에 대한 부분이 작품

속에 차지하는 경중에 따라 다음의 두 가지 부류로 나눌 수 있다. 동성애가
작품의 주요 주제가 아니라 다른 주제를 드러내기 위한 보조적 장치로서 사
용된 경우와 본격적인 작품의 주제로서 다루어진 경우가 그것인데, 여기서는
해당하는 주요 작품의 내용을 간단히 소개한다.

1) 부분적으로 동성애를 다룬 소설

　명청대 사회풍조와 남녀관계를 반영하고 있는 대부분의 세정소설은 당시
사회의 성생활, 성풍조를 표현하기 위해서 부분적으로 남성동성애 장면을 묘
사하고 있다. 예를 들어 명중엽 음란한 성풍조를 반영한 것으로 평가되는
『金甁梅』, 『金甁梅』의 노골적 성묘사경향을 직접적으로 계승한 대표적 작품
인 『肉蒲團』, 명대 이래 세정소설 창작경험의 완성작으로 평가되는 『紅
樓夢』에는 모두 빠짐없이 남성동성애 장면이 등장한다. 이외에도 성묘사가
적나라한 『繡榻野史』나 『浪史』에도 동성애관련 묘사는 빠지지 않는다. 여기
서는 명청대 세정소설의 대표작으로 꼽을 수 있는 몇몇 작품의 관련 내용을
간단히 살펴본다.

　① 『金甁梅』
　『金甁梅』의 주요 모티프는 대개 주인공 西門慶을 중심으로 전개된다. 5
명의 처첩, 대가집 과부, 기녀 등 다양한 사회계층의 부녀들을 대상으로 한
여성편력 외에도 간간이 동성애행위가 묘사되어 있다. 그는 주로 書童과 王
經 등 집안의 노복과 동성애관계를 맺고 있는데, 서문경이 서동과의 관계에
몰두하느라 반금련을 찾지 않자 반금련이 화를 내며 동성애를 문제 삼는다.
　『金甁梅』에 등장하는 또 다른 동성애자는 그의 幇閑인 溫師父와 사위 陳經
齊이다. 溫師父의 동성애는 서문경과 마찬가지로 주로 하인사이에 이뤄지며
진경제의 동성애는 남성만이 모여 있는 거지집단과 사찰 안에서 이루어진다.

---

19) 吳存存, 앞의 책, 114쪽.

② 『紅樓夢』

『紅樓夢』에는 귀족층에서 농민에 이르기까지 다양한 계층과 성격을 지닌 인물들이 입체감 있게 형상화되었다. 그 가운데에는 남성간의 동성애를 암시하거나 묘사하고 있는 장면도 적지 않은데 대표적인 인물로 賈寶玉, 秦鐘, 蔣玉涵, 薛蟠 등이 있다. 가보옥과 장옥함의 동성애적 교감은 명청대 유행한 문인과 유명 배우간에 이루어진 동성애관계를 묘사한 것에 다름 아니다.

제 7회에서 17회까지에는 가보옥과 진종이 가숙에서 처음 만나 서로에 대해 호감을 나누고 절친한 관계로 발전해 가다가 진종의 죽음에 이르는 과정이 묘사되어 있다. 그런데 이 두 사람의 교우관계에 대한 묘사는 단순한 지우를 넘어서 동성애적 감정이 있음을 곳곳에서 암시한다.

제 9회에는 설반이 가숙에서 동성애인을 두었다는 언급이 등장하며 그의 동성애행위도 묘사되어 있다. 제 30회 「椿齡畵薔痴及局外」에서는 가씨 집안의 희극단 배우인 女旦 薔官과 小旦 薇官 사이의 심상찮은 여성동성애 감정이 묘사되어 있기도 하다.

③ 『肉蒲團』

『肉蒲團』은 『金瓶梅』 이후, 노골적인 성묘사에 치중한 일련의 소설 가운데 가장 문학적 가치를 인정받는 작품이다.

『肉蒲團』의 동성애는 주로 주인공 未央生에 집중되어 있다. 그런데 흥미로운 것은 위의 두 작품 속에 묘사된 동성애가 두 남자의 결합이었다면 미앙생의 동성애는 이성애를 대체하는 것으로 묘사된다는 점이다. 미앙생은 자신의 성기가 短小해서 외간 여인네를 만족시키지 못할까 두려워 확장수술을 감행한 후 갑자기 淫心이 동해서 가까이 있던 하인 書箕과 劍鞘을 여자로 여기고 관계한다.

2) 본격적으로 동성애를 다룬 소설

동성애가 서사를 이끌어가는 주요 動因이며 주인공이 동성애자인 소설을 본격적인 동성애소설이라고 정의할 수 있다면 그 기원이 되는 작품은 명대 天啓年間에 나온 『童婉爭奇』이 될 것이다.20) 남성동성애가 성행하면서 번화해진 南院 長春苑을 배경으로 한 이 작품의 출현은 당시 동성애가 상당히 일상적인 성생활중의 하나로 용인되어 가고 있음을 보여준다. 이후 崇禎년간에는 보다 성숙하게 동성애를 다룬 『龍陽逸史』, 『弁而釵』, 『宜春香質』이 등장하는데 이러한 작품들은 본격적인 동성애소설이라고 부를 만하다. 청대의 대표적 동성애소설로는 단편인 「男孟母交合三遷」과 청말의 『品花寶鑑』을 들 수 있다. 다음은 본격적으로 동성애를 다루고 있는 명청대의 대표적인 소설작품이다.

① 『龍陽逸史』

日本 佐伯文庫에 전하며 全20回로 구성되어 있고 京江醉竹居士라는 이름이 署名되어 있다. 龍陽君의 이름에서 유래한 동성애 호칭인 龍陽을 제목으로 삼고 있는데서 짐작할 수 있듯이, 명대 '小官'이라고 불리던 동성애 관계에서 보수를 받고 피동적 역할을 담당했던 소년들의 이야기이다. 대개 미천한 신분이었던 소관들은 고객과 主僕관계를 맺어 남의 집 하인으로 들어가거나, 공개적인 기원이라고 할 수 있는 南院에서 賣淫을 하기도 했다.『용양일사』는 바로 이러한 소관들의 생활면모와 당시 동성애를 즐기던 사람들의 동성애에 대한 인식이 반영되어 있다. 가난한 집안형편으로 소관이 된 소년들의 불행한 결말, 남성임에도 오락의 대상으로서 복종과 굴종으로 상징되는 여성적 역할을 해야 했던, 남성도 아니고 여성도 아닌 제3자로서의 고난한 삶과 동성애에 대한 당시 사회의 이중적 시선 등이 묘사되어 있다.

② 『弁而釵』

『弁而釵』는 4集 20回로 구성되어 있고 醉西湖心月主人이라는 이름이 署名되어 있다. 集名은 情貞, 情俠, 情烈, 情奇이며, 각각 5회씩 구성되어 있

---

20) 吳存存, 앞의 책, 136쪽.

다. 4개의 集名에서 모두 '情'을 사용하고 있는데서 작가는 동성애도 '情'의 범주 안에 포함시키고자 했음을 알 수 있다. 당시 사회에 존재하는 다양한 동성애관계, 이를테면 友朋, 同窓, 主僕, 師生간의 동성애 이야기가 수록되어 있으며 이 가운데에는 자못 감동적인 것이 적지 않다. 동성애관계인 두 사람간에 이루어지는 사랑의 고백과 맹세, 상대방의 死後에도 이어지는 양육과 수절 등에서 작가가 동성애를 성의 유희가 아니라 진정한 감정으로 받아들이고 있음을 짐작케 한다.

　③『宜春香質』

　『弁而釵』와 체재와 풍격이 거의 일치하여 동일한 작가의 작품으로 추정된다. 『弁而釵』와 마찬가지로 4集 20回로 이루어져 있으며, 風, 花, 雪, 月을 集名으로 하는데, 一集마다 한 小官의 일생이 5회 분량으로 서술된다. 비천한 집안 출신이나 재색을 겸비한 미소년이었던 소관이 學塾, 私塾에서 문인들과 동성애관계를 갖는 과정, 혼란한 사회변동에 얽힌 곡절 많은 삶이 묘사되는데 어떤 이야기는 前生과 後生으로 이어지기도 한다.

　④「男孟母教合三遷」

　단편의 話本小說 가운데 동성애를 다룬 주목할만한 작품이 李漁의 『無聲戲』 속에 실려있는 「男孟母教合三遷」이다. 이 작품은 제목에서부터 다분히 동성애를 연상시키는데, 晚明 복건지역의 관습인 契兄弟, 특히 여성 역할을 하는 남성의 일생을 생생하게 묘사하고 있다. 성년의 남자 許季芳은 절색의 變童인 尤瑞郞을 만나서 가산을 탕진해 가며 尤瑞郞과 季弟의 인연을 맺는다. 瑞郞은 두 사람의 영원한 관계를 유지하기 위하여 스스로 거세하여 여장을 하고 瑞娘으로 개명하여 아내가 되어 대문출입도 삼가며 마치 여인처럼 행동한다. 그러나 사람들의 질투로 인해 결국 허씨가 죽게 되고, 서낭은 여장을 한 채 정절을 지키며 허씨가 남긴 아이를 훌륭하게 키웠다는 이야기이다.

⑤『品花寶鑑』

咸豊년간(1852년)에 출판된 『品花寶鑑』은 주로 북경지역의 사대부와 優伶, 相公간의 관계 및 優伶생활의 실제면모와 심리상태를 매우 적나라하게 묘사한 작품이다.

당시 북경의 유명 문인들과 배우간의 일화를 반영했다는 이 작품은 청대 문인사회에서 유행한 동성애현상의 진면목을 이해하는데 유용하다. 예를 들어 작품 속의 田春航과 蘇惠芳의 관계는 당시 陝西巡撫이었던 畢秋帆과 저명한 優伶인 李桂官의 관계를 반영한 것이라고 하는데, 작중인물 春航의 이름은 畢秋帆에 빗대어 작명한 것임을 알 수 있다.

4. 明淸小說에 표현된 同性愛에 대한 몇 가지 인식

앞장에서 살펴보았듯이 남녀관계를 다루고 있는 명청대 많은 소설작품 속에는 남성동성애가 적지 않게 묘사되어 있었다. 그렇다면 작품 속에서 동성애는 과연 어떠한 시각에서 서술되고 있을까? 남성동성애가 작품 속에서 서술되는 방식과 그 시각을 분석하는 것은 당시 소설작가의 동성애에 대한 인식이 어떠했는지를 살펴보는 작업이 될 것이며, 이는 당시 사회의 동성애에 대한 인식을 가늠하는데 유용한 자료가 될 것이다.

1) 동성애에 대한 비판적 입장

동성애를 부분적으로 묘사한 상당수 명청소설에서는 대개 작중인물의 음란성을 강조하기 위해서 동성애를 이용하는 경우가 많다. 예를 들어 『육포단』 제8회에서 未央生이 성기확장수술을 받은 후 갑자기 음심이 동해서 곁에 있던 남자 하인과 관계한다든가, 『금병매』의 淫夫들이 여색과 남색을 가리지 않는 것으로 묘사한 것은, 모두 작가들이 동성애행위를 주인공의 음란성을 드러내는 차원에서 비판적으로 접근하고 있음을 드러낸다.

『금병매』의 주인공 서문경은 여색과 남색을 모두 밝히는 양성애자인데, 제 34회와 제 35회에는 그와 하인 書童의 관계가 비교적 자세히 묘사되고 있다. 주로 주인의 서재에서 문방구를 준비하는 시중을 들며 주인과의 동성애관계에서 피동적 역할을 담당했던 하인의 전형적 모습이 書童의 형상을 통해 재현된다. 두 사람의 관계는 집안에서는 이미 공공연한 사실로 받아들여지고 있다. 동료 하인뿐 아니라 가장 질투심이 강한 반금련도 알고 있는 사실이었다. 반금련은 서문경이 방금 서동과 함께 있다가 온 것을 알고는 이렇게 힐난한다.

> 부끄러움도 모르는 놈 같으니라구! 당신, 부끄러운 걸 알고나 있어? 밝은 대낮에 그 하인 놈과 둘이서 무턱대고 문을 걸어 잠그고 안에서 뭐 하고 있었어? 아마 하인 놈의 냄새나는 엉덩이를 쑤셔대고 있었겠지. 그리고 밤이 되면 또 방에 들어와 나와 붙어 자구, 더럽디 더러운 것 같으니!21)

반금련은 이것으로 모자라서 조금 있다 정실인 月娘에게 가서 서문경과 서동의 관계에 대해 비난한다. 서문경의 동성애가 반금련과 서문경 사이, 다른 처첩에게도 갈등을 초래하는 원인으로 작용하고 있는 것이다. 淫婦로부터 최대의 비난을 받은 행위가 동성애였다는 점은 아이러니하다. 서문경의 사후 『金甁梅』의 후반부에서 서문경을 연상시키는 중요한 음부의 역할을 하는 인물은 사위 陳經濟이다. 그는 서문경 사후 음행을 일삼다가 西門家에서 쫓겨나서 거리를 떠돌다 지인의 도움으로 사찰에 정착하게 된다. 그런데 사찰에는 동성애를 즐기는 도사 김종명이 "진경제가 이가 희고 입술이 빨갛고 얼굴이 분세수를 한 듯 환하고 영리하고 약삭빠르며 눈으로 이야기할 줄 아

---

21) "賤沒廉恥的貨，你想有個廉恥，大白日和那奴才平白兩個關着門，在屋裏做甚麽來? 左右是奴才臭屁股門子鑽了，到晚夕還進屋裏，還和俺每沾身睡，好幹淨兒!"，『金甁梅』第 35回，(香港: 藝苑出版社)，448쪽.

는 것을 보더니 그를 붙잡고 잠자리를 같이 하려고 한다."22) 어려서부터 온
갖 풍월을 겪은데다가 거지굴에서 이미 당한 경험이 있는 진경제는 그에게
몸을 허락하는 대신 자신의 잇속을 챙길 목적으로 이렇게 말한다.

> 첫째, 날 원하면 다시는 저 두 제자와 자지 말아야 하고, 둘째, 각 방
> 의 열쇠를 내게 맡기고, 셋째, 내가 어딜 가더라도 성내지 말아야 해요.
> 당신이 이 모든 조건을 들어주면 나도 당신이 하자는 대로 하지요.23)

진경제는 동성애의 대가로 재물을 제공받는 피동자 역할을 담당하고 있
다. 『금병매』에서 쌍둥이처럼 닮아 있는 서문경과 진경제의 동성애행위가 주
동자와 피동자로 설정된 것은 동성애관계 안에도 권력구조가 존재하며 財貨
로써 성이 교환되고 있음을 보여주는 것이다. 『금병매』는 성적 방종과 음행
을 직접적이고 노골적인 방식으로 폭로하고 비판하는 서술방식을 취하고 있
기에 동성애에 대한 서술에서도 역시 서문경, 진경제의 위선을 비판하고 풍
자하고 있다고 하겠다.

중국고전소설에서 가장 詩적인 소설로도 꼽히는 『홍루몽』에서 성관계는
매우 상징적이고 은유적으로 표현되지만, 동성애와 관련한 묘사가 등장인물
의 성격이나 음란함을 드러내는 역할을 한다는 점에서는 『금병매』와 다르지
않다. 『홍루몽』 제 9회의 배경은 賈府에 설치된 학숙이다. 명청대 동성애가
공공연하게 유행한 장소는 대개 남성들이 집중적으로 모이는 사원이나 학숙
같은 곳이었다. 가부의 학숙도 예외는 아니어서 어린 소년들 사이에서도 남
풍은 매우 공공연하게 벌어지고 있었다. 제 9회에서 조설근은 금병매의 작
가처럼 직접적으로 학생들의 동성애를 나타내지는 않았지만 귀족자제들의

---

22) "因見經濟生的齒白脣紅, 面如傅粉, 淸俊乖覺, 眼裏說話, 就纏他同房居住.",
　　『金瓶梅』第 93回, 앞의 책, 1420쪽.
23) "第一件, 你旣要我, 不許你再和那兩個徒弟睡: 第二件, 大小房門上鑰匙, 我
　　要執掌, 第三件, 隨我往那裏去, 你休嗔我. 你都依了我, 我方依你此事.", 『金
　　瓶梅』第 93回, 앞의 책, 1421쪽.

위선을 드러내기 위해 동성애를 묘사하고 있다. 설반은 홍루몽의 젊은 남자 가운데 가련과 함께 대표적인 부정적 인물인데 동성애는 철없고 제멋대로인 부잣집 망나니라는 설반의 성격을 보다 명확히 하는데 기여한다.

> 원래 설반은 왕부인의 집에 온 이후 집안의 학숙에 많은 미소년들이 모여 공부하고 있다는 사실을 알고, 용양과 같은 재미를 보고 싶은 생각이 들었다. 그래서 거짓으로 글공부를 한다며 학숙에 들어갔지만 공부는 하는 둥 마는 둥하고 공연히 사례금만 가대유에게 갖다 바칠 뿐 배우는 데에는 조금의 진전도 없이 그저 의형제를 맺으려고 노력하였다.24)

짤막한 위의 단락에서 작가는 동성애를 글공부 열심히 하는 제대로 된 학생이 하는 일이 아니라 형편없는 사람들이 하는 추잡한 짓으로 설명하고 있다. 설반이 한 사람에 만족하지 못하고 새롭게 대상을 바꾸자 원래 파트너였던 金榮은 질투심에 못 이겨 설반과 그의 새로운 대상 賈薔과의 추잡한 짓을 목격했다며 소문을 내고 이는 보옥과 진종의 관계로까지 연루되어 복잡해진다. 이 사건은 학숙에서 동성애가 공공연한 일이기는 했어도 숨겨진 문화였던 것을 공개적으로 거론하는 계기가 되고 결국 공개적인 망신과 처분을 받기에 이른다. 이러한 일련의 사건을 통해서 寶玉, 秦鐘, 薛蟠, 賈蓉, 賈薔 등 榮國府와 寧國府의 주요 인물들이 대개 동성애취향을 가지고 있음이 드러난다. 또한 『홍루몽』에는 賈璉이 동성애의 나쁜 습관을 가졌음(21회)을 묘사하고 있다. 남성동성애는 『홍루몽』에서도 가부의 음란과 위선을 드러내는 중요한 작용을 하고 있었던 것이다.

---

24) "原來薛蟠自來王夫人處住後, 便知有一家學, 學中廣有靑年子弟, 不免偶動了龍陽之興, 因此也假來上學讀書, 不過是三日打魚, 兩日晒网, 白送些束脩禮物與賈代儒, 却不曾有一些我進益, 只圖結交些契弟.", 『紅樓夢』 第 9回, (北京: 人民文學出版社), 138쪽.

2)동성애에 대한 긍정적 입장

동성애를 부분적으로가 아니라 본격적으로 다루고 있는 소설들은 일반적으로 동성애를 긍정하는 경향이 드러난다. 쾌락의 향유로서가 아니라 진정한 애정의 추구라는 차원에서 진지하게 동성애를 다루기 시작한 것이다. 이러한 경향을 가장 잘 보여주는 대표적 작품은 『弁而釵』이다.

『弁而釵』는 모두 네 개의 서로 다른 남성동성애 이야기를 싣고 있는데 작가는 명대 중엽이후 발전해 온 '情' 개념에 동성애를 적극적으로 포함시키고 있다. 그의 이러한 의도는 4개의 편명에 모두 '情'을 넣어서 '情貞紀', '情俠紀', '情烈紀', '情奇紀'라고 명명한 것에서도 분명히 드러난다. 그리고 이 '정'은 다분히 육체적 욕망을 포함한 것이었다. 네 편의 이야기에서 공통적으로 발견되는 것은 서로에 대한 깊은 애정과 희생이다. 동성애 관계에서 주동적 역할 즉 이성애에서의 남성 역할을 하는 이를 A라고 하고, 피동적 역할 즉 이성애에서의 여성 역할을 하는 이를 B로 간주한다면 네 편의 이야기는 다음과 같은 방식으로 진행된다.

> ① A가 B를 사랑한다.
> ② A가 B에 대해 특별한 도움을 주거나 희생한다.
> ③ B는 A의 사랑에 감동한다.
> ④ B는 A의 사랑에 보답하기 위해 자신의 몸을 희생한다.
> ⑤ A와 B는 행복하게 함께 산다.

A와 B는 모두 상대방을 위해 희생하지만 보다 본질적인 희생은 피동적 역할을 담당하는 B에 의해서 이루어진다. 情烈紀에서는 순결을 증명하기 위해 자신의 생명을 버리고, 情奇紀에서는 자신을 妓院에서 구원해 준 것에 보답하기 위해서, 情貞紀와 情俠紀에서는 A의 깊은 사랑에 감동받아서 자신의 몸을 여자로 바친다. 여기서 몸은 '정'을 표현하는 가장 효과적인 매개로 작용하고 있음을 알 수 있다. B는 A의 독점적 즐거움을 위하여 자신의

몸을 제공하고 다른 사람에게 더럽혀지는 것을 피하기 위해 자신의 몸을 훼손한다. 몸을 희생하고 훼손하는 것이 A에 대한 깊은 감사나 보답의 정을 상징하는 것으로 표현되고 있는 것이다.25) 그런데 이는 이성애관계에서 여성이 남성을 위해 희생하는 극단적인 행위와 다르지 않다. 명대사회에 禁慾과 縱慾의 양극이 존재했음을 인정한다면, 극단적인 금욕주의가 낳았던, 정절을 위한 여성의 自殺이나 割股현상이 동성애관계에서 반영된 것은 아닐까? 바로 이런 점에서 동성애가 기존의 성별구조를 전복시키고는 있지만 한편으로는 이성애를 모방하고 대체한 것이라고 말할 수 있을 것이다.

그러나 이성애에서 원래 사회적 약자였던 여성이 희생하는 것과는 달리, 동성애관계에서는 남성이 여성이 되거나 몸을 요구받는 것은 수치심과 함께 결단을 필요로 했다. 情烈紀에서 趙王孫은 그 심정을 이렇게 고백한다.

> 당신의 깊은 사랑에 감동받아서 제 몸을 바치기에 이르렀습니다. 그러나 나는 강이나 호수에 뛰어들더라도 내 부끄러움을 씻어낼 수 없습니다. 저는 남자입니다. 열심히 공부해왔고 예를 지키며 세상에 나를 세우기 위해 노력해 왔습니다. 그런데 이제 기꺼이 여자가 되어 여자로 행동하고자 합니다만 수치스럽기 짝이 없습니다!26)

남자임에도 여자역할을 하는 것은 일종의 신분적 강등을 감수하는 것이었다. 따라서 작가는 이런 희생적 결단을 내린 주인공의 지극한 사랑을 찬미한다. 다음은 趙王孫의 고백에 대한 鳳翔의 찬사인데, 사실 이는 趙王孫의 행위에 대한 작가의 평가에 다름 아니다.

---

25) Huang, Martin, *Desire and Fictional Narrative in Late Imperial China*, Harvard University of Press, 2004.
26) "感兄情痴, 至弟失身, 雖決江河, 莫可洗濯. 弟丈夫也, 讀書守禮, 方將建白於世, 而甘爲婦人女子之事, 耻孰甚焉?", 『弁而釵』, 『明代小說集刊』第二輯, (成都: 巴蜀書社)

정이 있는 곳에 내가 있다. 오늘날 우리가 한 일을 理의 기준으로 판단한다면 옳지 않다. 그러나 情의 이치로 판단한다면 남자가 여자가 되고 여자가 남자가 되거나 또는 산 사람이 죽거나 죽은 사람이 사는 것이 가능하다. 남자와 여자 또는 삶과 죽음의 차이에 묶여 있는 사람들은 정의 지극함에 이르지 못할 것이다. 내가 전에 말했듯이 바다는 마를 수 있고 바위는 부서질 수 있다. 그러나 情만큼은 사라지지 않으리라.[27]

작가는 위에서 정신적 측면에서의 정을 무한히 찬미하고 있다. 그러나 『弁而釵』의 '情'에는 '欲'도 결합되어 있기에 작품 속에서 육체적인 욕망을 표현하는데도 주저함이 없었다. 따라서 동성연인의 몸에 반응하는 육체의 흥분과 희열을 과감하게 묘사하기도 한다.

위와 같이 동성애에 대한 분명한 긍정적 태도가 본격적으로 드러난 것은 『龍陽逸史』,『弁而釵』,『宜春香質』과 같은 동성애 전문소설에서지만 『紅樓夢』에도 동성애에 대한 작가의 호의적 태도가 반영되어 있다. 가보옥과 진종, 가보옥과 장옥함의 관계는 설반의 동성애와는 다른 차별화된 시각을 보여주기 때문이다. 다음은 보옥과 장옥함의 첫 만남을 묘사한 장면이다.

보옥은 준수하고도 온화한 장옥함을 보고 사모하는 마음이 들어 장옥함의 손을 끌어다 꼭 모아 쥐었다.……보옥은 저도 모르게 뛸 듯이 기뻐서 웃으며 말하였다.

"정말 다행이다! 듣던 소문과 조금도 다름이 없군요. 오늘 처음으로 만났는데 어떻게 할까?" 잠깐 생각해 보던 보옥은 소매 속에서 부채를 꺼내더니 술 끝에 달린 옥을 떼내어 기관에게 주면서 말하였다.

"변변찮은 물건이지만 오늘 서로 만남을 기념하는 표적으로 받아주시지요."[28]

---

27) "且情之所鍾, 情在我輩. 今日之事, 論理自是不該; 論情則男可女, 女亦可男. 可以縗生而之死, 亦可以自死而之生. 局於女男生死之說者, 皆非情之至也. 我嘗道: 海可枯, 石可爛, 惟情不可理滅.", 『弁而釵』, 앞의 책.
28) "寶玉見他嫵媚溫柔, 心中十分留戀, 便緊緊的搭着他的手,……不覺欣然跌足笑

아름다운 외모와 온화한 성격에 매료당한 보옥은 장옥함에게 적극적으로 접근하는데, 당시 장옥함은 유명배우였고 忠順親王의 男寵이었다. 이후 장옥함이 왕부에서 도주하자 충순친왕은 賈府에 사람을 보내 그를 수소문한다. 이 사건은 평소 보옥의 자유분방한 행동이 거슬렸던 부친 가정의 노여움을 촉발해서 결국 가정이 보옥를 구타하는 직접적인 원인이 된다. 여기서 배우와 문인 혹은 관원과의 교제는 명청시대의 가장 보편적인 동성애 유형이었음을 다시 한번 확인할 수 있다.

그런데 보옥과 장옥함 혹은 진종과의 관계는 『홍루몽』에 노골적으로 묘사된 동성애자인 설반, 가련과의 관계와 구별된다는 점에서 주목된다. 설반과 가련의 동성애는 작품 속에서 동성애라는 단정과 함께 비판적으로 묘사되지만, 가보옥의 행동은 동성애라는 확정적 언급이 없이 동성애적으로 묘사된다. 그래서 혹자는 보옥의 동성애를 준동성애라고 구분하기도 한다.29) 조설근이 보옥의 동성애를 타자와 구별하여 서술한 것은 보옥과 진종, 장옥함 등의 인물이 갖고 있는 '才'를 중시했기 때문이다. 이는 다분히 재자가인소설의 영향을 받은 것으로 보인다. '才'와 '情'의 결합을 중시했기에 才에 기반한 가보옥과 미소년간의 교감은 다분히 동성애적이지만 비난의 대상이 되지 않고, 才에 기반하지 않고 다분히 육체적 淫慾에 기반한 설반이나 가련의 미소년 추구는 노골적인 동성애로 간주하여 비판적으로 묘사한 것이다. 이러한 홍루몽의 애정묘사로 보건대 조설근은 이성애와 동성애의 구별에 별 의미를 두지 않았고 이성애가 동성애보다 우월하다거나 이성애를 유일한 성애방식이라고 간주하지도 않았던 것으로 보인다.30)

그러나 이러한 진전된 인식 역시 동성애에 대한 무조건적 긍정을 의미하는 것은 아니었다. 李漁의 작품 「男孟母敎合三遷」는 여장남자, 즉 동성애에

道:"有幸, 有幸! 果然名不虛傳. 今兒初會, 便怎麽樣呢?" 想了一想, 向袖中取出扇子, 將一個玉玦扇墜解下來, 遞與琪官, 道:"微物不堪, 略表今日之意.", 『紅樓夢』 第 28回, 앞의 책, 398쪽.

29) 張在舟, 앞의 책, 37-40쪽.

30) 吳存存, 앞의 책, 204쪽.

서 피동적인 역할을 담당했던 한 남자의 어머니로서의 삶을 서술하고 난 후 작가에 의해 진술되는 최후 평가가 덧붙여진다.

> 여러분들 내 말 좀 들어보소. 이 許季芳은 男色을 좋아한 첫째가는 情夫이고 尤瑞郞은 동성애를 한 으뜸가는 節婦이다. 이치로 말하자면 오래도록 그 이름이 남아야겠지만 지금 사람들은 이 소설을 보고 하나같이 입을 가리고 웃는다. 마치 그들을 비웃는 것처럼. 이는 왜 그런가? 이 일이 하늘이 내린 도리가 아니라 곁길로 접어든 고인이 억지로 만들어낸 것이기 때문이다. ……세상 사람들에게 권하노니 이 곁길은 걷지 말고 정신을 유용한데다가 쏟아서 조정을 위해 장정을 보태고 조상을 위해 후사를 잇는 것이 어찌 유익하다고 않겠는가!31)

情이라는 측면에서 보자면 진정한 정에 기반한 동성애는 긍정하지만, 그럼에도 불구하고 동성애는 正道가 아니라 斜道에 불과하다는 말로써 동성애는 결국 주변문화이자 소수자의 문화임을 환기시키고 있다. 명청대 동성애소설이 동성애를 긍정하고 있더라도 이는 무조건적인 혹은 무비판적인 긍정이 아니라 순결이라든가 효라든가, 어머니다움이라든가 고결한 사랑 등등, '정상인'보다 더 고결한 무언가가 전제된 동성애, 즉 소극적 긍정의 입장을 표명하고 있음을 알 수 있다.

3) 동성애에 대한 오락적 입장

명청대 소설에 드러나는 동성애에 대한 비판적이거나 긍정적인 시각 외에 간과할 수 없는 제 3의 시각은 동성애를 쾌락의 향유라는 차원에서 접근하

---

31) "看官, 你聽我道: 這許季芳是好南風的第一個情鍾, 尤瑞郞是做龍陽的第一個節婦, 論理就該流芳百世了; 如今的人, 看到這回小說, 個個都掩口而笑, 就像鄙薄他的一般. 這是甚麼原故? 只因這樁事不是天造地設的道理, 是那走斜路的古人穿鑿出來的, ……我勸世間的人, 斷了這條斜路不要走, 留些精神施于有用之地, 爲朝廷添些戶口, 爲祖宗錦錦嗣續, 豈不有益!.", 「男孟母敎合三遷」, 『無聲戲』, 『李漁全集』 第 8卷, (杭州: 浙江古籍出版社)

는 입장이다. 이성애가 철저히 생명의 탄생과 자녀의 양육에 기반해서 가정
과 사회의 유지를 위해 필수불가결한 것이라면, 동성애는 이와 무관하기에
철두철미하게 쾌락에 기반한 성격을 지닌다. 따라서 가부장사회에서 이성애
를 부정하고 동성애만을 추구한다면 이는 가정과 사회를 위협하는 매우 위
험한 시도로 간주될 수밖에 없었다.

　동성애에 대해 호의적이었던 馮夢龍은 『情史·情外類』를 끝맺으면서 성
욕과 식욕을 인간의 중요한 욕망으로 간주하고, 이성애나 동성애 역시 오랜
역사를 지니고 있다고 인정한다. 그리고 동성애와 이성애를 구별하여 다음과
같이 말한다.

> 　여자에게서는 자식을 낳으며, 남자에게서는 즐거움을 취하는 것이다.
> 천하의 미색은 모두 남자가 여자보다 낫다. 날짐승류에는 봉황, 공작에서
> 닭이나 꿩에 이르기까지 화려한 문양은 모두 수컷에게 속해 있다. 개나
> 말의 털이 윤기 나는 것도 또한 수컷이 더 낫다. 남자가 만약 생육까지
> 한다면 여자는 자연히 없어질 것이다.[32]

　쾌락의 제공이라는 측면에서 남자가 여자보다 더 낫다는 이러한 관점은
명청대 소설에 실재하는 동성애에 대한 또 하나의 입장을 형성한다. 남성동
성애는 철저히 쾌락을 위한 것이라는 시각은 동성애를 오락이나 향락의 차
원에서 접근하게 한다. 『금병매』에 묘사된 동성애 관련 장면 중에는 동성애
를 철저히 희화화하며 오락의 대상으로 삼고 있는 경우가 있다. 서문경과 그
의 한량친구들이 술 마시며 나누는 성적인 농담이 대표적이다. 그 중의 하나
는 바로 동성애에 관한 것으로 다음의 예는 應伯爵이 벌로 노래대신 우스갯
소리를 하겠다며 꺼낸 농담이다.

---

32)　"女以生子, 男以取樂. 天下之色, 皆男勝女. 羽族自鳳凰、孔雀, 以及鷄雉之
　　屬, 文彩幷屬于雄. 犬馬之毛澤亦然. 男若生育, 女自可廢.", 馮夢龍, 『情
　　史·情外類』, 『情史』上, 下, (沈陽: 春風文藝出版社)

어떤 도사가 제자와 둘이서 집집마다 돌아다니며 부적을 나누어주며 시주의 문 앞까지 왔는데, 제자의 허리끈이 풀어져 축 늘어져 있는 거야. 그래서 스승이 '이놈아 네 꼬락서니를 보니 꼭 궁둥이가 없는 것 같구나.' 하자 제자가 뒤돌아보며 '저에게 궁둥이가 없으면 스님은 하루도 견디시질 못할 걸요'하더랍니다.[33]

동성애행위가 서문경과 그 친구들의 술자리에서 가벼운 농담거리로 전락해 있음을 알 수 있다. 『금병매』에서 동성애를 노골적으로 밝히는 인물인 溫師父에 대해서도 작가는 그를 매우 희화화해서 우스갯거리로 만들고 있다. 서문경이 자신은 비록 武職에 있지만 문인이나 관원들과의 교제범위도 넓다는 것을 자랑하기 위해 문서수발을 담당하는 書客으로 들인 이가 바로 溫師父이다. 그런데 그는 겉만 번드르르한 문인이고 실제로는 비열하고 학문이라고는 조금도 없는 속물이었다. 작가는 그의 본명 溫必古의 諧音현상을 이용해서 그가 屁股, 즉 엉덩이를 사용하는 동성애자로 설정하였다. 동성애는 무능하고 위선적인 溫師父의 성격을 형상화하는 결정적인 요소로 작용하고 있는 것이다. 물론 여기서 동성애는 사대부의 위선을 풍자하는 기능도 하고 있지만 동성애 자체를 희화화함으로써 독자들에게 동성애를 심각하게 받아들이지 않고 단지 오락적, 쾌락적 입장에서 가볍게 인식하게 만들어 버린다.

동성애에 대한 이 세 번째 관점은 동성애를 비판하기 위해 노골적 또는 직접적인 방식으로 동성애를 묘사하고 있는 첫 번째 입장과 부분으로 중첩되어 나타나기에 때로는 구별하기 어려울 때가 많다. 음란의 경계 혹은 계도라는 작자의 의도와는 상관없이 독자들은 이를 향락적 혹은 오락적으로 수용할 수도 있고, 작가의 서술 자체 역시 양자의 경계를 위험스럽게 넘나들기도 하기기 때문이다.

예를 들어 『금병매』는 작품의 도입부에서 四貪詩를 통해 酒色財氣에 대

---

33) "一個道士, 師行二人往人家送疎. 行到施主門首, 徒弟把條兒鬆了些, 垂下來. 師父說:"你看那樣! 倒相沒屁股的." 徒弟回頭答道:"我沒屁股, 師父, 你一日也成不得."", 『金甁梅』第 35回, 앞의 책, 463쪽.

한 탐심을 경계하며 절제를 전제조건으로 밝혔고, 결말부분에서는 지나친 음심이 결국 죽음에 자초했다고 평가한다. 『육포단』의 작가 역시 제 1회에서 작품을 쓴 목적이 사람들에게 縱慾이나 음란함을 권하는데 있지 않다고 밝힌 바 있다.34) 그러나 독자들은 때때로 이들 작품을 통해서 작자가 표명하고 있는 주제의식과는 오히려 상반된 반응을 보이기도 한다. 왜냐하면 작가들은 음심과 음행의 위험성을 알리기 위해 적나라한 묘사를 감행했다지만 남녀관계나 남성동성애의 성관계에 대한 지나치게 상세하고 입체적인 묘사는 독자들을 흥분시키는 작용을 하며 또한 觀淫的 욕구마저 충족시키기 때문이다. 또한 이러한 서술 자체에서 작가 역시 이를 즐기고 있는 것은 아닌지 의심케 하는 탐닉적 서술태도도 보인다. 예를 들어 음란한 묘사 바로 뒤에 수시로 "이렇게 몰래 들여다보니 또한 즐겁지 않은가?(于是瞧了個不亦樂乎!)"라며 독자들을 자극한다. 이와 같은 이중적 혹은 모호한 서술태도는 아마 작가 스스로도 욕망에 대해서 모순적 갈등상태에 놓여있었음을 보여주는 것이기도 하다.35)

5. 나가는 말

　중국 고대사회에서 동성애는 주류문화가 아닌 주변문화였다. 그러나 서구 사회에서처럼 죄악시되거나 억압받은 것은 아니었으며 오히려 중립적이거나 관용적인 편이었다. 따라서 서구이론계에서 논의되고 있는 성적 소수자에 관

---

34) 『肉蒲團』의 다음과 같은 언급에 근거한다. "做這部小說的人,原具一片婆心, 要爲世人說法, 勸人窒欲, 不是勸人縱欲; 爲人秘淫, 不是爲人宣淫." 『肉蒲團』第 1回, (서울: 학고방, 1996)

35) 명청대 소설작품의 중요한 주제였던 '情'과 '欲'이 각각의 작품 속에서 어떻게 다양한 의미구조를 형성하였는지 상세히 분석한 M. Huang에 따르면 『금병매』의 작가를 포함한 명대 후기 작가들은 자아모순과 함께 애매하고 모호한 욕망의 개념에 빠져 있었다. Huang, 앞의 책, 66쪽.

한 개념이나 이론을 그대로 중국 고대사회에 적용하는 것은 적합하지 않다. 중국고대사회의 성적 소수자에 대한 이해를 위해서는 무엇보다도 중국이라는 특정한 역사환경 속에서 형성된 성적 소수자에 대한 인식이 어떻게 발달해 왔는지 살펴보는 것이 필요할 것이다.

본고는 먼저 성적 소수자, 특히 남성동성애에 대한 명칭과 역사적 기원 및 유형을 고찰한 결과 중국고대사회의 동성애에 대한 인식은 비교적 중립적이었으며, 춘추시대 이래 왕실의 군주를 중심으로 시작한 동성애는 이후 청대에 이르기까지 점차 문인계층과 하층민으로까지 확대되어 왔음을 알 수 있었다. 명중엽 이후에는 개성을 중시하고 욕망을 긍정하는 思潮의 유행이 성 관념에도 영향을 미쳐서 음란한 풍조를 낳았고 동성애 역시 크게 성행했다. 또한 복건지방에서는 동성애가 유희가 아닌 생활 즉 관습으로 받아들여졌고, 청대에는 문인과 배우의 동성애가 문인계층 사이에서 유행하기도 했다. 이러한 동성애풍조는 당시 시대현실이 반영된 명청대 소설작품 속에 잘 형상화되어 있다.

명청대 동성애를 묘사한 소설작품은 동성애가 서사의 중심에 있는지 아닌지에 따라 동성애를 부분적으로 다룬 작품과 본격적으로 다룬 작품으로 양분할 수 있다. 그리고 동성애에 대한 서로 다른 작가의 인식은 작품 속에서 동성애에 대한 비판적 입장, 긍정적 입장 및 오락적 입장으로 표현되었다.

이상의 논의는 試論적 성격을 띠다보니 구체적인 분석보다는 관련 개념의 제시와 문제제기에 치우친 감이 없지 않지만, 기존의 중국문학연구에서 다뤄지지 않았던 주변부를 고찰한다는 점에서는 의의가 있다고 생각한다. 또한 기존의 명청대 사회를 조명한 연구가 다루지 않았던 동성애에 관한 분석은 명청대 사회성격과 문인사회문화를 이해하는 데에도 기여하는 바가 있다고 하겠다.

구체적인 작품에 표현된 동성애 현상과 그것이 갖는 문학적 혹은 문화적 의미에 관한 보다 상세한 분석은 향후 과제로 남겨둔다.(『中國語文學誌』第17集, 2005年 6月)

才子佳人小説論

―『平山冷燕』을 중심으로

1. 들어가는 말

　젊고 아름다운 남녀가 우연히 만나 사랑하게 되고 온갖 난관을 극복한 후 결국 사랑의 결실을 맺는다는 연애와 결혼의 모티프는 동서고금의 모든 문학에서 끊임없이 다루어져 왔다. 명작이라고 일컫는 작품 가운데에서 남녀의 로맨스가 등장하지 않는 작품이란 거의 없는 것도 사실이다. 그럼에도 불구하고 문학사에서 일련의 소설들은 연애소설로 분류되며 폄하되어 왔다. 이러한 예는 중국소설사에서도 쉽게 찾아 볼 수 있는데, 그 대표적인 예가 바로 재자가인소설이다.

　다양한 제재를 바탕으로 발달해 온 중국소설 가운데 明末清初에 등장한 재자가인소설은 당시 많은 독자들에게 환영받았지만 학계에서는 오랫동안 그 문학적 가치가 경시되어왔다. 각종 중국문학사와 소설사를 살펴보면 재자가인소설에 대해서 아예 언급조차 하지 않거나 혹은 그 사상적 예술적 가치를 부정하거나, 혹은 『金瓶梅』와는 다른 창작경향을 보인다고 간단히 언급하고 있을 뿐이었다.1) 이러한 상황은 크게 변함이 없다가 1980년대

---

1) 李騫에 의하면 재자가인소설은 魯迅에 의해 『中國小説史略』에서 소개된 이외에 문학사나 소설사에서 독립적인 문학유파로서 소개된 적이 대단히 적다고 말한다. 특히 30년대 이후 60년대를 거쳐 80년대에 이르기까지 공정한 평가를 받지 못했다고 주장한다. 대부분 재자가인소설에 표현된 사상이 봉건적 지식인의 전통사상이라며 그 가치가 부정되었다. 1962년 科學院文

중국의 한 출판사에서 재자가인소설을 총서로 간행하고 일련의 학자들이
이에 관한 연구논문을 저술하면서 학계의 주목을 끌었고[2] 90년대 이후 간
행되는 대부분의 소설사에서는 재자가인소설을 明末淸初 유행했던 소설의
한 유파로, 『금병매』와 『紅樓夢』 사이의 교량역할을 하는 작품으로 그 존
재가치를 인정하게 되었다.

물론, 재자가인소설이 비판받는 데는 타당한 이유가 있다. 바로 여러 작
품에서 공통으로 나타나는 도식화된 서사구조와 인물성격 때문이다. 魯迅을
비롯한 중국소설 연구가들은 말할 것도 없고[3] 당시 재자가인소설 보다 조금
뒤에 출현한 『홍루몽』의 작가 曹雪芹도 이미 재자가인소설의 상투성에 대해
작중 인물의 말을 빌어 혹독히 비판한 적이 있다.

> "그런 이야기들은 다 한가지라 어느 것이나 재자요 가인이니 정말 재
> 미라고는 없다.……입만 열면 명문귀족출신이고 아비는 상서가 아니면
> 재상인데다 무남독녀지! 그리고 딸들을 보물같이 애지중지하지. 또 이
> 아가씨는 글에 능하고 예절에 밝고 세상에 모르는 것이란 하나도 없는
> '절대가인'이라지. 하지만 청준한 사내만 보면 그게 친척이건 친우건 가리
> 지 않고 그 사람과의 '종신대사'를 꿈꾸면서 부모도 잊고 글도 뒷전으로
> 미루고……."[4]

學研究所文學史編寫組가 편찬한 『中國文學史』에서부터 비교적 공정한 평가
를 내리기 시작했다고 설명한다. 자세한 논의는 다음을 참조. 李騫, 「試論
才子佳人派小說」, 『明淸小說論叢』 第一輯, (沈陽: 春風文藝出版社, 1984)

2) 그 성과물이 바로 春風文藝出版社에서 간행한 『明淸小說論叢』과 『明末淸初小
  說選刊』이다. 1984년에 『명청소설논총』 第一輯이 간행되었고 이와 함께
  明末淸初에 성행하였던 재자가인소설 수십 종이 간행되면서 학계의 관심과
  연구를 촉발시켰다.
3) 노신은 그의 저작 「墳.論睜了眼看」에서 재자가인소설의 만남과 고난극복 그
  리고 결합에 이르는 상투적인 서사구조는 바로 중국고대사회의 불합리한
  혼인방식에서 기인하고 있다고 지적하였다. 그리고 이러한 행복한 결말처
  리는 불합리한 현실에 대한 직시를 회피한 것이라고 비난하였다. 자세한
  논의는 다음을 참조. 魯迅, 「墳.論睜了眼看」, 『魯迅全集』 第一卷, 1981年
  版, 238쪽.

이와 같은 동시대의 혹은 후대의 비난과 공격에도 불구하고, 재자가인소설이 독자들의 열렬한 사랑과 애호를 받으며 한 시대를 풍미했던 것은 부인할 수 없는 객관적인 사실이다. 이는 좋은 의미로든 나쁜 의미로든 그 작품에 당시 독자들의 욕구와 심미경향이 반영되어 있음을 의미한다. 다시 말하자면 우리는 작품을 통하여 당시 사회의 미적 성향과 독자들의 취미뿐만 아니라 그 당시 사회가 처했던 역사적 상황과 시대적 요구를 간접적으로나마 읽어낼 수 있는 것이다. 여기에서 우리는 한편의 문학작품이 갖는 존재의미를 찾을 수 있다. 왜냐하면 당대 사회의 관점에서 작품을 읽어내려는 노력은 작품이 갖는 의의를 보다 올바르게 파악하는데 필요하기 때문이다. 이는 일반적으로 통속소설로 취급받는 작품에서도 예외일 수 없다.

본 논문은 명말청초에 가장 널리 읽혀졌던 대중소설의 하나인『平山冷燕』[5) 을 통해 재자가인소설이 가지는 소설사적 의의를 밝히고 그 내재적 한계를 분석하여 재자가인소설에 대한 이해를 도모하고자 한다.

2. 재자가인소설의 정의와 기원

'재자가인소설'이란 앞장에서 이미 언급한 것처럼, 중국 명말청초 시대에 성행했던 재자와 가인의 연애와 혼인에 관한 이야기이다.

---

4) "這些書都是一個套子, 左不過是些佳人才子, 最沒趣兒. ……開口都是書香門第, 父親不是尙書就是宰相, 生一個小姐必是愛如珍寶. 這小姐必是通文知禮, 無所不曉, 竟是個絶代佳人. 只一見了一個淸俊的男人, 不管是親是友, 便想起終身大事來, 父母也忘了, 書禮也忘了,……"曹雪芹,『紅樓夢』第 54回, (北京: 人民文學出版社, 1992), 758-759쪽.

5) 『平山冷燕』은 남녀주인공인 平如衡, 山黛, 冷絳雪, 燕白頷의 이름에서 한 글자씩 취해서 소설제목을 만들었다. 이러한 명명방식은 다분히 『금병매』에서 영향 받고 있음을 쉽게 알 수 있다.

　　명대에 이르면 중국소설사의 큰 변화가 일어나는데 소설의 묘사대상이 초
월적 능력을 지닌 비범한 인물에서 보통 능력을 가진 평범한 인물로 전환되는
것이 바로 그것이다. 이러한 흐름에 따라 일상세계의 인물과 그들의 삶을 핍
진하게 묘사하는 소설이 크게 발달하기 시작한다. 명대 중엽에 출현한 『금병
매』는 그 효시적인 작품인데 공전의 대성공을 거두면서 문단에는 이에 영향
받은 다양한 형태의 소설들이 나타났다. 중국소설사에서는 이 부류의 소설을
‘인정소설’ 혹은 ‘세정소설’이라고 부른다.6)

　　한 가정을 중심으로 가정 내에 존재하는 다양한 인간관계를 묘사하는데 주
력하고 있는 家庭小說이나, 남녀의 성관계만을 노골적으로 묘사하고 있는 艶
情小說은 모두 『금병매』가 보여주고 있는 일정한 창작경향을 계승하고 있
다.7) 또한 재자와 가인의 연애와 혼인에 이르는 과정을 다루고 있는 재자가
인소설과 문인과 기녀, 배우 등의 비정상적인 남녀관계를 묘사하고 있는 청말
의 狹邪小說도 모두 이 부류로 귀속시키는데 재자가인소설은 『금병매』에서 『
홍루몽』에 이르는 세정소설의 분화발전 途上에 위치하고 있다.8) 그러나 재자
가인소설은 『금병매』나 『홍루몽』이 장편장회소설인 것과는 달리 20회 정도로

---

6) 중국소설의 분류방법은 대체로 노신의 견해에 따른다. 그는 명대장회소설을
　 분류하면서 題材에 따라, 歷史演義, 英雄傳奇, 神魔와 人情으로 나누었다.
　 그 대표작이 바로 명대 四大奇書인 『三國演義』, 『水滸傳』, 『西遊記』, 『金瓶
　 梅』이다. 그러나 후대 학자들은 『금병매』에서 비롯된 이 부류의 소설을 혹자
　 는 ‘人情小說’로 혹자는 ‘世情小說’로 지칭하여 그 명칭은 통일되어 있지 않
　 다.
7) 가정소설로 분류되는 『岐路燈』과 같은 작품은 『금병매』의 西門慶 집안을
　 배경으로 한 가정내의 인간관계에 천착하고 있다는 점에서, 염정소설은
　 『금병매』에 보이는 적나라한 남녀의 성행위 묘사에 치중하고 있다는 점에
　 서 『금병매』에 영향 받은 바 크다.
8) 좀 더 자세히 설명하자면 명대 『금병매』에서부터 발전한 세정소설은 청대
　 『홍루몽』이라는 최고의 완숙한 작품을 만들어내기까지 다양한 형태의 세부
　 장르를 양산해 냈다. 齊裕焜의 분석에 의하면 家庭小說, 才子佳人小說, 艶
　 情小說, 狹邪小說 등의 유형의 작품이 모두 이에 속한다. 자세한 논의는
　 다음을 참조. 齊裕焜, 『中國古代小說演變史』 第六章, (蘭州: 敦煌文藝出版
　 社, 1991)

이루어진 중편장회소설이다.

재자가인소설이란 뛰어난 재주를 지닌 사대부와 재색을 겸비한 아리따운 규수의 연애 이야기이다. 재색을 겸비한 남녀주인공이 우연히 만나 사랑에 빠지고 방해꾼의 훼방과 참소 등 우여곡절을 겪은 후 결국에는 결혼에 성공한다는 전형적인 연애소설인 것이다. 또한 재주와 미모를 겸비한 소설의 남녀주인공을 재자와 가인으로 호칭하는데서 이 부류의 작품을 '재자가인소설'이라고 명명하고 있다.

재자가인소설이 하나의 유형으로서 본격적으로 중국소설사에 등장한 것은 명말청초이지만 남녀의 사랑과 결혼에 관한 이야기는 이미 역대 史傳[9]에서 보이며 역대의 각종 소설 중에서도 유사한 형태의 애정고사들을 찾을 수 있다. 그 가운데 보다 직접적인 재자가인소설의 기원으로 거론되는 것은 唐代 傳奇중의 愛情故事이다. 신이나 귀신 등 초월적인 존재를 그렸던 魏晉시대의 志怪와는 달리 당대 전기는 우리가 살고 있는 세계의 남녀를 묘사대상으로 확대하기 시작하기 때문에 소설사적으로 중요한 의의를 지니고 있다. 특히 몇몇 애정류 전기소설 속에 등장하는 남녀주인공은 재자가인소설의 그것과 매우 유사하다.

전기소설의 남자주인공은 대부분 사대부출신이다. 당대에는 과거제가 시행되면서 하층문인들이 과거를 통해 관료사회로 진출하고 있는데, 당전기에는 과거시험을 준비하는 문인들의 모습이 잘 반영되어 있다. 「鶯鶯傳」의 張生, 「霍小玉傳」의 李生은 모두 여주인공을 만날 때 과거준비 중이었다. 그들이 詩才가 뛰어난 문인이라는 점에서는 재자가인소설의 재자와 동일하지만 재자가인소설에서처럼 모두 과거에 급제하여 바라던 공명을 실현하지는 못한다. 「앵앵전」의 장생과 「곽소옥전」의 이생은 과거보러 장안으로 떠났다

---

9) 고대 중국에 전해지는 유명한 연애고사로서 卓文君과 司馬相如가 한눈에 반해서 함께 도망가서 주막을 차리고 살았다는 이야기가 司馬遷의 『史記』 중의 「司馬相如列傳」 가운데 실려 있다. 또한 『世說新語』에 실려 있는 「韓壽偸香」 역시 유명한 연애고사이다.

가 불합격하자 모두 소식을 끊고 돌아오지 않는다. 물론 그들의 헤어짐에는 다른 원인도 있었지만 과거시험의 실패가 두 사람의 이별에 주요한 원인 중의 하나로 작용했음은 부인할 수 없다. 또한 「柳毅傳」의 주인공은 과거시험에 떨어져 고향으로 돌아가는 중에 여자주인공 龍女를 만났다. 따라서 당대 전기소설과 후대 재자가인소설을 비교해보면 재자가인소설의 남자 주인공들이 하나같이 과거에 급제하고 있음을 발견할 수 있는데 이러한 차이점은 그 시사하는 바가 있다고 하겠다.

여자 주인공들 역시 용모가 아름답고 재주와 담력이 있지만 가인이라고는 말하기에는 부족한 면이 있다. 이를테면 「任氏傳」과 「柳毅傳」의 여자주인공은 여우와 용왕의 딸로서 사람이 아니다. 또한 「李娃傳」의 이와는 기녀출신이다. 재자가인소설의 여자 주인공들이 미모와 재화를 모두 갖춘 양가집 규수였던 것과는 다르다.

재자가인소설이 남녀의 애정과 결혼을 바탕으로 하는 다른 연애소설과 구별되는 점은 바로 소설의 남녀주인공의 만남에 詩가 중요한 역할을 한다는 점이다. 남녀가 자유롭게 만나는 것이 불편했던 시대에 시는 직접 대면하지 않고서도 자신의 의사와 감정을 전달할 수 있는 유효한 수단으로 기능하였다. 남녀 주인공들이 시를 지어 주고받는 「鶯鶯傳」과 「步飛烟」은 그런 의미에서 재자가인소설의 초기 형태로 주목할 만하다.

그러나 「앵앵전」의 남녀주인공은 시를 주고받으며 사랑을 나누었으나 결혼으로 행복한 결말에 이르지는 못한다. 과거에 실패한 남자는 오히려 아름다운 여자란 남자를 혼란시킨다는 말로 자신이 앵앵을 버린 행위를 합리화시키고 떠나버린다. 현실사회에 엄연히 존재하는 신분의 차이, 과거실패 등 이러저러한 요인들로 인해 결혼에 성공하지 못하는 전기소설의 결말은 주인공의 과거급제와 천자의 명을 받들어 결혼하는 재자가인소설의 결말 보다 오히려 더 현실적이다. 그러므로 행복한 결말을 가지는 전기소설들이 대부분 비현실적인 존재, 즉 초월적인 존재나 비범한 능력을 지닌 존재들의 도움으로 결혼에 성공하고 있다는 사실은 의미심장하다.10)

宋代에 발생해 元明代를 거치면서 발달해 온 단편 話本小說에서도 남녀의 애정문제를 다루고 있는 작품이 적지 않게 나타난다. 화본소설은 과거의 역사를 배경으로 하는 講史와는 달리 당시의 현실사회(일반적으로 송대)에 기반을 두고 주로 서민사회의 다양한 면모를 묘사하고 있다. 남자주인공으로 귀족 사대부뿐 아니라 출신이 미천하고 가난한 문인도 등장하고 여자주인공으로 비천한 기녀, 하급 아전의 딸 등 하층민이 등장하기도 한다. 이러한 신분상의 변화는 애정의 형태도 전기와는 다르게 변화시켰다.

화본소설 속에 등장하는 여인들은 더 이상 사랑에 수동적으로 대응하지 않는다. 예를 들어 「杜十娘怒沉百寶箱」의 기녀출신의 아름답고 총명한 杜十娘은 변심한 사대부 李甲에게 분노를 표현할 줄 알고 또한 사람들 앞에서 이갑을 질책하는 담대함도 지니고 있었다. 그녀의 이러한 강인한 성품은 결국 강 속에 뛰어드는 비장한 최후로 이어지는데, 죽음에 대한 그녀의 선택은 바로 '禮'를 뛰어넘지 못하는 당시 사대부들의 허위에 대한 냉소로 볼 수 있다. 유사한 애정형태를 보여주는 작품으로 「王魁負桂英」, 「王嬌鸞百年長恨」, 「金玉奴棒打薄情郎」이 있다. 비극적 결말이 아닌 대단원결말을 가지는 작품에서도 여성들은 대담하게 자신의 사랑을 실현하기 위해 분투한다. 예를 들자면 「宿香亭張浩遇鶯鶯」의 李鶯은 최앵앵처럼 님이 변심하고 떠나는 현실을 그대로 받아들이는 것이 아니라, 장생의 변심이 약속을 어기는 것이라며 관청에 고발하고 있다.

이처럼 화본소설 속의 여주인공들은 역경을 주체적으로 해결하려는 비교적 자주적인 여성의 모습으로 나타나는데, 이는 재자가인소설 속의 주체성 강한 재녀형상에 영향을 준 것으로 보인다. 그러나 화본소설 속의 애정고사는 다양한 사회계층의 사람들과 그들의 애정에 대한 추구과정을 묘사하고 있기는 하지만, 어떤 특별히 고정된 격식을 형성하고 있다고는 아직 볼 수 없다.11)

---

10) 예를 들자면 「章台柳傳」, 「崑崙奴」, 「無雙傳」의 남녀 주인공은 모두 俠士, 奇人, 劍客등 비범한 존재의 도움으로 사랑의 결실을 맺는다.

재자가인소설의 창작에 영향을 끼친 것 중에는 명말청초의 사회에 팽배했던 '재녀숭배경향'도 간과할 수 없다. 명대의 유명한 사상가 李卓吾는 남녀평등을 주장했고 실제로 여자도 제자로 받아들여 수학시키는 바람에 사회의 비난을 받기도 했었다. 또한 명말 문인들과 시화와 음악에 뛰어난 명기와의 빈번한 교류는 당시의 風流佳話였다고 한다. 재녀 柳如是는 당시의 대학자 錢謙益의 재주를 흠모하여 남장하고 그를 찾아가 상면했으며 그녀의 재주를 알아본 전겸익이 예를 갖춰 첩으로 맞이했다. 이후 유여시는 전겸익의 창작과 집필을 도왔다고 한다. 재화 출중한 기녀뿐 아니라 사대부집안에서도 시재가 뛰어난 규수들이 나타났는데 그 대표가 沈宛君과 그 세 딸이다. 세 딸들은 모두 서너 살에 글을 배우기 시작해 10살 전후로 시를 지었으며 어머니와 함께 운을 맞추며 시를 지었다고 한다. 당시 많은 문인들은 이들 재녀들에 탄복하고 흠모하는 기록을 남기고 있는데12), 이것으로 미루어볼 때, 재자가인소설 속에 등장하는 가인은 사실 현실사회에 그 원형이 있었던 것이다.

3. 재자가인소설의 내용과 소설사적 의의 — 『평산냉연』을 중심으로

1) 『평산냉연』의 내용

『평산냉연』이 가지는 소설사적 의의와 그 서사적 특징을 고찰하기 위해서 먼저 작품의 내용을 간략히 개관하는 것이 앞으로의 논의에 도움을 줄 것이다. 그 대략적인 줄거리는 다음과 같다.

---

11) 보다 자세한 논의는 다음을 참조. 李漢秋·胡益民, 『淸代小說』, (合肥: 安徽敎育出版社, 1992), 181쪽.

12) 보다 자세한 것은 다음을 참조. 雷勇, 「明末淸初的才女崇拜與才子佳人小說的創作」, 『明淸小說硏究』, 1994年 第 2期(總32輯)

才星이 하늘에서 떨어지는 길상이 나타나자 신하들은 天子가 聖明하고 朝廷에는 道가 있으며 천하는 태평성대를 구가하는 징조로 해석한다. 이에 端門에서 百官이 모두 모여 聖君의 德을 칭송하는 글을 지어 바치는데 갑자기 한 쌍의 흰 제비가 어전으로 날아온다. 임금은 매우 기뻐하며 신하들에게 「白燕詩」를 짓게 한다. 그러나 지어내는 자가 없자 대학사 山顯仁이 열 살 난 딸 山黛가 지은 「백연시」를 바친다.

천자는 산대를 불러 직접 그녀의 재주를 시험하고 玉尺과 金如意 등을 下賜하며 '弘文才女'라는 이름을 내린다. 이때부터 그녀의 시와 이름은 장안에 널리 알려지고 그녀를 흠모하는 많은 사람들이 와서 시를 구한다.

산대는 자신에게 시를 구하러 온, 집안배경만 믿고 위세부리는 귀족자제 晏文物을 비웃는 시를 써서 그의 분노를 사게 된다. 화가 난 안문물은 竇國一에게 부탁하여 열 살 먹은 산대가 뛰어난 시를 지을 수 없다며 산현인이 천자를 속였다는 상소를 올린다. 이에 벌어진 산대와 宋信 등 여섯 시험관과의 문장대결에서 산대는 모두 승리한다.

천자는 자신이 사람을 정확하게 알아보았음에 기뻐하고 황제를 의심한 두국일, 송신 등에게 벌을 내리는데 산대는 황제에게 그들을 용서할 것을 간구한다.

한편, 산현인은 산대를 도울 글 아는 하녀를 수소문한다. 이때, 산대 때문에 망신당한 송신이 낙향하여 양주로 놀러 가게 되었는데 때마침 두국일이 양주지사로 다시 돌아오자 그의 후원에 힘입어 자신이 대문장가 司馬相如인 양 행세한다.

양주의 한 농가에 冷絳雪이라는 예쁘고 재주가 뛰어난 소녀의 아버지 冷新은 시를 잘 짓는다는 송신을 사윗감으로 생각한다. 이에 냉강설은 천하의 시 짓는 문인에게 한 수 배우고자 원한다는 방을 그의 집 문에 붙여 그를 불러들인다. 그러나 송신은 그녀의 시재 앞에 또 다시 망신당한다. 모욕당했다고 느낀 송신은 두국일과 상의하여 냉강설을 산대에게 하녀로 보내버린다.

냉강설은 이것이 자신에게 복수하려는 송신의 계략임을 간파하지만 관의 명령이라 거절하기 힘든데다 또한 넓은 세계로 나아가 자신의 재주를 겨루어 보고 싶은 마음이 들어 스스로 山家로 가기를 결정한다. 장안으로 가는 도중에 냉강설은 한 절의 담장벽에 시 한 수를 적어 놓고 이를 본 수재 平如衡이 감동하여 자신도 옆에 시를 써 놓는다. 두 사람은 상대방의 시를 보고 서로 지기를 만난 듯 기뻐하고 그 이름을 마음속에 새겨 놓는다.

냉강설은 山府에 들어가 산대의 둘도 없는 지기가 되고 산현인의 양딸이 된다. 또한 산대와 입궐했다가 산대 대신 시를 지어 천자의 칭찬과 함께 '女中書'라는 호를 받고 부친 냉신은 '中書'의 벼슬을 하사받는다.

천자의 명으로 吏部에서 시행한 향시에서 燕白頷은 일등으로, 이부상서의 아들 張寅은 이등으로 합격한다. 한편 연백함과 평여형은 서로의 재주를 확인하고 가장 가까운 지기가 된다. 송신은 산대의 『白燕詩』를 차용하여 연백함에게 상견례를 청했으나 곧 산대의 시임이 탄로 나고 송강지사 안문물은 조정에 연백함과 평여형을 인재로 추천한다.

평여형과 연백함은 산대와 교류하고자 경성으로 가고 장인 역시 산대에게 청혼하고자 연백함과 평여형의 시를 모아 『張子新編』이라 이름 지어 보낸다. 이를 본 냉강설과 산대는 흡족해하나 냉강설은 그 중에 자신의 시에 화답했던 평여형의 시를 발견하고 평여형에 대한 그리움으로 병이 난다. 한편 산대는 장인이 나타나지 않자 장인을 의심한다.

임금은 산대에게 연백함과 평여형 두 사람 중 한 사람과의 혼인을 허락한다.

경성에 온 연백함은 한 화원에 우연히 들어갔다가 산대를 보고 한 눈에 반해서 담장밖에 그녀에 대한 연모의 시를 적어 놓는다. 이를 본 산대는 화답의 시를 적어 놓아 자기의 마음을 표현한다. 다음날 이 시를 본 연백함은 기쁘지만 그녀의 신분을 몰라 애태우는 중에 황가의 화원이라는 사실을 알고 너무 놀라 애를 태운다.

연백함과 평여형은 趙縱과 錢橫으로 이름을 바꾸고 암자의 담장에 시를 써서 산대에게 도전하고 산대는 냉강설과 함께 하녀로 분장해서 두 재자와 시재를 겨룬다. 조금의 주저함도 없이 자신들의 시에 화답하는 두 하녀를 보고 두 재자는 부끄럽다며 돌아간다. 한편 장인은 『장자신편』이 표절한 것임이 밝혀지고 산대의 시에 和韻도 하지 못하는 망신을 당한다. 또한 자기 집안의 권세만 믿고 산대가 거처하는 玉尺樓에 올랐다 천자가 내려준 여의봉에 맞아 죽을 뻔했다가 겨우 목숨만 건진다. 이에 화가 난 장인은 송신과 상의해서 산대가 뭇 사대부들과 음란하게 교유한다고 참소한다.

연백함과 평여형은 각자 고향에서 과거에 합격하고 몰려드는 중매를 거절하고 이를 피하고자 경성으로 간다. 도중에 양주에 들렀다가 냉강설의 부친이 그곳에 사는 것을 우연히 알게 된 평여형은 두국일의 주선으로 냉가에 청혼하여 허락받는다.

산대와 냉강설은 자신들과 시재를 겨루었던 가명의 연백함과 평여형을 잊지 못하나 찾지 못하고 조정에서도 장인의 상소로 인해 조종과 전횡을 찾는다. 경성에 들어와 조용한 곳을 찾아 회시 준비하던 연백함은 우연히 지난날 화원에서 만난 미인이 자신을 찾는 것을 알게 되고 기뻐하지만 회시 이후로 만남을 미룬다. 그러나 두 재자는 조종과 전횡의 신분으로 관아에 잡혀 가서 천자의 심문을 받는다. 천자는 심문 중에 두 사람이 평여형과 연백함이며 천자의 부름에 응하지 않고 회시에 응한 것은 공정한 심사를 위해서였다는 것을 알게 되고 죄는 오히려 참소했던 장인에게 있다고 판결한다.

이때 회시의 결과가 나왔는데 일등 會元은 평여형이고 이등은 연백함이었다. 천자는 기뻐하며 산대와 냉강설을 두 사람에게 허락하지만 산대는 지난날 만났던 서생을 잊지 못하고 냉강설은 산현인의 주선으로 평여형에게 구혼하나 평여형은 양주에서 허혼했다며 거절한다. 며칠 후 열린 廷試에서 연백함은 壯元, 평여형은 探花로 급제하고 천자는 연백함과 산대, 평여형과 냉강설의 결혼을 선포한다. 그러나 두 재자는 마음에 두고 있는 여인들 때문에 고사한다. 평여형과 냉강설은 천자가 자신에게 허락한 배필이 마음속에 있던 바로 그 사람임을 알고 기뻐하고, 연백함과 산대는 서로 마음에 다른 사람을 두고 결혼했다가 합방한 후 드디어 상대방을 확인하고 기뻐한다. 두 쌍의 부부는 각자 자신의 고향으로 돌아가 편안히 여생을 보냈다.

2) 재자가인소설의 소설사적 의의

① 새로운 여성상-'才女'형상의 창조

재자가인소설의 인물들은 고전소설이 그렇듯이 긍정적 인물과 부정적 인물로 정형화되어 있다. 긍정적 인물로는 작품의 주인공인 재자와 가인을 꼽을 수 있는데 그들은 아름다운 외모와 비범한 시재를 갖추고 있으며 인품도 나무랄 데 없이 훌륭하다. 반면에 이들과 대립하는 부정적 인물로는 재자와 가인의 연애와 결혼을 방해하는 소인배 무리가 있다. 그들은 별다른 재주도 없으면서 집안 혹은 아버지의 권세만 믿고 긍정적 인물에 도전했다가 패배하고 만다. 대개 용모는 볼품없고 인품도 졸렬하며 거만하고 비겁하다. 여기서 우리는 작가가 '才'와 '貌'에 따라 비교적 단순하게 인물의 성격을 규정하고 있음을 간파할 수 있다.

그러나 고전소설의 인물에서 보이는 이러한 인물성격의 단순성과 평면성은 오히려 재자가인소설에서 '才女'라는 '才'와 '貌'를 모두 갖춘 여성상을 성공적으로 만들어내고 있는데 이 또한 매우 흥미롭다. 봉건사회에서 이상적인 여성상으로 대다수 작품에서 그려지고 있는 여성이란 유가적 윤리에 충실한 이른바 婦德을 갖춘 여성이었다. "여자는 재주가 없는 것이 바로 덕"인 사회에서 글을 익히고 시를 짓는 것은 남정네들의 일이었다.13) 그러나 재자가인소설의 '재녀'들은 남자들보다도 더 재주가 뛰어난 인물들이었다.

재자가인소설의 여주인공 형상이 갖는 몇 가지 특성을 『평산냉연』에 등장하는 산대와 냉강설의 예를 들어가며 살펴보겠다. 일반적으로 그들은 보통의 여인들에게서는 찾아보기 어려운 '신성함'과 '비범함'을 가지고 있다. 여기서 말하는 신성함과 비범함이란 상대적인 것으로서 신화나 상위모방의 서사체에 등장하는 초자연적인 존재가 지니는 신성이나 초월성을 의미하지는 않는다.

---

13) 『紅樓夢』 第 42回에서 薛寶釵는 黛玉에게 『西廂記』와 같은 책을 읽지 말라고 충고하면서 "시 짓고 문장 짓는 일은 원래가 너나 나 같은 여인네들의 본분이 아니고,……그저 바느질하고 베 짜는 일이나 해야 한다"고 말하고 있다. 비록 『홍루몽』이 『평산냉연』보다 후대에 나오기는 했지만 그녀의 행동과 생각은 과거시대의 전통적 여성관을 대변한다고 말할 수 있다.

가인은 일상세계에서 볼 수 있는 인성을 지닌 동등한 인간이기는 하지만 세속의 인간에게는 보기 힘든 상대적인 신성함과 비범함을 가지고 있다는 뜻이다.

첫째로 비범한 출생과 신분을 갖는 경우가 많다. 일반적인 전설과 설화의 주인공들처럼 태어날 때부터 평범하지 않은 남다른 면을 가지고 있다. 예를 들자면 산대가 출생할 때 부모는 기이한 꿈을 동시에 꾸었다. 瑤光星이 정원으로 떨어졌는데 이를 아내가 받아 삼켰다는 것이다. 이것은 비범한 인물의 출생을 암시하는 태몽이다. 그녀의 비범함은 성장기에서도 나타난다. 산대는 세 살이 될 때까지 말을 못했고 말을 하게 된 후에도 말이 많지 않았다. 그러나 한 마디 말을 하면, 그 담긴 지혜가 일반 사람들의 생각을 초월하였다. 또한 책읽기를 가르치면 눈으로 보고 곧 외웠고 일곱 살 때 문장을 짓기 시작해 열 살 때는 매일 책읽기를 멈추지 아니하고 손에서 떼지 않았다. 게다가 산 씨 집안은 진나라 山巨源의 후예로서 부친은 천자의 신임을 받는 재상이었다. 냉강설은 비록 농가출신이지만 그녀의 출생도 예사롭지 않다. 그녀가 태어났을 때 정원에 붉은 눈이 내려 이름을 絳雪이라고 지었다고 한다. 또한 여덟 살, 아홉 살에 시를 짓기 시작하는 남다름을 보인다.

둘째는 뛰어난 미모이다. 자고로 중국에서는 '남자는 재주, 여자는 외모(男才女貌)'라는 생각이 유행했다. 이러한 사고는 당전기나 화본소설 등 어디에서나 쉽게 찾아 볼 수 있다. 재자가인소설의 기원적인 작품에 해당하는 『앵앵전』의 앵앵은 뛰어난 시재를 지닌 여성이었지만 정작 장생이 그녀를 처음 보자 매혹된 것은 바로 그녀의 빼어난 미모 때문이었다. 그러나 재자가인소설에서는 외모뿐 아니라 '재화'를 갖추어야 한다고 주장하는데14) 다시 말하자면 모든 재자가인소설의 여주인공들에게 빼어난 용모는 기본조건이었던 것이다. 『평산냉연』에서도 예외가 아니어서 주인공 산대는 "생긴 것이 주옥같이 아름답고 芝蘭과 같이 빼어나고 빙설마냥 순결하고 煙雲마냥 담박하

---

14) "재주는 있는데 미색이 아니라면 佳人이라고 할 수 없고 미색이지만 재주가 없어도 가인이라고 할 수 없다(有才無色, 算不得佳人, 有色無才, 算不得佳人)", 「兩交婚序」, 『兩交婚』, (沈陽: 春風文藝出版社, 1985)

였다."15) 『평산냉연』의 또 하나의 여주인공인 냉강설의 미모도 산대에 결코 뒤지지 않는다. 그녀 역시 "생긴 것이 꽃 같고 옥 같고, 눈썹은 먼 산을 그려놓은 듯, 피부는 흰눈이 엉긴 듯, 아름답기가 빼어났다.16)

셋째, '재(혹은 재주)'를 구비하고 있다는 점이다. 심지어 가인은 남자들보다도 뛰어난 재주를 지니고 있다. 이 재주야말로 재자가인소설의 가인형상, 즉 '재녀' 형상을 다른 여느 소설 속의 여주인공과도 구별 짓게 하는 특징이다. '남자는 재주, 여자는 미모'라는 전통적 관념에서 한 발짝 나아가 여성에게 남자들에게서나 기대했던 재주를 부여하고 오히려 남성들을 능가하도록 설정한 것은 당시 사회의 여성에 대한 관념에 일정 정도 변화가 있었음을 의미한다. 명대 중엽 이후 사회에서 일어나기 시작한 개성의 자유, 욕망의 긍정 등 새로운 사조의 출현17)과 앞에서 언급한 바 있는 '재녀숭배'의 풍토는 모두 재자가인소설 속의 '재녀'형상의 창조에 기여했다.

여기서 말하는 '才'란 출중한 글재주를 포함하는 다양한 재주를 의미한다. 이를테면 그녀들은 시, 산문, 서화 등 당시 사회가 문인들에게 요구하는 모든 분야의 수양을 다 갖추고 있었다.18) 산대는 書法, 塡詞, 詩文, 考古 등 제분야에 걸쳐 한림학사들과 재주를 겨루어 모두 승리하고 있다. 냉강설도

---

15) "生得美如珠玉, 秀若芝蘭, 潔如氷雪, 淡若煙雲.", 『平山冷燕』第 2回, (北京: 人民文學出版社), 15쪽.

16) "生得如花似玉, 眉畵遠山, 肌凝白雪, 標致異常.", 『平山冷燕』, 第 6回, 64쪽.

17) 宋元이후 理學은 사회의 각 방면에서 사람들의 생각을 통제했지만, 명대에 시민계층이 계속 확대되고 시민문화가 발전하면서 晩明때는 여색을 즐기고 정감을 중시하고 미식을 강구하는 풍조도 사회에 나타났다. 또한 陽明左派는 名敎의 속박에서 벗어나서 '옷 입고 밥 먹는 것'도 인륜으로 생각하여 본능이나 남녀의 정감을 중시하였다. 보다 자세한 논의는 다음을 참조. 夏咸淳, 『晩明士風與文學』第二篇, (北京: 中國社會科學出版社, 1994), 권중달, 「명말청초의 경세사상」, 『명말청초사회의 조명』, (서울: 한울아카데미, 1994)

18) 재자들에게 요구되는 '才'에는 詩才뿐 아니라 과거에 급제할 수 있는 능력까지 의미한다. 왜냐하면 재자가인소설에 등장하는 재자들은 뛰어난 시재만 가지고 재야에 묻혀 고고하게 살아가는 지고한 선비가 아니라 현실의 과거제에 합격하여 관료의 길을 가는 것으로 그려지고 있기 때문이다.

송신을 비롯한 세 문인과 문재를 겨루어서 그녀의 재주가 그들보다 우위에 있음을 증명했다.

만일 가인이 글만 잘 지었다면 실생활과는 유리되어 있는 온실 속의 화초 같은 나약한 존재로서 진정한 재녀라고 간주할 수 없을 것이다. 다행히도 재자가인소설 속의 가인들은 일상생활에서도 그들의 총명과 재주를 바탕으로 담대함, 용기와 지혜를 보여준다. 산대는 남자들도 위축되기 쉬운 법인데 천자알현시에 당당하게 처신하며 천자가 베푼 연회에서 오히려 공연을 즐기면서 자신의 생각을 분명히 밝힐 줄 알았다. 자신의 재주를 의심하는 모함과 참소에도 당당하게 대처할 줄 알았다. 산대와는 달리 농민출신이었던 냉강설은 현실생활에서 그 용기와 담대함이 더욱 두드러졌다. 그녀는 담대하게 송신에게 도전하는 방을 그의 집 앞에 붙여 그를 자신에게 불러들여 재주를 시험했다. 또 모욕당했다고 분노한 송신이 그녀를 산대의 집에 하녀로 팔아 넘기려 하자 오히려 이를 전화위복의 기회로 삼고자 했다. 그녀는 보다 넓은 세계로 나아가서 자신의 재주를 드러내고 싶어 한 도전정신의 소유자였다. 잘 꾸며 놓은 정원에 앉아 한가로이 화조일월을 읊는 규방 안의 재녀가 아니라 거친 세상 속으로 감히 뛰어 들어 인생을 스스로 개척하고자 하는 모험정신마저 지닌 재녀였던 것이다. 냉강설은 산부에 도착해서도 팔려온 하녀의 신분으로서가 아니라 당당한 방문자의 자세로 산현인을 대해서 오히려 그들을 당황시킨다. 자신을 경시하지 못하도록 자신의 재주를 드러내며 스스로를 높일 줄 아는 지혜를 보여주어 결국에는 산대와 의자매가 되고 산현인의 의녀가 된다. 열두 살의 나이로 혈혈단신 집을 떠나 異鄕에서 자신의 인생을 개척하는 냉강설의 모습에서 주체적이고 강한 자의식을 가진 재녀의 모습을 찾을 수 있다.

가인들은 뛰어난 재주를 가지고 있을 뿐 아니라 '才'에 대한 강한 자부심을 가지고 있다. 이러한 '재주를 중시하는(重才)'의 태도는 가인의 성격과 행동까지 규정한다. 자기 자신에 대해서는 물론이고 다른 사람을 평가할 때도 '才'의 유무로써 하고 있는 것이다. 재주가 있는 사람에 대해서는 존경과 겸

손을 보이지만 재주가 없는 사람에 대해서는 신랄한 풍자를 가하는데 그 주된 대상은 재자와 가인의 결합을 방해하는 소인배들이다. 그들은 작중에서 끊임없이 재자와 가인에게 무시당하고 풍자 당하고 결국에는 다른 사람들 앞에서까지 자신의 무재를 드러내게 된다. 이러한 소인배에 대한 풍자와 희화 과정을 통해서 '才'에 대한 자부심과 긍지, 자신감 넘치는 주체적인 재녀 형상은 더 한층 구체적으로 독자 앞에 현현되고 있다.

예를 들자면 권세가문의 자제로서 안하무인인 안문물이나 장인, 자칭 재자인 송신은 작품 중에서 끊임없이 희화되는 인물이다. 냉강설은 송신이 醉中이라는 핑계로 시 짓기를 미루고 일부러 어려운 詠物의 제목을 내는 것을 보고 단번에 재자가 아님을 간파한다. 그래서 몇 구절의 시로써 그를 풍자하는데 송신은 자신을 비꼬고 있음을 알아차렸지만 어떻게 반응해야할지 몰라서 그저 전전긍긍할 수밖에 없었다. 왜냐하면 심각하게 반박하려니 조박하다고 할까 두렵고 참고 있자니 비웃음을 당할까봐 이러지도 저러지도 못하고 얼굴만 붉어질 뿐이었다. 결국 애만 태우고 시 한 줄 짓지 못하는 모습은 평소의 당당하고 교만하던 송신의 모습과는 대조되는 우스운 장면을 연출한다. 냉강설의 여유와 송신의 위축됨은 바로 냉강설의 재주를 두드러지게 하는 작용을 하고 있다.

산대의 소인배에 대한 태도는 더 엄격하다. 자신의 분수를 알지 못하는 장인에 대해 조금의 배려나 동점심도 보이지 않는다. 無才에다 멍청하기까지 한 장인은 다른 사람의 시를 베끼고 훔쳐서 재자 행세를 하며 산대에게 접근했고 자신을 시험하는 산대 앞에서 여전히 송신을 시켜 시를 짓게 하려다가 발각된다. 그는 냉강설이 자기를 조롱하는 시를 대신 지어준 줄도 모르고 득의양양 산대에게 자신이 지은 척하며 준다. 시를 받아든 산대의 떠나갈 듯한 웃음소리에 자신의 시에 만족하여 웃는 줄로 착각한 그는 기고만장하게 산대의 거처에 난입한다. 분노한 산대는 천자가 자신에게 부여한 권위를 이용해 그를 여의봉으로 타살하기 일보 직전까지 간다.

이와 같은 소인에 대한 가차 없는 희화와 풍자를 통해 작자의 '재'에 대한 애정과 중시가 어느 정도인지 엿볼 수 있다. 작품 중에서 작가는 재주 없는 소인은 풍자와 조롱의 대상이 되지만 재주 있는 사람에게는 깍듯한 예를 갖추어 경의를 표하고 있기 때문이다. 작품의 평자는 이러한 가인의 태도에 대해 다음과 같이 해설한다.

> "才人이 만약 재주를 사랑하지 않는다면 진정으로 재인이 아니다. 어째서인가? 대개 진정한 재인은 스스로 그 재주를 중히 여기므로 다른 사람의 재주를 생명처럼 여기니 어찌 사랑하지 않을 수 있는가? 재인이 만약 고고하고 오만하지 않는다면 이 또한 진정한 재인이라 할 수 없다. 어째서인가? 대개 진정한 재인은 스스로 재주가 있다고 여기니 다른 사람이 재주가 없음을 분토처럼 볼 것이니 어찌 오만하지 않을 수 있겠는가? 그러므로 진정한 재인을 잘 그려내는 자는 반드시 재주를 사랑하는 것과 고고하고 오만하게 거하는 것에서 붓을 들어야 비로소 그 기묘함을 다하는 것이다."19)

이러한 생각이 바로 재자와 가인의 소인에 대한 지나친 조롱과 풍자가 합리화될 수 있는 근거였다.

② 자주적 결혼관의 제시

재자가인소설의 또 하나의 미덕은 자주적 결혼관을 보여 준다는 점이다. 중국전통사회에서 결혼이란 개인의 만남이 아니라 집안끼리의 결합이었으며 "부모의 명과 매파의 말(父母有命, 媒妁有言)"이 있어야 성사되는 것이었다. 당사자의 의견보다는 혼인할 가문의 부모와 실제로 양 집안 사이를 오가며 결혼의 조건을 형량하는 중매인의 의견이 더 중요하게 작용했던 것이 과거의 혼인제도였다. 남녀가 유별하니 사사로운 만남이 원천적으로 봉쇄되어 있

---

19) "才人若不愛才, 算不得眞正才人. 何也? 蓋眞正才人, 自重才人, 故見人之才有如性命, 安得不愛? 才人若不高傲, 亦算不得眞正才人. 何也? 蓋眞正才人, 自旣有才, 故視人之無才有如糞土, 安得不傲? 故善于形容眞正才人者, 定要在愛才與高傲處着筆, 方盡其妙." 『平山冷燕』第 9回, 101쪽.

던 사회에서 결혼은 부모의 판단과 중매쟁이의 중매에 의존할 수밖에 없었
던 것이다. 부모는 혼인할 두 집안의 형편이 서로 엇비슷한지를 보고 중매쟁
이가 상대편 집안에 다녀와서 보고하는 이야기에 의지해서 혼인을 결정한다.
따라서 이 과정에서 부모의 의견 외에도 중매쟁이의 농간이 개입할 여지가
컸다. 이러한 폐해는 이미 재자가인소설에 드러나 있다.20) 재자가인소설의
상투성에 대해 첨예하게 비판하고 있는 노신도 "중국의 혼인방법의 결함에
대해서 재자가인소설의 작가들은 일찍이 느끼고 있었다"21)고 긍정하고 재자
가인소설이 혼인제도에 대한 불만에서 창작되었다고 언급한 바 있다.

　소설의 주인공들은 이러한 당시의 혼인관과 혼인제도에 대항하여 모두 자
신이 배우자를 선택하겠다고 주장한다. 남자는 미모는 물론이고 자신과 함께
시를 논할 수 있는 재주를 갖춘 여자를 원했고, 여자는 권세와 부귀는 상관
없이 재주를 가진 재자를 자신이 직접 보고 선택하겠다고 공언한다. 여자가
남자를 직접 선택하겠다는 설정은 남성본위의 당시 사회적 상황에서 보자면
상당히 획기적인 발상이 아닐 수 없다. 또한 남녀가 자유롭게 만날 수 없었
던 사회였음에도 불구하고 재자가인소설에서는 여자가 남자를 만날 수 있는
공식적인 공간이 확보되어 있었다. 바로 여주인공들이 다행히도 재녀로 명성
을 떨치게 되면서 자연히 그들의 재주를 흠모하여 시나 서화를 얻으려는 사
람들이 많아지고 이들과 반공개적, 반공식적으로 접촉할 수 있었던 것이다.
그 중에는 문인들도 있었는데 그들의 목적은 단순히 시 한편을 얻고자함이
아니라 구혼하고자 하는 의도가 다분히 있었다. 재녀들은 그 문인들과 직접
상면하지는 않더라도 일단 그녀의 집에 들어온 이상 어떠한 방식으로든 그들
을 살펴보는 것은 그다지 어렵지 않았다. 재녀라는 명성은 우월한 위치에서
그들을 비교하고 살펴서 배우자를 선택할 수 있는 여건을 허락하였다. '弘文

---

20) 재자가인소설의 하나인 『合錦回文傳』에서는 주인공의 입을 통해 재물만을
　　밝히면서 중매에 농간을 부리는 매파들을 날카롭게 비난한다. 자세한 것은
　　다음을 참조. 『合錦回文傳』第 4回, (北京: 北京師範大學出版社, 1993),
　　44-45쪽.
21) 魯迅, 「墳.論睜了眼看」, 『魯迅全集』第一卷, 1981年版, 238쪽.

才女'라는 이름을 하사받은 산대의 집에는 문인들이 몰려들었고, 양주에서 이미 재녀로 이름난 냉강설은 아버지가 고려하는 신랑감을 시 짓기를 한 수 배우겠다며 자신의 집으로 불러들이고 있다. 이러한 행위는 이전의 여자들이 남자들의 선택의 대상이었던 수동적 모습과 대조되는 역할전환이 아닐 수 없다.

새로운 연애관을 가진 주인공들의 연애방식도 새롭다. 그들은 단순히 우연히 만나 한눈에 반하는 방식에서 벗어나 '詩'를 매개로하여 상대방에 대한 연모의 정을 키운다. 그들이 '才'를 중시한다는 점에서 미루어 본다면 시로써 만나고 자신의 감정을 표현하는 것은 가장 才子佳人다운 방식이 아닐 수 없다. 따라서 재자가인소설 속에 묘사된 남녀주인공의 만남과 결합에 이르기까지의 전과정에서 시가 차지하는 비중은 상당히 높다. 물론『앵앵전』과 같은 당전기에서도 주인공들은 시를 주고받았지만 재자가인소설에서처럼 시 자체가 만남을 주선하거나 여주인공이 그 시에 화답하는 적극성을 보이고 있는 것은 아니었다. 재자가인소설에서는 시가 주인공들을 만나게 하는 직접적인 계기가 되고 끊임없이 만남을 이어주는 가교 역할을 한다.『평산냉연』에서 냉강설과 평여형의 만남은 그 전형적인 예이다.

山府로 가는 도중에서 어느 절에 들르게 된 냉강설은 그곳 풍경에 감동하여 벽에다 시 한 수를 자신의 이름과 함께 써 놓는다. 이를 본 평여형이 감동받아 자신도 그 옆에 화답의 시를 이름과 함께 적어 놓는다. 냉강설도 평여형의 시를 보고 그를 특별하게 기억한다. 공개적으로 이름을 밝히고 시를 쓰는 행위는 천하에 자신을 드러내고 또 자신도 도전을 받겠다는 자신감의 표현이다. 그들은 시를 통해 상대의 존재를 알게 되었고 사모하게 된다.

산대와 연백함의 만남을 이어 주는 것도 역시 시이다. 연백함이 우연히 한 화원에 들어가게 되고 거기서 멀리서나마 산대를 보게 되었다. 그녀의 미모에 반하여 담장밖에 그녀에 대한 연모의 시를 적어 놓았는데 이를 본 산대는 그가 재자임을 알아차리고 화답하는 시를 다시 적어놓는다. 연백함은 그녀의 시를 보고 자신이 찾던 이상형이라 느끼고 연모의 정을 품게 되었던 것이다.

시는 이처럼 젊은 재자와 가인에게는 반공개적 만남의 자리를 제공하기도 하지만 동시에 그들을 위험으로 몰아넣기도 했다. '재'에서 소외된 인물, 즉 소인으로부터 그들이 시를 핑계로 만나서 사회풍기를 문란 시킨다는 혐의와 교만방자하여 문인들을 모욕한다는 비난을 받았던 것이다. 산대에게 망신당한 장인과 송신은 산대가 시를 암자 벽에 써서 문인들을 집으로 불러들여 시를 짓는다는 핑계로 남녀가 어울려 사회풍기를 문란 시키고 있다며 참소하였다. 이는 가인과의 겨루기에서 실패한 자들의 보복성 차원에서 일으킨 일이지만, 재녀들의 세상에 대한 도전적이고 자주적인 태도는 당시 사회에서 쉽게 용납될 성질은 아니었던 것이다.

③ 지순한 연애과정

재자가인소설 속에 묘사되고 있는 재자와 가인의 연애는 정신적 사랑에 기초한다. 『금병매』나 염정소설이 남녀간에 이루어지는 성관계를 적나라하게 묘사함으로써 도적적 시비를 불러 일으켰던 것과는 대조적으로 남녀간의 정신적인 교감만을 강조한다. 이는 재자가인소설이 이전의 염정소설이 표면적으로는 『금병매』처럼 음란함을 경계함이 창작목적이라며 인과응보적 구성을 취하면서도 실제로는 대중의 관음적 취미에 영합하고 있는 데에 대한 의도적 반발의 성격이 짙다. 바로 이러한 이상적 도덕성은 재자가인소설이 일찍이 서구세계에 소개되면서 깊은 인상을 남겼던 부분이기도 하다.[22]

남녀주인공들의 사랑에는 고난이 있게 마련이다. 왜냐하면 고난이 없다면 그들의 사랑이 얼마나 고결하고 소중한 것인지를 증명할 수 없기 때문이다. 그들은 당시 사회가 남녀의 자유로운 연애를 허락하지 않았기 때문에, 혼인은 집안과 신분이 서로 비슷해야 하기 때문에, 또 이들의 결합을 가로막는 소인배들의 방해 때문에 수많은 굴곡을 겪게 된다. 그 과정에서 그들은 어떠

---

22) 예를 들자면 괴테는 당시 재자가인소설로 보이는 중국소설을 읽고 깊은 감명을 받았는데 특히 젊은 남녀가 한 방에 앉아 대화로 밤을 세우며 서로 건드리지 않는 그들의 윤리성이 인상 깊다고 말한 바 있다. 에커만, 지명렬 역, 『괴에테와의 대화』, (서울: 삼중당문고, 1982), 201-202쪽.

한 경우에 처하더라도 상대방에 대한 그리움과 연모의 정을 포기하지 않는 적극성과 열정, 즉 순정을 보여준다. 이와 같은 지고지순한 연애과정이야말로 재자가인소설이 지니는 또 하나의 특징이다.

냉강설과 평여형은 위에서도 언급했던 것처럼 시를 지어 벽에 써 놓음으로써 상대방의 이름을 기억하고 서로를 멀리서 바라보기도 했지만 상대방에 대한 확신을 가지지는 못한 채 헤어졌다. 그 뒤 평여형은 그리움이 병이 되어 객지에서 반 달이나 병석에 누워있어야만 했다. 또한 경성에 가서도 평여형은 냉강설이 관료집안출신으로 생각하고는 관직명부를 다 뒤져서 냉 씨 집안을 찾아 갔다가 모욕을 당하기도 한다. 그러나 그녀를 찾기 어려우면 어려울수록 그리움은 깊어만 가고 결코 그녀 찾기를 포기하지 않는다. 나중에 양주에서 우연히 냉강설이라는 이름을 가진 소녀가 있다는 말을 듣고 너무도 좋아하는 단락에는 당당하고 의젓한 사대부의 모습은 간데없고 사랑에 빠진 바보 청년만이 보인다.

> 평여형은 '냉강설'이란 세자를 듣자 기뻐서 눈썹이 벌어지고 눈이 웃으며 감정이 북받쳐 저도 모르게 손발이 춤을 추기 시작했다.23)

냉강설의 평여형에 대한 마음도 마찬가지이다. 냉강설은 절에서 처음 평여형의 시와 이름을 본 후 마음속으로 그를 사모하게 되고 나중에 장인이 연백함과 평여형의 시를 베껴서 산대에 보낸 문집에서 자신의 시에 화답했던 평여형의 시를 발견하면서 그에 대한 그리움이 극에 달한다.

> 냉강설은 평여형이 자신을 그리워하는 시를 보자 저도 몰래 밤낮으로 그리워하게 되어 음식도 차도 모두 먹기 싫어졌다. 평상시에는 산아가씨와 꽃 앞에서 시를 짓고 달빛 아래 서로 화답하고 여러모로 운치가 있었

---

23) "平如衡聽見說出"冷絳雪"三字, 便喜得眉歡眼笑, 竟忘了情, 不覺手舞足跳起來.", 『平山冷燕』 第 19回, 235쪽.

는데 오늘은 아름다운 풍경을 앞에 두고도 정경이 모두 시큰둥하게 느껴지고 억지로 말을 해봐도 상쾌하지 않았다. 산아가씨는 재삼 위로하지만 입으로는 듣는척해도 마음은 멍해질 뿐이고 매일 지쳐서 잠만 자고 싶어질 뿐이었다.[24]

작가는 냉강설의 행동을 객관적으로 묘사하면서 그녀의 심적 고통을 간접적으로 드러내고 있다. 냉강설은 평여형에 대한 연정을 누구에게도 드러낸 적 없이 혼자서만 간직해 왔는데 산대에게 구혼하는 남자의 문집에서 그의 시를 발견하게 된 것이다. 자신이 사모하는 남자가 다른 여자에게 구혼하는지도 모른다는 안타까움과 사무치는 그리움에 스스로를 감당할 수 없었을 것이다. 이처럼 사랑을 확인하지 못하는 남녀는 그저 마음속에 우울함만 맺히고 그리움이 병이 되고 말았다.

연백함의 산대에 대한 순정도 평여형에 뒤지지 않는다. 그는 화원에서 산대를 우연히 본 후 그녀에게 한눈에 반하지만 도대체 그녀가 누구인지 알 수 없어 안타까워한다. 주점에서 홀로 술 마시면서 정신이 홀린 듯 그녀를 그리워하면서 그녀의 시재에 기뻐했다가 그녀의 신분이 국척이나 황친일지도 몰라 절망한다(『평산냉연』第15回). 웃었다 울었다 하는 그의 행동은 주모의 눈에는 영락없이 정신 나간 바보였다.

뭇 남자들의 재주 없음을 비웃던 산대도 자신의 재주와 조화를 이룰 재자 만나기를 기대하지만 존귀한 집안이라 가난한 재자는 와서 구혼하지도 못한다면서 안타까워한다. 또한 황제의 칭찬으로 생겨난 자신의 헛된 명성이 자신의 혼삿길을 망친다며 한탄하기도 한다. 이러한 산대의 생각은 사실 그녀가 자신의 처지를 단순히 우월한 조건으로 간주하지 않고 오히려 객관적으로 분석하고 있음을 보여준다. 그래서 정작 화원에서 연백함의 시를 보았을

---

24) “冷絳雪自從見了平如衡懷他之詩, 便不覺朝思暮想, 茶飯都不喜吃. 每常與山小姐花前聯句, 月下唱酬, 百般韻趣. 今日遇着良美景, 情景都覺索然, 雖勉强爲言, 終不歡暢. 山小姐再三開慰, 口雖聽從, 而心只癡迷, 每日只是懨懨思睡.”,『平山冷燕』第13回, 163쪽.

때 선뜻 그의 시에 화답한다. 재자가인소설에서 시에 화답한다는 의미는 상대방의 시재에 자신의 시재도 비견할 수 있음을 나타내는 자신감의 표현인 동시에 상대방과 만나고 싶다는 애모의 표현이기도 했던 것이다. 그 뒤로 산대는 그를 사모하지만 그의 성명도 모른데다 가난한 선비로 보이기에 아버지의 마음에 들지 않을까봐 걱정되고 결국에는 그의 행방이 묘연해져 버리자 망연자실해진다. 결국 산대는 병이 나고 연백함도 그녀의 정체를 알지 못하고 방문할 길조차 없게 되자 미친 듯이 그리워하며 식욕마저 잃어간다.

이상의 연모과정 중간에 장인, 송신 등 소인배의 도전과 참소가 있었지만25) 결국에는 천자의 명령으로 결합할 수 있었다. 그러나 두 쌍의 남녀는 결혼의 명을 받고서도 상대방이 자신들이 사모하던 바로 그 사람인지 모르고 서로 난색을 표하는 우여곡절이 계속되었다. 나중에 평여형과 냉강설은 결혼 직전 실상을 알게 되지만 연백함과 산대는 결혼 당일 밤에야 상대방을 확인하게 된다. 재자와 재녀의 결합이란 재자가인소설에서는 필연적인 결말인데도 작중 인물들에게 자신들의 결말을 예측하지 못하게 함으로써 극적 긴장을 고조시켜 최후에 행복한 결말의 효과를 배가시키는 작용을 하고 있는 것이다.

4. 재자가인소설의 몇 가지 한계

1) 인물의 도식화와 개념화-미련하기만 한 소인배와
언제나 총명한 임금

재자가인소설은 위에서 언급한 것과 같은 소설사적 의의를 지니고 있지만

---

25) 사실 『평산냉연』의 소인배들은 가인을 의심하고 참소하고 있지만 두 사람 사이를 방해하고 있지는 않다. 그러나 대다수의 재자가인소설 속의 소인배는 직접 두 주인공 사이를 이간질하고 방해한다. 대표적 재자가인소설들의 내용과 서사구조를 도표화한 陳大康의 작업은 재자가인소설의 서사구조를 일별하는데 도움을 준다. 자세한 논의는 다음을 참조. 陳大康, 『通俗小說的歷史軌迹』, (長沙: 湖南出版社, 1993), 244-246쪽.

또 다른 한편으로는 소설이 가지는 치명적인 내재적 한계도 가지고 있다. 그 첫째는 재자가인소설을 구성하는 작중 인물들이 가지는 도식성과 개념화 현상이다. 재자가인소설이라고 이름 지을 수 있는 이유가 바로 주인공이 재자요 가인이라는데 있음을 고려하더라도 극중 인물의 성격과 기능이 비교적 단순하다는 사실은 부인할 수 없다.

재자가인소설은 20회 정도의 중편소설로서 보통 100회 이상인 장편의 장회소설과 직접 비교할 수 없지만 작품의 주요갈등이 남녀의 애정과 혼인 문제로 국한되면서 등장인물의 수도 적고 인물간의 관계와 그 갈등구조도 간단해졌다.

고전소설의 인물들은 대개가 비교적 평면적인데 이러한 인물형상의 평면성은 특히 재자가인소설에 빠지지 않고 등장하는 소인배 형상에서 두드러진다. 예를 들어 『평산냉연』의 소인배인 장인과 송신을 보자. 장인은 당시 이부상서의 아들로서 명문대가의 자제라고 할 수 있다. 그러나 그는 별 재주도 없고 외모도 초라한데다가 인품도 졸렬하기 그지없는 전형적인 소인의 형상으로 그려진다. 부친의 명성에 의지해서야 겨우 과거에 급제할 수 있고 자신이 가지는 권세 때문에 교제를 청하는 시골문인들의 아부에 만족하는 인물이다. 이러한 단순성으로 그는 작품 중에서 끝내 자신의 분수를 깨닫지 못한다. 그래서 그는 자기 힘으로 시 한 수는커녕 한 행도 짓지 못하면서도 다른 두 재자의 시를 베껴서 자신의 것인 양 산대에게 보내 구혼을 감행한다. 그리고 실력이 들통 나고 망신을 당했으면서도 자신의 재주가 그녀만 못해서라고 인정하는 법이 없다. 자신의 현실은 돌아보지 않고 상대방이 오만방자하여 자신을 모욕했다고 생각하는 단순한 성격의 소유자이다. 그리고 결국 산대에게 복수하기 위해 그녀가 장안의 사대부들과 어울리며 음란함을 조장한다고 조정에 참소함으로써 그녀를 파멸시키고자 한다. 그러나 일이 확대되면서 천자가 사건을 심판하게 되고 오히려 본인에게 죄가 있는 것으로 판결 난다. 자신의 분수를 알지 못하고 남을 모함하는 비겁함과 무모함은 공개적으로 자신을 망신시키는 결과를 초래한 것이다. 『평산냉연』뿐 아니라 대다수 재자가인 소설 중에 등장하는 모든 소인배들에게서 이러한 모함과 파멸이라는 단순한 인과보응의 구조가 반복되어 나타난다. 비록 서로 다른 인물과 다른 방식으로 작품 중에서 재자와 가인을 괴롭히고 그들 사이를 방해하지만 기능하고 있는 역할은 모두 동일하다. 곧, 그들의 존재는 재자나 가인의 총명함과 뛰어남을 두드러지게 할 때만이 가치가 있다. 소인배들의 묘사가 당시 사회를 풍자하고 있다는 점에서 그들 존재의 의의를 찾을 수도 있지만, 전체 서사구조 안에서 이들이 갖는 역할과 성격은 이와 같이 일면적이다. 소인은 처음부터 끝가지 소인이다.

자칭 재자인 송신은 장인보다는 조금 복합적으로 그려지지만 여전히 소인배의 형상에서 벗어나지 못한다. 아니 오히려 좀 더 교활한 소인의 형상을 보여준다. 그는 먼저 산대와 시재를 겨루어 패배하고 그녀의 재주를 의심했다가 곤장의 형벌을 받는데 산대의 청원으로 감형된다. 이 때 그는 산대에게 감사함을 표하고 그에게 굴복하는 듯이 보이지만 낙향했다가 다시 소인의 본성으로 되돌아 와 냉강설에게 같은 행위를 반복한다. 여전히 자신을 재자라고 자칭하고 냉강설에게 시 짓기를 한 수 가르치고자 한다. 결국에는 냉강설에게도 망신당하지만 자신의 재주가 그녀보다 못하다는 사실을 인정하는 것이 아니라 모욕에 대한 복수로서 그녀를 산대에게 하녀로 보내버린다. 그의 분수를 모르는 이러한 행위는 장인과 다를 바 없고, 나중에는 장인을 도와 산대에게 구혼하는 데 앞장선다. 그것이 파멸로 이어지는지도 깨닫지 못한 채. 그는 산대에게 패배한 기억은 까맣게 잊은 채 장인에게 자신이 시를 짓겠다는 만용을 부리고 있다. 몇 차례의 패배에도 불구하고 끊임없이 가인에게 도전하며 자신의 패배를 시인하지 않는 형상은 재자와 가인의 결합을 방해하는 역할을 부여받은 소인이라는 규정화된 인물의 기능에 충실히 복무하고 있는 것으로 보인다. 극중에서 살아있는 독립적인 인물로서가 아니라 설정된 서사구조에 충실히 이행하는 개념화된 인물로서 시종일관 기능하고 있는 것이다.

재자가인소설에서 찾아 볼 수 있는 또 다른 개념화된 인물은 천자이다.

소인이 재자와 가인의 결합을 방해하는 역할을 하고 있다면 천자는 이들의 결합을 도와주는 역할을 한다. 그것도 결정적인 도움을 주고 있다. 그래서 천자는 천자라는 인물로서가 아니라 재자와 가인의 결합에 절대적으로 필요하기 때문에 존재하는 인물이라고 말할 수 있다. 첫째, 천자는 바로 재자와 가인을 세상에 재자와 재녀로서 인정하는 역할을 한다. 『평산냉연』에서도 산대가 천자에 의해서 '홍문재녀'라는 이름을 얻게 되면서 세상에서 재녀로서의 지위를 갖게 되었다. 뿐만 아니라 산대는 천자로부터 각종 진귀한 물품과 함께 여의봉을 하사받는데 이 여의봉은 무례하게 자신을 욕보이는 사람을 죽일 수 있는 권한까지 부여하였다. 한편, 재녀라는 지위는 세상의 많은 문인들이 그녀의 재주를 흠모하여 모여들게 하는 공식적인 경로를 마련해줌으로써 재자와의 만남을 주선하고 있다. 따라서 가인은 천자에 의해 그 재주를 인정받을 필요가 있었다.

재자 역시 마찬가지이다. 재자를 포함하는 전통사회의 사대부들에게 인생 최고의 목표란 두말할 것도 없이 공명의 실현이었다. 그래서 그들은 자신의 재주를 과거를 통해 관직에 나아가서 자신의 이상을 실현하고자 했다. 이를 위해서는 재주 있는 사람을 뽑을 줄 아는 군주가 필요했다. 역대로 수많은 문인들은 이렇게 자신을 알아주는 군주를 기다렸으며 그러한 군주를 만나지 못한 문인들은 그 안타까움을 종종 끊임없이 님을 기다리는 여인네의 심정으로 노래하지 않았던가? 극중 인물뿐 아니라 재자가인소설의 작자에게도 마찬가지이다. 그러나 안타깝게도 현실사회의 작자들은 자신의 그러한 소망을 실현할 방법이 없었다. 『평산냉연』의 작자는 다음과 같이 토로한다.

> 배에는 경륜이 가득하며 온 몸에 재주가 가득하고 오래도록 울분과 번뇌에 차 있으나 안부조차 묻는 이가 없다. 웃고자 하나 웃을 수 없고 통곡하고자 하나 할 수가 없으니 부득이 지상의 허구를 빌어 가슴 속의 호기를 쏟아 내고자 한다.26)

---

26) "滿腹經綸, 一腔才思, 抑鬱多時, 無人過問, 欲笑不可, 欲哭不能, 故不得已而

(임금을 위해)헌신하여 일하고자 하나 할 수가 없고 스스로 실망해 포기하고자 하나 또 차마 못하겠다. 갈 곳이 없다고 생각하니 부득이하게 오유선생을 빌어서 그 실현할 수 없는 황량사업을 발설하고자 하노라.27)

그들의 재주를 알아줄 탁월한 심미안과 공평무사함을 지닌 천자가 현실사회에는 없었다. 그러나 작가는 작품 속에서 그들이 원하는 군주의 모습을 만들어냈다. 이상적인 군주란 소설 속의 군주처럼 재자와 재녀를 발탁할 줄 알고 그들을 부여받은 재주에 합당하게 대우할 줄 아는 현명함도 지닌 존재이다. 『평산냉연』의 군주는 여러 신하들의 모함과 의심에도 불구하고 열살배기 산대가 뛰어난 재주를 지닌 진정한 재녀임을 알아보았고 장인과 송신의 참소에도 불구하고 연백함과 평여형이 용기와 재주를 지닌 재자임을 알아차릴 수 있었다. 그리고 이들을 모함하는 소인배들에게 벌을 내리고 재자와 재녀를 결합시킬 줄도 아는 전지전능한 해결사로서 등장하고 있는 것이다. 작중에 등장하는 천자가 이처럼 전지전능한 성인군자로 그려지는 것은 바로 현실정치에 존재하는 무능하고 부패한 군주에 대한 작자의 바람에서 비롯하였다고 볼 수 있을 것이다.

그러나 모든 사건의 해결자요 중재자로서 군주는 재자가인소설에서 없어서는 안 되는 인물로 기능하지만 그 인물은 서사전개상 필요한 기능적 존재이지 입체적으로 살아있는 개성적인 인물형상으로서 존재하지 않는다. 여기에서 천자라는 인물이 재자와 재녀를 알아보고 소인을 벌주는 사건의 해결자로서 기능하는 관념적 인물이라고 말할 수 있는 근거가 있다고 하겠다.

2) 단순한 서사구조

인물의 도식성과 개념화라는 현상이 재자가인소설의 서사구조를 위해 인

借紙上黃粱吐胸中浩氣.",「平山冷燕·總評」,『平山冷燕』, (北京: 人民文學出版社, 1987)

27) "欲人致其身而旣不能, 欲自短氣而又不忍. 計無所之, 不得已而借烏有先生, 以發洩其黃粱事業.", 天花藏主人,『四才子書序』

물이 기능적으로 작용하면서 발생했음은 이미 말한바 있다. 대다수의 재자가
인소설에서 공통적으로 발견되는 서사구조를 간략하게 도식화하면 다음과
같다.

① 우연한 만남	→	헤어짐	→	장애의 극복	→	행복한 결말
② 시를 매개로	→	(소인배의 방해로)28)	→	재자의 급제와	→	황제나 가장의
재자와 가인이 만남		헤어짐		소인배의 패배		주선으로 결혼

　『평산냉연』을 비롯한 대다수 재자가인소설의 단순한 서사구조는 작품의
주요 갈등이 남녀주인공의 연애와 결혼에 국한되는데 기인한다. 다시 말하자
면 작품에서 묘사하고 내용이 재자와 가인의 연애와 혼인, 그리고 이를 방해
하는 소인배와의 갈등으로 이루어져 있기 때문에 사회전반으로까지는 시야
가 확대되지 못하고 있는 것이다.

　재자가인소설의 배경이 되는 시대나 사회적 환경이 작품마다 조금씩 차이
가 난다고 하더라도 대개는 군주가 다스리는 태평성대이다.29) 聖君이 다스
리는 태평세월에는 재주 있는 사람들이 나는 법, 재녀가 써 놓은 시에 재자
가 화답하면서 두 사람은 상대방에 대한 연모의 정을 가지고 중간에 이들의
재주를 질투하는 소인배들의 방해와 각종 우여곡절을 거친 후 결국 재자는
과거에 급제하고 소인배는 자신의 죄에 합당한 대우를 받게 되고, 황제나 혹
은 집안 어른의 주도아래 결혼에 성공한다. 대부분의 재자가인 소설은 이러
한 표 ②의 서사구조를 지니고 있는데 이는 사실 일반적인 연애소설이 취하
고 있는 표 ①의 구조와 다를 바 없다.

---

28) 주 25)를 참조.
29) 간혹 전란이 배경이 되는 작품도 있다. 예를 들자면 『飛花咏小傳』, 『錦香傳』,
　　『合錦回文傳』의 주인공들은 전란으로 인해 혼인에 어려움을 겪는다.

3) 전통의 유가적 세계관으로 인한 한계: 행복한 결말과 소극적 풍자

재자가인소설의 작가층은 하층문인으로 알려져 있다. 자세한 작가의 이름이 밝혀져 있지 않아서 구체적으로 정확하게 고증할 수는 없지만 작가로 거론되는 몇몇 문인들의 생평과 작품 자체에서 고백하고 있는 작가의 목소리들−이를테면 작품의 序−을 살펴보면 그들이 회재불우의 문인임을 어렵지 않게 간파할 수 있다.

공명의 실현을 인생 최고의 목표로 삼고 있는 사대부들로서 그들은 유가 사상으로 교육받아왔다. 그들의 이상적 꿈이자 여의치 못한 현실에 대한 반영물로서 창작된 재자가인소설은 사실 그들이 기반하고 있는 유가적 전통에서 벗어나 있지 않다. 비록 재녀라는 주체적인 여성상을 제시하고는 있음에도 불구하고, 결국 그들이 지향하는 결말은 성군이 지배하는 사회에서 급제하고 아름다운 여인과 결혼하여 행복하게 사는 것일 따름이다.

이러한 행복한 결말은 작가가 현실세계를 극중 인물들의 이상과 욕망이 실현 가능한 세계로 인식하고 있음을 보여준다. 이러한 작가의 현실에 대한 접근 태도는 당연히 묘사하고 있는 세계에 비교적 만족하고 있다는 증거이기에 현실변혁의 의지는 거의 보이지 않는다. 비록 소인배로 대표되는 일련의 구사회적 부패상을 언급하고 풍자하고 있지만 문제의 본질에 대적하는 것이 아니라 표면적인 현상을 희화하고 있는 수준에 불과하다. 작가 자신은 비록 회재불우하여 실제로 사회적 욕망에서 소외되고 있지만 그 원인에 대한 탐색과 고민의 흔적이 보이지는 않는다는 점이 재자가인소설이 가지고 있는 사상적 한계로서 끊임없이 지적받아 왔던 것이다.

『평산냉연』의 산대는 당당하고 주체적인 여성이지만 그녀가 황제에게 지어 바치는 문장은 모두가 황제의 덕과 그가 이루어 놓은 성취를 찬양하는 내용이다. 부패한 과거제 심사에 반항하여 스스로 합격을 거부했던 평여형도 황제의 입회하에 치러지는 會試, 廷試에는 참가하고자 한다. 황제라면 공정한 심사를 해줄 수 있을 것이라는 기대여서일까, 그는 천하제일이라는 자부심에도 불구하고 연백함과 함께 각고의 시험 준비를 시작하고 결국에는 좋은 성적을 거둔다. 다시 말하자면 그가 고향에서 치러진 과거에 불만을 표시한 것은 과거제 자체에 대한 비판이나 반항에서가 아니라 단순히 시골 심사관들이 지역유지의 자제들을 자신과 같은 일등으로 대거 합격시킨 데에 대한 반항이었다. 그들의 재주가 자신의 재주에 미치지 못함에도 불구하고 대등하게 대우한 사실에 대한 불만이었던 것이다.

또한 장인이나 송신과 같은 소인배를 처리함에 있어서도 작자는 마찬가지로 소극적 자세를 보인다. 집안의 권세만 믿고 기고만장하게 산대를 참소했던 장인은 잘못이 본인에게 있다는 황제의 판결을 받았음에도 불구하고 결국 이부상서의 아들이라는 사실 때문에 용서받는다. 작자의 이러한 응벌의 불철저성은 기존의 사회질서에 불만은 있지만 그대로 현실에 안주하고 마는 나약한 지식인의 모습을 연상시킨다. 더 나아가 자신을 용납하지 않는 냉혹한 현실에 차마 등 돌리지 못하고, 이루지 못한 꿈을 미화하는 방향으로 경도되고 있는 것이다. 왜냐하면 작자는 현실에서 이루고자 했던 자신의 욕망을 끝까지 포기할 수 없기 때문이다. 현실을 있는 그대로 반영하기 보다는 본인의 이상으로 현실을 다시 재현하고자 했던 것이다. 그래서 혹자는 재자가인소설의 작자들은 소설 창작을 통해서 자아실현을 넘어서 스스로를 미화하고 있다고까지 혹독하게 비판하고 있다.30)

재자가인소설에서 공통적으로 보이는 행복한 결말처리와 권문세족에 대한 묘사에서 나타난 소극적인 비판은 재자가인소설이 작품의 사상성이라는 측면에서 『금병매』나 『홍루몽』같은 대우를 받지 못하게 했다. 『금병매』에서와 같은 현실사회의 불합리한 인간관계에 대한 직접적 폭로나 『홍루몽』에서와 같은 예술적으로 처리된 완곡한 풍자, 인생에 대한 깊은 성찰이 이루어지지 않음으로써 재자가인소설은 불합리한 혼인문제라는 현실적 문제에 접근하고 있으면서도 그 문제의 본질과 핵심을 정면으로 파악하지는 못했던 것이다.

---

30) 曹碧松, 「才子佳人小說的進步意義和消極意義」, 『明淸小說論叢』, (沈陽: 春風文藝出版社, 1984), 47쪽.

5. 맺음말

　명말청초에 등장한 재자가인소설은 재자와 가인의 연애와 결혼에 이르는
과정을 다루고 있는 전형적인 연애소설이다. 육체적 욕망을 강조하는『금병
매』와 염정소설이 유행한 시대에 등장하여 이들의 부정적 측면을 의도적으
로 지양하면서 정신적 사랑을 강조했다는 주목하여 그 소설사적 의의를 점
검해 보았다.

　『평산냉연』을 비롯한 대다수 재자가인소설에 등장하는 극중인물들은 그
성격과 기능이 정형화되어 있는 관계로 매 작품마다 등장하는 인물이 비록
서로 유사하지만 여주인공인 재녀형상은 전대의 어느 소설 속 여성인물보다
도 참신하다. 시재가 뛰어난 지혜롭고 총명하고 용기 있는 여성형상으로서
보다 적극적이고 자주적인 여성상을 보여주고 있다.

　또한 재자가인소설의 인물들이 보여주는 자주적인 연애와 결혼 방식은 사
실 부모나 매파에 의지하는 불합리한 혼인제도에 대한 작가의 자각에서 비
롯한 것이고 어느 정도 현실문제에 대해 적확하게 지적하고 있는 셈이다. 그
리고 현실에서의 결핍이 촉발한 욕망을 작가는 작품 중에서 모두 실현시키
는 현실의 역반영방식으로 작품을 서술하였다. 다시 말하자면, 재자가인소설
은 작자 대부분이 현실에서 자신의 이상을 펴는데 실패한 회재불우의 문인
들이 자신의 꿈을 실현하는 통로였던 것이다. 그래서 소설은 최후에 공명의
실현과 가인과의 결합을 동시에 구현하지 않을 수 없었던 것이다.

　연애소설의 입장에서 보자면『평산냉연』을 비롯한 재자가인소설은 비교적
충실하게 젊은 남녀 간에 이루어지는 순전한 사랑의 전개과정을 성공적으로
묘사하고 있다. 남녀가 자유로이 만나기 어려운 시대에 우연히 만났다가 상
대방에 대한 그리움으로 병이 나기도 하는 등 사랑에 빠진 젊은이들의 순수
함이 잘 묘사되어 있다.

　그러나 소인배나 천자와 같이 서사구조의 진행을 위해 철저히 기능화・개

넘화된 인물형상과 만남—헤어짐—장애의 극복—과거급제와 결혼으로 이어
지는 단순한 서사구조는 재가가인소설의 한계로 지적할 수 있다. 또한 작가
가 가지고 있는 전통의 유가적 세계관이 공명의 실현과 재자와 가인의 결합
이라는 행복한 결말을 낳았지만 작가가 불합리다고 판단했던 현실에 대해서
는 소극적인 풍자와 비판에 그치도록 만들었음을 알 수 있었다. (『대중문학
연구 4』, 1998年 12月)

古代 동아시아의 性談論

—『金瓶梅』,『好色一代男』,「변강쇠가」를 중심으로

1. 들어가는 말

　고대 동아시아에서는 抒情詩 중심의 正統文學이 발달한 반면, 通俗性, 大衆性, 商業性을 띠는 소설 양식은 상대적으로 폄하되었던 경향이 있었다. 그런데 16세기 이후 18세기에 이르게 되면 인식의 변화가 일어나게 된다. 즉, 동아시아 각국의 문단에서 서민들을 독자층으로 하는 통속적 서사문학이 크게 발전하기 시작한 것이다. 이는 매우 주목할만한 변화이다.

　동아시아 각국이 17세기를 전후로 여러 가지 측면에서 이전 시대와는 다른 급격한 사회 변화를 겪었던 것은 잘 알려진 사실이다. 中國에서는 明에서 淸으로의 왕조교체가 이루어졌고 朝鮮에서는 壬辰倭亂(1592-1598)을 겪으며 정국의 변동이 극심하였다. 한편 日本은 오랜 전쟁 후 비교적 평온한 에도(江戶)시대1)로 접어들고 있었다. 동아시아 삼국이 처한 구체적인 상황은 비록 달랐지만, 모두 이 시기를 전후로 농업생산성이 크게 향상되었고 화폐중심의 상품경제가 급격히 발달하였으며 상인계층이 성장하였다는 점이 공통적으로 발견된다. 따라서 이들 상인계층을 위한 서민적인 문화가 발달하

---

1)　江戶時代: 도쿠가와 이에야스(德天家康)가 征夷大將軍에 임명되어 幕府를 개설한 1603년부터 15대 쇼군(將軍) 요시노부(慶喜)가 정권을 조정에 반환한 1867년까지를 이른다.

게 되었는데 통속적인 서사물은 그 가운데 가장 인기 있는 장르 중의 하나
였다.

　소설이 변모하는 사회현실을 반영함으로써 당시 급격히 세를 확대해 가고
있던 商人階層의 열렬한 환영을 받았다는 사실은 소설의 창작과 유통배경뿐
아니라 이 시기 소설이 가지는 사회적, 문학적 성격을 보여주기 때문에 더욱
중요하다고 할 것이다.

　물론 각국 문단의 내부상황은 韓國, 中國, 日本 3국의 서로 상이한 역사
만큼이나 그 구체적 발전상황이 다르게 나타난다. 여기에 얼핏 유사하게 보
이지만 특색 있는 문화를 발전시켜온 동아시아의 문학을 심도 있게 비교 연
구할 필요성이 존재할 것이다. 개별성이나 특수성은 전체성이나 보편성을 통
해서만 확보될 수 있기 때문이다.[2]

　본고는 바로 유사한 문학적 현상이 동아시아 각국의 소설사에서 보편적으
로 발견되는데 착안하여 통속소설성행의 배경과 그 의미를 연구하고자 한다.
특히 대중적인 인기를 얻었던 작품들 중 性을 노골적으로 다루고 있는 작품
이 상당수 존재하는데 주목하여 이러한 작품이 당시 유행할 수 있었던 배경
과 각 작품의 성담론이 가지는 의미를 분석할 것이다.

　性을 중심화두로 삼고 있는 동아시아의 대표적 작품으로는 중국의 『金瓶
梅』, 일본의 『好色一代男』과 우리나라의 「변강쇠가」[3]를 들 수 있다. 이 작
품들은 모두 당시 사회의 변모하는 양상을 현실주의적으로 반영하고 있다.
특히 상인계층과 깊은 관련을 가지고 있는 통속적인 작품이라는 점이 주목
된다. 따라서 이들 작품에 대한 비교 고찰은 각국의 상업적 성격과 근대적

---

2) 김채수, 『동아시아 문학의 기본구도1』, (서울: 박이정, 1999), 84쪽.
3) 정확히 장르를 구분하자면 「변강쇠가」는 소설이 아니다. 그러나 판소리에서
　기원한 판소리계 소설 대부분이 판소리 사설과 크게 다르지 않다는 사실을
　고려할 때 「변강쇠가」를 소설의 범주에 넣어 고려할 수 있을 것이다. 「변강
　쇠가」는 전승에 실패하고 판소리계 소설로도 정착하지 못한 채 사설로만 남
　아있기는 하지만, 서민계층에게 널리 수용되었던 통속문학이었고 성을 주요
　한 소재로 다루고 있다는 점에서 본고의 취지에 가장 합당한 작품으로 생각
　되어 연구대상으로 선택했음을 밝혀둔다.

성격에 대한 실마리를 찾아낼 뿐 아니라, 성담론이 서로 다른 사회에서 어떤 의미를 가지고 표현되었는지를 탐구하는 작업이 될 것으로 기대된다.

2. 동아시아 통속소설 성행의 배경

1) 상업경제의 발전과 시민계층의 성장

동아시아의 통속소설이 크게 발전했던 16세기에서 18세기에 이르는 기간 동아시아 각국에서는 모두 상업경제가 크게 발달하고 이를 통해 상인계층을 비롯한 서민계층의 사회적 지위가 향상되었다는 특징이 나타났다.

먼저 중국의 명대 중후기는 도시를 중심으로 상업경제와 장거리유통이 크게 발달하였고 이에 따라 상인층의 지위가 향상되었던 시대라고 말할 수 있다. 명청사 연구가들에 의하면 명중엽 이후의 상업경제 발전은 명초부터 진행된 대토지소유제에 의해 농민들이 경작지를 잃고 고향을 떠나 도시로 유입되면서 강남의 도시 상공업과 수공업에 노동력을 제공하게 된 것과 관련이 깊다. 점차 보편화되는 은본위체제 아래에서 세금을 현물에서 은으로 납부하게 되자 중과세지역의 농민들은 면화나 뽕나무 등 상품성이 있는 작물을 재배하게 되었다는 것이다. 이는 면직과 견직 등 상품경제의 발전을 촉진하였고, 도시수공업과 장거리 유통을 발전시켜 생산물 판매가 전국으로 확대되는 계기가 되었다. 또한 농촌에서 도시로의 인구유입과 도시의 상품생산경제의 발전, 장거리유통의 발달은 교통의 요지를 중심으로 무수한 중소도시를 발전시켰다.4) 그래서 일부 대륙 학자들은 이 같은 명청대 상업경제의 발달을 증거로 자본주의 맹아가 존재했다고 주장하기에 이르렀던 것이다.5)

---

4) 명청대 상업경제의 발달에 대한 자세한 것은 다음을 참조. 오금성 등, 『명말·청초사회의 조명』, (서울: 도서출판 한울, 1994), 125-164쪽, 오상준, 「『金甁梅』研究-西門慶 商人形象의 小說史的 意義를 中心으로」, (서울: 연세대학교 석사학위논문, 1999), 박병석, 『중국상인문화』, (서울: 교문사, 2001)

상업경제의 발전은 자연스럽게 이에 종사했던 상인층에게 부의 축적을 가져왔고 더불어 사회적 지위의 향상도 이루어지면서 기존의 士農工商의 순으로 신분을 규정한 四民制에 변동이 생겨났다.6) "선비와 농부, 상인은 늘 뒤섞였다(士與農商常相混)"7)는 말이 나올 정도로 儒人과 商人을 겸하는 사람들이 다수 생겨나다 보니 이제 상인은 함부로 천대받는 계층이 아니었다.

일본에서는 戰國時代이래 산업의 발전과 화폐경제가 새로운 도시의 성립

---

5) '자본주의 맹아설'은 1939년 毛澤東이 다음과 같이 말한 데에서 비롯한다. "중국의 봉건사회는 상품경제를 발달시켰고 자체 내에 자본주의의 맹아를 지니고 있었기 때문에 비록 외국제국주의의 영향을 받지 않았더라도 서서히 자본주의사회로 발전해갔을 것이다." 이 발언에 자극받은 학자들은 명말청초에 공장제 수공업, 노동의 자유시장, 농업의 상업화와 교역과 수공업 중심의 도시 성장 등이 존재했음을 증명하고자 노력하였다. 자본주의 맹아설 자체는 마르크스의 사회발전단계론을 무리하게 적용한 것이지만, 상당히 발전한 상업자본주의의 성격이 드러나고 있음은 부인하기 어렵다. 자세한 것은 다음을 참조. 로이드 E. 이스트만, 이승휘 옮김, 중국사회의 지속과 변혁, (서울: 돌베개, 2000), 제 7장, 오금성, 「명말·청초 상품경제의 발전과 자본주의 맹아론」, 『명말·청초사회의 조명』, (서울: 도서출판 한울, 1994), 127-133쪽.

6) 중국이나 우리나라와 일본 모두 儒敎의 四民制가 사회의 기본 신분질서를 구성하고 있었으나 16세기 이후 상업의 발전과 '治生', '人欲', '私'에 대한 유학자들의 이해가 달라지면서 상인의 지위에 대해서도 새롭게 평가하지 않으면 안되게 되면서 新四民論이 등장한다. 王陽明의 「節菴方公墓表」에는 선비가 유가의 이념을 가지고 상인이 되는 예를 제시하고 "옛날에 四民이 직업을 달리하였으나 길(道)은 같이 하였다(古者四民異業而同道, 其盡心焉, 一也.)"며 상인의 사회가치를 긍정하였다. 많은 典籍 속에는 이미 16세기 이전부터 선비가 상업에 종사하고 상인들이 관료가 되는 현상이 기록되어 있다. 명청대에는 이와 같이 四民制가 흔들림으로써 商人과 儒人을 정확히 구분하기 어려웠는데, 조선사회에서도 임진왜란이후 사회의 극심한 변동과 상업의 발달 등으로 기존의 양반제와 사민제가 흔들리는 조짐이 나타났다. 그러나 신분의 세습이 강조되던 일본 사회에서는 상인계층인 조닌층이 사회의 주요 계층으로 등장하며 세력이 확대되었음에도 불구하고 관료가 된다든가 무사계급이 되지는 않았다. 자세한 것은 다음을 참조. 余英時, 鄭仁在譯, 『中國近世宗敎倫理와 商人精神』, (서울: 대한교과서주식회사, 1993), 下篇, 王若茜, 「井原西鶴の浮世草子と中國「三言二拍」に現れた文化の比較硏究－日中町人の道德意識の異同を中心に」, 『國學院雜誌』平成 7年 12, (東京: 國學院大學, 1995)

7) 歸有光, 「白菴程翁八十壽序」, 『震川先生集』第13卷.

과 발전을 촉진하였다. 기존의 정치·종교 중심의 도시뿐 아니라 전국 다이묘(大名)의 성 아래에서는 성하도시(城下町)가 형성되었고 사원과 신사의 참배가 유행하면서 문전도시(門前町)와 사내도시(寺內町)가 발달했으며 상업발전에 따라서 항구도시(港町)도 발달하였다. 도쿠가와(德川)의 막번체제는 농업과 자연경제를 기초로 하는 봉건사회였고 쇄국정책을 채택함으로써 해외시장으로부터 격리되어 있었음에도 불구하고 상품경제의 발전은 끊임없이 이루어지고 있었다.8) 그리고 17세기말부터는 그 어느 시대보다도 생산성이 급격히 성장하였다. 농업생산성의 증가, 상업적 농업과 수공업의 성장, 성하도시의 팽창과 상업의 발달은 사회적 분업을 심화시키고 거대한 소비대도시9)를 형성하였다. 또한 도시에 거주하며 상업에 종사했던, '조닌(町人)'이라고 불리던 이들이 사회의 표면으로 급부상하며 사회적으로 중요한 계급으로 대두되었다. 일본에서도 士農工商의 신분제를 기본으로 삼아 상인들은 지배계층인 무사, 피지배계층인 농민의 아래에 존재했지만 상인들의 활동이 경제적 실력을 갖게 되면서 실질적인 순서는 바뀌게 되었다.10) 그래서 당시 조닌은 "천하 금은의 사용자가 되어 천하의 금은재보를 모두 관리"할 뿐 아니라 "儒士, 의사, 시인, 예술가 대부분이 조닌층에서 나오게 되어" 문화의 담당자까지 되었다는 자부심을 가지고 있었다.11) 이로써 이들 상인들은 비록 엄격한 신분제 아래 하위계층에 위치했지만 점차 실질적인 지위를 향상시켜갔고, 최상위층 조닌은 다이묘(大名)을 능가할 정도의 재력을 갖춘 대상인으로 성장하였다.12)

---

8) 井上淸, 성동만 옮김, 『일본의 역사』, (서울: 이론과 실천, 1995), 179쪽.

9) 당시 전인구의 1할이 넘는 것으로 추정되는 무사 및 승려, 신관 등 무사에 준하는 신분계급의 방대한 소비인구가 城下町에 집중했다고 한다. 최대의 城下町은 江戶였는데, 町人의 인구만 해도 에도에 50만 명, 오사카가 30만 명이 넘었다고 한다. 에도시기를 거치며 상업 중심지는 전통적인 상업 대도시였던 오사카(大阪), 교토(京都)에서 에도(江戶)로 옮겨간다.

10) 민두기, 『일본의 역사』, (서울: 지식산업사, 1978), 131쪽.

11) 西天如見, 「町人袋」, 寒河正親 外著, 中村幸彦 校注, 『近世町人思想』, (東京: 岩波書店, 1978), 88쪽.

　　한편, 일찍이 유교를 지배이념으로 받아들였던 朝鮮은 전통적인 士農工商의 질서를 철저히 지켜왔다. 그러나 17세기 초부터 소생산자를 중심으로 私商들의 亂廛활동이 대두되었고 17세기 후반에는 상권이 확대되면서 舊市廛體制가 해체된다. 17세기 이후에는 서울의 상공업도시화가 이루어지고, 동시에 전국 각지의 도시도 지역적 유통의 거점이 되면서 국지적 시장권을 형성하여 종래의 국가적, 지주적 상품유통체제에 대항하는 새로운 상품유통구조를 창출해내었다. 그리고 私商層 내부에서 계층분화를 통해 18세기 후반에는 대자본을 축적한 都賈商人이 등장하게 된다.13)

　　그리고 상인, 역관 등 상업자본의 축적을 이룬 부류들은 재력을 모으는데 그치지 않고, 재력을 바탕으로 정치에 영향력을 행사하며 자신들의 처지를 개선하려는 노력을 시도한다. 도시빈민층의 비밀결사, 중인층의 정권쟁탈전의 참여, 향촌의 자작소농과 빈농들의 미륵신앙 등은 사실 상업자본의 축적과 함께 가능했던 것이다.14) 난을 주도할 정도로 향촌사회에서 영향력을 갖춘 세력으로 성장한 향촌중산층과 도시중인층의 대두 역시 상업자본의 축적으로 인한 사회변화의 연장선상에 있다고 할 수 있다.

　　이러한 변화의 바람은 결국 18세기 중엽 사회신분체제와 계층구조를 변화시켰다. 이는 각 신분계층 내부의 분화와 하층신분의 상층신분으로의 급격한 상승으로 특징 지워진다. 생산력의 발전, 화폐의 발달, 대동법과 같은 제도의 시행에 맞물려 산업구조가 변화하고 상품경제가 활발해지면서 계층분화가 가속화됨에 따라 농토를 이탈하는 농민층도 많아지게 되었다. 또한 부를 소유한 계층의 토지집중현상을 초래하였고 이는 농민의 토지상실 혹은 소작

---

12) 하지만 조닌의 대부분은 직인, 도제, 자영상인과 그 고용인들이었으며, 나아가 그 밑에 행상인이나 날품팔이 노동자들이 있었다. 또한 아무리 재력이 있다고 해도 그들은 여전히 지배층에 종속된 신분으로 정치적 영향력은 가지고 있지 못하였다.

13) 都賈商業의 발달에 관한 것은 다음을 참조. 강만길, 『조선후기 상업자본의 발달』, (서울: 고려대학교출판부, 1983), 10-13쪽, 156-167쪽.

14) 강만길 등, 『한국사9: 중세사회의 해체1』, (서울: 한길사, 1994), 202-206쪽.

인화를 재촉하게 된다. 이렇게 농민층의 영세화로 인해 피폐화된 농촌에서 어쩔 수 없이 유리되어 고용노동에 종사하는 농민층도 있었고 상업에 종사하는 예도 적지 않았다.

이와 같이 17세기 전후로 동아시아에서는 상업경제가 전에 없이 발달하였고 더불어 상인계층이 성장하고 있었음을 알 수 있다. 따라서 이 시기를 배경으로 탄생된 소설들 속에는 당시 상업의 발달이 어느 정도였는지 뿐 아니라 당시 상인들의 생활 및 경제적, 정치적 지향까지도 잘 반영되어 있다. 『金甁梅』는 일개 약방주인이었던 西門慶이 원거리 무역과 매점매석, 정경유착 등을 통해 어떻게 자본을 축적하고 지역 유지로 성장해 가는지 잘 드러나 있다. 대상인으로 성장하기까지 관부와 어떻게 관계를 맺고 또 그 재산을 유지하기 위해 스스로가 관료가 되는 것은 중국 상인의 전형적인 치부의 과정을 보여주는 것이기도 하다.15)

이와 달리 일본의 상인들은 관계로 진출하기보다는 상인으로서의 천명을 인식하고16) 본분을 지키며 재물을 축적하고 이를 기반으로 인생을 즐기는 모습을 보인다. 『好色一代男』의 요노스케(世之介)는 대상인으로 성장해서도 관료가 되지 않았고, 될 생각도 없었으며 또한 될 수도 없었다. 그리고 아버지로부터 막대한 유산을 상속받은 후 이를 전국의 기생집을 순례하는데 다 사용하고 있다. 이는 부를 축적했어도 지배계급으로 진출할 수 없는 조닌계층의 신분적 한계를 보여주는 것이며 오로지 유곽에서만 그들이 축적한 금전의 위력이 발휘되며 대우받았음을 보여주는 것이기도 하다.

조선의 상인들은 일단 대자본을 축적하고 전국적인 유통망을 확충하면 봉

---

15) 그러나 모든 상인들이 관부와 결탁하여 치부를 도모했다고 보기는 어렵다. 상인 중에는 유가적 교양을 필수로 삼고 유가의 이념을 자신의 이상으로 삼는 등 유학과 깊은 관련을 가지고 있는 부류가 있었다. 이들을 儒商이라고 불렀는데 가장 대표적인 유상은 徽商이다. 휘상은 막대한 재력을 바탕으로 과거를 통해서 관료로도 다수 진출한다. 자세한 것은 다음을 참조. 박병석, 앞의 책, 16-21쪽.

16) 王若茜, 앞의 글.

건권력과 결탁하여 특권적 政商이 되는 경향이 있었다. 상업독점에 의해 축적된 자본을 산업자본으로 전환시키기보다는 오히려 토지에 투자하여 경제외적 강제에 기초한 봉건적 토지소유관계를 고수하려는 경향을 보인다.17) 또한 획득한 부로써 신분의 매매와 관직매매를 통해 봉건적 지배계급에 편승하려 했던 것은 중국의 상인들과 유사하다.

「변강쇠가」는 아쉽게도 대상인들의 활동이 반영되어 있지는 않지만, 이미 농촌이 해체되어 농민들이 유민이 되어 도시로 혹은 전국으로 유랑생활하는 모습이 잘 반영되어 있다. 주인공 옹녀는 황해도출신, 강쇠는 남도출신으로 유랑 중에 만나 결합했던 것이고, 治喪의 과정에서 뎁득이 등 소상인의 무리를 만나는데, 여기서도 변화하는 당시 농촌 사회와 상인계층의 생활면모가 드러나고 있다.

2) 사상계의 변화와 통속문화의 발전

상업경제의 발달은 상인계층의 지위를 향상시키며 기존의 신분제를 흔들었다. 그러나 신분제를 개선하고 상인계층의 향상된 지위를 지속적으로 유지하기 위해서는 사상적인 뒷받침이 필요하였다. 明 中葉이후 중국에서는 宋代이래의 禁慾主義的 程朱理學에 반한 王陽明의 心學이 등장하였다. 王幾, 王艮 등으로 이어지며 泰州學左派로 발전하기도 한 이 심학은 人欲은 멸해야 한다고 생각했던 理學과는 달리 인간의 욕망을 긍정하고 심지어 인욕의 추구를 자연스러운 현상으로 간주하였다.

그들은 이익을 추구하는 것을 소인배들이나 할 짓이라고 생각했던 전통적 유학자들과는 다르게 이윤의 추구를 목적으로 삼았던 상인들의 입장을 합리화하는 역할을 했고 실제로도 강남의 상인들은 그들의 든든한 후원자였다.18) 양명학은 상인들의 지위향상에 사상적 배경을 제공했을 뿐 아니라 상

---

17) 강만길 등, 『한국사9: 중세해체기1』, 203쪽.
18) 예를 들어 양명학좌파는 욕망이나 私를 긍정하고 官憲이나 보수파의 탄압에
　　도 아랑곳하지 않고 서민과 더불어 講學을 하였고, 서민들의 열광적 지지를

인을 비롯한 서민계층들이 즐길 수 있는 다양한 통속문화가 발전할 수 있는 사상적 배경이 되기도 하였다. 이러한 사상의 변화 속에서 당시의 작가들이 소설을 집필하면서 그 서문에서 자신의 소설이 교화를 목적으로 한다고 공공연히 밝히고 있는데, 이는 전통적으로 大雅之堂에 오르지 못했던 소설의 창작에 명분을 부여하고 소설의 지위를 높이려는 의도가 있었다.

명청대 치열해진 과거경쟁[19]에서 탈락한 실의한 문인들 가운데 일부는 소설이나 희곡 등 통속문학의 창작에 적극 참여하면서 이들 장르의 수준을 높여갔다. 그래서 명중엽 이후 중국 사회에서는 소설을 비롯하여 희곡, 강창, 민가 등이 서민층에게 널리 환영받으면서 발전할 수 있었고, 문학사에서는 이 시대를 시문중심의 정통문학보다 통속문학이 더욱 활발하게 창작되었던 시기로 주목하고 있는 것이다.

일본에서도 유학은 지배계층에 의해 정치사상으로 중시되었다. 에도 초기 도쿠가와 이에야스가 유학자인 하야시 라잔(林羅山)을 중용하면서 본격적으로 신분질서를 강조하는 유학이 정치사상으로 채용된다. 이 시기에 확립된 신분제 역시 이러한 배경 아래에서 주자학의 영향을 강하게 받았음은 물론이다. 그러나 겐로쿠(元祿)문화가 꽃피는 에도 중기가 되면 중국의 주자학에 의문을 제기하고 일본적인 유학을 주장하는 사상가들이 등장했는데 그중에는 조닌 출신도 있었다.[20] 상공업자인 조닌이 문화의 주체가 되고 그들이 거주하던 대도시를 중심으로 문화의 발전을 추진하면서 귀족과 武家문화와

     받을 수 있었다. 배영동,『명말청초사상』, (서울: 민음사, 1992), 159쪽.

19) 명청대에는 인구의 증가, 교육기관의 확대 등으로 과거를 치루는 인원은 전에 없이 증가했으나 선발인원의 수는 일정했기 때문에 그 경쟁은 더욱 치열해지고, 탈락자의 수는 증가할 수밖에 없는 구조를 가지고 있었다. 과거제 상황에 대한 자세한 것은 다음을 참조. 張仲禮,『中國紳士－關于其在19世紀中國社會中作用的研究』, (上海: 上海社會科學院出版社, 1991), 周臘生,『明代壯元奇談・明代壯元譜』, (北京: 紫禁城出版社, 1993)

20) 일본 사상사에서 이 시기의 독창적 사상가로 거론되는 熊蕃澤山, 山鹿素行, 伊藤仁齋, 荻生徂徠 중에서 仁齋는 町人출신이고 3인은 浪人출신이다. 井上淸, 앞의 책, 196-197쪽.

는 달리 전통이나 관습에 얽매이지 않고 인간성이 넘치며 활기에 찬 문화를 창작해 냈던 것이다.21) 또한 무엇보다도 조닌계층을 위한, 조닌계층에 의한 문화가 탄생하고 발전함으로써 이것이 지금까지 일본의 문화를 대표하는 양식으로 성장한 것은 주목할만하다.

그 변화는 먼저 소설에서 일어났다. 15세기의 오토기조시(御伽草子)가 불교적 초현세적 설화를 기초로 하고, 가나조시(仮名草子)는 현실적 인간생활을 이야기 중심에 두었으나 교훈적으로 다루었다면, 이 시기에 탄생한 우키요조시(浮世草子)는 불교가 가장 배척하는 性欲과 物欲까지 다루며 이를 오히려 적극적으로 긍정하기에 이르렀다.22) 또한 작가층과 독자층에 있어서도 우끼요조시에 이르면 귀족에서 조닌층으로 확대된다. 가나조시는 한자 섞인 문체로 쓰인 주로 귀족들에게 읽혀졌다가 점차 중류이상의 조닌층으로까지 독자층을 확대해 갔지만 창작자는 여전히 귀족층에서 나왔다. 반면 우키요조시는 조닌층 출신의 작가에 의해 그들의 금전과 이성에 대한 욕망을 사실 그대로 받아들여 그 갈등을 그려냄으로써 조닌층의 삶과 그들의 의식을 있는 그대로 반영했다는 평가를 받는다. 독자층도 조닌층으로까지 확대되었다.23)

조닌층은 신분의 세습이 엄격한 현실아래에서 그 한계를 분명히 드러내기는 했지만 점차 사회내부에서 발언권을 형성하면서 문화의 창작주체로도 등장하였다. 그 계기가 되는 최초의 조닌출신의 작가는 바로 대도시 오사카에

---

21) 자세한 것은 다음을 참조. 박경희 엮음, 『연표와 사진으로 보는 일본사』, (서울: 풀빛, 2000)

22) 井上淸, 앞의 책, 193쪽, 長島弘明·淸登典子, 『近世の日本文學』, (東京: 放送大學敎育振興會, 2000), 21-26쪽.

23) 일반적으로 조닌들은 상당히 높은 문자해독능력을 가졌던 것으로 추정된다. 浮世草子는 조닌출신의 작가에 의해 본격적으로 그들의 의식이 반영되어 있기는 하지만 상당히 어려운 문체를 사용하고 있어서 과연 당시 조닌 대중들도 이해할 수 있었을지 의심하는 학자들도 있다. 이러한 이유로 浮世草子의 독자층은 무사계층과 상층부 조닌계층으로 간주하는 것이 일반적인 견해이다. 자세한 것은 다음을 참조. 暉峻康隆, 「仮名草子の作者と讀者」, 『文學』1958.5. vol 26, (東京: 岩波書店, 1958), 野間光辰, 「浮世草子の讀者層」, 『文學』1958.5.vol 26, (東京: 岩波書店, 1958).

서 태어나 풍부한 교양을 갖춘 지식인으로 성장한 이하라 사이카쿠(井原西鶴)였고 그의 처녀작이 바로 『호색일대남(好色一代男)』이다.

소설이외에도 닌교조루리(人形淨瑠璃)와 가부키(歌舞伎), 우키요에(浮世畵) 등 다양한 장르의 통속문화가 탄생하여 서민들의 환영을 받았다.[24]

조선에서는 임진왜란을 겪은 후 17세기에서 18세기에 이르는 이 시기에 實學思想[25]이 등장한다. 17세기 초기에는 봉건국가질서를 복구하고 기존의 질서를 재편성하려는 사회분위기 아래 富國裕民을 통해 강력한 국가를 세우고자 하였고, 전후의 복구를 통해 농업생산력과 화폐경제가 발전한 18세기에는 양명학과 서학의 영향을 받으며 주자학과 북벌론이 결합한 성호학파와 북학파가 등장하였다. 특히 사회개혁을 주장했던 북학파는 이전의 실학자들이 농본주의적 입장이었던데 반해서 상업을 중시하는 부국강병론을 주장하였다. 그들의 이러한 중상주의적 사상은 한편으로는 당시 상공인들의 이익을 대변한 것이고 그들에게 사상적 기반을 제공하는 역할을 했다고 볼 수 있다.

사상계의 변화와 함께 당시의 문화계도 변화하고 있었다. 사회의 상업화와 함께 광범위한 서민문화가 형성되었는데, 이야기를 구연해주던 강담사, 강독사, 강창사와 필사본을 빌려주던 세책가가 존재[26]했다는 사실은 당시 서사문학이 얼마나 발달했었는지를 짐작할 수 있게 한다. 민간에서는 구전설화나 사설을 토대로 서사화하는 판소리가 대중적인 기반을 가지고 17세기말에서 18

---

24) 전통적인 극양식으로 무사를 비롯한 귀족들의 애호를 받았던 노(能) 이외에도 닌교조루리(人形淨瑠璃)와 가부끼(歌舞伎)가 탄생하였는데, 닌교조루리는 기존의 종교적 인형극과는 달리 흥행성을 가지고 있었고 가부키는 처음에는 단순한 무용이었다가 점차 극양식으로 발전하는데, 상업적 성격을 가지고 있었다. 우키요에(浮世畵)는 당대의 풍속을 그려낸 판화로써 서민들에게 크게 환영받았다.

25) '實學'에 대해서는 사실 여러 가지 정의가 존재한다. 고려시대에는 최승로가 불교에 대해 유학을 실학이라고 불렀고, 이재현은 詞章學에 대해 經學을 실학이라고 정의한 바 있다. 또한 18세기이후 나타난 經世論을 실학이라고 정의하자는 주장도 있지만 조선후기 등장한 사회적 모순을 개선하려는 진보적 사상을 실학이라고 정의하는 것이 일반적인 학계의 견해이다.

26) 강만길 등, 『한국사10: 중세사회의 해체2』, (서울: 한길사, 1994), 182쪽.

세기 초 형성되었다.27) 이외에도 성악과 기악에서도 느린 노래보다는 빠른 노래가 성행했으며 판소리 민속악의 기악이라고 할 수 있는 시나위, 산조 등이 유행하였다. 또한 민화가 유행하는 등 다양한 서민문화가 꽃피웠다.

이상으로 보건대 17세기 전후로 동아시아 사회에서는 사회경제적 변화와 함께 사상계에도 변화가 일어나고 새롭게 흥기하는 상인들을 중심으로 기존의 정통문화와는 다른 서민 중심의 문화가 정립되어 갔다고 하겠다. 그 가운데 소설을 비롯한 서사장르는 이 변화를 가장 민감하고 적절하게 반영하며 장르를 일신시켜갔던 것이다.

3) 인쇄술의 발전과 상업출판의 성립

이 시기에 특히 소설양식이 서민들의 적극적인 지지를 얻으며 성행할 수 있었던 배경에는 인쇄술의 발전과 이에 따른 출판의 상업화 경향에서 기인한 바 크다.

주지하다시피 중국에서 책의 간행은 명대 중엽이전까지만 해도 대규모 자본을 댈 수 있는 관방이나 사원 같은 곳에서나 가능한 사업이었다. 그러나 명중엽 이후 민간에서도 출판이 가능해지면서 출판업은 산업의 일종이 된다.28) 즉, 대중에게 인기 있는 通俗小說이나 春畵 등의 판매를 통해 출판사에 막대한 부를 창출하는 기능을 하기 시작했던 것이다.

중국에서는 명초부터 소설의 금서정책이 실시되고는 있었지만 독자들의 읽고자 하는 욕구를 통제하는데 실질적인 효과를 발휘하기는 힘들었다. 계층을 불문하고 위로는 황제부터 아래로는 시정의 장사치들에게까지 인기가 있었던 『三國演義』의 첫 번째 인쇄본이 관방에서 발행되는 상황이었고,29) 명

---

27) 판소리의 기원에 관해서는 다음을 참조. 김동욱,「판소리 發生攷(一)」,『논문집』, 제 2집, (서울: 서울대학교, 1955), 김동욱,「판소리 發生攷(二)」,『논문집』, 제 3집, (서울: 서울대학교, 1956)

28) 인쇄출판업과 소설의 발달을 관련지어 논의하고 있는 대표적인 논저로 陳大康의 『通俗小說的歷史軌迹』, (長沙: 湖南出版社, 1993)이 있다.

29) 抄本만으로 전해지던 『三國演義』가 드디어 明 嘉靖 元年(1523년) 宮內 司

대 중엽이후에 대량으로 등장한 艶情小說들도 시중에서 구하기 어렵지 않았다. 특히, 『금병매』가 초유의 베스트셀러로 등장하면서 출판업은 급격히 상업화의 길로 나아갔다. 이 시기에는 특이하게도 금서정책이 발효되지 않았는데, 아마도 사회 전반적인 음란풍조의 만연과도 관련이 있는 듯하다.30)

출판업자들은 이제 독자들이 좋아하는 소설을 써줄 작가를 초빙하기에 이르렀고31) 서로 다투어 歷史演義, 神魔, 世情 등 다양한 제재의 소설이 민간 출판업자에 의해 기획되어 간행되는 전성기를 맞이하였다.

일본에서 16세기말에서 17세기 전반에 걸쳐 近世文學 혹은 대중적인 문예가 형성되는 중요한 배경이 인쇄술과 유곽제도의 발달이었음은 잘 알려져 있다. 일본에서도 출판은 경전중심의 사원에서 민간으로 발전하는데, 그 획기적 계기가 된 것이 바로 서양과 조선으로부터의 활자기술 도입이다. 이를 통해서 일본에서는 필사본에서 활자본의 시대로 변화한다. 특히 17세기에는 전문출판업자가 등장하여 권세가의 취미에 부합하던 책을 간행하는데서 벗어나 광범위한 독자에게 필요한 실용서를 간행하는 상업출판으로 그 영역이 넓어진다.32) 이 시기를 거치면서 독자층이 확대되는 것은 물론이고 작가층도 확대된다. 신흥 조닌계층이 독자의 역할에서 벗어나 이제는 창작의 주체로 등장한 것이다. 상인출신 작가의 등장은 당연히 문학의 질적 변화를 야기했다. 귀족과 무사들의 취미에 영합하는 주제가 아니라 현세적 삶을 중시하

禮監에서 발간된다. 이 사건은 명대 통속소설이 초기의 정체기를 지나 발전기로 진입하는 획기적 계기가 되었다. 자세한 것은 다음을 참조. 陳大康, 앞의 책, 68쪽.

30) 최용철,「중국의 역대 금서소설 연구」,『중국어문논총』Vol. 13. No. 1, (서울: 중국어문연구회, 1997), 203쪽.

31) 卽空觀主人의 「二刻拍案驚奇小引」에는 자신의 소설을 편찬한 것을 "서상이 몰래 염탐을 하고서 세상에 내놓기를 청하였다(爲書賈所偵, 因以梓傳請.)"는 언급이 있다. 또한 출판업자 程偉元이 高顎에게 부탁해 曹雪芹의 『石頭記』를 완성시켜 『紅樓夢』으로 출간한 사실은 유명하다.

32) 자세한 것은 다음을 참조. 彌吉光長, 『彌吉光長著作集3: 江戸時代の出版と人』, (東京: 日外アソシエーツ, 1980), 23-51쪽, 長島弘明・淸登典子, 앞의 책, 11-13쪽.

는 상인들의 삶과 가치관이 소설 속에 그대로 반영되었던 것이다.

조선에서는 임진왜란 이후, 사회의 극심한 변동 속에서 소설계에서도 현실을 보다 적극적으로 반영하는 추세로 나타난다. 먼저 사대부들의 장르인 傳에 변화가 나타났다. 양반층의 부정적 모습이 묘사되거나 모범적인 하층민의 모습이 형상화되는 등 새로운 인간형이 등장하고 있고 장편화 되는 경향을 보인다.[33] 또한 서민들의 서사문학에도 새로운 양상이 보이는데, 어려운 환경 속에서 태어난 영웅들이 문제를 극복하고 행복해진다는 영웅소설이 대거 등장하여 독자들의 보상심리를 자극하며 인기를 끌었다.[34]

17세기경에 貰冊이 진행되고 있었던 것으로 보아, 이 시기부터는 광범위한 독자층이 형성되었고 18세기에는 본격적인 방각본 소설이 출현하기 시작한다. 거래를 목적으로 상업적으로 찍어낸 방각소설의 출현은 소설이 상품의 가치를 지니고 있었고 이를 소비할 독자층이 이미 광범위하게 형성되어 있음을 보여주는 증거이다. 따라서 17-8세기를 거치며 조선에서도 소설의 상업화과정이 진행되고 있었음을 알 수 있다.[35]

이와 같이 이 시기에는 인쇄술의 발전을 배경으로 통속적이고 상업성을 띠는 소설이 창작되는데, 기존에 비해 창작층이 확대되고 있는 것 역시 주목할 만한 현상이다. 일본에서는 사이카쿠를 기점으로 조닌이 문화의 창작주체로도 등장했는데, 이는 중국에서 통속소설이 서민계층에게 널리 수용되고 있으면서도 창작주체는 여전히 사대부에 의지하고 있었던 것과 비교된다. 그러나 중국의 통속소설의 작가들은 대개 고급문인은 아니었고, 중하층의 문인들, 이를테면 치열한 과거제에서 실패한 실의한 문인들이 많았다. 조선의 경

---

33) 예를 들어 李鈺의 「柳光億傳」, 朴趾源의 「馬駔傳」, 「廣文者傳」, 「穢德先生傳」이 그러하다.

34) 「장풍운전」, 「소대성전」, 「현수문전」은 양반의 현실적 처지와 무관한 민중들의 지향이 형상화되었다면, 「조웅전」, 「유충열전」, 「황운전」은 몰락양반계급의 문제해결 지향을 반영하고 있다. 자세한 것은 다음을 참조. 서대석, 『군담소설의 구조와 배경』, (서울: 이화여대 출판부, 1985)

35) 자세한 것은 다음을 참조. 이창헌, 『경판방각소설 판본 연구』, (서울: 태학사, 2000), 523-536쪽.

우, 양반계급이 소설 창작에 참여하는 것은 조선초기부터 있었지만 통속적이고 대중적인 소설을 창작한 것은 조선후기에 이르러서야 나타난다. 그들은 영웅소설을 창작함으로써 생계유지와 현실 속의 이루지 못한 유가적 이념을 허구에서나마 실현하고자 하였다.36) 가장 서민적인 문학이라고 할 수 있는 판소리의 경우 구비전승되는 특성상 정확히 작가를 정의하기 어렵지만 판소리의 기원과 연행자의 신분 등으로 미루어 볼 때 서민층의 문제의식을 반영하면서 서민층에 의해 형성되었다고 간주 할 수 있을 것이다.

3. 동아시아의 통속소설과 성담론

동서를 막론하고 성이라는 주제는 언제나 사람들의 뜨거운 관심사였고 소설이라는 장르와 밀접한 관계를 맺어왔다.37) 특히 도시의 성장과 이에 따른 문자해독 독자층의 성장이 성에 관한 담론화와 깊은 관련이 있다는 사실은 무척 흥미롭다.38) 성이라는 지극히 개인적인 경험을 공개적으로 거론하기 시작했다는 것은 성에 대한 사회적인 인식에 변화가 생겨났음을 의미하고, 따라서 이들 성을 주제로 다루고 있는 작품들을 통해서 당시 유행했던 통속소설의 성격은 물론이고 그 사회의 성에 대한 인식태도를 비교해 볼 수 있을 것이다.

---

36) 『한국사10: 중세사회의 해체2』, 184쪽.
37) Steven Marcus, The Other Victorians: A Study of Sexuality and Pornography in Mid-Nineteenth-Century England, (New York: Basic Books, 1974), 282쪽.
38) 서구에서 성을 노골적으로 그려낸 포르노그래피가 바로 이러한 배경 아래에서, 특히 자유주의 사상의 영향으로 탄생했으며 이는 또한 소설의 발전과도 관련되어 있음이 알려져 있다. 자세한 것은 다음을 참조. 린 헌트 엮음, 조한욱 옮김, 『포르노그래피의 발명: 외설성과 현대성의 기원 1500-1800』, (서울: 책세상,1996), 39쪽.

1) 禁欲과 放縱의 이중주-『金瓶梅』

『금병매』는 四大奇書 중의 하나임에도 불구하고 성에 관한 노골적인 묘사 때문에 지금까지도 논란의 대상이 되어왔고 대륙에서는 여전히 일부가 삭제된 채 출판이 이루어지고 있는 형편이다.39)

그러나 작품 속의 파격적이고 노골적인 성에 관한 묘사는 당시 중국사회에 형성된 음란한 사회풍조의 산물일 뿐 아니라 당시 사회에 새롭게 등장하고 있는 의식형태의 변모아래 형성된 욕망에 대한 과감한 긍정과 도전적 태도가 반영되었던 것이라고 볼 수 있다. 『금병매』의 주인공 서문경이 당시 사회변화의 중심축이 되는 상인이라는 점 역시 결코 우연이 아니다. 그의 성욕은 재물욕과 상승작용을 일으키면서 대상인으로, 또한 관료로 성장하는 동력의 원천으로 작용하고 있다.

그렇다고 해서 『금병매』의 작가가 무조건적으로 성에 대한 무한한 추구를 허용하고 있는 것은 아니다. 작품의 초두에 이미 酒, 色, 財, 氣를 경계하는 四貪詩를 제시함으로써 어디까지나 절제가 조건임을 분명히 밝히고 있다. 다음은 四貪詩 중에서 色에 관한 것이다.

> 윤기 나는 머릿결과 아름다운 얼굴을 사랑 말고 붉은 화장, 비취 비녀 탐내지 말아라. 몸을 상케하고 명을 재촉하는 것은 대개 매혹적인 모습 때문이니 나라와 도읍을 망하게 하는 것들은 더욱 아름다울 것이다. 이에 미혹되지 말고 단전을 키워라. 사람이 욕심을 줄이면 장수할 수 있을 터이니 지금부터 사랑 놀음 그만두고 매화장식 휘장 안에서 홀로 자거라.40)

---

39) 대륙에서 무삭제 『금병매』가 출간된 적이 있기는 하지만 소수의 독자만을 위한 한정판이거나 구매자의 신분을 엄격히 제한했기 때문에 일반적인 출판이라고 보기는 어렵다. 일반 독자들이 구입할 수 있는 人民文學出版社版 『金瓶梅詞話』는 여전히 삭제본이다.

40) "休愛綠髮美朱顔, 少貪紅紛翠花鈿. 損身害命多嬌態, 傾國傾城色更鮮, 莫戀此, 養丹田. 人能寡欲壽長年. 從今罷却閒風月, 紙帳梅花獨自眠.", 蘭陵笑笑生, 『金瓶梅詞話』, (香港: 藝苑出版社, 1992)

작가는 여기서 색을 탐하게 되면 패가망신하거나 오래 살지 못할 것이라
고 경계한다. 또한 작품의 결말에서도 주인공들의 삶을 인과응보적으로 처리
하고 있다. 婦德을 지닌 正室 月娘과 孟玉樓를 제외한 남녀주인공들, 즉 탐
욕의 화신 西門慶과 요부 潘金蓮, 李瓶兒, 龐春梅는 모두 자신들의 욕망으
로 인해 신세를 망치고 비참한 죽음을 맞게 된다. 그리고 작품의 마지막에는
이렇게 그들의 일생을 총결하며 독자들에게 훈계한다.

> 한가로이 이 책을 읽고 나니 망연해지는구나
> 천도가 순환하는지 그 누가 알았으랴
> 서문경은 문란하더니 후손을 남기기도 어려웠고
> 진경제는 미친 듯 날뛰더니 죽임을 당했네
> 누(玉樓)와 월(月娘)은 선량하여 명대로 살았으나
> 병(瓶兒)와 매(春梅)는 음란하여 젊어서 황천길로 갔다네
> 이상하기도 하다 반금련은 악한 업보를 받아
> 천만년 악취 내며 웃음거리 되고 마는구나.41)

그러나 그의 이러한 인과보응적 입장은 늘 일관되었던 것은 아니고 종종
그 자신도 유교의 금욕적 가치관과 당시 사회에 만연하던 성적 방종 사이에
서 배회하는 듯한 모습을 드러낸다. 작품 속 작가의 서술 중 노골적이고 과
감하게 성을 묘사하는 부분에서 어렵지 않게 작가의 부추기는 듯한 태도와
그 역시 즐기고 있는 것은 아닌가 의심케 하는 탐닉적 서술이 보이기 때문
이다. 예를 들어 남녀의 음행을 적나라하게 묘사하면서 화자는 "……하니 즐
겁지 아니한가!"라며 독자의 흥미를 자극하는 자신의 발언을 덧붙이고 있다.

뜻밖에 이러한 그들의 대화를 듣고 말았으니 또한 즐겁지 않았겠는가!42)

---

41) "閒閱遺書思惘然, 誰知天道有循環. 西門豪橫難存嗣, 經濟顚狂定被殲. 樓月
　　善良終有壽, 瓶梅淫佚早歸泉. 可怪金蓮遭惡報, 遺臭千年作話傳.",『金瓶梅
　　詞話』第 100回.
42) "不想都被這禿厮聽了個不亦樂乎!",『金瓶梅詞話』第 8回.

위의 언급은 서문경과 반금련이 관계를 맺으며 주고받는 음란한 대화를 엿들은 중을 의식하여 한 말인데, 이러한 묘사는 작품 전체에서 여러 차례 다시 반복된다.

> 이렇게 들여다보니 또한 즐겁지 않았겠는가!43)

이제는 단순히 듣는데서 나아가 아예 은밀한 남녀관계를 몰래 훔쳐보는 것에 이른다. 『금병매』 속에 등장하는 남녀의 성행위가 대부분 누군가에 의해서 보인다는 점 역시 간과할 수 없다. 다시 말하자면 그 누군가의 시점에서 서술되고 있는데, 이는 관음증에 기반한 서술이며 독자들에게 화자가 직접 객관적으로 묘사하는 것보다 더욱 탐닉적 관점을 제공하는 역할을 한다.

그러나 그는 묘사하는 행위가 조금 지나쳤다 싶으면 다시 주인공을 따끔하게 나무라는 교훈적 화자의 역할을 잊지 않는다. 다음은 『금병매』 작품 전체를 통해 가장 혐오감을 불러일으키는 장면을 묘사한 후 이어지는 화자의 말이다.

> 독자 여러분 들어보시라. 무릇 남의 첩이 되면 사내의 환심을 얻기 위해 수단방법을 가리지 않는 법이다. 그리하여 몸 굽히고 모욕을 당하더라도 수치로 생각하지도 않는다. 그러나 정실부인라면 떳떳이 시집을 왔으니 어찌 이렇게 졸렬한 수작을 할 수 있겠는가?44)

『금병매』의 화자는 위에서처럼 때로는 서술자의 목소리로, 또 때로는 작중 다른 인물이나 삽입시를 통해서도 앞서 서술한 장면이나 혹은 앞으로 전개될 상황에 대해서 교훈적 언술을 늘어놓는다.45) 그래서 작가의 이러한 이

---

43) "于是瞧了個不亦樂乎!", 『金甁梅詞話』 第 83回.
44) "看官聽說: 大抵妾婦之道, 蠱或其失, 無所不至, 雖屈身忍辱. 殆不爲恥. 若夫正室之妻, 光明正大, 豈肯爲此! 是夜西門慶與婦人盡力盤桓無道.", 『金甁梅詞話』 第72回.

중적 태도 때문에 작가 자신이 일관된 태도를 지니고 있지 않다거나 작품 전체에 보이는 서술상의 모순과 불일치는 一人 작가에 의해 쓰인 게 아닐지도 모른다는 의심을 받기도 한다.46) 그러나 이를 작가만의 문제로 보기보다는 당시 명대 사회가 성에 대해 가졌던 禁欲과 放縱이라는 사회의 이중적 인식태도와 관련 있는 것으로 보는 것이 더 타당할 것 같다.47)

따라서 작품 속에 드러나는 인과응보적 훈계와 그 외피 속에 종종 드러나는 즐기려는 태도는 사실 서로 긴밀히 관련되어 있는 것이라고 볼 수 있다. 그리고 이러한 훈계라는 것도 기존의 금욕주의를 강조하는 작품에서 보이는 무조건적인 훈계나 금욕적 훈계가 아니라 어느 정도 욕망의 추구를 전제로 하는 훈계라는 데서 차별화될 수 있을 것이다.

작품 속에 때때로 보이는 성에 관한 노골적인 폭로는 한편으로는 기존의 질서나 윤리에 대한 조롱과 풍자의 역할을 충분히 담당하고 있다. 예를 들어 節義堂 안에서 벌이는 사대부집 과부 林太太와의 성행위나 이미 관계를 가진 기생이 찾아와 부인 月娘과 모녀관계를 맺는 행위 등은 모두 性 앞에서 인륜이나 윤리는 무용지물이 되어버림을 적나라하게 폭로한다. 유가의 윤리라는 것이 얼마나 위선적임을 조롱하는 것에 다름 아닌 것이다. 작가는 이와 유사한 관계를 끊임없이 반복형상화함으로써 유교의 금욕주의적, 인륜관계의

---

45) 講唱에서 기원하는 中國白話小說의 전통적 서술에는 이러한 강창자의 어투가 종종 드러나는데, 사화본 『금병매』에도 이러한 현상이 두드러진다. 그래서 『금병매』에는 청중을 의미하는 '看官聽說', '你聽我說', '你看', '看官們', '你道', '列位', 서술자를 지칭하는 '小說先生', '我', '說書的' 등으로 시작하는 서술개입이 상당수 보인다.
46) 『금병매』에 보이는 욕망에 대한 이러한 양면적 태도는 혹은 상호모순적 태도는 작품의 초두에 전제하고 있는 四季詩와 四貪詩에서 비롯한다는 주장이 있다. 자세한 것은 다음을 참조. 이무진, 「『금병매』의 양면성 고찰」, (서울: 고려대학교 석사학위 논문, 1997) 또한 서술상의 불일치와 前人의 작품을 차용하고 있다는 이유로 개인의 작품이 아니라고 보는 견해도 다수 있다.
47) 자세한 것은 다음을 참조. 吳存存, 『明淸社會性愛風氣』, (北京: 人民文學出版社, 2000)

허위성을 드러내고 있다.48)

『금병매』의 남녀주인공이라고 할 수 있는 西門慶과 潘金蓮은 서로 거울처럼 서로 비추며 유사한 행위를 반복하고 있는데, 그들에게 성은 생존을 위한 원초적 의미로서가 아니라 쾌락의 대상이었다. 『금병매』속에 등장하는 수많은 성관계는 모두 어느 한쪽만의 일방적인 요구에 의해서 이루어지지는 않는다는 것이 그 증거이다. 물론 서문경과 하층부녀와의 관계에서 금전적 보상이 이루어지는 쾌락과 금전이라는 서로 다른 목적이 있기는 하지만 이 역시 그녀들이 원하는 바였다. 그래서 『금병매』의 인물들은 끊임없는 쾌락의 증식을 위해 욕망의 무한게임에 빠져들었고 이는 결국 파멸을 재촉하는 죽음의 게임이었음을 증명하는 역할을 하고 있는 것이다.

그러므로 『금병매』의 작가에게 성은 쾌락의 대상이기는 하나, 결코 무한하게 허용되는 것은 아니고 적절한 절제가 필요하다는 다분히 전통적인 중용적 입장에서 출발하고 있는 것으로 보인다. 또한 당시 사회가 금욕과 방종의 극단적 풍조 사이에서 방황했듯이 작가도 양자의 사이를 배회한 측면도 있다고 하겠다.

2) 現世의 肯定과 性愛의 追求 - 『好色一代男』

17세기 상인인 조닌층의 급격한 성장이라는 사회배경 아래에서 탄생한 최초의 조닌출신 작가의 작품이 바로 『好色一代男』이다. 작가 이하라 사이카쿠(井原西鶴)는 전통적인 상업도시인 오사카에서 태어나 오사카 경제력의 급격한 발전을 몸소 체험하면서 청장년기를 보냈고 경제적 실력과 생활의 여유를 지녔던 오사카 조닌의 문화적 분위기 속에서 성장하였다.49) 하룻밤에 四千句의 하이카이(俳諧)를 獨吟했다는 일화는 그의 지식과 교양이 어느 정도였는지를 보여준다. 그의 등장은 상인이 경제의 중심에서 활동할 뿐 아

---

48) 『금병매』에 보이는 풍자의 수법에 관해서는 다음을 참조. 졸저, 「세정소설의 풍자적 서술연구 - 『금병매』를 중심으로」, 『중국학보』 제4집, 1999년 12월.
49) 谷脇理史・吉行淳之介, 『井原西鶴』, (東京: 新潮社, 1991), 16쪽.

니라 이제는 문화창작의 주체로 참여하게 됨을 상징하는 대사건이었다.

그런데 평생 상인층의 생활과 세계관을 반영하는 작품을 남긴 그가 처음으로 장편의 소설을 쓴 것이 性에 관한 것이었다는 점은 자못 의미심장하다. 그가 관심을 가지고 주제로 삼았던 성욕과 물욕은 이전의 소설형식인 御伽草子나 仮名草子와는 크게 구별된다. 그리하여 그로부터 中世소설풍의 無常觀이나 교훈성을 버리고 現世를 긍정하는 이상이며 생활감정을 그리며, 당시의 세태와 인정을 그리는 浮世草子가 태어나게 된 것이다.[50]

일본어에서 '浮世'는 중세까지는 '優き世', 즉 '덧없는 세상, 고달픈 이승'의 뜻이었다가 점차 '세상'의 비중이 커져서 근세에 이르면 '당대(現世)의, 당시 유행의, 향락의' 또는 '호색적인'의 뜻으로까지 확대되었다.[51] 따라서 浮世草子가 당시 가장 유행하던 현세적 관심을 반영하고 있는 것임을 고려할 때 당시 상인의 가장 큰 관심사였던 성적 쾌락과 돈버는 일을 다루고 있는 것은 지극히 당연한 것이라고 볼 수 있다.

『호색일대남』이라는 서명 속에 드러나는 '好色'은 우리가 일상어 속에서 사용하는 '好色漢'의 의미라기보다는 각종 남녀관계를 총칭하는 의미로 사용되었다.[52] 즉, 한 남자의 평생에 걸친 애정관계를 다루고 있는 것이지 호색한의 일생을 도덕적으로 비난하는데 있지 않았다는 점은 이 작품의 성에 대한 인식을 그대로 드러낸다.

주인공 요노스케(世之介)가 7살부터 60살까지의 일생을 일년에 한 회씩, 그 해에 있었던 중요한 여성과의 관계를 서술한 이 작품은 마치 한 호색한 이 자신의 일대기를 과장하여 드러내고 있다는 느낌을 지울 수 없다. 작품

---

50) 임종빈, 「선행작품에 비추어 본 『一代南』의 특징」, 『경상대논문집』(인문계 편), 제28집 제2호, 1989, 19쪽. 경제적 측면은 물론이고 당시의 향락적 인 풍조까지 있는 그대로 현실주의적으로 묘사하고 있다는 점에서 그를 일 본 리얼리즘 소설의 시작으로 간주하기도 한다.

51) 谷脇理史・吉行淳之介, 앞의 책, 10-11쪽.

52) 자세한 것은 다음을 참조. 渡邊敏高, 「好色と色好－好色一代男を中心とする 考察」, 『日本文學の傳統と創造』, 1993.06, 金榮哲, 「『好色一代男』考－好色の轉 合的性格をめぐって－」, (대구: 계명대학교 석사학위논문, 1984), 42-43쪽.

속 주인공은 오사카 출신의 대상인의 아들인데, 그는 가업을 잇는 데는 별 관심이 없고 오로지 여자와의 관계를 맺는 데에만 관심이 있는 것으로 그려지고 있다. 그렇다면 여색, 즉 성애의 추구만이 당시의 상인들의 목적이었을까? 또 그렇게 된 이유는 무엇일까?

일본의 상인들은 중국의 상인과는 달리 관료가 됨으로써 지배층이 되는 길이 막혀있었던 엄격하게 제한된 신분제 아래에서 생활하였다. 따라서 그가 가진 재물이 신분에 구속됨 없이 절대적 위력을 발휘할 수 있는 유일한 공간이었던 유곽은 금전에 의한 자유와 해방을 맛보며 자신의 꿈을 펼쳐볼 수 있는 이상향이었을 것이다.53) 그래서 사이카쿠가 작품 속에서 말하는 이상적 삶이란 젊어서는 부친의 재산에 의지하지 않고 자력으로 악착같이 돈을 벌며 45세까지 일생을 편하게 지낼 만큼의 재산을 모으고, 그 뒤에는 일하지 않고 놀며 즐기라는 것이었다.54)

『호색일대남』의 주인공 요노스케는 일곱 살 때부터 여자와의 사랑에 눈을 뜨기 시작해 끊임없이 이를 찾아 떠돌다가 서른네 살에 부친의 막대한 유산을 물려받음으로써 본격적으로 유곽순례를 나서게 된다. 요노스케는 상속받은 재산을 가지고 유명한 대도시 유곽의 최고급 기녀인 타유(太夫)로부터 지방의 한산한 유곽에 떠도는 기생에 이르기까지 전국 곳곳으로 기녀들을 찾아다니며 일생을 보낸다. 그래서 작품의 후반부는 그녀들에 관한 妓女評判記의 형식을 띄고 있다.

사이카쿠는 작품의 맨 앞에서 자신의 창작이 자연의 아름다움을 노래하던 중세적 미의식을 부정하고 인간성의 근원인 애욕을 전면적으로 긍정할 것이라고 밝힌다.55)

---

53) 실제로 에도시대 대표적인 상업 대도시였던 에도, 교토, 오사카에는 요시와라(吉原), 시마바라(島原), 신마치(新町)이라는 대규모의 유곽이 조성되어 있었다.
54) 井上淸, 앞의 책, 190쪽.
55) 임중빈, 앞의 글, 20쪽.

> 벚꽃도 지고, 달도 져 왠지 허무하다. 효고현의 이쿠노긴산(生野銀
> 山). '달의 이루사야마(入佐山)'라는 노래로 이미 세간이 많이 알려진 곳
> 이기도 하다. 여기 한 기슭에 유메스케(夢介)라는 놈팡이가 있었으니 집
> 안일은 몰라라 하고 그저, 여자, 남자 가릴 것 없이 닥치는 대로 욕심을
> 채우는 소문난 색광이었다.56)

벚꽃과 달은 중세적 미학을 의미하고 바로 뒤이어 등장하는 색광은 이 작
품의 주제를 상징하는 것이다. 또한 주인공 요노스케 못지않게 소문난 색광
이었던 아버지를 소개하고 있다. 그리고 이 색광의 아들인 주인공이 아버지
의 뒤를 이어 평생 끊임없이 쾌락의 추구에 매진할 것임을 어렵지 않게 짐
작할 수 있게 한다. 그가 평생을 두고 추구했던 수많은 여성 혹은 남성과의
성관계는 생식을 위한 것이 아니라 철저한 쾌락에 근거하고 있다. 그는 어릴
적부터 스치듯 만나는 모든 여자들에게 생기는 감정 그대로 행동에 옮긴다.
불쌍하면 연민하고 도와주고, 예쁘다고 느끼면 사랑하고, 심지어 어린아이가
생겨도 큰 책임감을 느끼지 않고 오히려 곤혹스러워하며 버린다. 그는 나이
열다섯 살에 과부와의 사이에서 생긴 아이를 절에 버려 버린다.57) 그러나
작가는 이 사건에 대하여서도 그다지 심각하게 묘사하지 않는다.

> 그 후로 요노스케는 그 집을 내 집 드나들 듯이 다녔는데, 아니나 다
> 를까 그러다보니 여인이 아이를 턱 배고 말았다. 아이가 태어나자 요노
> 스케는 곤혹스러웠다. 요노스케는 오노노코마치가 읊은 시가 생각나 자
> 신의 아이를 딱하게 여겼으나 결국 과부와 자신 사이에서 생긴 아이를
> 가라스마의 육각당에 버리고 말았다.58)

작가는 이에 대해 조금의 훈계나 교훈의 언사를 하지 않는다. 이것이 바

---

56) 이하라 사이카쿠, 손정섭·이주리애 옮김, 『호색일대남』, (서울: 현실과미
　　래, 1998), 13쪽.
57) 이 아이가 나중에 사이카쿠의 다른 소설 『好色二代男』의 주인공이 된다.
58) 이하라 사이카쿠, 앞의 책, 卷二2, 56쪽

로 앞의 『금병매』와는 다른 서술상의 특징이다. 다음은 요노스케가 한 유부
녀와의 간통에 실패한 자신의 경험담을 말하는 장면이다.

> "어찌나 아팠던지요. 갑자기 당하니 정신이 하나도 없었어요. 그 여자
> 는 '내가 간통할 줄 알았느냐'하고는 문을 쾅 닫아버렸지요."
> 　세상에는 아직도 이렇게 곧은 여인이 있는 법. 요노스케의 첫 번째 쓴
> 경험이었다.59)

　화자는 더 이상 이 사건에 대해서 언급하지 않는다. 여인의 심지가 곧다
고 칭찬하지만 요노스케의 행위에 대해서는 어떤 판단도 내리지 않으며 오
히려 그의 실패를 아쉬워하는 태도를 보이며 서둘러 서술을 마무리해 버린
다. 『금병매』가 아주 상세하고 성적 흥분을 일으킬만한 사실적인 묘사에 능
했다면 『호색일대남』의 서술은 마치 일기를 쓰듯 한 해에 있었던 중요한 행
적에 대해서만 간략하고 은유적으로 또는 재기발랄하게 서술하는 것이 대부
분이다.

> 　그 때, 요노스케가 덧문 뒤에 몰래 숨어들었다. 이를 눈치 챈 아즈마
> 가 좌중에 대충 둘러대고 욕탕을 빠져나와 요노스케를 뜨겁게 안았다.
> 두 사람은 순식간에 불덩이가 되어 절정에 이르렀다.60)

> 　이 유곽의 관습으로는 처음 오는 사람에게는 절대 침구를 내놓지 않게
> 되어 있는데, 타유는 주조의 허리띠를 풀어주었다. 그리고 조용히 누워
> 주조를 받아들였다.61)

　위에서 인용하고 있는 바와 같은 요약적 서술에서뿐 아니라 장면에 대해

---

59) 이하라 사이카쿠, 앞의 책, 卷二3, 62쪽
60) 이하라 사이카쿠, 앞의 책, 卷七6, 251쪽
61) 이하라 사이카쿠, 앞의 책, 卷八2, 268쪽

비교적 자세한 묘사를 진행하는 장면묘사에 있어서도 크게 다르지 않다. 예를 들어 卷六5에 등장하는 요노스케와 기생 하쓰네의 비교적 긴 정사장면의 묘사에도 자극적인 서술은 보이지 않는다.

『호색일대남』은 여색이나 남창 등 어떤 행위에 대해서도 자연스러운 행위로 간주하고 있다.62) 뿐만 아니라 요노스케의 성행위는 한번도 후손의 번식을 위한 생존을 위한 것이 아니었다. 결말에서 주인공의 일생을 마무리하는 데 있어서도 인과응보적 결말과는 거리가 멀다. 평생 여색과 남색에 정기를 빼앗겨 눈도 보이지 않고 지팡이 없이는 서있지도 못할 노인이 되어서도 그의 방탕한 생활을 후회할 기미는 전혀 보이지 않는다. 오히려 그가 살아온 그대로 맘에 맞는 한량 친구 일곱을 모아 배를 건조해 호색선이라고 이름 붙이고 이전에 자신이 사귀던 기생들의 옷가지 등으로 배를 꾸미고는 여호도(女護島)로 떠난다. 다음은 작품의 마지막이다.

> "그러니 이제는 여호도(女護島)로 가서 잡히는 대로 여자를 꼬셔보자구. 설령, 색정 밝힌 죄의 휴유증으로 골골대도 좋으니. 허덕이다 그곳 땅 해골이 되어 묻힌들 또 어떠리. 마누라도 자식도 없는 일대남으로 태어났으니 도무지 서러울 게 없지 않은가?"63)

그의 마지막 말은 철저한 쾌락주의를 대변한다. 이러한 결말은 『금병매』의 결말이 철저히 인과응보에 의지하고 있는 것과 대비된다. 작품 전체에 걸쳐 주인공의 심리변화에 관한 묘사도 없으며 쾌락주의에 대한 불교적 혹은 유교적 도덕에 입각한 약간의 비판도 보이지 않는다.64) 약간의 유머를 가미한 작가의 서술은 그다지 심각해 보이지 않고 그래서 오락적 의미에서 장난삼아 서술하는 轉合書65)로써 쓰였다는 주장이 강하게 대두되고 있고, 혹자는 교훈이

---

62) 高橋俊夫, 「好色一代男における性描寫の意義」, 『日本文學誌要』 20卷, 1968. 03.
63) 이하라 사이카쿠, 앞의 책, 卷八5, 281쪽.
64) 加藤周一, 김태준 역, 『일본문학서설2』, (서울: 시사일본어사, 1996), 118쪽.

나 도덕과 무관하게 독립적으로 쓰인 철저한 순문학의 시작[66]이라고 정의하기도 하는 것이다.

3) 생존을 위한 절망의 悲歌 - 「변강쇠가」

「변강쇠가」는 국문학사에서 유례가 없는 독특한 작품이다. 판소리로 전승되거나 판소리계소설로 정착되지 못하고 申在孝가 정리한 사설로만 남아 있는[67] 점이 그렇고, 작품이 처음부터 끝까지 성행위와 죽음의 분위기로 일관되어 있다는 점에서도 그러하다.

판소리는 조선 후기 활성화된 서민문화를 대표하는 장르였다가 19세기 양반층의 후원을 받으며 수용층이 양반으로까지 확대되면서 질적 변화가 일어난다. 이 과정에서 서민층에서 기원해 서민층의 생활과 가치관이 반영되었던 작품의 성격이 다소 양반층의 기호에 맞게 변형되기도 하였다.[68] 그가 기존에 내려오던 12마당의 작품을 여섯 마당으로 정리하면서 당시 사회에서는 금기가 되다시피 한 性을 노골적으로 다루고 있는 「변강쇠가」를 포함시켰다는 사실은 「변강쇠가」라는 작품이 가지는 의미가 그다지 단순하지 않음을 시사한다. 따라서 「변강쇠가」가 전승되는데 실패한 이유와, 그럼에도 불구하고 사설로는 남아 있는 이유를 살펴보는 것은 「변강쇠가」의 의미와 가치를 확인할 수 있는데 도움을 줄 것이다. 단순히 사설의 음란한 언사 때문에 전

---

65) 『好色一代男』이 勸合書의 목적으로 쓰였다는 언급은 西鶴의 友人이었던 水田西吟의 跋文에 보인다. '勸合'의 의미에 관한 자세한 논의는 다음을 참조. 임중빈, 「一代男에 대한 고찰」, 『경상대논문집』(인문계편), 제22집 제2호, 1983, 100쪽, 김영철, 앞의 글, 1-2쪽.
66) 森銑三, 「庶民文學としての一代男」, 『西鶴本叢考』, (東京: 東京美術, 1971), 60쪽.
67) 명창 박동진에 몇 차례 공연이 되기도 했는데 전승에 의한 것은 아니고, 기본적으로 신재효의 사설에 그가 임의로 곡을 붙인 것이다. 또한 결말은 신재효의 것과 다르게 옹녀마저 죽어서 뎁득이가 그녀와 강쇠의 시신을 모두 합장하는 것으로 처리되어 있다.
68) 자세한 것은 다음을 참조. 김홍규, 「판소리의 사회적 성격과 변모」, 『세계의 문학』 제3권 제4호, (서울: 민음사, 1978.11), 85-87쪽.

승되지 않았다고 결론 내리는 것은 다소 성급해 보인다. 판소리의 고급화에 기여한 신재효가 가장 나중에 손댄 것이 「변강쇠가」이고, 그가 전승되지는 않으나 소설로도 정착한 다른 작품을 제쳐두고 「변강쇠가」를 사설로 남겼다는 점은 그가 「변강쇠가」에 판소리만이 가지는 그 어떤 특성이 있다고 생각했을 가능성이 매우 높기 때문이다.69)

먼저 「변강쇠가」에 등장하는 인물들의 신분을 살펴보면 당시 사회의 최하위층을 형성하는 유랑민들임을 알 수 있다. 그러나 그들이 처음부터 유랑민이었던 것은 아니고, 조선후기 급속한 농촌경제의 변동과 해체 과정에서 농촌을 이탈해 전국을 떠돌게 된 것이다. 옹녀는 황해도에서 쫓겨나 남쪽으로, 강쇠는 고향 남도에서 북쪽으로 유랑 중에 만나서 가정을 이루고 다시 정착을 시도하는데서 정착민이 되고자 하는 그들의 필사적 노력을 엿볼 수 있다. 음란하다고 알려진 「변강쇠가」의 성묘사가 사실 관중으로 하여금 흥분하게 자극한다든가 또는 반대로 교훈을 주기 위한 것이 아니라는 점은 「변강쇠가」의 성을 음란하다고 판단하기 어렵게 만든다. 일반적으로 호색설화 등등에서는 호색의 결과로 망신을 당하든가 悔心을 하든가 하면서 한낱 우스갯거리를 제공하는 것이 관례이지만 변강쇠는 숱한 죽음을 몰고 오면서 분위기가 한결 엄숙해지기 때문이다.70) 「변강쇠가」에 보이는 개방된 성은 당시 서민

---

69) 그러나 19세기 판소리사에서 향유층의 역사적 성격, 다시 말하면 양반좌상객의 비중과 이들이 판소리성격의 변모에 영향을 미쳤는지, 또는 이와 반대로 민중들의 역할이 중요하게 작용했는지에 관해서는 아직 명확한 규명이 이루어지지 않은 형편이다. 그래서 「변강쇠가」의 주요 인물의 성격과 실전원인에 관한 서로 다른 견해가 존재한다. 이를테면 신재효에 의해 오히려 음란하게 개편되었다는 주장과 신재효가 「변강쇠가」에 내재된 민중지향성을 높이 평가하여 사설로 남겼다는 견해가 있다. 또한 「변강쇠가」가 너무 음란하여 양반층에 의해 폐기되었다는 주장과, 변강쇠가의 결말이 너무 비극적이고 민중의 희망을 저버리고 있기 때문에 민중들이 좋아하지 않았다는 견해도 있다. 「변강쇠가」를 해석하는 다양한 기존의 시각에 관해서는 다음을 참조. 강진옥, 「변강쇠가」, 『고전소설연구』, (서울: 일지사, 1993)
70) 이강엽, 「신재효「변강쇠가」의 성과 죽음의 문제」, 『열상고전연구』 Vol. 6. No. 1, (서울: 열상고전연구회, 1993)

사회의 윤리적 개방성을 반영하기도 한 것이지만 작품 중 인물들의 恨과 관련되어 있는 점 역시 간과할 수 없다.

「변강쇠가」의 성은 『금병매』나 『호색일대남』에서처럼 부유한 상인의 여유 있는 생활에서 행해지는 쾌락의 추구와는 구별된다. 「변강쇠가」의 인물들은 하나같이 결핍된 환경으로 인해서 성을 추구하는 상황에 놓여있기 때문이다. 심지어 옹녀와 강쇠가 처음 만나서 백주대낮에 일을 벌이는 장면에서 서로의 성기를 들여다보고 이를 읊조리는 유명한 기물타령에서도 그들의 관계는 곤궁한 삶의 현실에서 벗어나지 못한다.

> 天生 陰骨 강쇠놈이、여인 양각 번듯 들고、玉門關을 굽어보며、
> "이상히도 생기었다. 맹랑히도 생기었다. 늙은 중의 입일난지 털은 돋고 이난 없다. 소나기를 맞았던지、언덕 집게 파이었다. 콩밭 팥밭 지내던지、돔부 꽃이 비치었다.⋯⋯제 무엇이 즐거워서、반튼 웃어 두었구나. **곡감 있고 으름 있고、조개 있고 연계 있고、제사장은 걱정 없다.**"
> 저 여인이 반소하며、갚음을 하노라고、강쇠 기물 가리키며、
> "이상히도 생기었네. 맹랑히도 생기었네. 前陪 使令 서려난지、雙걸囊을 늘게 달고. 五軍門 軍牢던가、복덕이를 붉게 쓰고. 냇물 가에 물방안지、떨구덩 떵、끄덕인다. ⋯⋯고추 찧던 절굿댄지、검붉기난 무슨 일꼬. 칠 팔월 알밤인지、두 쪽 한데 붙어 있다. **물방아 절굿대며、쇠고삐 걸랑 등물、세간살이 걱정 없네.**"[71]

위의 기물타령은 비록 내용이 음란하기는 하지만 유려한 우리말 표현과 문학적 상상력이 단연 돋보인다. 비유의 대상을 모두 농촌의 일상생활 속에서 찾아내고 있다는 사실에서도 이 작품의 기원과 대중적 지향을 어렵지 않게 짐작하게 한다. 인용문에 보이는 것처럼 그들은 성기에서조차 제수물건과 세간살이를 연상하고 있다. 성행위를 하면서까지 안정되고 여유 있는 삶을

---

71) 姜漢永 校注、『申在孝 판소리辭說 여섯마당집』、(서울: 형설출판사、1982)、426-427쪽.

꿈꾸었던 그들에게 성은 원초적 의미의 생존 그 이상의 것이 되기 어려웠던 것이다. 이것은 마찬가지로 남녀가 처음 만나 정사를 벌이며 상대방의 성기를 예찬하고 있는 『金甁梅』第4回의 기물시와는 매우 대조된다. 西門慶과 潘金蓮은 상대방의 그것을 보고, 외면적 아름다움과 기능적 측면만을 비유적으로 예찬하고 있다. 이렇게 동일한 장면에서 상이한 묘사가 이루어진 것은 주인공들의 신분과 처한 환경이 다르기 때문이기도 하지만 『금병매』와 판소리 「변강쇠가」의 작가의 신분, 창작관 등에서부터 현저한 차이가 있기 때문이라고 보아야 할 것이다.

「변강쇠가」의 남녀관계는 옹녀와 변강쇠, 강쇠가 죽은 후 옹녀가 그를 치상하기 위해 끌어들인 사람들과의 관계로 나눌 수 있다. 비록 후자는 실제 성관계가 맺어지지는 않지만 옹녀는 자신의 미색을 이용해 남자들을 끌어들이는데, 이들 남자들이 하나같이 전국을 떠도는 사람들이라는 점에도 주목할 필요가 있다. 그들은 중, 초라니, 가객, 북치던 늙은 총각, 뎁득이, 각설이패 등 오랫동안 전국을 떠돌아다니느라 성에 굶주려 있던 사람들로서 정상적인 방법으로는 성 욕구를 채우기 힘든 상황에 처해 있었다. 그래서 그들은 옹녀가 치상을 해주면 결혼해 주겠다는 제안에 탐욕이 발동해서 흔쾌히 따라나선 것이다. 하지만 그들에게 호색의 욕망이 있었다고는 간주하더라도 이들과 옹녀의 성적 결합 역시 결핍으로 인한 것이므로 『금병매』나 『호색일대남』의 유한계층의 호색과는 역시 구별된다고 할 수 있다.72)

그렇다고 해서 「변강쇠가」에 보이는 성에 쾌락적인 의미가 전혀 없는 것은 아니다. 서두에 옹녀를 소개하는 대목에서 그녀의 미모와 함께 사주에 청상살이 들어 남편을 수없이 갈아 치우고 있음을 강조하고 있다. 젊디젊은 옹녀의 남자 밝힘증에는 당연히 쾌락적 추구가 포함되어 있겠지만 여자 혼자서는 살아 갈 수 없는 당시의 현실과, 청상살이 있는 여인이라도 그 미색을 탐내는 남자들의 욕구가 결합해서 결국 온 마을의 남자들이 모두 비명횡사

---

72) 자세한 것은 다음을 참조. 이강엽, 앞글.

하기에 이르렀던 것이다. 따라서 그녀가 끊임없이 성을 추구하고 있는 것 역시 그녀의 생존을 위한 것이었다고 간주하는 데에는 무리가 없어 보인다.

「변강쇠가」의 성이 시종일관 죽음과 관련되고 있는 것 또한 성을 쾌락으로만 간주하기 어렵게 만든다. 옹녀나 강쇠는 성을 탐닉하기는 했으나 결국 그들과 관련된 사람들은 모두 죽음으로 몰고감으로써 작품 전체에 죽음의 그림자를 드리우고 있다. 그래서 혹자는 「변강쇠가」가 巫歌에서 기원하여 무속제의적 성격이 강해서 소리꾼들이 부르기 꺼렸다고 주장하기도 한다.73)

다른 한편으로는 끊임없이 성을 탐닉하는 남녀주인공은 민중성을 유린하는 지배체제에 대항하여 생존을 위해 필사적으로 투쟁하는 민중을 상징한다고 해석할 수 있다. 변강쇠의 죽음은 산의 장승을 함부로 베어온데서 비롯하는데, 이에 분노한 전국의 장승들이 연합하여 강쇠를 죽음으로 보복하고 있는 것이다. 여기서 장승을 지배계층, 지배층의 체제와 이념, 또는 당시의 현실사회를 지배하는 유교적 윤리관 등으로 보게 되면 변강쇠와 옹녀는 지배계층에 착취당하는 민중계급으로 형상화되었다고 간주할 수 있고, 「변강쇠가」에는 이러한 서민층의 애환이 절실하게 담겨 있는 것이다. 따라서 가장 서민적인 정서를 반영하고 있는 판소리 장르 특유의 민중지향성이 「변강쇠가」에 간직되어 있었고, 바로 그 점이 완전 실전의 위기에서 사설로나마 보존될 수 있게 한 것이다.

4. 맺음말

소설은 인간의 삶을 구체적으로 드러낼 수 있는 문학 장르로 당대의 사회·역사적 변화를 잘 담아낸다. 따라서 17세기 전후 변모하는 동아시아 사회의 변모양상을 소설을 통해 살펴보는 것은 의미 있는 작업일 것이다. 특히

---

73) 박경신, 「무속제의적 측면에서 본 변강쇠가」, (서울: 서울대학교 석사논문, 1985)

이 시기 소설은 서민적 근대문화의 특징을 잘 보여주고 있기 때문에 동아시아의 근대성을 탐구하는데 있어서 동시대의 통속소설은 좋은 텍스트가 될 수 있을 것이다.

먼저 동아시아 각국에서 통속소설이 성행할 수 있었던 배경으로는 상업경제의 발전과 이에 따른 서민계층의 급속한 성장을 들 수 있다. 또한 기존의 금욕적 理學에서 벗어나 개성의 추구와 욕망의 추구를 긍정하는 心學이 등장하였다. 이러한 사상은 새로운 시민계층의 생활태도를 지지하게 되었고 시민들을 위한 통속적 문화가 발전하게 되었다. 동아시아 각국에서 발달한 통속적 서민문화는 인쇄술의 발전에 힘입은 바 크다. 그러나 이러한 상업경제와 인쇄술의 발전은 결국 상업출판을 촉진하게 되어 당시의 통속문화는 상업성과 흥행성을 추구하는 방향으로 발전하게 만들었다. 이러한 과정에서 통속적 서사물의 가장 쟁점적인 화두로 등장한 것이 性이었다.

각국의 대표적인 성담론이라고 할 수 있는 『金甁梅』, 『好色一代男』, 「변강쇠가」를 통해서 서로 다른 사회와 문화 속에서 性이 어떻게 인식되고 기능했는지를 간단히 살펴보았다. 『금병매』는 욕망의 추구는 인정하지만 인과응보를 바탕으로 지나치지 말 것을 강조하고 있고, 『호색일대남』은 상당히 현세주의적, 쾌락주의적 성격이 강하다. 작중인물이나 독자에 대한 훈계를 하고 있지 않다는 점이 인상적이다. 반면에 「변강쇠가」는 쾌락보다는 생존을 위해 몸부림치는 원초적 의미의 성이었고 지배계층에 저항하는 민중을 상징한다고 볼 수 있다.

이상으로 동일한 유교문화권에 속하면서도 서로 상이한 역사와 문화를 발전시켜온 동아시아 3국의 문학을 통속소설의 발전이라는 측면에서 간략하게나마 탐구해 보았다. 향후 보다 지속적인 동아시아 문학의 보편성과 특수성에 대한 연구가 촉발되기를 기대한다. (『中國語文學誌』第 12集, 2002年 12月)

칼을 차고 장부의 마음을 품다

—동아시아 惡女의 起源

> '그의' 여자들인 우리들은 그의 사회를 구성하고 있는 수많은 사회집단 속에서 그 어떤 것에도 참여하는 것을 허용 받지 않고 가족이 있는 집 속에 갇혀 있는 반면, 남성은 금이나 자줏빛 천을 두르고 야만인처럼 깃털로 장식하고서 자신의 신비주의적인 제식들을 치루고 권력과 지배라는 쾌락을 즐긴다.
>
> —버지니아 울프, 『세 명의 기니인들』

1. 왜 악녀인가?

우리 사회는 남성보다 뛰어나거나 혹은 뛰어나려고 안간힘을 쓰는 여성에게 그다지 호의적이지 않다. 남성들만의 고유 영역에 여성들이 진입한다는 것 자체가 어려운 실정이다. 또한 힘겨운 과정을 거쳐 여성이 어느 정도 성공하게 되면 이번에는 성공 배경을 둘러싸고 온갖 의혹이 제기된다. 여성의 성공은 실력보다는 미모나 성 등 다른 요인에 의한 것이라는 의혹이 바로 그것이다.

여성에 대한 이러한 남성의 시각을 극단적으로 보여주는 좋은 사례 가운데 하나는 소설과 영화 속에 빠지지 않고 등장하는 악녀 이미지이다. 마녀, 요부, 팜므 파탈1) 등으로 표현되는 이들은 모두 남성을 파멸시킨다는 이유에서 위험한 존재가 되었다. 그녀들은 대개 어떤 분야에서 남성을 뛰어넘는 능력을 가졌거나 혹은 사회의 기존 통념을 뒤엎으며 자신의 욕망을 추구했고 그 과정에서 남성을 파멸시키는 것으로 간주되었다. 여기서 우리 사회가 일반적으로 '악녀'라고 규정하는 유형이란 남성영역의 질서를 교란시키고 남성을 파멸시키는 여성임을 알 수 있다. 그들 가운데 대다수는 자신의 성정체성을 과장하거나 극대화시킴으로써 남성을 유혹했으며 자신의 성적 욕망을 통제하지 않았기 때문에 '음란하다'거나 '사악하다'는 비난을 받아야만 했다. 또한 유혹과 파멸의 대상이 바로 남성이었기에 그녀들의 운명이 결코 순탄하지 않았을 것은 쉽게 예견할 수 있다. 사회는 남성을 파멸시킨 죗값을 요구했고, 따라서 그녀들은 결국 파멸당할 수밖에 없었기 때문이다.

그러나 그녀들은 실상 남성들의 강렬하고 불안정한 갈망을 실현하는 대상이었기에 남성들에 의해 오히려 배척되었던 측면이 있다. 기존 사회의 질서를 유지하기 위해서 자신들의 욕망을 인정하기보다는 그녀들을 단죄하는 것이 나았기 때문이다.2) 바로 이런 점에서 악녀 이미지는 철저히 남성중심적

---

1) 어원적으로는 '운명적 여인' 혹은 '치명적 여인'으로 번역될 수 있는 팜므 파탈은 1950년대 후반 프랑스 영화 평론지 「까이에 뒤 시네마(Cahiers du Cinema)」의 평론가들이 40년대 초에서 60년대 초까지 미국에서 만들어지던 일련의 B급 범죄／드릴러 영화를 필름 느와르(film noir)로 분류하고, 그 영화들이 가지는 특징을 분석하면서 생겨난 말이다. 주로 뇌쇄적 매력으로 남성을 유혹하고 파멸시키는 여성형상을 지칭했다. 그러나 이러한 악녀적 이미지는 이미 19세기 회화에서 빈번히 출현하기 시작한 창녀의 모습에서 찾아 볼 수 있으며, 멀리는 서구 기독교 문화 속의 성녀와 창녀의 이미지로까지 근원을 거슬러 올라갈 수도 있을 것이다. 이경기, 『영화예술용어사전』, (서울: 다인미디어, 1998)

2) 그 대표적인 경우가 중세 유럽에서 횡행했던 마녀사냥이다. 당시 무수한 여성들이 "이단자이고 배교자이며 약한 육체의 힘을 악마와 결탁하여 남성에게 복수한다"는 누명을 쓰고 화형대의 이슬로 사라졌다. 그러나 마녀는 변혁기를 맞아 위기에 처한 공동체 내부의 질서유지를 위한 희생양이었으며, 여성에 대한 남성들의 지나치게 강렬하고, 지나치게 불안정한 욕망을 실현시켜 주는 역할을 했다. 학자들에 따르면 가부장제적 가족에 동화되지 않은 여성, 즉 결혼을 거부한 여성, 방적공과 같은 여성 노동자, 남편보다 오래 산 여자(과부), 산파, 주술사, 무당 등 육체적, 지적, 경제적, 정신적으로 독립한 여

이고 남성의 여성에 대한 편견이 가장 극단적으로 표현되고 있다고 말할 수 있다.

그렇다면 이렇게 무엇인가 자기 자신의 위치를 찾으려고 몸부림치는 여성과, 남성을 미혹시키고 결국 파멸시키는 여성이 서로 겹쳐 보이는 이유가 궁금해지지 않을 수 없다. 그런 편견과 관습은 어디서부터 시작하는 것일까? 본고는 여성에 관한 최초의 전문 기록물이자 여성 이미지의 寶庫라고 할 수 있는 『列女傳』을 통해 그 해답을 찾아보고자 한다. 『열녀전』에는 오랜 역사 시기를 거쳐 동아시아에서 악녀로 규정해 온 여인들의 모습3)이 담겨져 있기 때문이다. 사회의 근본이자 행복의 단위인 나라와 집안을 망친 여자, 그래서 그녀들은 결코 조금의 동정도 받을 가치가 없는 파렴치한 악의 근원으로 매도되어 왔다. 그러나 정말 그녀들은 그렇게 획일적으로 비난받아야만 하는 재앙덩어리였을까? 혹시 그녀들 역시 불평등한 봉건제도 아래에서 희생될 수밖에 없었던 비극적 운명을 타고났던 것은 아닐까? 이제 그 답을 찾아서 시간을 거슬러 올라가 보도록 하자.

성들로서 '옳은 길로 이끌어 줄 남자 없이 혼자 사는 여인'들이 마녀로 몰렸다. 그래서 역사학자 쥘 미슐레는 마녀에 대해 "교회에 저항하고 억압받는 여인의 전형이며 자연과 육체와 의학을 이해했기 때문에 근대 과학의 어머니"라는 해석을 내린 바 있다. 자세한 것은 다음을 참조. Jules Michelet, La Sorciere, (Paris: E. Dentu, 1862), 이케가마 슌이치, 강응천 옮김, 『여성에게 문화는 있었는가』, (서울: 사계절, 1999), 까트린 끄노, 이재형 옮김, 기욤 아르토 그림, 『상대적이며 절대적인 마법의 백과사전』, (서울: 열린책들, 2001)

3) 고대 중국에서는 열녀, 효부에 관한 언급은 상당히 발달해 있었지만 그 반대편에 있는 악녀에 관한 구체적인 개념어는 없었다. 潑婦,悍婦,妖婦 등이 남성을 괴롭히거나 유혹하여 파멸시키는 여성의 의미로 사용되고 있으나 그 성격이 비교적 협소하다. 따라서 남성영역의 질서를 교란시키고 남성을 파멸시키는 여성을 악녀로 보는 본고의 논의에는 적합하지 않다고 생각된다. 비록 '악녀'라는 개념이 다분히 서구적이고 현대적이지만 비교적 광범위하게 이들 각종 부정적 유형의 여성을 지칭할 수 있기 때문에 본고에서는 고대 동아시아 사회의 이 부류 여성들에 대해서도 이 용어를 사용하고자 한다.

> 나는 여자,
> 늘 내 울타리 안에 갇혀……
> 수많은 과거를 기억 속으로 넘겨주었건만
> 난 역사 속에서 다시 살아날 수는 없으리.
> 한 마디 말도 나를 위한 것은 없다네.
> 나는 여자.
>
> ─로베르(Clémence Robert),
> 『파리 실루엣』

2. 「얼폐전」의 이데올로기적 배경

문자가 생겨나고 자연스럽게 기록 작업이 이루어지면서 인류는 서사물이라는 획기적인 문화양식을 가지게 되었다. 그러나 문자는 극소수의 사람들에게만 허용되었고 권력과 결합되었기 때문에 중국 최초의 기록물인 역사서들은 모두 정치와 관련된 엄숙한 것으로 간주되었다. 이러한 역사서에는 주로 남성만이 기록되었을 뿐 여성에 대한 기록은 매우 드물다. 원시모계 사회를 지나 가부장제 사회로 진입하면서 여성은 정치와 권력에서 점차 소외되어 갔기 때문이다.

중국 역사에서 여성이 공식적인 기록의 주인공으로 처음 등장하는 것은 漢代 司馬遷의 『史記』에서이다. 한초 정권을 장악한 적이 있는 呂太后와 황실의 외척에 관한 기록인 「呂太后本紀」와 「外戚世家」는 우리의 논의에 중요한 사실 하나를 시사한다. 엄숙한 역사에 기록될 수 있었던 여성이란 결국 남성 위주의 권력세계에 진입했던 여성이라는 점이 바로 그것이다.

한편, 본격적으로 여성만을 위한 列傳이 쓰이는 것은 西漢 말기 劉向의 『列女傳』에 와서이다. 사마천이 역사에 발자취를 남긴 각계 인물들에 관한 열전을 기록했다면, 유향은 여성만을 위한 열전을 집필한다. 『열녀전』은 왕후나 제후의 부인에서 민간의 아낙네에 이르기까지 각 계층의 여성들을 7가지로 분류하고 그 덕목을 칭송하고 있다. 그런데 유독 마지막 분류항인 「孼嬖傳」은 나라와 집안을 망친 여인들에 관한 기록으로서 悖德에 대한 경계의 의미가 포함되어 있음에 주목할 필요가 있다. 왜 굳이 본받아서는 안 되는 여성들을 숭고한 기록 속에 포함시킬 필요가 있었을까?

유향 이후 『열녀전』은 正史 속으로 편입되는데, 다양한 여성들을 위한 列女傳이 아니라 정절을 지킨 여성들만의 烈女傳으로 변모하고 「얼폐전」이라는 항목 자체가 삭제되어 버린다. 이러한 사실을 고려한다면 유향 『열녀전』의 가장 큰 특징은 「얼폐전」에 있다고까지 말할 수 있는 것이다. 그리고 이 「얼폐전」에 수록된 여인들이 지금까지도 중국사회는 물론이고 동아시아에서 악녀의 대표적 유형으로서 각인되고 있음은 특기할만한 사항이다.

「얼폐전」이 『열녀전』 속의 특징적인 한 항목으로 성립될 수 있었던 것은 유향이 사기 열전의 체제를 이어받아 다양한 여성상을 제시하려 했기 때문이기도 하지만, 보다 중요한 동기는 당시의 정치 상황에서 비롯되었다. 통일 제국의 정립을 위해 前代의 제도를 정비하는 작업이 서한 시기에 대대적으로 이루어졌는데 유가 경전의 편찬과 경전 해석 작업 역시 그 일환이었다. 또한 이는 유가 사상이 본격적으로 통치 사상으로 수용되면서 나타난 결과이기도 하다. 유향은 바로 이러한 작업에 참여했던 대표적 인물 중의 하나였고 그가 한나라를 세운 劉氏 황실의 구성원이었다는 사실은 대단히 중요한 의미를 지닌다. 중국사는 물론 한국사에서도 왕권이 약화된 시대를 기술할 때면 흔히 발견되는 史實 중의 하나가 바로 외척과 환관의 전횡이다. 봉건 왕조에서 왕권을 위협할 수 있는 세력이 바로 외척과 환관 세력이었는데 왕이 어린 나이에 즉위해서 親政이 불가능할 때나 지지기반이 약할 때 왕의 최측근이라고 할 수 있는 이들이 직접 정치에 참여하는 경우가 많았던 것이다. 垂簾聽政4)은 가장 대표적인 예이다. 때로는 왕 자신이 권력을 강화하기

---

4) "여성의 정치참여가 불가능했던 조선왕조사회에서 수렴청정은 여성이 정치적 영향력을 행할 수 있는 거의 유일한 기회였다. 그러나 신하와 왕대비가 서로 상면할 수 없도록 발을 친다는 뜻으로 여성인 왕대비와 남성인 신하가 맞볼

위하여 이들 세력을 이용하기도 했지만 이들의 권력기반이 확대될수록 왕권
은 위축되었고 왕권중심의 사회는 혼란에 빠져들었다. 그래서 왕권정치를 안
정적으로 유지하기 위해서 이들 세력을 어떻게 견제하여 정치에 개입하지
못하도록 할 것인가는 왕실의 고민거리가 되었고 외척의 정치개입을 영구히
차단하려는 시도가 끊임없이 이루어졌던 것이다.5) 따라서 왕권중심의 정치
를 실현하려는 유가의 입장에서 외척들의 정치개입에 부정적 태도를 견지한
것은 당연한 일이었다.

　漢나라는 초기부터 呂太后가 정권을 장악하는 등, 여성의 정치개입이 잇달
았다. 元帝때 王后 王氏가 정권을 잡았고, 그 후 왕씨 집안이 10명의 妃를 배
출하면서 한황실은 실질적으로 왕씨 세력에 의해서 지배되었다. 게다가『열녀
전』이 쓰이던 成帝 당시의 황실에서는 趙飛燕 자매가 황제의 총애를 받고 있
었다. 이와 같은 현실 속에서 유향은 유씨 황실의 정권을 공고히 하기 위해서
무엇보다도 왕씨 세력을 비롯한 외척세력을 제거하고 싶었을 것이다. 그리고
외척에 대한 유향의 경계는 오래지 않아 외척 王莽에 의해서 한왕조가 新으로
교체되는 현실로 나타났다.『漢書・楚元王傳』에서는『열녀전』이 쓰이는 배경
에 관해서 다음과 같이 말하고 있다.

수 없다는 유교의 엄격한 도덕적 규제 아래에서 진행되었다. 그럼에도 불구
하고 조선사회에서 어느 정도 여성의 능동적이며 합법적인 정치참여가 있었
다면 수렴청정과 왕의 총애를 받아 정치문제에 간여했던 후궁들일 것이다.
이로써 여성들의 정치활동이 공식적으로는 불가능했음에도 불구하고 부단히
정치의 표면에 나타나고 있음을 볼 수 있다. 그러나 정치활동이 독자성이 부
여되어 있는 개체의 참여가 아니라 상황에 따라 도구로써 이용되거나 희생
되었다는 점을 염두에 둘 필요가 있을 것이다."최숙경・하현강,『한국여성
사:고대－조선시대』, (서울: 이대출판부, 1993), 315-316쪽.

5) 예를 들어 明代 朱元璋은 외척을 경계할 것을 당부하는 遺訓을 남겼고 朝
　鮮의 太宗은 敦寧府에서 왕친과 외척을 조사하여 정치일선에서 물러나게
　하는 대신 형사상, 경제상, 행정상, 군사상의 우대를 해주는 제도적 장치를
　만들었다. 그러나 실질적으로 외척의 정치참여는 全역사시기를 거쳐 공공
　연하게 일어났다.

유향은 세속의 풍조가 사치하고 음란해지며 趙皇后와 趙昭儀, 衛婕妤의 무리들이 미천한데서 일어나 예의와 법도에서 벗어나고 있음을 목도했다. 그는 왕의 가르침이란 안에서 밖으로 미치는 법이니 가까운데서 시작해야 한다고 생각하고 詩經, 書經에 기재된 賢妃와 貞婦, 나라를 일으키고 집안을 빛내는 본받을만한 자와 집안과 나라를 망친 자를 선택해 모아서 『열녀전』 8편으로 만들었으니, 이로써 천자를 경계하고자 했던 것이다.6)

여기서 『열녀전』이 단순한 여성교육서가 아님은 분명해진다. 그가 경계했던 것은 바로 趙飛燕 자매와 위첩여 등과 같이 궁정에서 미모로 황제를 미혹시키는 무리였다. 한나라는 유교를 통치 이념으로 삼아 국가제도를 정비하고 있었지만 황실에는 여전히 황후나 후궁, 외척들이 정권에 개입하는 일이 잦았고, 한초부터 계속되는 외척의 횡행은 국가의 기강을 무너뜨렸다. 외척 세력이라 해도 실제로 정치에 참여하는 것은 남성들이지만, 정권의 기반은 황실의 여성을 통한 것이었기에 여성정권의 성격을 가진다고 말할 수 있다. 따라서 유향이 유씨 세력의 정권 회복이라는 정치적 목적을 가지고 역사를 거울삼아 여성의 정치참여를 반대하고 외척의 전횡을 방지하고자7) 『열녀전』을 지은 것은 의심의 여지가 없어 보인다.

좁게는 황제로 하여금 스스로 자신을 미혹시키는 음란한 여성을 경계하도록 하고, 넓게는 여성이나 외척세력의 정권장악을 원천적으로 방지하려 했던 그의 정치적인 의도는 「얼폐전」의 내용을 분석해 보면 더욱 분명히 드러난다. 그는 여성을 '남성을 잘 도와 나라를 다스리고 흥하게 만드는 현명한 부인'과 '남성을 미혹시켜 왕조나 집안의 멸망을 가져오는 악녀'로 양극화시켰다. 국가와 집안의 흥망이 여성에 달려있다는 그의 사고는 여성교육이 修身

---

6) "向睹俗彌奢泆, 而趙、衛之屬, 起微賤, 逾禮制. 向以爲王敎由內及外, 自近者始, 故採取『詩』、『書』所載賢妃貞婦、興國顯家可法則, 及孼嬖亂亡者, 序次爲『列女傳』, 凡八篇, 以戒天子.", 『漢書·楚元王傳』

7) 張濤, 「劉向『列女傳』思想與學術價値簡論」, 『徐州師範學院學報』 哲社版, 1994年1期

과 治國에 중요함을 충분히 인식하고 있었음을 보여주는 것이다.

  그러나 여성으로 인해 국가나 집안이 멸망한다고 생각한 것은 유향이 처음은 아니었다. 그보다 앞서 역사를 관통하는 하나의 법칙을 세우기를 원했던 사마천은 전대의 역사 속에서 왕조의 흥망이 반복되고 있음을 발견했다. 그는 중국의 역사서에서 가장 영속적인 하나의 패턴이 소박한 형태로나마 반복되고 있다고 생각한다.8) 그래서 그는 역사적 진실이라고 믿었던 사실의 기록으로부터 자신의 이론을 끌어내야만 했는데, 이때 선택된 것이 바로 夏・殷・周와 秦에 이르는 왕조의 교체였다. 그는 왕조의 흥망에는 敗主가 있고 이를 처벌하고 새로운 왕조를 건립하는 군주가 있고 또 쇠락해 가는 왕조를 부흥시키는 군주가 있다고 보았다. 그런데 문제는 왕조를 파멸시킨 폭군은 하나같이 잔인하고 국사를 돌보지 않았으며 음탕하고 방종했는데 그들의 이러한 패덕 뒤에는 그를 파멸에 이르도록 미혹한 여자가 있는 것으로 기술했다는 사실이다. 그의 이러한 역사인식은 「殷本紀」, 「周本紀」에서 황제를 미혹시킨 여성을 언급하게 만들었고, 「外戚世家」에서는 母后의 세력이 강대해서 국가가 혼란하게 되었다는 기술로 구체화되었다. 그래서 그는 이렇게 말한다.

  옛날에 국가가 어지러웠던 것은 군주의 세력이 약하고 모후의 세력이 강대한 데서 말미암았다.9)

  사마천의 이러한 인식은 유향의 「얼폐전」에 그대로 이어졌고, 유향은 한 걸음 더 나아가 역사 속에서 이러한 믿음에 부합되는 여인들을 한데 모아서 서술했다. 따라서 「얼폐전」의 서두를 장식하는 부정한 여인이란 사마천도 거론한 바 있는 각 왕조 마지막 제왕의 여인들, 즉 末喜, 妲己와 褒姒였다.

---

8) 보다 자세한 것은 다음을 참조. 버튼 윌슨, 박혜숙 옮김, 『위대한 역사가 사마천』, (서울: 한길사, 1995), 183-208쪽.
9) "往古國家所以亂也, 由主少母壯也.", 『史記』卷四十九 外戚世家 第十九.

그녀들은 하나같이 미모로 제왕을 미혹하여 국가와 사직을 도탄에 빠뜨린 악녀로 거론되었고 왕조 멸망에 대한 책임은 모두 그녀들의 몫이 되고 만다. 그녀들의 뒤를 이어 등장하는 「얼폐전」의 여인들 역시 君主나 大夫의 부인으로서 사회의 최상위층, 지배층에 속한다. 그녀들은 하나같이 모두 음란했고, 정권다툼을 일으켜 나라를 혼란으로 몰고 갔다는 이유로 「얼폐전」에 실리게 된 것이다. 『열녀전』의 다른 항목에서는 제후나 대부의 부인뿐 아니라 민가의 아녀자까지 열전에 포함시켰음을 고려한다면 「얼폐전」의 선정기준은 철저히 지배층 다시 말하자면 권력층에 국한되고 있음을 기억해야 할 것이다. 따라서 「얼폐전」의 여인들에 대한 기록은 표면적으로는 단순히 그녀들의 禮에 벗어난 淫行이지만 이 기록 뒤편의 행간 속에는 당시 정권을 둘러싸고 벌어졌을 심상치 않은 권력다툼의 흔적을 읽어낼 수 있다. 자신이 낳은 아들을 태자(太子)로 세우고자 한다든가 자신과 불륜의 관계를 맺고 있는 사람을 군주로 삼고자 하는 등, 정권을 장악하려는 시도가 그녀들에 의해 시도된 적이 있으나 모두 실패했다는 기록이 바로 「얼폐전」이기 때문이다.

아버지의 법 아래에서만 그 존재가 인정되었던 여성은 봉건사회에서 제도적으로 정치에 참여할 수는 없었지만, 권력에 전혀 접근이 불가능했던 것은 아니었다. 군주의 아내 혹은 어머니라는 지위는 비공식적으로 권력에 영향을 미칠 수 있어서 여성이 직접 혹은 자신의 측근을 통해서 권력 장악을 시도할 수 있었다. 혹자는 권력 장악에 성공해 역사에 정권을 전횡한 외척으로 기록되기도 했으며 또 혹자는 반란을 일으켰으나 실패했던 것으로 기록되었다. 그러나 성공했건 실패했건 여성은 어느 경우에도 유가적 지배질서를 어지럽힌 죄목에서 벗어날 수는 없었다.

유가사상을 통치의 근본이념으로 삼았던 고대 봉건사회에서 여성이나 외척의 정치간여는 용납하기 어려운, 그러나 근절하기도 어려웠던 딜레마였고 유향 역시 그러한 인식의 연장선상에 서 있었다. 그리고 이는 「얼폐전」을 편찬하는데 무의식적인 기준으로 작용하고 있었던 것이다.

어지러움은 하늘에서 내려오는 것이 아니라
부인에게서 나오는 것이라네.

—『詩經·大雅·瞻卬』

3. 금기에 도전한 여인들

중세의 마녀나 현대 영화 속의 팜므 파탈이 하나같이 악녀로 지탄받았던 이유는 그녀들이 '음란'하다는데 있었다. 거부할 수 없는 성적 매력을 드러내며 남성에게 치명적인 타격을 가하는 '유혹하는 여자'라는 것이다. 「얼폐전」의 여성들에 대한 묘사 역시 여기서 벗어나지 않아서 "아름다운 외모를 지녔지만 음란했다"는 말로 간단히 요약된다. 그러나 그녀들이 어떻게 얼마나 음란했는지에 관해서는 길게 기술되고 있지 않다. 다만 "누구누구와 정을 통하고 있었다"는 기술을 통해 이 여인이 유가의 예를 지키지 않은 음녀임을 강조하고 있을 뿐이다. 그녀들의 가장 큰 죄목이 음란함이었음을 감안한다면 이러한 간단한 서술은 쉽게 수긍이 되지 않는 대목이다.

그런데 여기서 '음란함'을 다른 각도에서 보면 그녀들이 기존 사회에서 요구하는 성에 대한 구속에서 벗어나 자신의 의지에 따라 성적 대상을 선택하고 있음을 말해 준다. 어차피 당시 결혼이라는 것이 본인의 의사와는 상관없이 이루어진 제후국간의 정략적인 것이었다면 그녀들이 정을 통하고 있는 대상은 스스로의 자발적인 선택이었을 것이다. 「얼폐전」의 필자는 그녀들이 왜 다른 사람과 정을 통하게 되었는지 그 삶의 내면에는 관심이 없었다. 그래서 「얼폐전」에 간단히 기록된 그녀들의 '음란한' 삶은 후대 소설 속 작가들의 문학적 상상력 아래에서야 그 내용이 풍성해진다.[10] 「얼폐전」의 필자가

---

10) 예를 들어 나라를 멸망시킨 대표적 요부로 꼽히는 妲己는 明代小說 『封神演義』에서 여우가 둔갑한 것으로 설정된다. 그리고 그녀는 殷나라를 멸망시키려는 목적을 가지고 고의적으로 紂王에게 접근한 것으로 그려지고 있다.

무엇보다 중요하게 생각했던 것은 음란함 다음에 나오는 부분이었다. 다음의
예를 보자.

> 繆姜은 齊나라 제후의 딸로 魯나라 宣公의 부인이요, 成公의 어머니이
> 다. 그녀는 총명하고 지혜로웠지만 그 행실이 난잡했기 때문에 시호를
> 繆라고 했다. 성공이 어릴 적에 무강은 叔孫宣伯과 정을 통하고 있었다.
> 숙손선백의 이름은 喬如이다. 교여는 무강과 함께 모의를 하여 당시 노
> 나라의 실력자인 季孫氏과 孟孫氏를 제거하고 노나라의 정사를 제멋대로
> 하고자 하였다.11)

여성이 아버지의 딸로, 남편의 아내로 소개되는 것은 여느 『열녀전』의 시
작과도 같다. 혈통에 대한 소개가 끝나면 행실이 난잡하다는 평가와 함께 그
녀와 혼외관계를 가지고 있는 사람이 소개된다. 그리고 이 음녀와 淫夫가
권력장악을 어떻게 모의했고 또 결국 어떻게 실패했는지 긴 편폭을 할애해
서술한다. 서술의 중심이 음란함이 아니라 심상치 않은 사회혼란을 일으킨
권력 투쟁에 있었던 것이다. 『열녀전』의 필자에게 보다 중요한 사건으로 인
식된 것은 여성의 권력 개입으로 인한 사회 혼란이었던 것이다.
　「얼폐전」의 서두를 열고 있는 末喜에 관한 기록에서도 우리는 중요한 정
보를 얻을 수 있다.

> 末喜는 夏나라 마지막 왕인 桀王의 비이다. 얼굴은 아름다웠으나 덕이
> 없고 난잡하며 무도하였다. 여자임에도 장부의 마음을 품고서 칼을 차고
> 관을 썼다.12)

---

11) "繆姜者, 齊侯之女, 魯宣公之夫人, 成公母也. 聰慧而行亂, 故諡曰繆. 初成公
　　幼, 繆姜通于叔孫宣伯. 名喬如. 喬如與繆姜謀去季孟而擅魯國.", 「孽嬖傳·魯
　　宣繆姜」, 『列女傳』
12) "末喜者, 夏桀之妃也. 美于色, 薄于德, 亂孼無道, 女子行丈夫心, 佩劍帶冠.",
　　「孽嬖傳·夏桀末喜」, 『列女傳』

"아름다웠으나 덕이 없고 난잡하며 무도하였다"라는 언급은 「얼폐전」의 모든 여인들에 대한 서술에서 공통적으로 발견되는 전형적인 특징이다. 여기서 문제가 되는 대목은 바로 뒤에 이어지고 있는 "여자임에도 장부의 마음을 품고서 칼을 차고 관을 썼다"라는 문장이다. 이 짧은 언급에서 『열녀전』 필자의 의도는 명확하게 드러난다. 그가 용서할 수 없었던 것은 바로 여성이 감히 남성의 권위에 도전했다는 사실이었다. 칼과 관이란 남성의 행장을 대표하는 것으로 무력과 행정력을 의미한다. 그렇다면 장부의 마음이란 권력에 대한 욕망이고 그녀는 남성의 전유물인 권력에 도전했음을 암시하는 것이 아닌가? 그리고 이는 『열녀전』의 필자를 비롯한 세상의 모든 남성에게 도저히 용납될 수 없는 대역죄였다.13)

「얼폐전」에 선정된 여인들이 대개 왕의 비(妃)이거나 제후의 부인이었다는 데서 그런 혐의는 더욱 짙어진다. 그녀들은 권력의 핵심에 매우 가까운 자리에 있었다. 그래서 그녀들은 자신이 사랑하는 아들이나 애인이 다음 정권의 계승자가 되기를 원했고 이를 실행에 옮겼다.

> (선공의 부인)夷姜이 죽었으므로, 宣姜은 자신의 아들 壽를 태자로 세우고 싶어 했다.14)

---

13) 리사 라팔스 역시 「얼폐전」의 여성들이 권력에 대한 욕망을 가지고 있다는 점에 주목하고 있다. 그녀는 「얼폐전」의 이야기를 다음의 세 유형으로 분석한다. 첫 번째 유형은 잔인한 욕망을 가진 여성으로 대신들을 죽음으로 몰아넣고 나라까지도 멸망시키는 말희, 달기, 포사의 이야기, 두 번째 유형은 불길한 미모로 인해서 의도하지 않은 혼란을 일으키는 이야기로 夏姬가 여기에 해당한다. 세 번째 유형은 주군의 죽음 뒤에 정치에 영향력을 미쳐서 혼란을 일으키는 文姜과 驪姬의 이야기이다. 그러나 그녀들의 미모와 음란함이 정권의 멸망이나 혼란, 즉 기존 남성 영역의 질서를 교란시키고 있다는 점에서 모두 악녀의 유형에 속한다고 볼 수 있겠다. 자세한 것은 다음을 참조. Lisa Raphals, *Sharing the Light-Representations of Women and Virtue in Early China*, State University of New York Press, 1998.

14) "夷姜旣死, 宣姜欲立壽.", 「孼嬖傳·衛宣公姜」, 『列女傳』

　　驪姬는 자신의 아들 奚齊를 태자로 세우고자 동생과 음모를 꾸몄다.[15]

　　哀姜은 성품이 교만하고 음탕하여 두 시동생인 공자 慶父나 牙와도 사
통했다. 애강은 경보를 군주로 세우고 싶어 했다.[16]

　　자신이 낳은 아들을 태자로 삼는다거나 자신이 사랑하는 사람이 정권을
장악하도록 하기 위해서는 기존의 태자나 수권자를 제거해야만 했다. 본격적
인 권력투쟁의 장으로 들어 선 것이다. 이 과정에서 「얼폐전」의 악녀들은 자
신의 목표 실현을 위해 과감한 돌파력을 보여준다. 상대방을 모함하기도 하
고 伯姬처럼 "창을 들고 앞장서"[17]는 등 공격성과 폭력성을 드러내기도 한
다. 그리고 이것은 그녀들이 악녀로 비난받는 직접적인 근거가 된다.[18]
　「衛宣公姜」, 「魯桓文姜」, 「魯莊哀姜」, 「晉獻驪姬」, 「魯宣繆姜」, 「齊東郭
姜」, 「衛二亂女」에는 모략과 쿠데타로 정권을 탈취하려는 적극적인 여인의
모습이 기록되어 있다. 전통적으로 권력은 여성에게 넘볼 수 없는 금단의 영
역이었지만 권력의 주변에 있었던 최고위층 부인에게는 기회가 늘 존재한다
는 사실을 『열녀전』의 필자는 이미 알고 있었던 것이다. 그러나 이러한 정권
다툼이 과연 여성이 단순히 자신의 권력욕을 채우기 위해, 즉 개인적 야망에

---

15) "驪姬欲入奚齊, 乃與弟謀.", 「孽嬖傳·晉獻驪姬」, 『列女傳』
16) "哀姜驕淫, 通於二叔, 公子慶父, 公子牙, 哀姜欲立慶父.", 「孽嬖傳·魯莊哀
　　姜」, 『列女傳』
17) "姬杖戈先.", 「孽嬖傳·衛二亂女」, 『列女傳』
18) 기존의 사회가 여성을 수동적으로 규정하고 적극적이고 공격적인 것은 남성
　　적인 것으로 규정해 왔음에 주목하고 여성성의 허상을 분석하고 있는 다음
　　의 연구는 주목할 만하다. 린다 하트는 『악녀』에서 서구사회가 전통적으로
　　욕망의 추구와 공격성을 남성성의 요소로 간주하고 이러한 남성성을 여자가
　　가지고 있을 때 악녀로 비난해 왔다고 말한다. 또한 『늑대와 함께 달리는 여
　　인들』의 저자 클라리사 에스테스는 오랫동안 역사에서 비난받고 왜곡되어
　　온 늑대와 여성의 공통점을 야성성에서 찾고 있다. 자세한 것은 다음을 참
　　조. 린다 하트, 강수영·공선희 옮김, 『악녀』, (고양: 인간사랑, 1999), 클
　　라리사 P. 에스테스, 손영미 옮김, 『늑대와 함께 달리는 여인들』, (서울: 고
　　려원, 1994).

서 일으킨 반란이었을까?

권력투쟁에 참여했던 「얼폐전」여인들에 관한 기술에서 이 의문에 대한 또 다른 단서를 찾아낼 수 있다. 바로 그녀들이 정권에 대한 반란을 도모할 때면 대개 "~와 공모했다"는 언급이 있다는 사실이다. 이렇게 공모자가 있다는 기술은 이 사건이 여성의 개인적 야망에서 비롯한 것이 아니라 당시 정계에 권력에 대한 암투가 존재했고 여성도 그 암투에 관련되어 있음을 알려준다. 그럼에도 불구하고 「얼폐전」의 서술은 이 반란을 늘 여성 일인, 혹은 그와 정을 나눈 淫夫의 음모로 축소해 버린다. 그리고 열전의 마지막에는 다음과 같이 사회혼란의 원흉이 그녀라고 단정한다.

> 衛나라 宣姜, 태자를 해치려 음모를 꾸몄네. ……오대가 평안하지 않았던 것은 난이 선강에서 비롯되었기 때문이네.[19]

> 文姜은 음란했는데, 魯나라 桓公의 부인이 되었네. ……이 여인이 음란하니 마침내 나라의 재앙이 되었네.[20]

> 계모 驪姬는 晉나라 獻公을 혼란에 빠뜨렸도다. 태자를 모함하고 독주를 마시도록 음모를 꾸며 결국 申生을 죽이고 공자를 축출했다네. 자신 또한 죄를 지어 죽으니 오대가 혼란스러웠다네.[21]

그러나 그녀들은 권력투쟁의 핵심에서 이를 주도했다기보다는 권력쟁탈의 빌미를 제공하고 결국 희생되었을 가능성이 높다. 가부장적 봉건사회에서 직접 정치에 참여하거나 정권을 장악할 수 없었던 여성은 그저 권력의 창출과

---

19) "衛之宣姜, 謀危太子.……五世不寧, 亂由姜起.", 「孽嬖傳·衛宣公姜」, 『列女傳』
20) "文姜淫亂, 配魯桓公.……維女爲亂, 卒成禍凶.", 「孽嬖傳·魯桓文姜」, 『列女傳』
21) "驪姬繼母, 惑亂晉獻. 謀譖太子, 毒酒爲權. 果弑申生, 公子出奔. 身又伏辜, 五世亂昏.", 「孽嬖傳·晉獻驪姬」, 『列女傳』

암투 뒤편에 일정 정도의 영향력을 가지고 있었을 뿐이었다. 그래서 그들은 철저히 여성의 정치간여나 외척의 등장을 경계하는 일파에 의해서 늘 배제될 수밖에 없는 운명이었던 것이다.

「얼폐전」에 기록된 여인들 중에서 가장 억울하게, 나라를 멸망시킨 악녀라는 누명을 쓰고 있는 인물은 褒姒이다. 포사에 관한 이야기는 그 풍부한 서사성으로 인해서도 주목할 만한데, 다른 열전과는 달리 악녀의 출생에 얽힌 신화적 이야기가 부가되어 있다. 아버지 없이 태어나 버림받는 모티프는 신화에서 신적 존재나 영웅의 탄생을 설명하기 위해 쓰이는 것이 일반적이다. 그런데 한 나라를 멸망시켰다고 비난받는 포사의 출생을 이런 모티프로 서술하고 있다는 점은 부권제 사회 아래에서 여신은 더 이상 숭배되지 않고 오히려 왜곡과 소멸의 과정을 겪었음을 보여주는 것22)이기도 하다. 또한 포사를 주나라에 의해 멸망당한 포나라의 후예로 설정함으로써 주나라 멸망의 역사적 명분을 부여하고, 결국 왕조 멸망의 책임에서 도저히 벗어나지 못하게 만들어 버렸다.

이 신화적 이야기에서 가장 비난받아야 할 사람은 사실 포사의 웃는 모습을 보기 위해서 끊임없이 봉화불을 올린 어리석은 왕이다. 그는 국사를 돌보지 않다가 나라를 잃는 무능한 임금이었지만 사람들은 그를 미혹시켰다는 포사를 더 원망했다. 누구도 이 이야기 속에 전제되었을 그녀가 왜 웃지 않는 창백한 미인이 되었는지, 그녀의 기구한 출생과 그로 야기되었을 외로움과 존재감의 상실 등에는 관심을 기울이지 않았다. 그저 亂世와 暴政의 책임을 통치권을 가진 군주가 아니라 군주가 좋아했던 여성에게 추궁할 뿐이

---

22) 신화학자들은 신화전설 속에서 여인들이 왕조 멸망의 책임을 지는 현상을 원시 사회 초기 위대한 대지신이었던 여신이 부권제 사회 속에서 그 지위를 상실하는 것과 관계가 있다고 생각한다. 그래서 그리스 신화 속에서 악의 근원이 되는 판도라의 상자나 트로이 전쟁의 원인을 헬레나로 묘사한 것 역시 이들 신화가 부권제 이후에 성립되었음을 보여주는 증거로 간주한다. 자세한 것은 다음을 참조. 시노나 볼린, 조주현·조명덕 옮김, 『우리 속에 있는 여신들』, (서울: 또하나의 문화, 2000)

다. 이러한 논리에는 군주는 국가를 잘 다스릴 수 있는 능력을 갖추었지만
거부할 수 없는 매력을 가진 여성에 의해 미혹되어서 어쩔 수 없었다는 변
명이 들어 있다. 「얼폐전」의 마지막 이야기에도 이러한 생각이 반영되어 있
다. 미모의 倡后를 후궁으로 삼고 싶어 하는 悼襄王에게 신하들이 행실이 바
르지 못한 여자는 나라를 어지럽힐 것이라고 반대하자 왕은 이렇게 말한다.

> "나라가 잘 다스려지느냐 잘 다스려지지 못하느냐는 내가 정치를 어떻
> 게 하느냐에 달려 있을 뿐이오."23)

　　그러나 기록은 창후가 태자와 왕후를 험담해서 그들을 쫓아내고 결국 자
기 아들을 태자로 세웠으며 자신도 왕비가 되기 위해 나라를 혼란으로 몰아
넣다가 멸망했다고 서술되어 있다. 그래서 정사의 책임이 왕에게 달렸다고
한 도양왕의 말은 정론임에도 불구하고 거짓이 되어버리고, 여성은 그 자체
로 재앙의 원인이 된다. 더군다나 남성을 미혹시킬만한 미모를 가진 여성은
위험한 존재로 간주되었다.

> 　　陳나라 여자 夏姬는 진나라의 대부 夏徵舒의 어머니이다. 미모가 뛰어
> 나 견줄 데가 없었고 재주를 지니고 있었다. 나이가 들었어도 여전히 젊
> 고 건강했다. 세 번 왕후의 자리에 올랐으며 일곱 차례나 제후의 부인이
> 되었다. 왕이나 제후들이 그녀를 두고 다투니, 반하여 정신을 잃지 않는
> 이가 없었다.24)

　　『열녀전』의 필자는 夏姬에게 일곱 번이나 결혼한 죄, 남자들을 미혹시켜
진나라를 파멸시킨 죄를 묻는다. 그러나 여느 「얼폐전」의 인물과는 달리 이

---

23) "亂與不亂, 在寡人爲政.", 「孽嬖傳・趙悼倡后」, 『列女傳』
24) "陳女夏姬者, 陳大夫夏徵舒之母也. 其狀美好無匹, 內挾技術. 蓋老而復壯者.
　　三爲王后, 七爲夫人. 公侯爭之, 莫不迷惑失意.", 「孽嬖傳・陳女夏姬」, 『列
　　女傳』

이야기에서 하희는 자발적으로 무슨 일을 도모한 적이 없는 수동적인 여인으로 묘사된다.25) 오히려 행간에서 우리는 그녀를 놓고 벌어졌을 쟁탈전을 연상할 수 있다. 그녀는 철저히 타자화되고 대상화되었던 것이다. 『열녀전』의 필자는 여자란 난잡하지 않고 덕이 있고 정숙해야 되며, 아름다움은 오히려 죄가 된다고 생각했다. 그래서 「얼폐전」에서 미모의 여성은 모두 "아름답지만 색기를 띄고"26) 있다거나 "총명하고 지혜로웠지만 행동이 난잡하다"27)고 서술된다. 반면에 아름답지만 덕이 있는 여자는 일부러 자신의 미모를 훼손하기도 하고 추한 여자는 오히려 후덕하다고 서술된다.28)

여성의 미모에 대한 이러한 생각은 고대 중국에서 '여성은 재앙의 근원'이라는 '禍水論'으로 구체화되었다. 예쁜 여자는 남자들이 필요할 때 적당히 즐기다가 버릴 수 있는 소모품이어야 했다. 좋아하고 즐기는 정도가 지나쳐 스스로 통제할 수 없게 되면 그 여자는 더 이상 남자를 기쁘게 하는 대상이 아니라 남자를 미혹시키는 요물이 되고 만다. 미혹된 사람의 과오는 묻지 않으니 이미 物化된 여자의 잘못으로 귀결된다. 바로 이것이 '화수론'의 진상이다. 이러한 관념은 한말 조비연 자매가 임금을 미혹시켜 군왕의 도리를 지키지 못하게 만들어 나라를 망쳤다며 그녀를 불을 꺼뜨리는 '재앙의 물(禍水)'로 비유한 데서 비롯되었다.29) 당시 여성의 미모를 지칭했던 '傾城'이니 '傾國'이라는 말에도 미모로 남자를 미혹시켜 나라를 망칠 재앙의 근원이란 의미가 포함되어 있었다. 모두 방종의 책임을 여성에게 부가하고 여성을 타자화시키는 극단적인 예라고 할 수 있다.

---

25) 그래서 리사 라팔스는 그녀가 불길한 미모로 인해서 의도하지 않은 혼란을 일으켰다고 주장한다. Lisa Raphals, 앞의 책, 66-67쪽.

26) "美而有色", 「孼嬖傳·齊東郭姜」, 『列女傳』

27) "聰慧而行亂", 「孼嬖傳·魯宣繆姜」, 『列女傳』

28) 미모의 과부 고행(高行)은 자신의 미모로 인해서 청혼이 이어지자 코를 칼로 도려냈고, 齊나라 추녀 鍾離春은 매우 덕이 있는 현명한 여자로 묘사되고 있다. 자세한 내용은 『列女傳』의 「貞順傳·梁寡高行」과 「辯通傳·齊鍾離春」을 참조.

29) 漢 伶玄 「趙飛燕外傳」

이러한 인식은 단지 국가를 망친 후궁을 비난하는데서 그치지 않고 일반 개인사에까지 확대되었다. 唐代의 유명한 소설인 「鶯鶯傳」에서 남자 주인공 張生은 과거에 실패한 후, 사랑을 맹세한 여인 앵앵을 떠나간다. 그는 사람들이 그녀와 헤어진 이유를 묻자 여자란 자신을 망치지 않으면 남을 망치는 요물이라며 그녀에게 미혹되었던 과거를 과오로 돌리고 그녀를 버리고 떠난 자신의 행위를 과거에 대한 반성으로 합리화시켰다. 당시의 문인들은 그의 이러한 변명에 동의하며 지지했고 소설의 작가도 이를 칭찬하는 견해를 피력한 바 있다. 물론 장생의 이러한 변명에 반대하는 의견도 있어서 후대의 민간 희곡에서는 앵앵이 사랑의 맹세를 지키는 지순한 남자 주인공과 해피엔딩의 결말을 맺는 것으로 바뀐다. 그러나 아직도 많은 남자들은 장생의 입장을 지지한다. 이는 남자의 출세는 인생의 唯一無二한 고귀한 목표이고 여자와의 사랑이란 부차적인 것이어서 더 큰 목표를 위해서 희생할 수도 있다는 사고에 다름 아니다. 가부장제 사회에서 남성적 가치는 초개인적 타당성을 획득하고 반면에 여성적인 것은 항상 우선적인 남성적 원칙과의 관계 속에서만 규정된다. 여성은 모두 보편적 가치를 가장한 남성적 규범에 의해 판단되고 스스로 자신에 대해 평가할 수 있는 입지점이란 존재하지 않는 것으로 나타난다.30) 그래서 남성의 영역은 가치 있는 공적인 영역이고 여성의 영역은 몰가치한 사적인 영역으로 구분되어 버리는 것이다.

남성들이 실상 경계했던 것은 바로 여성으로 인해 가치 있는 것들을 쟁취하려는 자신의 목표에 지장이 초래되는 것, 다시 말해서 남성 영역의 질서가 혼란에 빠지는 것이었다. 그래서 역설적으로 역사상 수많은 권력쟁탈전에서 적을 파멸시키려는 의도아래 미인을 적에게 바치는 미인계가 탄생했다. 이는 여성을 재앙의 근원으로 인식하는 사고를 그대로 반영한다. 즉 미인에 미혹되면 정치를 망친다는 관념에 근거해 적을 파멸시키고 정권을 안정시키려는 목적에서 비롯하고 있기 때문이다.31) 그리고 이는 여성은 정치에 참여해서

---

30) 리타 펠스키, 김영찬·심진경 옮김, 『근대성과 페미니즘』, (서울: 거름, 1998), 82쪽.

는 안 된다는 금기의 또 다른 형식의 표현이기도 하다. 殷을 멸망시켰다고 비난받던 달기는 명대소설 『봉신연의』에서 은나라를 멸망시키기 위해 주왕에게 바쳐진 미인계의 희생물로 그려졌고, 『삼국연의』에서 貂蟬은 呂布와 董卓 사이를 이간시켜 정권을 탈환하려는 王允의 계략아래 그들 사이를 오고 가는 것이 바로 그것이다. 그녀들은 모두 권력의 탈취를 위해 적을 유인하는데 사용된 하사품에 불과했다. 이러한 미인계는 비록 역사적 증거를 갖고 있지만 사실여부와 상관없이 중국 고대사회의 여성에 대한 사고의 한 틀을 반영하고 있다. 아무도 정략의 희생물이 된 이들 여자의 운명에는 관심을 기울이지 않았다. 아무도 여성이 독자적으로 어떤 존재인가에 대해서는 질문하지 않는다. 왜냐하면 여성은 독자적으로 아무것도 아니기 때문이다.[32] 그들에게 정작 중요했던 것은 권력의 향배였던 것이다.

그래서 권력을 비롯한 남성의 영역에 과감히 도전했다가 실패한 자는 「얼폐전」에서처럼 나라를 어지럽힌 악녀로 기록되었고, 권력장악에 성공했어도 결코 역사의 공정한 평가를 받지 못했다. 중국 역사에 등장하는 권력을 실질적으로 장악했던 여성들, 呂太后나 則天武后, 西太后가 하나같이 仁君이 되지 못하고 敗主로 기록된 것은 단지 그녀들이 도덕적으로 완전하지 못하고 정치를 잘하지 못해서만은 아닐 것이다. 그녀들은 역사를 기록하고 권력을 독점해온 남성의 영역에 정면으로 도전했기 때문에 결코 받아들여질 수 없었을 뿐이다. 이로 보건대, 역사에 기재되었던 여성들이란 정치나 전쟁에 개입해 나라를 망친 여성들뿐이었고, 이는 결국 여성은 재앙이라는 관념과 여성의 정치참여금지를 강화하는 기제로 작용했던 것이다.[33]

---

31) 그래서 洪淑苓은 미인계가 결국 남성정권의 정치적 산물이라고 주장한다. 자세한 것은 다음을 참조. 洪淑苓, 「美人計的敘事模式與性別政治-從西施故事談起」, 『古典文學與性別研究』, (臺北: 里仁出版社, 1997)

32) George Simmel, On Women, Sexuality, and Love, trans. and ed. Guy Oakes, (New Haven: Yale University Press, 1984), 103쪽.

33) 劉詠聰, 「中國古代的女禍史觀」, 『女性與歷史-中國傳統觀念新探』, (臺北: 臺灣商務印書館, 1955)

> 모든 요술은 육욕으로부터 일어나며
> 여성은 육욕의 만족을 알지 못한다. ······
> 따라서 그 육욕을 채우기 위하여
> 그들은 악령과도 몸을 섞는다.
>
> —『마녀들의 망치』1권

4. 악녀들의 시대

明淸시대는 귀족중심, 유교중심의 중국문화가 서민층으로까지 널리 보급되고 서민문화가 발달하는 등 문화의 대중화가 보편적으로 이루어진 시기였다. 사상적으로도 유가의 理學에 반발한 心學이 등장하면서 자유로운 개성추구와 인간에 대한 욕망이 부분적으로 긍정되는 등 진보적인 측면이 크게 부각되었던 시대이기도 하다. 그래서 성욕을 식욕과 같은 인간의 필수적 본능으로 보고 대담하게 이를 긍정하는 많은 대중문학 작품, 특히 소설이나 희곡이 다량으로 쏟아져 나왔다.

明代 중엽이후 새로운 시대 환경 아래에서 성장한 대중 문학 속에는 인간이 가진 욕망을 인정하고 욕망의 추구를 어느 정도 긍정적으로 바라보는 당대 현실이 잘 반영되어 있다. 그럼에도 불구하고 여성을 賢母와 惡女로 나누는 이중적 사고는 더욱 더 강화되어 나타났다. 재주가 없는 것이 덕이라며 婦德을 강조하는 순종적인 현모상이 여전히 끊임없이 재현되었으며 程朱理學의 영향으로 금욕주의가 극성하여 정절을 위해 죽는 여성들이 증가했다.34) 한편, 소설을 비롯한 통속적인 문학 속에서는 현모의 반대편에 있는 악녀 형상이 훨씬 더 다양한 형태로 등장하고 있다. 얼핏 보기에 서로 모순적으로 보이는 이러한 이중적 현상이 어떻게 가능했을까? 이에 대한 해답을

---

34) 이에 관한 자세한 상황은 다음을 참조. 田汝康, 이재정 옮김, 『공자의 이름으로 죽은 여인들』, (서울: 예문서원, 1999), 로이드 E 이스트만, 이승희 옮김, 『중국사회의 지속과 변화』, (서울: 돌베개, 2001), 제 2장.

구하기 위해 먼저 당시의 통속적인 문화 속에 등장했던 대표적인 악녀들의
형상을 살펴보기로 하자.

자신의 성적 매력을 무기로 생존을 도모하고 욕망을 추구하다가 스스로
파멸한 潘金蓮과 같은 妖婦型, 남성 위에 군림했던 王熙鳳과 같은 惡妻型,
기존의 순종적 여성상을 거부하고 자신의 재능을 가지고 전통적 가치관에
저항하다가 출구 없는 길에서 스러져 간 林黛玉과 같은 悲劇型 등은 이 시
기 소설 속에 등장했던 대표적인 여성들이다.35) 그녀들은 비록 서로 다른
성격의 여성상을 대표하지만 남녀관계에 있어서 일정한 주도성 혹은 주체성
을 가진다는 공통점을 지니고 있다. 그리고 기존의 권위와 보편적 관념에 크
고 작은 일격을 가하고 있다는 측면에서 그녀들은 일정한 공격성도 가지고
있다. 이것은 남성적 영역 즉 남성성에 대한 도전이었고, 사회는 그녀들을
용납할 준비가 되어 있지 않았기에 그녀들은 결국 악녀라는 굴레 속에 갇힐
수 밖에 없었던 것이다.

이러한 악녀들의 범람, 특히 명청대 이후 유행한 대중적 작품의 유혹하는
음란한 요부형상의 유행은 물론 많은 학자들이 말하듯 욕망을 긍정했던 心
學의 발전과 관련이 있다. 그러나 간과할 수 없는 또 다른 배경으로 당시 출
판인쇄업의 눈부신 발달을 들 수 있다. 명대 중반이후에는 관방뿐 아니라 민
간에서도 출판이 가능하게 됨으로써 활자문화의 대중화, 다시 말하면 상업출
판문화의 길이 열린다. 그야말로 이제는 활자문화가 더 이상 신성한 성인의
말씀만을 기록하는 숭배의 대상이 아니라 서민층과 하층민이 필요로 하는

---

35) 물론 특별히 누군가를 파멸시키는 것으로 나타나지 않는 林黛玉을 악녀로
볼 수 있느냐에 대해서는 이견이 있을 수 있다. 『紅樓夢』 속에서 그녀는
婦德을 갖춘 이상적 현모상인 薛寶釵에 항상 비교되면서 봉건사회에서 요
구하는 부덕을 갖추지 못한 것으로 평가 받았다. 그녀의 뛰어난 글짓기 능
력이나 말솜씨, 박학다식 등은 당시 여성에게는 요구되지 않는 덕목이었기
때문이다. 그녀는 이러한 능력을 바탕으로 자유로운 생활을 꿈꾸었지만 당
시 사회에서는 결코 용납되지 않았고 결국 비극적인 삶을 마감한다. 따라
서 그녀의 삶 속에 내재되어 있는 비판적 기질과 저항성은 악녀적 속성이
라고 간주할 수 있을 것이다.

통속적 인쇄물들을 출판해서 상업적 이윤을 창출해 낼 수 있는 수단으로까지 기능하게 되었던 것이다. 그리고 이것은 명청대 대중적 통속문학이 크게 성행하는 중요한 배경이 된다. 당시 대중적 소설이나 희곡은 급속히 발달하기 시작한 목판화를 삽화로 끼워 넣어서 지식수준이 높지 않은 독자들의 이해를 돕는 한편 그들의 호기심을 자극하고 충족시키기도 했다. 또한 내용상 남녀간의 은밀한 관계를 노골적으로 다루고 있는 『금병매』류의 작품에는 春畵를 방불케 할 정도의 삽화가 삽입되어 독자들의 觀淫심리를 충족시키며 폭발적인 인기를 끌었다.

성과 권력에 대한 욕망이라는 두 가지 코드로 쓰이던 「얼폐전」의 서술이 권력에 좀 더 경도되어 있다고 한다면 이 시기의 서사물에는 성적인 측면을 강조하는 요부형 악녀들이 다수 등장한다. 이는 당시 새로운 시대 환경 아래 욕망의 추구가 허용되고 이를 바탕으로 발달하기 시작한 상업대중문화의 수요에 적합했기 때문이라고 볼 수 있다. 이 시기의 요부형상은 기존의 유교중심의 사회에서 이상시 되었던 烈女의 수동성과는 변별되는데 이는 남녀관계의 변화라는 측면에서 주목할 만하다. 남녀관계에 있어서도 여성이 어느 정도 주도성을 가진다는 점이 바로 그것이다. 특히 성관계에서도 여성이 주도성을 발휘하고 있음에 주목할 필요가 있다. 예를 들어 『금병매』에는 지금까지 음부, 음녀의 대표로 거론되는 인물들이 대거 등장하는데 그들은 모두 성적 욕망에 따라 충실히 행동한다. 그 중에서도 최고의 요부로 손꼽히는 반금련의 일생은 남녀가 불평등했던 사회에서 하층민 여자가 어떻게 남성의 성적 대상으로 전락하는지를 잘 보여주고 있다.

반금련은 성문 밖 가난한 바느질집 딸로 태어났는데 어려서부터 전족을 했고 발이 작다고 '金蓮'이라고 불렸다. 살림살이가 점차 어려워지고 살길이 막막해지자 아비는 그녀를 남의 집에 팔아버린다. 그녀는 그곳에서 화장하는 법이나 교태부리는 법, 악기 다루는 법을 배우고 다시 張大人이라는 부잣집에 팔려간다. 장대인은 그녀를 범하고 첩으로 삼고자 했으나 부인이 반대하자 그 집을 드나드는 못생기고 아둔한 홀아비 장사치 무대에게 주어버린다.

무대의 처가 된 후에도 장대인은 수시로 그녀와 관계한다. 자신의 외모에 자신이 있었던 금련은 보잘 것 없는 무대에게 늘 불만을 가지고 자신의 결혼이 잘못되었다며 현실에서의 일탈을 꿈꾼다. 그러다가 돈 많고 잘생긴 바람둥이 西門慶을 만나게 되고 두 사람은 적극적으로 만남을 이어가다가 금련은 그의 첩이 되기 위하여 서문경과 모의하여 남편을 독살하기에 이른다. 다른 첩들과는 달리 재산도, 좋은 가문이란 배경도 없었던 그녀는 서문경의 사랑을 독차지하기 위해 부단히 노력하며 성관계에서도 다양한 방법과 적극적인 자세를 취하여 서문경의 마음을 사로잡는다. 그러나 점차 대상인이자 지방유지로 성장해 가는 서문경의 바쁜 생활과 바람기로 인한 그의 부재는 반금련을 때때로 외롭게 만든다. 그리고 그녀는 적막감을 이기지 못하고 사위나 하인 등 주변의 남자들을 유혹해 성관계를 가진다. 서문경이 과도하고 문란한 성관계로 인해 죽은 후에도 금련은 사위와의 관계를 지속하다가 결국 전남편 무대의 동생 武松에게 목숨을 잃는다.

그녀의 일생은 몇 가지 중요한 사실을 우리에게 시사해 준다. 그녀는 가난한 집안의 여자였고 당시 사회는 여성을 남성과 동등한 인격체로 대우하지 않았다. 여성은 남성의 성적 욕망을 해소시켜 줄 수 있는 물적 대상에 불과했다. 그래서 그녀의 아버지가 택한 것은 외모나 자태면에서 남성의 환심을 살 수 있는 능력을 키워서 그녀를 부잣집에 팔아넘기는 일이었다. 그녀는 아버지의 자식이었지만 아버지는 그녀를 돈을 벌어다 줄 수 있다는 점에서 이용할만한 물적 가치로 보았을 뿐 그녀의 인격과 장래는 전혀 고려하지 않았다. 그녀가 배운 것이라고는 남자에게 예쁘게 보이는 법과 유혹하는 법이었고 이것은 후대 그녀의 일생에 중대한 밑천이 되었다. 서문경이라는 부잣집에는 첩이 다섯이나 있었는데 그녀는 유독 자신의 외모만을 무기로 첩이 되었던 여성이다. 그녀는 서문경이 탐낼만한 든든한 집안 배경이나 재산도 없었고 오직 미모와 교태만으로 그 집안에 진입할 수 있었던 것이다. 그녀는 어릴 적부터 남성의 성적 대상물이 되는 교육을 받았고 이것은 그렇게 살도록 그녀의 일생을 결정지었다. 그녀는 자신의 욕망을 만족시키기 위해서는 매우 적극적으로 움직인다. 남편을 독살하고, 또 다른 남자를 끌어들이는데 있어서 자발적이고 적극적인 방식으로 움직였던 것이다. 심지어 성행위에 있어서도 마찬가지였다. 그러나 적극성과 주체성은 당시 사회에서 여성의 성격으로 용납되는 것이 아니었다. 그것은 자고로 남성에게 허용된 성격이었기에 여성이 이러한 성격을 가졌을 때에는 악녀로 공격받기 십상이다. 그녀가 요부라는 명성을 얻게 된 것은 무엇보다도 그녀의 성적 주도성이 주된 이유에서였다.

『금병매』에는 반금련 외에도 상당히 많은 수의 요부들이 등장하는데 그녀들이 서문경의 성적 요구를 거절하지 않았던 것은 모두 자신들이 처한 불우한 환경에서 살아남기 위해서였다. 작품 속의 남녀관계를 보면 남성 일방적 주도 혹은 여성 일방적 주도의 성관계는 존재하지 않는다. 철저히 두 사람의 합의하에 진행된다. 오히려 여성들이 철저히 남성의 성을 이용하는 측면도 보인다. 그녀들은 서문경과의 관계를 이용해 자신의 불안한 신분을 안정시키거나 상승시키고자 혹은 생계유지를 위한 수단으로 적극적으로 그를 선택했던 것이다. 그러나 이는 역설적으로 당시 사회에서 여성이란 남성에 의해서 그 신분이 결정됨을 증명하는 예라고 할 수 있다. 작가는 물론 그녀들의 이런 행위를 이기적이고 비도덕적인 것으로 판단하고 가혹하게 처벌한다. 그러나 작가의 이러한 도덕적 판단에도 불구하고 작품묘사 중에 보이는 적나라한 성묘사와 이를 즐기는 듯한 태도는 작가의 진실성에 의문을 제기하게 만들었고 오히려 문란함을 방조하는 것으로 의심받았다. 작가의 이러한 이중적 태도는 이를 모방한 수많은 아류작들이 겉으로는 금욕주의적, 인과응보적 구조를 취하면서도 사실은 남녀관계를 노골적으로 묘사하며 독자들의 호기심만을 만족시켜 상업적 이윤을 추구하는데 악용되기도 했다. 그리고 이는 지금도 성에 관한 담론이나 포르노그래피를 대하는 이중적 태도로 우리 사회에서도 끊임없이 재현된다.

남녀관계를 작품의 주요 주제와 갈등구조로 활용하여 여성들을 작품의 주인공으로 등장시키며 성적 욕망의 추구를 공개적으로 거론하고 표현했다는 점은 당시의 성문화나 남녀관계를 일정 정도 진보적으로 반영하고 있는 것으로 볼 수 있다. 그러나 이를 자세히 살펴보면 긍정적 측면 못지않게 부정적인 측면이 많음을 알 수 있다.

당시 이러한 대담한 성문화가 조성될 수 있었던 원인 중의 하나는 사실 지금의 대중문화가 그렇듯이 대중의 훔쳐보고자 하는 욕망을 만족시키기 위해서였다. 연극이나 영화가 남의 삶을 엿보는 '훔쳐보기' 혹은 '관음증(voyeurism)'을 기반으로 하는 것처럼 소설의 메커니즘도 이러한 기능을 가지고 있다. 특히 남녀의 은밀한 관계를 다루는 작품은 자신의 것은 숨기면서 남의 것은 보고 싶어 하는 독자들의 호기심을 만족시키고 성적욕구를 해소시키는 기능까지 담당할 수 있었다. 그래서 예를 들어 『금병매』 속의 수많은 남녀정사 장면은 대개 누군가에 의해 훔쳐 보인다. 작가는 독자들의 훔쳐보고자 하는 욕구를 훔쳐보는 작중인물에 이입시켰던 것이다. 그런데 문제는 바로 이 보이는 묘사와 설정들이 철저하게 남성의 시각에서 그려지고 있다는 점이다. 다시 말해 남성 작가에 의해 남성 독자를 고려하여 만들어진 남성적 응시의 극치를 보여준다는 것이다.36) 그리고 욕망이라는 문제에 접근함에도 남녀차별적 원리가 적용되고 있기 때문에 남성의 욕망은 인정되었지만 여성의 욕망은 결코 용납되지 않는 현상이 나타난다. "남자가 즐기는 것은 말할 수 있지만 여자가 즐기는 것은 말할 수 없다"37)던 전통적인

---

36) '남성적 응시'라는 개념은 다음의 문화이론가들에게서 빌어 왔다. 존 버거는 성별과 시선의 관계를 직접적으로 언급한 최초의 이론가 중의 하나인데, 그는 가부장제 사회가 여성을 남성 관계, 혹은 남성 관음자의 '시선'의 대상으로 만들고 있으며 시선이 사실은 권력, 접근, 통제관계를 수반하고 있다고 주장한다. 또한 베네톤은 "남성적 시선이 거리를 두고 관찰하며 쾌락을 취하는 관음증으로 특정 지워질 수 있다면, 여성의 시선은 갇혀진 채로 이미지와 동일시하거나 이미지의 반사 속에서 쾌락을 발견하는 나르시시스적인 것이 될 것이다"고 말한다. 대중문화 속에 보이는 응시에 관한 것은 다음을 참조. 수잔나 D. 월터스, 『이미지와 현실사이의 여성들』, (서울: 도서출판 또하나의 문화, 1999), 제 2장과 제 4장.

37) "士之耽兮, 猶可說也. 女之耽兮, 不可說也.", 『詩經·衛風』

사고방식에서 전혀 벗어나 있지 않은 것이다.

예를 들어 반금련의 문란한 일생은 서문경과 완전히 일치한다. 서문경이나 반금련은 무한한 성적 욕망을 추구하다 제 명을 다하지 못하고 요절한다는 점에서는 일치하지만 서문경이 부와 명예를 얻은 후 죽고 장례까지 후하게 치러졌던 반면에, 반금련은 만인의 손가락질을 받으며 비참하게 살해당하고 후대까지 요부의 대명사로 악명을 떨치게 된다. 동일한 행위에 대해 남자와 여자에게 돌아오는 사회의 반응이 달랐던 것이다.

또 다른 예가 하나 있다. 『肉蒲團』의 주인공 未央生은 유부녀나 과부 등 가리지 않고 모든 여자들과 관계하며 방종의 길로 나아간다. 그래서 그가 범했던 유부녀의 남편은 이에 격분하여 보복하기 위해서 미앙생의 처 玉香을 유혹하여 함께 도망쳐 나왔다가 그녀를 기루에 팔아버린다. 그리고 그녀는 기루에서 남편 미앙생이 범했던 여자들의 남편과 차례로 관계를 맺는 것으로 이야기가 전개된다. 여기서 작가가 여성들이 어떤 계기를 통해서 자신에게도 성욕이라는 것이 존재함을 깨닫고 거리낌 없이 욕망추구의 길로 나서는 것으로 묘사한 것은 주목할 만하다. 그러나 이는 일견 여성의 욕망을 인정하고 있는 듯 보이지만 사실 남녀의 방종을 처리함에 있어서 작가는 이중적 잣대를 가지고 있었다. 옥향은 결국 기루에서 자신의 명성을 듣고 찾아온 남편을 보고 부끄러움을 느껴 자결하게 만들고, 미앙생은 인과응보의 도리를 깨닫고 출가하는 것으로 처리하고 있기 때문이다. 서문경은 깨달음이 없었기에 요절했지만 대개의 남성 주인공들은 나중에 자신의 과오와 인과응보의 도리를 깨닫기만 하면 용서받는다. 그들은 出家를 한다거나 산 속에 은둔하며 편안히 생을 마칠 수 있었다. 그러나 그들과 함께 淫心을 채우며 방종했던 여자들은 용서받는 법이 거의 없다. 그녀들을 기다리고 있던 것은 죽음이라는 형벌뿐이어서 인과응보의 도리를 깨달을 기회조차 주어지지 않는다. 이는 동일한 죄에 대해서 남성에게는 관대하고 여성에게는 엄격했던 당시의 법적용과도 같은 원리이다.

이상에서 살펴 본 바와 같이 명 중엽이후 중국사회에 불기 시작한 개성추구와 욕망의 긍정이라는 풍조는 금욕적 이학이 지배하던 사회에 새로운 변화를 가져왔고 禁慾과 縱慾이 극단적으로 병존하는 사회풍조를 형성했다.38) 그러나 대중문화 속에 나타난 과감한 공개적 성표현과 욕망의 추구는 분명히 진보적 측면을 가지고 있었지만 사실상 자유로운 욕망추구가 가능했던 것은 남성들뿐이라는 근본적인 한계를 지니고 있었다. 남성들에게는 성억압에서 탈피한 진보적, 개방적 시대가 될 수 있지만 여성에게는 여전히 금욕하며 정절을 지켜야 하는 시대였던 것이다. 그래서 그들의 자유는 여성의 금욕을 기반으로 가능했다고까지 말할 수 있다. 남성들은 여전히 여성의 정절을 요구하면서도 자신들의 자각된 욕망의 추구를 위해서는 함께 즐겨줄 여자 즉 자신의 쾌락을 만족시켜줄 수 있는, 숙녀가 아닌 요부가 필요했고 이러한 풍조가 문학 속에 반영되어 나타난 것이다.

여성이란 그 자신과의 관계에서가 아니라 남성들과의 관계의 차원에서 정의되는 것처럼 당시 풍미했던 요부형상 역시 여성 자신의 선택이 아닌 남성의 필요에 따라 남성과의 관계에 따라 만들어진 것이다. 자유로운 시대정신의 보급이라는 새로운 조류 아래에서도 여성은 그 주체가 되어 새로운 여성상을 창출할 기회를 갖지 못하고 여전히 남성에 의한, 남성을 위한 여성상만으로 존재했던 것이다. 그리고 이것이 바로 남성의 필요에 의해 만들어졌다가 요부라는 죄명을 뒤집어쓰고 사회에서 소외되어 가는 남성을 파멸시킨다는 악녀의 또 다른 이름이었다.

이러한 예는 중국사회에 국한되지 않는다. 오히려 더욱 철저한 유교사상의 지배를 받았던 조선시대에서도 그러한 예를 쉽게 찾아 볼 수 있다. 사회

---

38) 그래서 吳存存은 명청대가 禁慾과 縱慾이 공존했던 중국 역사상 성관념이 가장 혼란했던 시대라고 규정한다. 사회의 한편에서는 정주이학의 금욕주의에 의해 人性이 말살되고 정절숭배가 극성했지만 다른 한편에서는 인욕이 대담히 긍정되고 각종 형식의 성형식이 관용되었다. 그러나 그러한 성적 욕망을 긍정하고 추구하는 풍조는 남성에 국한된 것으로 여성과는 무관하며 여성에게는 여전히 正統, 保守, 禁慾적 가치관을 강요하고 있었다. 자세한 것은 다음을 참조. 吳存存, 『明淸社會性愛風氣』, (北京: 人民文學出版社, 2000)

의 몰이해 속에서 요부라는 이름 아래 희생된 여성들의 수가 적지 않았다.
조선 초기와 중기, 유가사상이 조선의 통치 이데올로기로서 막 자리를 잡아
갈 무렵 남성지배층을 흔드는 사건이 발생했다. 사대부집안 출신 兪甘同이
뭇남성들과 자유롭게 성관계를 갖는 사건이 벌어진 것이다. 다음은 조선왕조
실록에 기록된 유감동의 죄를 고하는 한 대목이다.

> 奸夫는 李升·黃致身·田穗生·金如達·李敦 등과 같은 사람이고, 기
> 타의 몰래 간통한 사람은 이루 다 기록할 수 없사오며, 본 남편은 지금
> 平康縣監 崔仲基입니다. 仲基가 務安郡守가 되었을 때에 거느리고 가서
> 赴任했는데, 이 여자가 병을 핑계하고 먼저 서울에 와서는 음란한 행실
> 을 마구하므로 중기가 이를 버렸습니다. 그 아비는 檢漢城 兪龜壽이니
> 모두 士族입니다.39)

『조선왕조실록』에 그녀에 관한 기록이 17차례나 나오는 것을 보아 당시
사회에 커다란 반향을 일으켰음을 알 수 있다. 또 다른 기록에 의하면 그녀
는 "스스로 창기라 일컬으면서" 멋대로 행동했고 이에 남편이 이혼서를 쓴
것 같다. 봉건사회에서 자유로이 남성과 관계할 수 있는 신분은 기생밖에 없
었다. 그래서 스스로 창기의 길을 선택했지만 사대부출신이라는 점이 그녀의
행동에 제한을 가했던 것이다. 철저한 신분제사회에서 법은 양반과 천민에게
서로 다르게 적용되었다. 결혼한 여성과 간통하는 것은 커다란 죄였는데, 이
죄를 범한 자 또한 사대부여서 문제는 복잡해졌다. 만약 그녀가 천민이었다
면 그녀는 처형되고 그녀와 관계한 양반의 죄는 가볍게 처리될 것이다. 또는
그녀가 관계한 자들이 천민이었다면 그들을 처형했을 것이다. 그러나 이 사

---

39) "奸夫若李承·黃致身·田穗生·金如達·李敦等也. 其他潛奸者, 不可勝紀, 本
夫則今平康縣監崔仲基也. 仲基爲務安守時, 率去赴任. 此女托疾請先到京, 而
淫行貫盈, 故仲基棄之. 其父則檢漢城兪龜壽, 皆是士族也.", 『朝鮮王朝實
錄·世宗實錄卷第37』3집, 國史編纂委員會, (서울: 탐구당, 1980 影印縮刷
版), 87쪽. 이하『조선왕조실록』의 번역은 모두 세종대왕기념사업회·민족
문화추진회편『조선왕조실록』CD ROM에 근거한다.

건은 관련된 사람들이 모두 양반이었고 그녀가 관계한 사람 중에는 고위관료, 국가공신의 자제까지 있어서 처벌을 논하기가 더욱 어려웠다. 결국 이 사건은 유감동은 풍속을 문란케 한 죄로 천민이 되게 하고 그녀와 관계한 자들은 신분에 따라 비교적 가벼운 처벌을 받는 것으로 마무리되었다. 그러나 成宗때 발생한 유사한 성격의 於乙宇同사건은 그 처벌에 있어 앞의 유감동 때와는 사뭇 달랐다.

"어을우동은 宗親의 妻이며 士族의 딸로서 淫欲을 자행한 것이 娼妓와 같으니, 마땅히 極刑에 처해야 합니다. 그러나 太宗과 世宗 때에 사족의 부녀로서 음행이 매우 심한 자는 간혹 극형에 처했다 하더라도 그 뒤에는 모두 律에 의하여 단죄하였으니, 지금 어을우동 또한 율에 의하여 단죄하소서."[40]

"어을우동의 죄는 律을 상고하면 死刑에는 이르지 않으나, 사족의 부녀로서 음행이 이와 같은 것은 綱常에 관계되니, 청컨대 극형에 처하여 뒷 사람의 鑑戒가 되게 하소서."[41]

"於乙宇同은 綱常을 무너뜨리고 聖化에 누를 끼쳤는데, 이런데도 죽이지 않으면 淫風이 어떻게 그치겠습니까? 남녀의 情은 사람들이 크게 탐하는 것이므로, 법이 엄격하지 않으면 사람들이 장차 欲情을 자행하여 春秋時代 鄭나라·衛나라의 풍속이 이로부터 일어날 것이니, 청컨대 이 여자를 重典에 처하여 나머지 사람들을 경계하소서."[42]

---

40) "於乙宇同, 以宗親之妻, 士族之女, 恣行淫慾, 有同娼妓, 當置極刑. 然太宗世宗朝, 士族婦女, 淫行尤甚者, 雖或置極刑. 其後皆依律斷罪. 今於乙宇同, 亦當依律斷罪." 鄭昌孫의 말이다. 『조선왕조실록』 10집, 앞의 책, 160쪽.
41) "於乙宇同之罪按律, 則不至罪. 然以士族婦女, 淫行如此, 關係綱常, 請置極刑, 以鑑後來." 沈澮의 말이다. 앞의 책, 160쪽.
42) "於乙宇同, 敗壞綱常, 有累聖化, 此而不誅, 淫風何由而戢. 男女之情, 人之所大慾, 法不嚴峻, 則人將肆欲. 鄭衛之風, 從此起矣. 乙將此女, 置之重典, 以警其餘." 尹弼商의 말이다. 앞의 책, 160쪽.

어을우동에게 극형을 내릴 것을 간하는 신하들의 말 속에서 이미 유가의 법도가 당시 사회의 지배 이데올로기로서 크게 작용하고 있음을 알 수 있다. 동일한 사건이 세종 때 풍속을 어지럽힌 죄목으로 처리되었던 것과는 달리, 사회의 근본기강을 어지럽힌 죄목으로 엄하게 처단되는 것은 조선사회가 유교사회로 이미 정착되었음을 보여준다. 어을우동 역시 유감동과 마찬가지로 창기로 자처하며 자유로운 성생활을 즐겼지만 사족출신이었기 때문에 이번에는 극형에 처해졌다. 여성의 방종은 이처럼 공개적으로 극형을 언도받는 중죄였지만 남성의 방종은 집안에서 비도덕적이라는 비난을 받을지언정 공개적으로 거론되지는 않았다. 아니 거론될 필요조차 없는 것이 조선사회였다.

그러나 유감동과 어을우동은 비록 죄인으로서 비극적인 삶을 마쳤지만 어쩌면 당시 여성들 중에서는 가장 자유롭게 마음속의 본능에 충실하면서 살았던 여성이었는지 모른다. 이들 여성들이 개인의 성까지 국가에서 구속하던 조선시대 유가이데올로기 속에서 자신의 성에 대한 관리권을 국가 권력으로부터 돌려받기 위해 투쟁한 것이라고 한다면 지나친 평가가 될까?

明宗 때의 악녀로 유명한 鄭蘭貞은 비천한 출신이었지만 자신의 성정체성을 최대한 이용하면서 권력층을 향해 접근했다. 서녀 출신이었기에 정실부인으로서의 出嫁가 불가능했던 그녀는 신분상승을 위해 당시 세도를 부리던 외척 尹元衡의 첩이 된다. 그리고 「얼폐전」에서 권력을 지향했던 여인들처럼 정실부인을 모함하고 결국 정실의 자리에 오르는 수순을 밟는다. 이는 명분과 질서를 중시하는 당시 유교사회에서 국가의 기강을 뒤흔드는 사건이 되어 정죄당하기에 이른다. 그녀는 정실부인 김씨 독살죄, 뇌물수수혐의도 받고 있었지만 유림에서 그녀를 좌시할 수 없었던 근본적인 이유는 그녀로 인해서 국가의 근간인 嫡庶의 차별이 무너졌다는 사실이었다. 또한 그녀가 바로 당시 文定王后의 攝政으로 실권을 장악했던 외척 윤씨 일파의 일원이라는 점 역시 그녀에게 불리하게 작용했다. 그래서 윤씨의 세도가 있을 때는 그녀의 죄를 몇 번씩이나 임금에 고했어도 처벌받지 않았지만 문정왕후의 죽음과 함께 윤씨 세력이 몰락하자 정난정은 治罪당하기에 이르렀다. 그리

고 그녀는 자신을 체포하러 오는 것을 알고 스스로 죽음을 선택한다.

　적서의 차별이 엄격하게 존재하던 당시 사회에서 그녀의 출세와 파멸은 처음부터 노정되어 있었다. 그녀가 기대고 있던 외척의 권력이라는 것은 권력을 창출해 낸 여성이 죽게 되면 바로 소멸할 수밖에 없는 근본적인 한계를 가지고 있었기 때문이다. 그렇기에 그녀의 일생은 결국 「얼폐전」의 경계와 예언처럼 여성이 권력에 개입하면 국가와 집안이 혼란에 빠진다는 논리를 다시금 재현한 조선시대의 「얼폐전」이 아니었을까.

> 　우리는 그녀의 욕망이 아버지의 법에 의해 무화되는 것을 거부해야 한다. 우리는 그녀에게 쾌락, 쥬이상스, 정념에 대한 권리를 주어야 하고 말할 수 있는, 때로는 울부짖고 분노할 수 있는 권리를 되돌려 주어야 한다.
>
> 　　　　　　　　　　　　　　　　　－루스 이리가레, 「어머니와의 육체적 조우」

5. 그녀를 위한 변명

　상업자본주의가 극도로 발달한 현대사회에서 여성의 성은 더 이상 죄악시되지 않는다. 오히려 끊임없이 상품화되어 성적으로 자유로운 여성의 이미지를 생산한다. 섹시함은 죄악이 아니라 이제는 여성의 한 덕목이 되어 가고 있다며 심지어 여성들로 하여금 자신의 성을 보여주라고 주문하기도 한다.

　느와르 영화나 할리우드 영화는 끊임없이 계산된 악녀 이미지를 재생산한다. 스크린 속의 거부할 수 없는 매력적인 여성들은 남성 관객의 환상을 실어 나르며 그들의 무의식 속에 등장하는 여인상(Anima)으로 작용한다. 「얼폐전」이 쓰이던 시대나 반금련이 살았던 사회와는 달리 그녀들은 이제 매혹적인 숭배대상이 되어 간다. 그렇다면 이제 우리 사회에서 과연 악녀는 사라졌는가?

대중의 우상으로서 존재하는 그녀들의 이미지란 상업자본주의 문화가 만들어낸 존재하지 않는 허상에 불과하며 실제 삶의 영역에서는 여전히 과거의 보수적인 악녀 만들기가 계속되고 있다. 변화하는 현대사회는 여성들에게 가정의 울타리에서 벗어나 산업경제에 참여할 것을 요구하였고, 많은 일하는 여성들이 생겨났다. 그러나 가정은 여전히 보호되어야 하는 신성한 곳이며 가정을 깨뜨리는 모든 행위는 사악한 것으로 간주된다. 그래서 사회는 여성에게 가정과 직장에 모두 충실한 슈퍼우먼이 될 것을 강요하고, 조금이라도 가정에 소홀하면 이기적인 악녀로 낙인찍는다.43)

본고는 이 세상의 여성을 현모양처이거나 창녀 혹은 열녀이거나 악녀, 착한 여자이거나 나쁜 여자로 구분하는 남성들의 이분법적 사고가 고대부터 지금까지 끊임없이 재생산되어 왔음을 살펴보았다. 가부장제는 성적으로 무차별한 즉 성적 차이를 인식하지 못하는 상징적 질서였기에44), 그 속에서 존재적 당위성을 가지지 못하는 여성은 남성의 타자로서만 그 존재가치를 부여받았다. 따라서 악녀나 열녀 모두 남성과의 관계에 따라 만들어진 남성의 여성상에 불과하다.

한대 유향에 의해 편찬된『열녀전』속의「얼폐전」은 남성의 영역에 정면으로 도전했던 여성들이 어떻게 실패했는지를 서술하고 있다. 그리고 이는 결국 여성은 재앙이라는 관념과 여성의 정치참여 금지를 강화하는 기제로 작용했다. 여성에게 예교를 지키도록 강요하는 유교 사회에서 이상적 여성상인 현모의 이미지를 강조하기 위해서는 그 대립항인 악녀가 필요했고 유가의 왕도정치 실현을 위해서도 여성의 정치간여나 외척의 등장을 경계해야만

---

43) 할리우드 영화가 여성에게 가정으로 돌아가서 주인에게 복종하라고 말하기 위해 이용했던 고전적인 방식 중 하나는 여자들의 고집스런 행동을 처벌하는 것이다. 그래서 독신여성, 일하는 여성, 아내와 어머니로서 만족하지 못하는 여성, 성적으로 적극적인 여성, 공격적인 여성들이 결국 죽임을 당하고 모욕을 당하고 패배하게 되는 수많은 예들을 보여줘 왔다. 수잔나 D. 월터스, 앞의 책, 189쪽.
44) 루스 이리가레 외, 권현정 옮김, 『성적 차이와 페미니즘』, (서울: 공감, 1997), 295쪽.

했기에 악녀는 필수불가결한 존재이기도 했다.

　이러한 점에서 보면 현모와 악녀는 서로 독립적으로 존재하는 것이 아니라 서구 문화 속의 성녀와 창녀 이미지45)처럼 사실은 동전의 양면과도 같은 관계를 가짐을 알 수 있다. 명대 중엽 이후 인간의 욕망추구와 개성의 발휘가 긍정되고, 대중문화가 발달하면서 요부의 이미지가 널리 확산되었지만, 다른 한편에서는 정절을 위해 목숨을 버리는 여성이 대거 출현한 것은 우연이 아니다. 사회는 그녀들을 烈女를 숭배하는데서 한 걸음 더 나아가 열녀가 될 것을 강요하기도 했고, 심지어 자살을 권장하는 지경에까지 이르렀다. 명청대 요부 형상의 범람 속에서도 증가했던 열녀의 숫자는 바로 이러한 이중적 인식을 증명한다.

　오랜 역사를 통해 형성되고 반복·재생산되어 온 열녀나 악녀, 그 어느 이미지도 여성 스스로의 선택에 의한 것은 아니었다. 모두 남성중심의 사회에서 그들의 필요에 따라 그들의 시각으로 만들어진 이미지였던 것이다. 고대 중국사회에서 발견되는 이런 여성 이미지의 허상은 수천 년이 지나도 역사 뒤로 사라지지 않고 현대까지 그 짙은 그림자를 드리우고 있음에 전율하지 않을 수 없다. 그래서 이제는 실제의 역사적 존재로서의 '여성들'과 남성적 응시를 통해 구성된 '여성'의 차이를 직시하고 이를 해체하는 작업이 절실히 필요하다. 현모가 아닌, 악녀도 아닌, 현실 속에 존재하는 여성의 모습을 찾을 때에야 비로소 살아 숨쉬는 나를 만날 수 있기 때문이다. (『中國語文學誌』第 9集, 2001年 6月)

---

45)　이케가마 슌이치는 악의 화신으로 저주받았던 마녀와 신비로운 기적으로 숭배되었던 성녀가 동전의 양면과도 같은 남성의 이분법 즉, 魔性과 聖性, 여성멸시와 여성숭배 이데올로기에서 기원함을 밝히고 있다. 자세한 것은 다음을 참조. 이케가마 슌이치, 강웅천 옮김, 『여성에게 문화는 있었는가』, (서울: 사계절, 1999)

가보옥이 잠수정을 타다

－晚淸科幻小說新論*

王 德威

　　만청시대의 소설은 중국고전소설 가운데 늘 경시되는 부분이다. 과거 수십 년 동안 우리의 만청소설에 관한 연구는 대부분 『老殘遊記』, 『官場現形記』 등을 맴돌았고 논의의 범주도 譴責, 狹邪, 黑幕 등의 주제에서 벗어나지 못했다. 풍격 특징에 관해서도 『중국소설사』에서 魯迅이 언급한 "문장의 기세가 노골적이고 필봉에 숨겨진 날카로움이 없다"[1]라는 견해가 여전히 표준으로 여겨지고 있는 듯 하다. 만청시기에 출간된 소설은 수량이 많고 제재도 매우 광범위한 것으로 알려져 있다. 따라서 주옥같은 작품들이 적지 않을 법한데 아직까지 파묻혀 있어서 발견되지 않고 있는 실정이다. 한편, 5.4이후 신문학운동의 성취는 과학환상소설의 측면에서 보자면 만청시기에 미치지 못하고 있다. 다른 것은 논외로 한다고 해도, 오로지 문학이란 인생을 '반영'하는 것이고 '현실의 반영'을 최고의 덕목으로 생각하는 당시 작가와 독자들이 어떻게 가보옥이 잠수정을 타는 것과 같은 오랑캐의 괴담을 상상해낼 수 있었겠는가?

---

　*　원제는 「賈寶玉坐潛水艇－晚淸科幻小說新論」이며 『小說中國: 晚淸到當代的中文小說』, (臺灣: 麥田出版社, 1993)에 실려 있다. 저자 王德威선생은 현재 미국 컬럼비아대학 동아시아학과 교수이다.

　1)　魯迅, 『中國小說史略』, (臺北: 宏雅出版社, 1981), 298쪽.

　　賈寶玉은 林黛玉이 죽은 후 모든 기대가 다 물거품처럼 사라졌다. 그해 눈 내리던 밤 부친에게 이별의 인사를 드린 후 혼자 집을 나와 구름처럼 사해를 떠돌았다. 몇 세대 몇 겁인지 모를 시간이 지나고 보옥은 또 凡心이 일어나 홍진세상에 다시 내려왔다. 때는 이미 청말이었는데 난이 사방에서 일어났다. 보옥은 친히 庚子事變을 겪으며 國事에 대한 걱정이 나날이 더해갔다. 그는 혁신의 주장을 발표한 탓에 관병의 추적을 받게 되고 황급히 도망가려는 찰나에 '문명경계'라고 불리는 곳에 우연히 들어가게 된다. '문명경계'는 마치 신식 도화원 같은 곳이어서 物産이 풍족하고 토양은 신령스러우며 배출한 인물들이 출중했다. 보옥의 견문을 가장 넓혀 준 것은 '문명경계'의 발전된 과학기술이었다. 경내에는 사계절 내내 에어컨이 설치되어 있고 기계 하인이 오가며 시중을 들고 '전기 불꽃'이 항상 연소되면서 기기를 운전시켰다. 하늘에는 날아다니는 자동차, 지하에는 터널차가 있었다. 소설의 클라이맥스 중의 하나는 가보옥이 고래 같이 생긴 거대한 잠수정을 타고 해저 이만리를 항해하는 것인데, 그는 남극에서 북극까지 항해하면서 기이한 풍경과 진기한 금수를 두루 구경한다. 항상 대관원 안에나 앉아 있었던 때에는 세상은 넓고 문명이 새롭다는 것을 생각이나 할 수 있었겠는가?

　　가보옥이 '문명경계'를 방문해서 날아다니는 차와 잠수정을 타는 서사구조는 소설 『新石頭記』(1908)에 나온다. 작가는 잘 알려진 吳趼人(沃堯)이다. 그는 『二十年目睹之怪現狀』, 『恨海』, 『九命奇冤』 등의 작품들로 유명해졌는데, 현대 중국과학환상소설에 대한 그의 개척자적 공로를 언급하는 사람은 매우 적다. 사실 『신석두기』와 유사한 창작과 번역은 만청시대에 이미 한 시대를 풍미했었다. 과학환상소설은 천마가 하늘을 나는 서사구조와 빛이 번쩍번쩍 땅을 이탈하는 기계를 배경으로 일찍이 시류를 쫓고 새로운 것을 좋아하는 많은 독자들의 관심을 불러일으켰다. 그러나 표면적으로 황당무계하게 보이는 담론 밖에서 과학환상소설이 말하려 했던 것은 심오한 역사문화적 의의였다. 그것은 반사실적인 필체로서 가장 현실적인 국가위기를 투사하고 또한 미래 세계에 대한 방향 및 한계에 대한 당시 중국인의 상상과 언설을 직접 지적한다. 만청시대 과학환상소설의 작가들은 한편으로는 고대 중국신괴소설의 유산을 이어받고 한편으로는 당시 서구 과학환상소설의 발명을 차용해 스스로 하나의 새로운 서술양식을 만들어냈다. 이는 우리로 하여금 과학환상소설이라는 이 장르의 경계를 다시금 생각하게 만든다.2) 만청시대 과학환상작품 속에 표현된 각종 유토피아에 관한 시각과, 시간 및 공간관념에 대한 실험은 우리들이 한 세기를 뛰어 넘어 역사 및 정치사조의 변화를 엿볼 수 있는 좋은 재료이다. 이하의 논술이 만청시기 과학환상소설에 관한 문제를 모두 해결할 수 있다고 감히 말할 수는 없다. 그저 많지 않은 예증을 빌어서 네 가지 실행 가능한 연구방향을 만들어냄으로써 더 많은 대화를 이끌어내기를 희망할 뿐이다.

1. 神怪에서 과학환상으로

과거 우리는 만청소설을 연구하면서 대개 갑오전쟁이후에서 신해혁명에 이르는 시기에만 관심을 두었다. 이 시기 즉 청말 십여 년간에 걸친 소설의 번영과 변화는 모두가 다 알고 있는 사실이다. 그러나 만약 우리가 시야를 넓혀서 만청문학의 범주를 반세기만 되돌린다면 여전히 연구되고 정리되기를 기다리고 있는 수많은 다양한 작품들을 발견할 수 있을 것이다. 그래서 나는 만청시기의 과학환상소설에 대해서 태평천국의 난 직전, 紹興의 兪萬春이 지은『蕩寇誌』(1847)를 책략적인 기점으로 삼자고 건의하는 바이다. 『탕구지』는 어쩌면 일반적인 과학환상소설의 정의에는 부합하지 않을지도 모른다. 그러나 청말 과학환상의 서술적 특색과 그에 대응하는 역사과제는 이 책에서

---

2) 서구의 과학환상소설에 관한 논문은 대단히 많지만 두 가지만 예를 들겠다. Darko Suvin, Positions and Presuppositions in Science Fiction, (Kent: Kent Sate Up, 1988); Carl D. Malmgren, World Apart: Varratology of Science Fiction, (Bloomington: Indiana Up, 1991)

이미 그 단초들이 발견된다. 유만춘은 金聖歎의 70회본『水滸傳』을 기초로 삼아서 梁山泊 호한들이 의거를 일으킨 후 군대를 일으켜 모반하는 과정을 쓰고 있다. 그는 김성탄의 관점에 호응하여 古本『수호전』가운데 宋江의 무리가 조정에 귀순하고, 아울러 나라를 위해 다른 난을 평정하는 이야기는 옳지 않다고 생각했다.『탕구지』는 이 때문에 선례와는 반대로, 양산박의 호한들이 근왕에 투항하는 것으로 쓰이지 않았고, 그들은 충성되지도 의롭지도 않으며 나라를 위태롭게 하고 백성에 해악을 끼쳤다고 서술되었다. 유만춘은 또한 陳希眞, 陳麗卿 부녀를 중심으로 충성스럽고 절개와 의리가 있는 협사의 무리를 창조하여 양산박과 대항시켰다. 여러 차례의 대전을 거친 뒤에 수호의 일백팔 명은 최후에 죽지 않으면 주살 당했다.

『탕구지』의 농후한 봉건충효사상으로 인해서 태평천국시기에 이 책은 정치적 읽을거리가 되었다. 청나라 조정에서는 인쇄하여 열렬히 유통시켰지만 태평군측에서는 당연히 금지시키고자 했다. 금세기의 공산당은 자신들이 하늘을 대신해서 도를 행한다고 자부했으므로 자연히『탕구지』를 반동문학의 모델로 간주했다. 이 소설은 忠義문제를 매우 복잡하게 다루고 있는데 사실 주의할만한 가치가 있다.3) 내가 관심을 가지는 문제는 유만춘이 어떻게『수호전』구래의 서사전통에서 진부한 것은 버리고 좋은 것은 새롭게 했느냐는 점이다. 노신이 말한 대로『탕구지』는 "사상적으로는 살풍경함을 면할 수 없지만", "이야기를 만들고 문장을 지어냄에 있어서 어떤 때는 수호전의 수준을 넘기도 하고 풍경의 묘사 역시 시내암, 나관중도 미처 시도하지 못한 점이 자못 있다. 기왕의 작품들에 얽매였던 같은 류의 소설 가운데에서는 대체로 뛰어난 작품에 든다고 할 수 있다."4)

유만춘의 소설에서 시내암, 나관중이 일찍이 시도하지 않았던 새로운 것은 무엇인가? 내가 생각하기로 가장 주목할 만한 것은 유만춘의 군사기술,

---

3) 歐陽健,「『蕩寇誌』價値新說」,『明淸小說釆正』, (臺北: 貫雅. 1992), 402-455
   쪽
4) 魯迅, 앞의 책, 157쪽.

기계발명에 대한 흥미이다. 『탕구지』는 전쟁소설이니만큼 용병과 포진, 대치
와 교전에 대해서 과장하지 않을 수 없다. 유만춘은 『수호전』을 숙독했고,
청년시기에는 일찍이 부친을 따라 월동지방으로 요란을 평정하러 갔던 적도
있어서5) 전쟁장면의 묘사에는 확실히 일가견이 있다. 남다른 포부를 가지고
있었던 그는 소설 중에서 적지 않은 신무기를 소개하고 해설했는데 이는 전
대에 보기 드문 일이다. 천둥번개차, 나사형잠수함, 낙갑기관총, 하늘을 나
는 우레, 땅이 꺼지는 천둥소리 등은 모두 신출귀몰하는 위력을 발휘했다.
이러한 무기는 기괴하게 들리지만 유만춘의 헛된 생각에서 나온 것만은 아
니다. 유만춘은 중국병기사에 자못 조예가 깊어서 심지어 저서를 쓰고 학설
을 세우기까지 했다.6) 광동에 거주할 때는 또한 서양문물을 여러 번 접하기
도 했었다. 그러나 아편전쟁 때 영국군이 보여준 견고한 함선과 예리한 대포
는 그에게도 충격적이었을 것이다. 『탕구지』가 묘사하고 있는 것은 비록 송
대의 일이지만 병기과학의 개념을 도입하는데 힘썼기 때문에 새롭게 느껴진
다.

예를 들어 천둥번개차는 송강이 초빙한 구라파국의 참모인 바이얼와칸(白
爾瓦汗)이 바친 것이다. 이 차는 거대한 짐승처럼 생겼는데 모두 삼층으로
나눠진다. 위층에는 砲眼이 장치되어 있고 가운데에는 병사들이 있어서 쇠
뇌의 화살을 발사한다. 아래층에는 갈고리창과 질려가 두루 설치되어 있다.
차는 전체적으로 빈틈없이 밀봉되어 있어서 창이나 화살, 총, 대포로도 뚫리
지 않는다. 더욱이 차 바닥에는 황판이 설치되어 있고 바퀴 주변에는 또한
날카로운 이빨이 박혀 있어서 어떤 지형에서도 빠르고 민첩하게 달릴 수 있
다. 이 차가 여전히 말의 힘으로 움직인다는 점만 제외하면 엄연히 탱크의
전신이라고 할 수 있다. 바이얼와칸은 또 나선형잠수함을 만들었다. 그 이름
의 뜻으로 보자면 이는 일종의 잠수전함이다. 배는 조개껍질모양으로 만들어
져서 개폐가 가능하며 병사 천명을 태울 수도 있다. 잠수 전에 배 안에다 건

---

5) 兪萬春, 『蕩寇誌』, (北京: 人民文學出版社, 1981), 103쪽.
6) 兪萬春이 지은 「火器論」과 「騎射論」

조식품을 준비하고 배 외면을 역청으로 칠하면 대양을 건널수 있으니 수개월동안 수면 밖으로 나올 필요가 없다. 나선형잠수함의 동력 및 배 안의 공기 등의 문제까지 유만춘은 생각하지 못했다. 양산박이 이러한 신무기를 얻자 과연 적수가 없었다. 나중에 바이얼와칸이 송나라 군대에 생포되지 않았더라면 양산박을 이기기 위해서 더 많이 고심해야했을 것이다.

바이얼와칸이라는 이 서양 참모의 출현장면은 대단히 뛰어나다. 그는 푸른 눈에 높은 코를 가진 원래 연거국 사람이고, 그의 아버지 리아니리(唎啞呢唎)나 역시 군사기계발명가이다. 그는 마카오에서 태어나 기예를 익힌 후에 본래는 송나라 조정에서 헌신하고자 했지만 간신들의 질투로 모함을 받아 변방으로 귀양 가게 되었다. 이것은 "핍박을 당해 어쩔 수 없이 저항하는" 수호전식의 유럽판 이야기이다. 유만춘은 그가 博學多才한데다 마음으로는 중국을 사모하는 것으로 묘사했다. 이는 서양제 소총과 대포로 무장한 양놈들에 대한 당시 지식인들의 심리상태를 어느 정도 반영하고 있다. 그는 바이얼와칸의 과학지식도 암시하고 있는데, 사실 그의 발명품들은 중국의 선조들이 이미 발견한 것들이다. 예를 들어 앞에서 언급한 천둥번개차는 송강의 군사참모인 吳用의 견해에 따르면 바로 呂公車를 모방하여 만든 것이다. 다른 한편으로 유만춘은 송강 진영의 여장군인 劉慧娘을 급조했다. 이는 바이얼와칸에 대응하기 위한 것으로, 다시 말하면 독으로 독을 막겠다는 것이다. 당시의 유명인사였던 魏源 등이 주장한 "오랑캐의 장점을 배워서 오랑캐를 제압하자"[7]는 구호에 호응한 것이기도 하다. 그러나 오랑캐를 배워 오랑캐를 제압한다는 최고의 표현은 바로 먼저 회유해서 본래 우리의 적이었던 오랑캐를 속이는 것이다. 바이얼와칸은 사로잡힌 후 天帝가 다스리는 조정과 군대의 위엄에 감동해서 자신의 재주를 전수했을 뿐 아니라 군기계의 비밀이 적힌 『輪機經』을 증정하기까지 했다. 그러니 이것이 어찌 "오랑캐를 제어함으로써 오랑캐의 장점을 배우는"격이 아니겠는가? 과연 그렇다면 양인들이

---

7) 袁英光, 桂遵義, 『中國近代史學史』, (江蘇: 江蘇古籍出版社, 1989), 67-80 쪽.

무서울 게 뭐가 있겠는가? 소설의 본말이 도치된 곳에 바로 청말 현대화운동 중에서 中西가 접촉하는 황당한 측면이 표현되어 있는 것이다.

그렇다고 『탕구지』가 단순히 얼치기 같은 신무기경쟁을 묘사했다고 생각한다면 그건 큰 착각이다. 이 소설에는 전통적 신괴인물과 장면의 묘사가 적지 않다. 宋軍의 모사인 진희진이 바로 도사이고 양산박 측의 公孫勝 역시 요술을 부린다. 양측이 대적할 때면 모두 비바람을 부르고 콩을 뿌려 병사를 만드는 능력을 사용한다. 土遁이나 水遁은 늘상 사용되는 수법이고 제자가 어려움에 처하면 사부가 반드시 나타난다. 때때로 『탕구지』를 읽다보면 『수호전』같지 않고 오히려 『封神榜』같다는 느낌이 든다. 소설의 맨 마지막에 진희진 부녀가 득도승천하는데, 이는 유만춘 본인의 도교사상이 반영된 결과이다.

『탕구지』중에 보이는 과학환상과 신괴의 충돌을 어떻게 보아야할까? 순전히 형식적 측면으로부터 보자면, 과학발명에 대한 유만춘의 묘사는 문학적 상상이 진부함을 버리고 새것을 창출해내는 것을 대표하는데, 신괴적 공식에 익숙해 있는 청말의 독자들에게는 일대 자극이 되었다. 그러나 전통적인 둔갑술과 하늘을 나르고 땅속으로 사라지는 서술에 비교하면, 내가 말하고자 하는 과학기술도 일종의 새로운 미혹에 불과하지만 지적 색채가 한층 농후하다. 유만춘은 많은 소설의 장절에서 창조해낸 새로운 사물에 대해서 대체로 상세하게 해석하고 있다. 이는 단지 괴이한 것을 과시하기 위해서가 아니다. 신괴와 과학환상이라는 장르의 경계를 고심해서 구분하는 것은 칼로 물을 자르는 것만큼 어려운 일이다.8) 여기서 내가 보다 관심을 가지는 것은 유만춘이 왜, 그리고 어떻게 과학기술과 신괴를 하나로 만들었고 그 대표적인 역사의의는 또 무엇이냐는 것이다.

앞서 언급한 바이얼와칸이 발명한 奔雷車를 예로 들자. 송나라 진영의 여

---

8) 과학환상소설의 비평자는 대부분 과학과 환상분야를 강조하여 항상 전자가 지식론식 서술을 늘어놓고 이성논리를 추구하고 미래세계는 "상상을 초월한다고 묘사"하고 "뜻은 정리 가운데 있다"고 해석한다. 다음을 참조하시오. Malmgren, 1-23쪽.

장군 유혜낭은 당시 중병이 들어 숨이 곧 끊어질 것 같았기 때문에 송군은 반격할 방법이 없었다. 혜낭의 병은 천년된 인삼신선의 피가 있어야 나을 수 있었다. 이를 위해 영웅호한들은 인삼신선을 잡기 위한 일대 소동을 벌였다. 이 신선은 나이는 비록 많지만 생긴 것은 서너살 된 어린 아이 같아서 보름 밤이면 엉덩이를 내놓고 온 산을 뛰어다녔다. 많은 호한들이 잡질 못했는데 나중에 그중 한 사람의 사부인 通一子가 나타나 비로소 붙잡을 수 있었다. 혜낭은 인삼신선의 흰 피를 마시고 확연히 나았다. 그리고 다음 장면에서는 과학적으로 일 처리하는 정신을 회복하고 정밀하기 그지없는 탄환 '飛天神雷'와 지하구축물인 '陷地鬼戶'를 설계해서 분뇌차진영을 대파한다.

유만춘이 신괴와 과학기술 사이에서 동요하고 있음을 인삼신선과 분뇌차의 대비에서 알 수 있다. 양자 모두 불가사의한 위력을 갖고 있지만 신선의 예측할 수 없는 현묘함이 유만춘의 심중에서 한 단계 더 우위에 있음은 분명하다. 이러한 예는 『탕구지』 가운데 드물지 않아서, 모든 신구병기의 법술이 하나같이 진희진의 乾元寶鏡만 못하다. 이 보경은 음양을 비추고 元神을 지키고 고금에 통달해서 참으로 슈퍼급 다공능만능기기라고 말하지 않을 수 없다. 그런데 이해가 잘 되지 않는 것은 이러한 보배가 있는데 유만춘은 왜 하필 애써서 신과학기술의 무기를 만들어 냈느냐는 것이다.

『탕구지』가 쓰인 시기는 바로 만청시대에 양무운동이 막 시작되는 단계였다. 당시 진보적 인사들의 언행에 비해서 유만춘의 사상은 보수적이었다고 할 수 있다. 그러나 바로 이와 같은 점 때문에 그가 현대의 과학환상적 의미를 갖춘 소설을 썼다는데서 우리는 오히려 수많은 흥미로운 문제들을 발견한다. 그가 어떻게 신무기를 발명해내서 "도적들을 소탕했는지", 어떻게 이러한 新事物이 전통적 상상과 논술에 융합되어 아편전쟁 후 '부국강병'에 대한 중국인의 욕망과 걱정을 指示하게 되었는지 말이다. 유만춘이 봉건 충의사상을 날실로 삼고, 수련하고 하늘을 나는 도교법술을 씨실로 삼아서 편직해 낸 우주관은 끝내 그가 과학기계를 빌어서 포진해낸 신지식론을 포괄해 버렸다. 고중국의 모든 것은 저 건원보경처럼 광대하고 심원해서 각종 서양의 기계와 같은 小道를 먹어치웠다. 이러한 사유체계는 태평천국의 난후에 더욱 주류를 이루었다. 위로는 "중국적인 것을 몸체로 삼고 서양적인 것을 쓰임새로 삼는다'는 道器二元論을 형성했고 아래로는 "칼과 창으로 들어오지 못하게 막고", "청을 도와 서양을 멸망시킨다"는 義和團식의 사상이 출현함을 예고한다.

『탕구지』가 나온 지 50년 뒤에 출현한『年大將軍平西傳』(1899)은 유사한 방식으로 과학환상과 신괴를 융합해서 雍正년간 羹堯가 西藏을 평정하는 이야기를 서술했다. 그 중에서 雪山老祖가 로마교황을 크게 무찌르고 '月經布'로 만든 '胭脂巾'이 '電氣鞭'을 무찌르는 등의 이야기는 정말 황당하다. 그리고 당시 서양인 欽天鑑에게 아들이 있었는데, 그 아들이 의외로 가업을 이어받아 升天球를 만들고 地行船과 借火鏡을 만드는 '작은 목수'가 되었다. 여기에서『탕구지』중의 바이얼와칸의 그림자가 드리워져 있음을 볼 수 있다. 소설의 주인공은 또한 아들을 낳아 적을 격퇴하고자 멀리 구라파에까지 가서 스웨덴의 기인에게 기예를 배우는데 이는 과학기술을 서양에서 배워오는 시대적 조류를 긍정한 것이다. 그 후에 등장하는『新紀元』(1908),『雷世界』(1909)등의 소설에서는 과학기술성분이 점차 증가된다. 이점에 대해서는 다음 장에서 다시 언급할 것이고 만청소설이 신괴에서 과학환상으로 변화해가는 과정은 여기서 일단락 짓겠다.

2. 유토피아로의 진출

유토피아는 과학환상소설의 중요한 주제중의 하나이다. 환상국의 건립 혹은 소멸을 통해 과학환상소설의 작가는 그들이 현실세계에서 도피하거나 개조하거나 혹은 비판하려는 생각을 기탁하여 각종 과학과 정치종교적 정책을 실험한다. 유토피아적 상상은 이상적인 도화원을 투사하기도 하고 또 추락하는 鬼門關을 허구화할 수도 있다. 이로 인해서 반유토피아, 모방풍자유토피아 등 하위장르가 파생되었다. 만청시대의 적지 않은 작가들은 작품의 서두에 하나의 우언을 소개해 楔子로 삼는 것을 좋아한다. 曾樸의 『孽海花』, 頤瑣의 『黃繡球』, 혹은 陳天華의 『獅子吼』는 모두 서두에 가공의 인물을 빌어서 全書의 요지를 드러내고 있다. 이러한 수법은 이미 유토피아 또는 반유토피아의 의도를 포함하고 있지만 깊이가 있는 것은 아니어서 그 의도가 두드러진다고 말할 수는 없다.

蕭然鬱生의 『烏托邦遊記』(1906)는 첫머리에서 작품의 요지가 이상국을 탐방하는 중에 겪은 뜻밖의 만남들을 써내는데 있다고 밝히고 있다. 그러나 소설의 후반에 힘이 달려서 우리의 탐험가선생이 우주선에서 겪은 일들만을 쓰는데서 뚝 그치고 말았다. 보아하니 유토피아에 들어가는 것은 정말 어려운 일인가보다. 만청시대의 유토피아소설 가운데 가장 완정하게 쓰이고, 보이는 이로 하여금 깊이 생각하게 하는 작품으로 나는 오견인의 『新石頭記』를 첫 손가락에 꼽는다. 앞서 언급한 것처럼 오견인의 견책소설은 작품 하나하나가 모두 수많은 사람들에게 널리 읽혀졌지만 『신석두기』는 비교적 주목받지 못한 작품이다. 제목으로부터 보자면 이 소설은 曹雪芹의 『石頭記』 이후에 나온 수많은 속편 중의 하나이다. 그러나 일반적인 속작들과는 다르게 『신석두기』는 임대옥이 죽었다가 다시 태어나는 이야기를 쓰고 있지 않다. 아예 임대옥은 등장하지도 않는다. 전서의 중점은 오히려 가보옥이 청말의 중국을 두루 둘러보고 '문명경계'를 방문해 그 정치종교와 과학기술 등으로부터 얻는 교훈에 집중되어 있다. 오견인의 견식은 과연 일반사람들보다 한 단계 높다고 하지 않을 수 없다.

『신석두기』는 모두 40회로 나누어진다. 전반 20회는 가보옥이 출가한 후 범심이 다시 동해서 청말의 야만세계로 추락하는 과정이 서술되어 있다. 오견인은 조설근의 『석두기』중에서 여와가 돌을 단련해 하늘을 메우는 신화를 교묘하게 이용하여 보옥이 여와가 버린 둔한 돌이며 하늘을 메우고자 하는 웅장한 그 뜻을 끝까지 버리지 않고 있음을 강조했다. 이번에 다시 홍진세상에 내려와서 보옥은 연지 바른 여인네들 사이에서 노닐지 않고 하늘을 메우려는 숙원을 달성하고자 한다. 오견인은 원작의 신화구조를 이어받았지만 그 가운데에는 시국을 슬퍼하고 나라를 걱정하는 역사의식이 일관되어 있다. 보옥은 먼저 상해를 방문해서 조계지에서 벌어지고 있는 각종 추태들을 목도했다. 그는 또한 거칠고 비루한 설반이 나중에 고기가 물을 만난 것처럼 활개치고 다니는 것도 보았다. 소설은 12회 이후에 의화단의 난을 서술한다. 보옥은 이에 분격한 나머지 유신의 주장을 발표했다가 오히려 의화단 잔당으로 모함 받아 체포되고 거의 죽을 지경에 이른다.

『신석두기』의 후반 20회에 全書의 중심내용이 있다. 보옥이 관방의 체포를 피해서 '문명경계'라는 곳에 이르렀는데, 이곳은 백성이 건강하고 물산은 풍요로운, 범죄자가 거의 없는 곳이다. 창녀와 거지는 더더욱 들어본 적도 없다. 가장 주목을 끄는 부분은 고도로 발전된 경내의 물질문명이다. 기온을 인공적으로 조절하기 때문에 이곳의 농업은 일년에 네 차례나 수확하고 때에 따라 사철의 꽃나무를 감상할 수도 있다. 주민들의 음식은 과학적 처방을 거쳐서 모두 유동체로 만들어지기 때문에 영양이 풍부하고 미용에 좋으며 소화도 잘 된다. 의술의 발달은 말할 필요도 없고, '두뇌'를 강화하고 총명하게 하는 기묘한 묘약도 있다. 일상생활에도 司時器, 千里鏡, 총명을 돕는 기계(助聰器), 기계인 및 '지화(地火:가스)' 등의 설비가 있다. 교통운수를 보면, 위로는 하늘을 나는 차, 아래로는 땅굴차, 수중을 왕래하는 신발이 있어서 걸을 필요가 없는데도 질서정연하다. 땅굴차라는 것은 바로 우리가 현재 애용하는 지하철과 흡사하다. 그러나 특수설비를 거친 지하전차로서 가고 서는 것이 자유롭고, 서로 밀쳐내는 자성의 성질로 인해서 전혀 부딪히지도 않는다. 보옥은 이곳에서 처음 보는 일들을 겪었다. 하늘을 나는 차를 타고 높이 날면서 신선이 된 듯한 상쾌함을 느껴본 것은 말할 것도 없고 자동화된 공장설비와 군사과학기술연습도 참관했다. 이는 『석두기』에서 당시 유노파가 대관원을 두루 구경하는 장면과 유사하다. 이 작품의 클라이맥스는 당연히 보옥이 잠수정을 타고 해저를 탐험하는 것이다. 오견인은 당시 周桂笙 등과 『月月小說』이라는 잡지를 함께 간행하면서 서구의 과학환상류 작품을 대량으로 소개했는데, 『신석두기』에 보이는 '문명경계'니 하는 것들에서 이미 그러한 작품들의 영향을 볼 수 있다. 특히 프랑스작가인 쥴 베르느(Jules Verne)의 베스트셀러 『해저탐험이만리』와 같은 작품 등이 이미 번역 간행되었는데, 오견인은 그 중에서 적지 않은 영감을 얻었을 것이다.

오견인 역시 '문명경계'의 전장제도를 빌어서 자신의 정치이상을 펼쳐냈다. 원래 '문명경계'를 통치하는 사람은 東方이라는 복성에 이름은 强, 자는 文明인 노선생이었다. 동방문명은 '자유촌'출신으로 슬하 삼남일녀의 이름을 각각 東方英, 東方德, 東方法, 東方美로 지었다. "부자 오인이 모두 천지를 다스릴만한 재주와 나라를 안정시키려는 뜻을 지녔다." 동방가문의 통치아래에서 '문명경계'는 치국의 근본 도덕을 발휘하며 부유하면서 강건하고 또한 예의를 잘 지키는 강대한 대국이 되었다. 작가 오견인은 본래 군주입헌제를 제창했기 때문에 '문명경계'를 진보적 전제국가로 묘사하는 것은 조금도 이상한 일이 아니다. '문명경계'의 백성만이 참으로 世界大同의 신도이냐 하면 그렇지는 않다. 동방선생이 자녀들의 이름을 모두 구미 강대국의 국명으로 명명한데서 이미 그의 정치적 지향을 드러낸다. 다른 한편으로 그들은 홍, 흑, 갈색 인종을 매우 멸시하며 그들의 사상이 "단지 게으름뱅이에 지나지 않는다"며 혐오한다. 앞서 언급한 '두뇌'를 강화시킨다는 '製造聰明散'은 이런 사람들에게 절대 먹지 못하게 했다. "야만인들이 먹으면 그저 야만만을 강화하기" 때문이다. 강한 자에게 아첨하고 약자를 기만하며 스스로 비범하다고 생각하는 '문명경계'의 주민들은 인할 仁자를 우선시하면서도 뼈 속은 영락없는 아Q에 불과하다. 이러한 사실은 아마 오견인도 미처 예상하지 못한 부분일 것이다.

보옥이 '야만세계'와 '문명경계'를 유람하는 것은 볼테르(Voltaire)의 『캉디드(Candide)』를 연상시킨다. '문명경계'의 세례는 보옥으로 하여금 유토피아의 이상을 이해하도록 만들었지만 타향은 아무리 좋아도 고향은 아니었다. 그래서 보옥은 '야만세계'로 돌아간다. 보옥이 떠나기 전에 동방문명은 자신의 진짜 신분을 밝히는데, 그가 바로 『석두기』중의 甄寶玉이었다. 가보옥은 옛날의 절친했던 친구가 행동이 민첩해서 먼저 승리하는 것을 보고는 마치 무언가를 잃은 듯 실의하며 한탄했다. 소설의 마지막 부분에서 보옥은 꿈을 꾸었다가 꿈속에서 중국이 이미 제국주의의 침탈에서 벗어나 나날이 부강해지는 것을 본다. 북경 시내에서 만국평화회의가 열리고 양자강 기슭에는 공장이 들어서고 차는 꼬리를 물고 다녔다. 보옥도 만국평화회의에 참가했는데 중국황제가 나와서 강연할 때 보니 놀랍게도 동방문명이었다. 보옥은 강연을 들으며 흥분해서 돌연 발을 잘못 디뎌 깊은 연못에 빠져서 꿈에서 깨어나게 된다. 바로 남가일몽이었던 것이다.

하늘을 메우겠다는 뜻이 이미 진보옥에 의해 선두를 빼앗기자 가보옥은 끝내 가지고 지니고 다니던 옥을 남겨놓고 표연히 멀리 떠났다. 이 돌이 후에 영대산 방촌산의 사월삼성동에 남겨지고 인연을 맺은 사람이 와서 그 위에 새겨진 『신석두기』를 보게 되는 것이다. 돌 뒤에는 노래 한 수가 새겨져 있다. 그 중의 "슬프고 또 슬프도다 세상일이, 애닯고 애닯도다 후생이여. 하늘을 메우려는데 방법이 없고 기회가 내게 주어지지 않는구나. 눈에 보이는 것은 떼 지은 쥐들의 종횡무진하는 모습뿐."에서는 오견인의 심사를 노래하고 있다. "외국인에게 아첨하는 똥 먹을 노예근성의 소인배"에 이르러서는 영문으로 쓰인 통속시 한편을 볼 수 있다.

> All foreigners thou shalt worship,
> Be always in sincere friendship.
> Tis the way to get bread to eat and money to spend.
> And upon this thy family's living will depend;
> There's one thing nobody can guess:
> Thy countrymen thou canst oppress.

이를 번역하면 다음과 같다. "외국인이여 외국인이여 숭배하라, 가슴 가득히 진심과 진의를. 빵과 금전의 뒤를 이어서 의식주도 크게 근심되는구나! 한 가지 미처 생각지 못한 것은 자기 동포를 네가 핍박한다는 것이지!" 『신석두기』는 무딘 돌이 하늘을 메우는데 헌신하고자 하는데서 시작해서 하늘을 메울 방법이 없다는 것으로 끝맺고 있다. 처음부터 끝까지 맥락이 긴밀히 맞물려있고 대단원에 대한 동경을 확대하여 거시적으로 유토피아에 대한 조감도를 건립했으니 만청시대 과학환상소설의 걸작이라고 말할 수 있겠다.

만청소설 가운데 또한 海天獨嘯子의 『女媧石』(1904)은 『鏡花緣』의 전례를 계승하여 여권지상의 여인국을 창조해냈다. 이 여인국은 "재능이 출중한 자, 무술이 뛰어난 자, 영리한 자, 익살맞은 자, 문학가, 교육가 등 여성 인재들을 모두 포함한다. 전통적인 여성형상과 반대되는 이러한 여성은 유토피아의 구성원이 되어 과학가, 정론가, 발명가로 출현하며 예를 다하며 사양하고 나아갈 때 나아가고 물러날 때 물러나면서 곳곳에서 이성과 문명의 풍모를 드러냈다. 소설의 가장 급진적인 부분은 여인국의 국민들은 남성으로 인해 임신하기를 배척하고 인공수정법으로 대체한다는 것이다. 동방의 이런 아마존여걸들은 독자들의 시야를 넓혀 주었다. 또 다른 작품으로 抽斧가 지은 『新鼠史』(1908)가 있는데 말세 중국의 어지러운 현상을 쥐나라의 흥쇠로 비유했고 또한 부패한 쥐나라가 어떻게 사지에서 새로이 태어나 결국 제도를 바꾸어 부국강병을 도모하고 국위를 다시 떨치게 되는지, 그리고 그 조상 호랑이나라로 '환원'되는지 묘사하였다. 작품의 규모가 비록 크지는 않으나 동물우언의 방식으로 유토피아에 대한 욕망을 그려내 자못 볼만하다. 30년대 老舍의 유토피아를 풍자한 소설 『貓城記』는 그 다음에 언급해야 할 것이다.

3. 太空幻境

불가지한 세계에 대한 과학환상소설의 갈망과 묘사는 과학기술과 신기하고 괴이한 사물 혹은 유토피아적 상상 위에 표현되어 있는 것을 제외하고도 時空구조라는 이중구조 위에서 곧잘 발견된다. 소설가들은 신체의 구속, 시간의 제한, 더 나아가서 지리적 장애를 초월하여 또 다른 생존의 가능성을 탐색하고자 했다. 시공관념에 대해서 생각하다 보니 심상한 역사의식의 정의에 영향을 미치게 되고 이로 말미암아 생겨난 곡절한 대화는 가장 볼 만하다. 만청시대 과학환상소설의 작가가 시간을 어떻게 처리하고 있는지에 관해서는 다음 절에서 다시 언급할 것이다. 그들은 중국의 지리와 문화공간이 대면한 세기에 대해서 어떤 견해를 가지고 있었을까?

荒江釣叟의 『月球殖民地小說』(1904)중에 묘사된 중국은 거대하지만 몸을 의탁할 곳은 이미 아니었다. 뜻있는 자들은 모두 달나라로 가고자 했다. 작품 중에는 물론 항아가 달나라로 도망갔다는 고대신화를 따른 흔적이 있지만, 나는 앞에서 언급한 프랑스작가 쥘 베르느의 『80일간의 세계일주』와 『달나라 여행』등의 중역본이 많이 참고 되었을 거라고 생각한다. 『달나라여행』의 역자는 이후 크게 이름을 떨치는 魯迅이다. 그러나 『월구식민지소설』의 구조는 방대하지만 안타깝게도 완성되지 못했다. 이미 쓰인 35회만을 가지고 보면, 달나라가 대표하는 유토피아의 의미가 이미 부르면 걸어 나올 듯 매우 생동적이다. 비록 주요 이야기가 지구에서 진행됨에도 불구하고 말이다.

내가 각별히 언급한 『월구식민지소설』의 이야기는 지구 '위'에서 발생하는데, 그 이유는 소설의 가장 중요한 도구와 그 형성공간이 대형 비행기구이기 때문이다. 이 기구는 『80일간의 세계일주』에 나오는 기구비행의 영향을 받은 것으로 매우 생동적이다. 우리의 주의력은 대체로 기구를 따라 대양을 건너 움직인다. 소설의 이야기는 지극히 상투적이다. 文士 龍孟華는 처 鳳氏를 데리고 화를 피해 멀리 타향으로 도망가다가 도중에 탄 배가 침몰해 봉씨가 실종된다. 용맹화는 처를 절절히 그리워하다 다행히 일본기구여행가 玉太郎 및 그의 중국인 부인의 도움을 받아 기구를 타고 지구를 돌아 사방으로 처를 찾는다.

황강조수가 만들어낸 기구는 대단히 거대하지만 설비는 완전히 갖추어져 있었다. 우리의 지사 지인들은 이 비행기를 타고서 아시아, 미국, 아프리카,

유럽 사대륙 및 무수한 섬들을 탐방하다보니 자연히 기괴한 일들을 적지 않게 겪게 되었다. 이런 측면에서 소설은 분명히 『경화연』의 형식을 계승했다. 예를 들자면 용씨, 왕씨 등 사람들이 봉씨를 찾아 인도양 상공을 건너 적지 않은 도서국가를 방문한다. 복도의 주민은 부패와 무능으로 정평이 나 있고 어린국의 여자들은 '손'을 천으로 칭칭 감싼 것을 아름답다고 생각한다. 본래석도에는 大我를 위해 小我를 희생하는 것이 성행해서 십여 명의 주민만이 남아있다. 이러한 내용은 『경화연』중의 해외기담을 연상시킨다. 방문하는 모든 도서국가가 중국의 축소판이고 여기에 작가 황강조수가 비판적 의미를 부여했음은 말할 필요도 없다. 다른 측면에서 작가는 실제로 뉴욕과 런던 같은 서양의 도회지 묘사에 있어서도 어느 정도 그럴 듯 하게 했지만, 『경화연』을 지은 李汝珍의 시대에 비해서는 아무래도 시야가 훨씬 넓어졌다.

그러나 기구를 타고 바람을 가르면서 가는 것과 해상 주행간의 공간 차이에 우리는 주의를 기울여야만 한다. 고소설 중에는 재주 있는 선비와 기이한 능력을 가진 사람이 맹활약하지만 이와 같이 방대한 공중 행궁과 많은 군수품과 군대를 운반하고 사방으로 이동하는 장면은 보기 드물다. 기구가 천천히 떠오르면서 우리의 시야는 의외로 넓어지고 위로부터 아래로 세계를 종람한다. 기구가 떠 있는 이런 '위치' 보다 더 우리에게 세계지리의 한 부분에 불과한 중국의 경계를 잘 보여주는 것도 없다. 또 이 '떠 있는 기구'보다 안정되지 않는 심신의 느낌을 전달해주는 것도 없다. 孔夫子는 당시 도가 행해지지 않는다고 스스로 탄식하며 작은 뗏목을 타고 바다를 떠돌았는데, 청말의 문사들은 『월구식민지』를 빌어서 도가 행해지지 않자 기구를 타고 하늘을 날아다녔다고 말할 수 있지 않을까? 이 소설은 사실 그리 잘 쓰였다고는 할 수 없지만, 특정한 역사시기에 중국인들이 가졌던 공간상상의 변화를 표현해냈다는 점에서 볼 만한 가치가 있다.

소설 중의 몇몇 인물들은 모두 달나라의 여러 가지 것들을 꿈속에서 본다. 실제로 용맹화의 아들 龍必大는 바로 달나라 동자가 다시 태어난 것이다. 달나라는 우주의 도화원으로 천사들이 왕래하는 神仙洞府이다. 달나라

궁전에는 삼좌의 거상이 있는데 그 가운데가 석가여래이고 동쪽은 공자, 서쪽은 미국의 대통령인 워싱턴이라나! 만청시대 작가들이 가졌던 동서결합의 상상력을 여기서도 볼 수 있다. 달나라는 이처럼 아름다운 곳이라서 자연히 사람들이 가고 싶어 하는 곳이다. 그러나 옥태랑의 기구설비로는 '달나라로 가는'데 많은 노력이 필요했다. 소설은 용맹화가 결국 처와 상봉해서 달나라로 이민가는 것으로 서술한다. 옥태랑은 다른 동반자들과 함께 바다 끝 무인도에 잠시 머물다가 기구를 실험한다. 그리고 그들은 달나라에 지구식민지를 세우는 개척자가 되었던 것이다. 황강조수는 여기서 붓을 멈춘다. 옥태랑이 기구를 실험하다가 중상을 입는 것은 그가 마지막으로 남겨놓은 서스펜스이다. 이런 사람들이 과연 달나라에 상륙할 수 있을까? 『달나라식민지소설』에 미해결로 남아있는 현안은 오히려 우리에게 무한히 생각하게 하는 여지를 남겨준다.

달나라에 상륙하는 것은 사실 희한한 일이 아니다. 만청시대의 소설 중에는 태양을 향해 날아가는 것도 있다. 東海覺我(徐念慈)의 『新法螺先生譚』(1905)은 한 층 더 나아가서 중국인이 지구의 중심과 태양계를 여행하는 탐험기를 묘사함으로써 우리의 공간범주를 한 층 더 깊고 넓은 우주로 확대시켜 놓았다. 『신법라선생담』은 동해각아가 일본 谷岩小波가 번역한 「法螺先生譚」에 근거하여 모방한 작품이다. 이 작품은 나중에 包天笑가 중국어로 번역했다. 소설 제목에서도 알 수 있듯이 주인공은 소라를 잘 불고 독자들도 그의 우주기행담을 듣기 좋아한다. 소설 속의 법라 선생은 과학적 사유정신을 갖춘 사람이다. 하루는 삼십육만 척이나 되는 높은 산에 뛰어 올랐다가 우연히 '뭇별들이 발산하는 각각의 인력'의 교점을 만난다. 급속한 광풍이 불어대는 가운데 법라 선생의 육체와 영혼은 각기 흔들리며 분리되고 이로부터 영, 육이 각각 모험을 전개하기 시작한다. 법라 선생은 영혼을 연단하여 '불가사의한 발광원동력'으로 만들었는데 태양의 광력보다도 만 배나 강했다. 그는 구라파를 날아다니며 사방을 비추고 과학계를 크게 놀라게 하였다. 그러나 그는 중국에 도착해서는 오히려 실망한다. 정오가 되었는데도 전중국의 백성들은 대부분 여전히 단잠에서 깨어나질 않고 있었다. 법라 선생이 광원을 다 써가며 대지를 눈부시게 비추어도 침대 위의 중국인들은 여전히 예전처럼 "자고 있는 사람이 구름처럼 많았다." 소수의 깨어난 사람들도 금으로 만든 열쇠가 달린 휘장을 치고 전족을 붙들고 앉아 있었다. 법라 선생은 그제야 비로소 빛만 있고 열이 없어서는 안 됨을 이해하게 된다.

그 후 법라 선생은 지구를 돌아서 달나라와 부딪힌다. 신체부분이 늘어지면서 추락하는데 중력가속도로 인해서 결국 화산의 입구로 들어가 18층 지질변화를 거쳐 최후에는 지구의 중심부분으로 추락했다가 한 노인의 방구들에 떨어졌다. 사실 그곳은 지하중국이었고 노인은 성은 黃, 이름은 種이었다. 나이는 90여세나 되었는데 스스로는 태어난 지 겨우 십여 일 되었다고 생각했다. 과연 지하에서의 하루는 세상의 천년에 해당했다. 황노인의 인도로 법라 선생이 돔형 하늘을 바라보니 지상의 중국은 온통 뒤죽박죽이라 맥이 빠져서 어찌할 바를 몰랐다. 나중에 또 '內觀鏡室'을 방문해보니 실내에는 각양각색의 병들이 진열되어 있는데 중국인의 '기질'이 모두 이곳에 보존되어 있었다. 그러나 기질이 우수한 것들은 겨우 백분의 일, 이에 불과했다. 마가연독이라는 독은 커다란 병에 하나 가득 담겨져 있었는데 이는 전국민 기질의 백분의 육십오에 해당하는 수치였다. 법라 선생은 자못 감개하여 발광체가 되는 것 외에도 '소리의 원천'이 되어서 국민을 각성시켜야 한다고 결심한다.

소설의 세 번째 부분에서는 법라 선생의 영혼이 태양계의 뭇 행성들로 날아간다. 그는 수성에서 造人術을 참관하고 금성에서는 종의 진화, 그침 없이 계속되는 다윈의 관념을 체험한다. 금성은 표면이 가죽공처럼 부드럽고 금은보화가 두루 펼쳐 있었다. 그러나 법라 선생의 주의를 끈 것은 행성에 존재하는 원시 강장동물의 화석이었다. 이러한 돌들은 부서져 파편이 되더라도 여전히 손에 화상을 입힐 정도의 온기가 남아 있었다. 법라 선생은 이 열의 힘이 생물의 번식과 진화를 촉진시키는 동력이라는 것을 알았다. 말하자면 "무릇 동물은 모두 진화할 수 있는데 그친 적이 없다. 금성이 그러한데,

지구가 어찌 그렇지 않을 수 있겠는가", 그래서 살펴보니 중국은 이미 냉혈동물국가가 되었다. 그러니 어찌 걱정하지 않을 수 있는가! 이러한 이유로 법라 선생은 마지막으로 태양을 향해 돌진하여 그 광열을 흡수해서 중국을 돕고자 했다. 그러나 속도 고장 때문에 끝내 성공을 눈앞에 두고 실패한다.

지구로 돌아온 후 법라 선생은 영혼과 신체가 다시 합쳐져서 하나가 되었다. 그는 자신이 발명한 '腦電'을 빌어 군중들이 빛과 열을 내서 생산을 촉진하기를 희망했다. 그러나 이 거사는 뜻하지 않게 전신전화전등회사의 불매운동을 일으켜서 허둥지둥 그만둘 수밖에 없었다. 이 뇌전의 학설은 당시 康有爲, 譚嗣同의 仁學, 電學의 학설과 서로 호응하는데, 계속 연구할만한 가치가 있다.

『신법라선생담』의 편폭은 길지는 않지만 필치가 자유롭고, 지구의 중심과 행성여행을 서술하고 있는 부분은 독자를 황홀한 경지로 이끈다. 과학환상소설 중에서 독자들로 하여금 칭찬을 자자하게 하는 측면에서 보자면 이 작품은 우수한 예에 속한다고 간주할 수 있다. 그러나 나는 그 중에서 법라 선생이 하늘에 높이 오르고 바람을 타고 物外로 노니는 묘사는 이미 『장자』 중에 나오는 소요유의 이미지에 가깝다고 생각한다. 중국의 독자들은 읽으면서 회심의 미소를 지을 것이다. 각종 시기적절한 과학진화론에 대한 과장에 이르러서는 오히려 잡다하기까지 하다. 소설 속에 보이는 세 개의 주요 이미지는 빛, 열, 힘으로 서양과학기술과 국민성에 대한 중국의 총괄적 견해를 대표할뿐 아니라 현대의 문으로 나아가는데 필요한 물질과 정신조건을 대표한다. 빛, 열, 힘은 과학기술 역량의 정화이자 국민도덕의 체현이며 더욱이 문학공능의 지표이기도 하다. 『신법라선생담』은 과학환상의 필치로 이십세기 중국의 신문화, 문화운동에 대한 주요한 기탁을 예언한 것이다.

4. 미래로의 회귀

만청시기의 과학환상소설은 무궁한 공간을 탐색함으로써 중국이 현실의 곤란에서 벗어날 출로를 찾아내는 것 외에도 시간변화의 가능성에 대한 방법을 끊임없이 제안해 내었다. 진화론 혹은 天演說(嚴復등이 제기함)이 번역되고 유입되면서 중국의 지식인들은 시간이 직선형으로 발전하고 정진한다는 견해에 깊은 인상을 받았다. 그들에게는 소위 생존경쟁과 자연도태, 종의 진화 등의 관념이 생물학적 의의를 가질 뿐 아니라 도덕상의 자아초월을 암시했다. 만청시대의 작가들은 미래를 동경하고 미래에서 중국의 희망을 발견하고 실현되기를 희망했다. 미래는 또한 특수한 시각을 제공함으로써 그들이 현실의 불충분한 점을 검시하는 기회를 제공했다. 그러나 기괴한 것은 만청시기의 청년작가들이 한시도 지체하지 않고 미래에 대한 그들의 욕망과 이상을 새겨놓을 때 그들은 미래를 급하게 미리 '소비' 혹은 '소모'했다는 것이다. 그 신비한 하늘의 계시가 앞당겨 강림하고, 그 어렴풋한 알 수 없음이 상상의 필연이 될 때 만청시대의 소설가들은 미래를 일종의 향수로 바꾸어 놓았다. 그들의 예언적 작품은 미래를 맞이하는 것이 아니라 돌아가는 것이다. 과연 이와 같다면 이러한 작품은 설사 직선사관을 긍정했더라도 암암리에 천도순환론을 퍼뜨린 것이라고 이해할 수 있을 것이다.

春馬風의 『未來世界』(1907)는 책제목과는 달리 '미래'가 어떻게 전개될 것인지에 관해서는 조금도 언급하고 있지 않다. 소설은 고대 說部의 공식을 계속 사용하고 그저 유신입헌 등의 주장을 그 위에다 부연했을 뿐이어서 독자들에게 결코 새로운 의미를 주지 않는다. 오견인의 『光緒萬年』(1907)도 비슷한 문제를 다루고 있다. 그는 미래의 군주입헌제가 가져올 모든 좋은 상황도 현재 존재하는 사물의 기존 틀에서 벗어나기는 힘들다고 상상했다. 확실히 과학환상소설의 미래는 모든 것이 현실이 거꾸로 반영된 것이고 '먼 식견'이 있는 작가는 역시 생명이 없는 것에 생명을 부여함으로써 독자들의 상상과 욕망을 불러일으킴을 간파하고 있다.

이로부터 보건대 碧荷館主人의 『新紀元』은 논할 가치가 있다. 이 소설이 설정하고 있는 시간은 1999년이다. 이 때 중국의 국력은 강대하고 이미 입헌 정체제로 개정된 상태였다. 중앙과 지방에는 모두 의회가 있고 정당이나 회사를 자유롭게 설립할 수 있다. 각국의 조계는 일찍이 60년 전에 회수되었고 몽고, 서장, 신강에도 이미 성이 건립되었다. 전중국의 인구는 일천조에 이르고, 단순한 상비, 예비군인들이 육백만이나 되었다. 중국은 오래전에 세기초의 노제국이 아니라 서구각국이 은근히 걱정하는 '新黃禍'가 되어 있었다.

소설의 중점은 중국과 서방강대국 간의 세기적 전쟁에 있다. 전쟁의 발발은 헝가리 국경내 흉노의 후예인 황인종과 구라파의 후예인 백인종간에 황제의 紀年을 채용할 것인가를 놓고 발생한 충돌에서 비롯했다. 사건이 황, 백인종의 훗날 복지에 관련된 것이어서 한 차례의 내란은 신속히 세계대전으로 변해 갔다. 중국측은 적은 수로 많은 적을 대적했지만 조금도 두려워하지 않았다. 사실 중국은 황인종인 흉노의 후예를 보호한다는 구실로 병사를 출동시켜 헝가리에 주둔하고 먼저 전쟁의 발단을 일으켰다. 옛날 침략당한 자가 지금은 침입자가 되니 정말 세상은 돌고 도는 것인가 보다. 중국해군을 통솔하는 黃之盛원수가 지혜와 용맹을 모두 구비하고 있음은 말할 필요도 없다. 그는 성능 좋은 선진과학기술을 얻기 어려웠기 때문에 수많은 신무기를 수입했는데 그야말로 장관을 이루었다.

황지성은 해전지각기(레이더쯤 되는 것 같음), 양면탐험기(초음파탐지기로 여겨짐)를 이용해 적함과 수뢰를 대파했고 일광으로 인화시켜 적의 선함을 불태웠다. 동시에 수상보행기, 避電衣, 流質電射燈, 泅水衣, 연유리안경 등 간편한 군사용구가 광범위하게 쓰이고 있음을 볼 수 있다. 유럽군대는 상대가 되지 않자 결국 독한 염소를 뿌렸다. 다행히 황부인의 계책으로 물밑 공세를 펴서 물을 수소와 산소로 환원시킴으로써 불을 인화시켜 적의 함대를 불태웠다. 물로 불을 붙이는 방법에다 상술한 일광경을 배합하니 과연 유럽연합함대를 대파할 수 있었다. 이보다 앞서 신기한 것으로 여겨졌던 대기구와 잠수정은 『신기원』에서는 이미 떼 지어 출동하는 보통의 장비가 되었다. 이는 전쟁의 전환점이 된다. 사건은 비록 1999년에 발생했지만 읽어보니 『삼국연의』중의 적벽대전, 火燒曹軍과 같은 묘미를 느낄 수 있다. 과학환상소설의 미래는 아무래도 지나쳐버릴 수 없는 의미가 있는 것 같다.

벽하관주인은 전쟁 중의 중국장수들이 하나같이 명령에 복종하며, 전세계, 오대주의 화교는 물론 보르네오 해저에 거주하는 교포까지도 전에 없이 단결하여 조국을 도왔다고 서술한다. 이는 국제판 『탕구지』이다. 소설의 마지막에는 소수의 적군이 졌지만 완강히 저항하며 이산화탄소를 발산하고 전기 담장을 쌓았지만 모두 황원수에 의해 하나하나 격파되는 장면이 나온다. 壓軸은 황부인이 제사를 지내 魂砂를 쫓는 것인데, 이 砂의 특이성분은 X선보다 더 강한 광선을 방출해 모든 적들을 전멸한다. 각 패전국과 중국은 협약을 맺고 땅을 분할해 배상하고 조계를 설정했다. 때는 황제 4709년, 서기 2000년으로 중국의 '신기원'은 이로부터 시작된다.

『신기원』의 시간에 대한 관심이 세계대전의 원인이 되는데, 결국 황제기년을 실시하기 위한 것에 다름 아니다. 벽하관주인의 중국에 대한 전망은 사실 회고적 태도에 기반을 두고 있다. 그는 세기초에 지은 세기말예언에서 역사적 부담에서 벗어나 오히려 중국의 과거와 현재의 음영이 여태껏 사라지지 않고 있음을 검증했다. 중국의 미래란 단지 열강의 중국에 대한 추행을 재연했을 뿐이며 아울러 그들의 도리로써 다스린 것에 불과하다. 이러한 '신기원'은 통쾌하다. 그러나 통쾌하기는 하지만 결국 서방제국의 '역사'를 표절하고 전용하여 상상 속에서 미래의 호경기를 구해본 것에 불과하다. 그대로 모방하기만 하면 어떻게 '새로움'이 있을 수 있겠는가? 다만 작자의 역사에 대한 애타는 근심이 이미 작품 속에 살아 숨쉬는 듯 반영되어 있다.

『신기원』에 보이는 미래 중국의 국력에 대한 동경과 대중국사상은 梁啓初의 그 유명한 『新中國未來記』(1902)를 연상시킨다. 미완성된 이 소설은 광서28년(1902)이후 60년에 걸치는 중국정치의 번영을 기록하고 있다. 때는 1962년, 대중화민주국의 국민은 바로 유신 50주년을 경축하고 있다. 남경에는 만국태평회의가 열리고 상해에서는 대박람회가 거행되는데, 전국교육회장

曲阜先生 孔弘道를 정중히 초청해 강연이 이루어지고 있었다. 강연제목은 '중국근육십년사'였다. 이날 수천 명의 각국 학자들과 수만 명의 학생들이 강연을 들으러 왔고, 곡부선생은 당당하고 차분하게 중국의 민주입헌과정을 설명하니 동석한 모든 사람들은 이에 감동하였다. 夏志淸 교수는 이 광경이『妙法蓮華經』중의 석가모니가 도를 설파하자 온 천지가 감동하는 장엄하고 성대한 장면을 그대로 본뜬 것이라고 했는데 확실히 일리가 있다.9)

우리는 일반적으로『신중국미래기』를 정치소설로 간주하고, 양계초가 작품 중에 보여준 입헌유신이념만을 주로 중시한다. 그러나 과학환상예언소설의 관점에서 이 작품을 보자면 만청시기의 작가들이 시간의 전쟁터에서 취했던 각종 행위를 볼 수 있다.『신중국미래기』의 구조는 일본작가 末鐵廣腸의『雪中梅』(1886)에서 가져 왔지만 양계초는 처음부터 끝까지 일관하지는 못했다. 소설은 단지 5회뿐인데다가 예언구조는 제 1회에서 신속히 사라진다. 이는 양계초가 소설미학적 능력이 부족하기 때문만이 아니라 중국의 미래가 '도대체' 어떤 것인지, 신중국이 '어떻게' 그러한 미래에 도달할 수 있는지에 대한 상상력이 부족했다는 것이 아마도 더 주요한 원인일 것이다. 역사상의 1962년은 중국의 민주주의가 아직 실현되지 않았고 1999년은 다가오는데 중국의 신기원은 희망이 있을까?

『新法螺先生譚』의 작가 徐念慈는 일찍이 이렇게 쓰고 있다. "달나라 여행, 세계의 종말, 지구의 중심과 해저여행, 끊임없이 나날이 새로워지는 것은 모두 과학의 이상에 근본을 두고 자연을 초월하여 진화를 촉진하는 것이다."10) 그 말은 옳다. 만청시기의 과학환상소설 작가들은 역사에 대한 감탄에서 시작하여 미래에 대한 지향으로 마치며, 중국과 서양의 과학환상과 神

---

9) 夏志淸,「新小說的提唱者: 嚴復與梁啓初」, 林明德,『晚晴小說硏究』, (臺北: 聯經出版社, 1988), 79쪽.

10) 徐念慈,「小說林緣啓」, 時萌,『晚晴小說』, (臺北: 國文天地, 1990), 46쪽에서 인용.

怪의 전통 중에서 새로운 소설노선을 모색하였으니, 국가에 도움이 되고자했던 그들의 큰 뜻은 조금도 변하지 않았다. 이러한 부류의 소설은 5.4 이후 갑자기 잠잠해진다. 老舍의 『猫城記』, 沈從文의 『愛麗絲中國遊記』 등이 그 뒤를 조금 잇는 것 외에 문단은 대체로 사실주의의 천하가 되어버렸다.

이 논문은 네 가지 측면에서 청말 과학환상소설의 발전을 소개했다. 무엇이 과학이고 무엇이 환상인지는 논증이 필요하지만 과학환상소설의 출현은 의심할 것도 없이 지극히 특수한 각도에서 중국현대화의 시작을 증명한다. 시간은 돌아서 다시 또 다른 세기말에 이르렀는데, 과학환상소설의 '신기원'이 도래하기를 우리는 고대할 수 있을까? (『대중문학연구5』, 2000年 2月)

「參考文獻」

『禮記集解』, (北京: 中華書局)

『墨子校注』, (北京: 中華書局, 1993)

『周易全譯』, (貴陽: 貴州人民出版社, 1991)

『韓非子』, (貴州: 貴州人民出版社)

『戰國策』, (貴州: 貴州人民出版社)

司馬遷, 『史記』, (北京: 中華書局)

班固, 『漢書』, (北京: 中華書局)

朱熹集, 『詩集傳』, (臺北: 臺灣中華書局)

『史記』, 文淵閣 四庫全書

『南史』, 文淵閣 四庫全書

『大般涅槃經・憍陳如品』, (上海: 上海古籍出版社, 1994)

王充, 『論衡注釋』, (北京: 中華書局, 1979)

『太平經・解承負訣』, 王明編, 『太平經合校』, (北京: 中華書局, 1992)

『弘明集・廣弘明集』, (上海: 上海古籍出版社, 1994)

劉向撰, 『古列女傳』, 四部叢刊史部

劉向, 『列女傳』, (臺北: 三民書局)

劉向, 山崎純一 註解, 『列女傳』上中下, (東京: 明治書院, 1997)

『太上感應篇』, (北京: 北京燕山出版社, 1995)

『全本金瓶梅詞話』一-六, (香港: 太平書局, 1992)

『初刻本金瓶梅詞話』一-四, (香港: 藝苑出版社, 1993)

『皐鶴堂批評第一奇書金甁梅』, (長春: 吉林大學出版社, 1994)

『紅樓夢』上中下, (北京: 人民文學出版社, 1992)

『脂硯齋批評紅樓夢』, (濟南: 齊魯書社, 1994)

『醒世姻緣傳』, (北京: 人民中國出版社, 1993)

『平山冷燕』, (北京: 人民文學出版社, 1987)

『麟兒報』, (沈陽: 春風文藝出版社, 1985)

『合錦回文傳』, (北京: 北京師範大學出版社, 1993)

『二刻拍案驚奇』, (南京: 江蘇古籍出版社, 1990)

『女開科傳』, (沈陽: 春風文藝出版社)

『醒世姻緣傳』, (北京: 人民中國出版社, 1993)

『續金甁梅』, 『金甁梅續書三種』上卷, (齊南: 齊魯書社, 1988)

『玉蟾記』, 『中國古代珍稀本小說』七卷, (沈陽: 春風文藝出版社, 1995)

『香艶叢書』, (北京: 人民文學出版社)

『情史』, (沈陽: 春風文藝出版社)

『艶異編』, (揚州: 江蘇廣陵古籍刻印社)

『肉蒲團』, (서울: 學古房)

『龍陽逸史』, 『思無邪匯寶』, (臺北: 臺灣大英百科辭典出版社)

『宜春香質』, 『弁而釵』, 『明代小說集刊』第二輯, (成都: 巴蜀書社)

『無聲戲』, 『李漁全集』第8卷, (杭州: 浙江古籍出版社)

『品花寶鑑』上下, (北京: 中國戲劇出版社, 2000)

『淸車王府鈔藏本子弟書』上下卷, (南京: 江蘇古籍出版社, 1993)

袁嘯波編, 『民間勸善書』, (上海: 上海古籍出版社, 1995)

『朝鮮王朝實錄』, 國史編纂委員會, (서울: 탐구당, 1980 影印縮刷版)

姜漢永 校注, 『申在孝판소리辭說 여섯마당집』, (서울: 형설출판사, 1982)

김태준 역주, 『한국고전문학전집14: 흥부전 / 변강쇠가』, (서울: 고려대학교
　　　　민족문화연구소, 1995)

井原西鶴, 松田修 校注, 『好色一代男』, (東京: 新潮社, 1982)

이하라 사이카쿠, 손정섭·이주리애 옮김, 『호색일대남』, (서울: 현실과미래, 1998)

加藤周一, 김태준 옮김, 『일본문학서설1』, (서울: 시사일본어사, 1996)

加藤周一, 김태준 옮김, 『일본문학서설2』, (서울: 시사일본어사, 1996)

강만길 등, 『한국사10: 중세사회의 해체2』, (서울: 한길사, 1994)

강만길 등, 『한국사9: 중세사회의 해체1』, (서울: 한길사, 1994)

姜士彬(David Johnson), 「明淸俗文化的傳播」, 『明史硏究』第1輯, (合肥, 黃山書社, 1991)

강진옥, 「변강쇠가」, 『고전소설연구』, (서울: 일지사, 1993)

卿希泰 主編, 『中國道敎史』, (成都: 四川人民出版社, 1993)

高橋俊夫, 「好色一代男における性描寫の意義」, 『日本文學誌要』20卷, 1968.03.

谷脇理史·吉行淳之介, 『井原西鶴』, (東京: 新潮社, 1991)

孔慶東, 「通俗小說的槪念誤區」, 『涪陵師專學報』 2001年 第3期

구보타 료온, 최준식 옮김, 『中國儒佛道 三敎의 만남』, (서울: 민족사, 1990)

권중달, 「명말청초의 경세사상」, 『명말청초사회의 조명』, 한울아카데미, 1994.

金榮哲, 「『好色一代男』考－好色の轉合的性格をめぐって－」, (대구: 계명대학교 석사학위논문, 1984)

김동욱, 「판소리 發生攷(一)」, 『논문집』 제 2집, (서울: 서울대학교, 1955)

김동욱, 「판소리 發生攷(二)」, 『논문집』 제 3집, (서울: 서울대학교, 1956)

김채수, 『동아시아 문학의 기본구도 1』, (서울: 박이정, 1999)

김학주 等, 『중국속문학개론』, (서울: 방송통신대학출판부, 1996)

김홍규, 「판소리의 사회적 성격과 변모」, 『세계의 문학』 제3권 제4호, (서울: 민음사, 1978.11)

까트린 끄노, 이재형 옮김, 기욤 아르토 그림, 『상대적이며 절대적인 마법의 백과사전』, (서울: 열린책들, 2001)

羅樹寶 編著, 『中國古代印刷史』, (北京: 印刷工業出版社, 1993)

魯迅, 조관희 역주, 『中國小說史略』, (서울: 살림출판사, 1998)

魯迅, 「什麼是"諷刺"-答文學社問」, 『魯迅全集』, 第6卷, (北京: 人民文學出版社, 1992)

大木康, 『明末のはぐれ知識人-馮夢龍と蘇州文化』, (東京: 講談社, 1995)

戴不凡, 『小說見聞錄』, (杭州: 浙江人民出版社, 1980)

渡邊敏高, 「好色と色好-好色一代男を中心とする考察」, 『日本文學の傳統と創造』, 1993.06

杜芳琴, 『女性觀念的演變』, (鄭州: 河南人民出版社, 1988)

杜維沫・劉輝 編, 『金瓶梅硏究集』, (濟南: 齊魯書社, 1988)

로이드 E 이스트만, 이승희 옮김, 『중국사회의 지속과 변화』, (서울: 돌베개, 2001)

雷勇, 「明末淸初的才女崇拜與才子佳人小說的創作」, 『明淸小說硏究』 第2期(總32輯), 1994.

루스 이리가레 외, 권현정 엮음, 『성적 차이와 페미니즘』, (서울: 공감, 1997)

劉達臨, 노승현 옮김, 『중국성문화사』, (서울: 심산, 2003)

리타 펠스키, 김영찬・심진경 옮김, 『근대성과 페미니즘』, (서울: 거름, 1998)

李豊楙, 「六朝道敎洞天說與游歷仙境小說」, 『小說戱曲硏究』第一 卷, 聯經出版公司, 1988

린 헌트 엮음, 조한욱 옮김, 『포르노그래피의 발명: 외설성과 현대성의 기원 1500-1800』, (서울: 책세상, 1996)

린다 하트, 강수영・공선희 옮김, 『악녀』, (고양: 인간사랑, 1999)

林辰編, 『才子佳人小說述林』, (沈陽: 春風文藝出版社, 1988)

毛鋒, 『同性戀文學史』, 臺北: 漢忠文化事業股份有限公司

문성재, 「명말 희곡의 출판과 유통」, 『중국문학』 제41집, 2004.5

『明淸小說論叢』 第一輯, (沈陽: 春風文藝出版社, 1984)

彌吉光長, 『彌吉光長著作集3: 江戶時代の出版と人』, (東京: 日外アソシエーツ, 1980)

민두기, 『일본의 역사』, (서울: 지식산업사, 1978)

박경신, 「무속제의적 측면에서 본 변강쇠가」, (서울: 서울대학교 석사논문, 1985)

박경희 엮음, 『연표와 사진으로 보는 일본사』, (서울: 풀빛, 2000)

박관수, 「변강쇠가의 음란성 재고」, 『고소설연구』 제 2집, (서울: 한국고소설학회, 1996)

박병석, 『중국상인문화』, (서울: 교문사, 2001)

박성봉, 『대중예술의 미학』, (서울: 동인, 1995)

박애경, 「조선후기 시조와 통속성」, 『연세어문학』 제 30-31집, 1999

박종홍, 「김말봉『밀림』의 통속성 고찰」, 『어문학』 제 76집, 2002

潘建國, 「明淸時期通俗小說的讀者與傳播方式」, 『復旦學報』 社科版 2001年 第1期

方立天, 유영희 옮김, 『불교철학개론』, (서울: 민족사, 1992)

方立天著, 『慧遠及其佛學』, (北京: 中國人民大學出版社, 1984)

方正耀, 『明淸人情小說研究』, (上海: 華東師範大學出版社, 1986)

배영동, 『명말청초사상』, (서울: 민음사, 1992)

버튼 윌슨, 박혜숙 옮김, 『위대한 역사가 사마천』, (서울: 한길사, 1995)

傅憎享, 「金瓶梅用字流俗: 是俚人耳錄而非文人創作」, 『學習與探索』, 1988年 第8期

謝桃坊, 「從書會到書坊的市民文學」, 『古典文學知識』, 1993年 第五期

舍爾巴茨基著, 立人譯, 『小乘佛敎』, (北京: 中國社會科學院出版社, 1994)

徐君慧, 『從金瓶梅到紅樓夢』, (南寧: 廣西人民出版社, 1987)

서대석, 『군담소설의 구조와 배경』, (서울: 이화여대 출판부, 1985)

徐朔方, 『論湯顯祖及其他』, (上海: 上海古籍出版社, 1983)

徐朔方, 『徐朔方集』 第一卷, (杭州: 浙江古籍出版社, 1994)

徐朔方選編, 『金瓶梅西方論文集』, 沈亨壽譯, (上海: 上海古籍出版社, 1987)

서종문, 『판소리 사설연구』, (서울: 형설출판사, 1994)

石昌渝, 『中國小說源流論』, (北京: 三聯書店, 1994)

설중환, 「변강쇠가의 구조와 사회적 의미」, 『한국학연구』 제 3권 제 1호, (서울: 고려대학교 한국학연구소, 1991)

葉貴桐, 「金甁梅硏究」, (北京: 中國社科院文學硏究所 博士論文, 1994)

蘇桂寧, 「論中國古代文學審美的欲與理」, 廣西大學學報(哲學社科版), 1994年 第一期.

小明雄, 『中國同性愛史錄』, (香港: 粉紅三角出版社, 1984)

蕭涵珍, 『晩明的男色小說: 『宜春香質』與 『弁而釵』』, (臺北: 國立政治大學 中國文學硏究所 碩士論文, 2004)

孫遜・陳詔, 「金甁梅作者非"大名士"說-從几個方面"內證"看金甁梅」, 『上海師範大學學報』, 1985年第3期

孫述宇, 『金甁梅的藝術』, (臺北: 時報文化藝術事業有限公司, 1978)

수잔 헤이워드, 이영기 옮김, 『영화사전-이론과 비평』, (서울: 한나래, 1997)

수잔나 D. 월터스, 김현미외 옮김, 『이미지와 현실사이의 여성들』, (서울: 도서출판 또하나의 문화, 1999)

아놀드 하우저, 최성만・이병진譯, 『예술사회학』, (서울, 한길사, 1983)

아서 폴라드, 『풍자란 무엇인가』, (서울: 서울대학교출판부, 1986)

野間光辰, 「浮世草子の讀者層」, 『文學』1958.5. vol 26, (東京: 岩波書店, 1958)

楊東純, 『中國學術史講話』, (北京: 東方出版社,1996)

양충렬, 「명 후기 평민의식의 형성과 문학의 대중화」, 『중어중문학』 제 19집, 1996.12

嚴雲受, 『論「醒世姻緣傳」的因果報應與思想意義』, 『安徽師大報』, 1993年 第一期

嚴雲受, 『「紅樓夢」與因果報應模式』, 『紅樓夢學刊』, 1994年 第二輯

에커만, 지명렬 옮김, 『괴에테와의 대화』, (서울: 삼중당문고, 1982)

余英時, 鄭仁在 옮김, 『中國近世宗敎倫理와 商人精神』, (서울: 대한교과서
　　주식회사, 1993)

오금성 등, 『명말·청초사회의 조명』, (서울: 도서출판 한울, 1994)

吳士余, 『中國小說思維的文化機制』, (上海: 華東師範大學出版社, 1990)

오상준, 「『金甁梅』研究-西門慶 商人形象의 小說史的 意義를 中心으로」,
　　(서울: 연세대학교 석사학위논문, 1999)

오순방, 「중국장편소설의 특질」, 『中國小說論叢』 제 1집, (서울: 한국소설
　　학회, 1992)

吳存存, 『明淸社會性愛風氣』, (北京: 人民文學出版社, 2000)

吳晗等, 『論金甁梅』, (北京: 文化藝術出版社, 1984)

王若茜, 「井原西鶴の浮世草子と中國「三言二拍」に現れた文化の比較硏究-日
　　中町人の道德意識の異同を中心に」, 『國學院雜誌』平成7年 12, (東京:
　　國學院大學, 1995)

袁珂, 전인초·김선자 옮김, 『중국신화전설2』, (서울: 민음사, 1993)

袁書菲(Sophie Volpp), 「規範色慾: 十七世紀的男色觀念」, 『明淸文學與性
　　別硏究』, 張宏生編, 蘇州: 江蘇古籍出版社, 2002

윌리스 마틴, 『현대소설이론』, (서울: 현대소설사, 1991)

유덕준·최혜영, 「善書의 효사상에 대한 소고」, 『삼척산업대학 논문집』
　　Vol. 31 No. 3, 1988

유덕준·최혜영, 「조선후기 신종교와 善書」, 『삼척산업대학 논문집』 Vol.
　　31 No. 3, 1988

劉炳澤·王春桂 『中國通俗小說槪論』, (台北: 志一出版社, 1997)

劉詠聰, 「中國古代的女禍史觀」, 『女性與歷史-中國傳統觀念新探』, (臺北:
　　臺灣商務印書館, 1955)

이강엽, 「신재효「변강쇠가」의 성과 죽음의 문제」, 『열상고전연구』, Vol 6.
　　No 1, (서울: 열상고전연구회, 1993)

李喬, 「試論才子佳人派小說」, 『明淸小說論叢』第一輯, (沈陽: 春風文藝出
　　版社, 1984)

이무진, 「『금병매』의 양면성 고찰」, (서울: 고려대학교 석사학위 논문,
　　1997)

李舜華「從經濟因素看明中葉小說的接受層」, 『社會科學』2001年 第9期

이완 와트, 전철민 옮김, 『소설의 발생』, (서울, 열림, 1988)

이창헌, 『경판방각소설 판본 연구』, (서울: 태학사, 2000)

이케가마 슌이치, 강응천 옮김, 『여성에게 문화는 있었는가』, (서울: 사계절,
　　1999)

李漢秋・胡益民, 『淸代小說』, (合肥: 安徽敎育出版社, 1992)

張贛生, 『民國通俗小說論稿』(重慶, 重慶出版社, 1991)

張濤, 「劉向『列女傳』思想與學術價値簡論」, 『徐州師範學院學報』 哲社版,
　　1994年 1期

長島弘明・淸登典子, 『近世の日本文學』, (東京: 放送大學敎育振興會,
　　2000)

張在舟, 『曖昧的歷程-中國古代同性戀史』, (鄭州: 中州古籍出版社, 2003)

張仲禮, 『中國紳士-關于其在19世紀中國社會中作用的硏究』, (上海: 上海
　　社會科技學院出版社, 1991)

張仲禮, 김한식・정성일・김종진 옮김, 『중국의 신사』, (서울, 신서원,
　　1993)

張仲禮, 『中國紳士-關于其在19世紀中國社會中作用的硏究』, (上海: 上海
　　社會科學院出版社, 1991)

張次第, 「論明代後期通俗小說刊刻的思想特点」, 『鄭州大學學報』 2001年
　　第4期

前野直彬, 김양수・최순미 옮김, 『중국문학서설』, (서울: 토마토, 1999)

田汝康, 이재정 옮김, 『공자의 이름으로 죽은 여인들』, (서울: 예문서원,
　　1999)

井上淸, 성동만 옮김, 『일본의 역사』, (서울: 이론과 실천, 1995)

鄭振鐸 『中國俗文學史』上冊, (上海, 上海書店, 1987)

齊裕焜, 『中國古代小說演變史』, (蘭州: 敦煌文藝出版社, 1990)

曹碧松, 「才子佳人小說的進步意義和消極意義」, 『明淸小說論叢』 第一輯, (沈陽: 春風文藝出版社, 1984)

조셉 브리스토우, 이연정·공선희 옮김, 『섹슈얼리티』, (서울: 한나래, 2000)

趙毅衡, 『苦惱的敍述者－中國小說的敍事形式與中國文化』, (北京: 北京十月文藝出版社, 1994)

조지 모스, 서강여성문학연구회 옮김, 『내셔널리즘과 섹슈얼리티』, (서울: 소명출판, 2004)

周鈞韜, 「關于金瓶梅作者的二十三說」, 『江漢論壇』, 1986年 12月

周鈞韜, 「金瓶梅抄沿話本小說考探」, 『蘇州大學學報』, 1988年 第1期

周臘生, 『明代壯元奇談·明代壯元譜』, (北京: 紫禁城出版社, 1993)

朱星, 「金瓶梅的作者究竟是誰?－金瓶梅考證(二)」, 『社會科學戰線』1979年 第3期

酒井忠夫, 『中國善書硏究』, (東京: 弘文堂, 1960)

진 시노다 볼린, 조주현·조명덕 옮김, 『우리 속에 있는 여신들』, (서울: 또하나의 문화, 2000)

陳大康, 『通俗小說的歷史軌迹』, (長沙, 湖南出版社, 1991)

陳大康, 『明代小說史』, (上海, 上海文藝出版社, 2000)

陳來, 『古代宗敎與倫理－儒家思想的根源』, (北京: 三聯出版社, 1996)

진세정, 「명말 소주문인과 출판문화」, (서울: 이화여대 석사학위논문, 2000)

陳益源, 『古典小說與情色文學』, (臺北: 里仁書局, 2001)

陳翠英, 「世情小說之價値論－以婚姻爲定位的考察」, (臺北: 臺灣大學 博士論文, 1995)

진평원, 이종민옮김, 『중국소설서사학』, (서울: 도서출판살림, 1994)

陳霞,『道敎勸善書硏究』, (成都: 巴蜀書社, 1999)

蔡國梁,「金甁梅抄引他書瑣述」,『社會科學輯刊』, 1981年第4期

최봉원外 옮김,『중국역대소설서발역주』서울, 을유문화사, 1998

최숙경·하현강,『한국여성사:고대－조선시대』, (서울: 이대출판부, 1993)

최용철,「중국의 역대 금서소설 연구」,『중국어문논총』Vol. 13. No. 1,
　　　(서울: 중국어문연구회, 1997)

클라리사 P. 에스테스, 손영미 옮김,『늑대와 함께 달리는 여인들』, (서울:
　　　고려원, 1994).

키무라 키요타카, 장휘옥 옮김,『중국불교사상사』, (서울: 민족사, 1995)

包筠雅(Cynthia J. Brokaw), 杜正貞·張林譯, 趙世瑜校,『功過格』, (杭
　　　州: 浙江人民出版社, 1999)

浦安迪, 沈亨壽譯,『明代小說四大奇書』, (北京: 和平出版社, 1993)

馮友蘭,『中國哲學史』上冊, (北京: 中華書局,1961)

下見隆雄著, 劉向『列女傳の硏究』, (東海大學出版會)

何滿子,『中國愛情與兩性關係』, (臺北: 臺灣商務印書館, 1997)

하오옌핑, 이화승 옮김,『중국의 상업 혁명: 19세기 중·서 상업 자본주의
　　　의 전개』, (서울: 소나무, 2001)

夏咸淳,『晩明士風與文學』, (北京: 中國社會科學出版社, 1994)

韓南,『中國白話小說史』, 尹慧民譯, (杭州: 浙江古籍出版社, 1989)

韓春萌,「明淸諷刺小說藝術方式的轉變」,『江西敎育學院學報』, 1993年 第2
　　　期

寒河正親 外, 中村幸彦 校注,『近世町人思想』, (東京: 岩波書店, 1978)

함은선,「인과보응관의 변화양상」,『중어중문학』제 18집, 1996.

邢公畹,「紅樓夢語言風格上的幾個先決條件」,『紅樓夢的語言藝術』, (北京:
　　　語文出版社, 1985)

胡萬川,『話本與才子佳人小說之硏究』, (臺北: 大安出版社, 1994)

胡士瑩,『話本小說槪論』, (北京: 中華書局, 1980)

胡適, 『中國哲學史大綱』卷上, 『胡適學術文集』上冊, (北京: 中華書局, 1991)

홍상훈, 「전통시기 강남지역에서 독서시장의 형성과 변천－소설작품의 생산과 유통을 중심으로」, 『중국문학』 제 41집, 2004.5

洪淑苓, 「美人計的敍事模式與性別政治－從西施故事談起」, 『古典文學與性別研究』, (臺北: 里仁出版社, 1997)

黃霖・王國安 編譯, 『日本研究金瓶梅論文集』, (濟南: 齊魯書社, 1989)

黃霖, 「金瓶梅作者屠隆考」, 『復旦學報』, 1983年第3期

黃霖・韓同文選注 『中國歷代小說論著選』, (南昌, 江西人民出版社, 1982)

黃霖 編, 『中國歷代小說序跋選』, (南昌: 江西人民出版社, 1982)

暉峻康隆, 「仮名草子の作者と讀者」, 『文學』 1958.5. vol 26, (東京: 岩波書店, 1958)

K. S. 케네쓰 첸, 박해당 옮김, 『중국불교』 상・하, (서울: 민족사, 1992)

Booth, Wayne C. The Rhetoric of Fiction, The University of Chicago Press, 1982, second edition.

Clark, A. M. Studies in Literary Modes, Oliver and Boyd, Edinburgh, 1946

Simmel, George. On Women, Sexuality, and Love, trans. and ed. Guy Oakes, (New Haven: Yale University Press, 1984)

Hinsch, Bret, The Passion of the Cut Sleeve, Berkely: University of California Press, 1990

Huang, Martin. Desire and Fictional Narrative in Late Imperial China, Harvard University of Press, 2004

Mair, Victor. language and Ideology in the Written Popularizations of the Sacred Edict, edited by David Johnson, Andrew J. Nathan, Evelyn S. Rawski, Popular Culture in Late Imperial China, University of California Press, 1987.

Marcus, Steven. *The Other Victorians: A Study of Sexuality and Pornography in Mid-Nineteenth-Century England*, (New York: Basic Books, 1974)

Michelet, Jules. *La Sorciere*, (Paris: E. Dentu, 1862)

Raphals, Lisa. *Sharing the Light-Representations of Women and Virtue in Early China*, (New York: State University of New York Press, 1998)

Ruan, Fang-fu. MD and Yung-mei Tsai Ph D, *Male Homosexuality in Traditional Chinese Literature, Journal of Homosexuality*, Vol. 14(3/4), 1987

Sommer, Matthew H. *Sex, Law and Society in Late Imperial China*, Stanford University Press, 2000.

Vitiello, Giovanni. *The dragon's whim: Ming and Qing homoerotic tales from The Cut Sleeve, T'ung Pao*,77, 1992

Volpp, Sophie Ann Justine. *The Male Queen: Boy Actors and Literati Libertines*, Ph. D. dissertation, Harvard University, 1995

Wong, Joseph. *Bisexuality in Early Imperial China: An Introductory Overview, Bisexualities:The Ideology and Practice of Sexual Contact with Both Men and Women*, New York: Continuum Publishing Company, 1998

Wu Cuncun. *Homoerotic Sensibilities in Late Imperial China*, Routledge Curzon, Oxen, 2004

· 필자소개 ·

송진영
(宋眞榮) ：1968년생
수원대학교 중국어학과 조교수
이화여대 중어중문학과를 졸업하고 동대학원에서 석사학위, 북경대학에서
박사학위를 받았다. 하버드대 박사후연구원을 거쳐 현재 수원대학교에서
중국어와 중국문학 및 중국문화와 예술에 관해서 가르치고 있다. 주요
저작으로 『명청세정소설의 서사특질연구』, 『동아시아 여성의 기원』(공저),
「중국의 문화산업정책과 문화원형 콘텐츠개발」 등 다수.

明清世情小说研究

· 초판 인쇄 ｜ 2005년 8월 20일
· 초판 발행 ｜ 2005년 8월 20일

· 지 은 이 ｜ 송진영
· 펴 낸 이 ｜ 채종준
· 펴 낸 곳 ｜ 한국학술정보㈜
　　　　　　 경기도 파주시 교하읍 문발리 526-2
　　　　　　 파주출판문화정보산업단지
　　　　　　 전화　031) 908-3181(대표) · 팩스　031) 908-3189
　　　　　　 홈페이지　http://www.kstudy.com
　　　　　　 e-mail(e-Book사업부)　ebook@kstudy.com
· 등　　록 ｜ 제일산-115호(2000. 6. 19)
· 가　　격 ｜ 23,000원

ISBN　　89-534-3500-5 93820 (Paper Book)
　　　　　89-534-3501-3 98320 (e-Book)